사강
탐구하기

프랑수아즈 사강의 불꽃같은 삶과 문학

사강
탐구하기

프랑수아즈 사강의 불꽃같은 삶과 문학

마리 도미니크 르리에브르 **지음**
최정수 **옮김**

S A G A N

소담출판사

사강 탐구하기
프랑수아즈 사강의 불꽃같은 삶과 문학

펴 낸 날 | 2012년 7월 16일 초판 1쇄

지 은 이 | 마리 도미니크 르리에브르
옮 긴 이 | 최정수
펴 낸 이 | 이태권
책임편집 | 곽지희
책임미술 | 정혜미
펴 낸 곳 | (주)태일소담
　　　　　 서울시 성북구 성북동 178-2 (우) 136-020
　　　　　 전화 | 745-8566~7　팩스 | 747-3238
　　　　　 e-mail | sodam@dreamsodam.co.kr
　　　　　 등록번호 | 제2-42호 (1979년 11월 14일)
　　　　　 홈페이지 | www.dreamsodam.co.kr

ISBN 978-89-7381-277-6 03860

좋은 작가는 자신의 영혼만이 아니라
친구들의 영혼까지도 가진 사람이다.
_ 니체

차례

프롤로그

　나는 셰르슈 미디 거리에 있는, 프랑수아즈 사강이 여자 친구 페기 로슈와 함께 살던 집 거실에서 사강을 기다렸다. 래커를 칠한 낮은 탁자에서 담뱃불에 탄 자국들이 보였다. 그랜드피아노와 소박한 가구들이 놓인, 어딘지 사적인 공간 같지 않은 그 넓은 거실은 작은 정원에 면해 있었다. 가정부가 탁자 위 불에 탄 흔적들 옆에 음료를 내려놓았다. 이윽고 헐렁한 카디건 호주머니에 두 손을 찔러 넣은, 몸이 호리호리하고, 수줍음을 타고, 무척 예의 바른 한 여자가 거실 안으로 들어왔다. 성상(聖像)이 몸소 출현하는 모습을 보는 것은 뉴욕을 처음 방문한 사람이 맨해튼에서 특정한 외형의 건물들을 보는 것만큼이나 인상적인 일이다. 그럴 때 우리는 공현(公現)이 가져다주는 은총의 황홀경에 빠져든다. 나는 친구 한 명을 대동하고 사강을 인터뷰하러 온 참이었다. 사강은 쿨 담배에 연이어 불을 붙이며 속사포 같은 어조로 질문들에 답했다. 나는 구멍이 많이 난 그녀의 카디건 호주머니에서 눈길을 뗄 수 없었다. 마크라메레이스는 저리 가라였다. 사강이 탁자 위에 놓인 재떨이 옆에 담배를 눌러 껐다. 그녀는 이야기했고, 담배를 피웠고, 홀린 듯이 나에게 질문을 했고, 나는 아무것도 들리지 않았다. 나는 사강의 소설 속에 있었다. 마침내 사강과 헤어졌을 때, 내 머릿속은 텅 비어버렸다.

그녀가 자신이 만난 사람들에 관해 묘사한 수필집 『고통과 환희의 순간들』을 막 출간한 즈음이었다. 그녀는 이 책에서 소중한 것들을 탁월한 기법으로 이야기했는데, 그것은 내가 보기에는 무척 어려운 일이다. 만약 사강의 책들 중 단 한 권만 읽어야 한다면 이 책을 읽어야 할 것이다. 열 개의 장이 모두 걸작이다. 온정이 넘치고 간결하며, 매우 우아하다. 기묘한 도덕 원칙을 향해 보여주는 호의, 이것은 상당한 것이다. 이 책은 세상을 더 낫게 만드는 작품이며, 사강의 정수(精髓)다.

요전 날 내가 그 책을 펼쳤더니, 수첩에서 찢어낸 노르스름한 종잇조각이 책장 사이에서 떨어졌다. '카디건의 구멍 난 호주머니. 담뱃불에 탄 자국.' 그날의 인터뷰 때 내가 기록한 것은 그것이 전부였다. 그러나 그 종잇조각은 우리 만남의 물증이다.

우선 사강 세대에 관한 상투적인 언급을 조금 하겠다. 그 언급을 길게 발전시킬 필요는 없을 테지만. 내가 그런 환경에서 태어났으니 말이다. 각자 자신의 〈섹스 앤드 더 시티〉가 있는 법이다. 내 부모님은 사강과 동세대다. 그들은 생틸레르 클럽에서 샌디 쇼(Sandie Shaw, 1947~ , 영국의 가수. 1960년대에 큰 인기를 누렸다 ― 옮긴이)의 노래에 맞춰 저크 춤(온몸을 격렬하게 움직이며 추는 춤 ― 옮긴이)을 추었고, 아침에 늦잠을 잤고, 배트 69(1882년 처음 생산된 스카치위스키. '배트 69'는 '예순아홉 번째 통'이라는 뜻이다 ― 옮긴이)로 원기를 충전했다. 그리고 내 교육을 위해 『파리마치』(프랑스의 대표적인 대중 주간지 ― 옮긴이)를 읽었다. 내 부모님은 매사에 앞서 나갔다.

사강이 등장하고 20년이 지난 어느 여름, 우리 가족은 MGB 컨버터블을 타고 생 트로페에 내려갔다. 그 자동차 덕분에 파리에서 코트 다쥐르까지 이어지는 고속도로를 신나게 달렸다. 아버지가 속도제한을 전혀 지키지 않았으므로 여정은 그리 길지 않았다. 슈아지 관문에서 드라기냥 출구까지 가는 동안 어머니는 칼 자이스 선글라스로 눈을 가린 채 한마디도 하지 않았다. 주차 구역에는 자동차 여행자들을 위한 식당들이 줄줄이 이어졌고, 어머니는 고갯짓으로 자크 보렐의 식당 앞에 차 세우는 걸 반대했다. 하지만 나는 감자튀김을 곁들인 스테이크를 먹을 수 있다면, 아니 감자튀김만이라도 먹을 수 있다면 아버지와 어머니를 두고 가버릴 수도 있을 듯한 심정이었다. 셰퍼드만 없었다면 쉬지 않고 길을 갈 수도 있었을 것이다. 셰퍼드는 자동차 보닛 아래쪽에, 어머니의 볕에 그을린 다리 사이에 자리를 잡고 앉아 3백 킬로미터마다 자동차를 세우고 오줌을 쌌다.

빨리, 빨리 가야 했다. 게다가 아버지는 『렉스프레스』 구독자였다. "당신 딸들은 나이에 비해 조숙하네요"라는 칭찬을 들으면 매우 기뻐했다. 우리는 식사와 수업을 건너뛰었고, 필요한 경우 아버지는 우리의 학교 성적표를 조작했다. 아버지가 계산기에 코를 박고 자신의 기록을 두들겨댔다. 나는 몸을 가볍게 흔드는 위험 신호가 나타나는지 기다리며 길과 룸미러에 비친 아버지의 시선을 주의 깊게 살폈다. 감정 표현이 풍부한 언니는 아버지가 필터 없는 지탄 담배에 불을 붙일 때면 얼굴을 찡그렸다. 얼굴이 몹시 창백해져서는 주근깨가 난 조그만 코를 벌름거리며 숨을 헐떡였다. 언니의 손이 닿는 곳에 놓인, 입구가 넓은 종이봉투에 새겨진 에어 프랑스의 약자와 페가수스 도안이 우리를 비웃는 듯했다.

언니와 나는 자동차 하드톱(펴고 접을 수 있는 금속제 지붕 — 옮긴이) 아래, 문이 두 개 달린 자동차 뒷좌석에 다리가 후들거리는 마리오네트처럼 처박혀 있었다. 우리는 푸르 거리의 보브 숍에서 산 나팔바지와 뷔스넬 스웨터 차림이었다. 생 트로페에 도착하자 우리는 열 성형 방식으로 글자들을 새겨 넣은 미크마크 미니드레스로 갈아입었다. 언니 것에는 '브리지트'라고 새겨져 있었고(영화배우 브리지트 바르도 때문에), 내 것에는 『어떤 미소』의 여주인공 이름인 '도미니크'라는 글자가 새겨져 있었다. 먹을 것은 하나도 없었지만 좋은 옷과 당대의 관심사에서 고른 이름들이 있었다. 만약 우리에게 남자 형제가 있었다면, 혼자서 저항해 프랑스를 구한 장군 이름을 따서 샤를이라고 불렀을 것이다. 그 장군은 권력에서 떠난 지 얼마 되지 않았지만 아버지는 상젤리제 거리에서 시위가 벌어진 어느 날 저녁 자동차 클랙슨을 울림으로써 그 장군에 대한 애정을 보여주었다.

우리 부모 세대는 어릴 때 장난감이 너무 귀했기 때문에 자동차, 애완동물, 아이들, 생활에 대한 애착이 강하다. 매사가 유희적이지(1980년대처럼) 못하고, 재미있지도(1990년대처럼) 않으며, 바르도가 노래한 것처럼 기묘하다. 그들은 괴로움을 거부하면서 로슈 실험실에서 나온 발륨(항우울제의 상표명 — 옮긴이)을 틱탁(이탈리아 제과회사에서 만든 딱딱한 사탕과자 이름 — 옮긴이)처럼 꿀꺽 삼켰다. 나라를 이끈 엄격한 노인들은 심각한 사건들에만 골몰했다.

내가 할머니에게서 슬쩍한 사강의 문고판 책들은 나에게는 어른들, 다시 말해 내 부모님과 부모님의 친구들인 모니크 아주머니, 에블린 아주머니, 자크 아저씨, 클로드 아저씨 등의 비밀을 밝혀주는 바르타(독일의 전기 제품 제조업체 이름 — 옮긴이) 램프였다. 말괄량이 여자아이들을 낚으러 다니는 아저씨들이 나는 낯설지 않았다. 한 가지가 나에게 깊은 인상을 남겼다. 『슬픔이여 안녕』에서 주인공 아버지의 젊은 정부(情婦) 엘자는 햇볕에 그을려서 모습이 흉해지자 사랑을 잃는다. 나는 그렇게 허망한 사랑을 상상해보지 못했다. 작가의 통찰력이 나를 기절초풍하게 했다. 그녀는 현실을 위해 가식을 취하지 않았다.

1978년 3월, 나는 사강 때문에 규율부에 불려 갔다. 수업을 빼먹고 자크와 함께 재규어를 타고 생 트로페에 갔기 때문이다. 우리는 진정한 삶을 향해 밤새도록 자동차를 달렸다. 도착하니 항구는 비어 있었고, 만(灣)에 내리쬐는 햇빛 말고는 아무것도 없었다. 나는 자연의 아름다움을 보고 감탄하려고 거기에 간 것이 아니었다. 나는 그 상상의 도시 안을 걸어 다녔고, 어느 골목에서 자동차에 달린 라디오가 클로드 프랑수아(Claude François, 1939~1978, 1960~1970년대에 활동한 프랑스의 대중 가수. '클로클로'라는 별명으로 불렸다 — 옮긴이)의 죽음을 알렸을 때 나에겐 그것이 평범한 일로 느껴졌다.

사강은 나의 영웅 세헤라자데의 현대적 구현이었다. 이야기를 들려줌으로써 자신과 동포들의 목숨을 구한 여자. 나는 여류 작가가 아니라 이름난 작가가 되고 싶었다. 글쓰기에 삶을 바치기보다는 사강처럼 살기를 바랐다. 작가, 그것은 하나의 직업이 아니라, 사람을 흥분시키는 열정적이고 극단적이며 자유로운 삶의 방식이었다. 요컨대 진정한 삶. 그녀처럼 책을 쓰는 것이 쉬워 보였다.

첫 책을 썼을 때, 나는 애스턴 마틴(영국의 자동차 회사 이름이자 이 회사에서 만든 자동차 이름. 1913년에 설립되었으며 현재는 포드 자동차의 프리미어 오토모티브 그룹에 속해 있다 — 옮긴이) 독점 판매업자에게 전화를 걸어 자동차 카탈로그를 요청했다. 책의 인세로 V8 밴티지를 구입할 작정이었다. 그러나 트렁크 안에 욱여넣으려고 생각해둔 짐들 때문에 그때껏 망설이고 있었다. 나는 처음 경기장에 나가는 축구 선수처럼 성공의 섬광을 믿었다. 다만 자동차에서 자전거로 계획을 바꿨다. 하기야 나는 자동차를 운전할 줄도 몰랐다.

사강에 대한 조사는 인물 탐사라기보다는 마치 만화경을 들여다보는 일 같았다. 이미 사강의 전기들이 나와 있었고, 더 많은 전기가 나올 터였다. 나는 사강이 어떤 사람이었는지 말하겠다고, 사강에 관한 심오한 수수께끼를 풀어냈다고 주장하고 싶지는 않다. 그런 것은 다른 사람들도 할 수 있을 것이다. 사강의 수수께끼는 비밀에 싸여 있고, 나는 그 몇몇 양상을 밝혀내고 싶을 뿐이다. 전기 작가들은 대개 날짜를 중시한다. 탄생에서 죽음까지, 인생의 여정에서 일어나는 모든 사건을 뒤쫓는다. 그것은 작위적이다. 사강의 전기는 사강에 관한 소설이 아니다.

이 책을 쓰기 위해 그리고 사강의 번득였던 인생 여정에 관련된 모든 사람을 수천 시간에 걸쳐 인터뷰하지는 않았다. 그저 50여 건의 증언들에, 무엇보다 사강 자신의 증언들에 집중했다. 나는 그녀가 증언한 것들을 읽고 또 읽었다. 그리고 그녀의 친구들과 비서들, 말년에 그녀와 함께 산 여자 친구, 그녀의 가족들, 그녀와 거래했던 은행 담당자, 그녀의 주치의들, 출판업자들, 가정부를 만났다. 그녀가 살았던 집들을 방문해 그녀의 책과 사전을 뒤적거리고, 그녀의 원고와 옷장, 음반을 살펴보고, 그녀의 침대에서 잠을 잤다. 이 책은 사강이라는 나라에 대한 여행기다.

운수 좋은 날

플로랑스 말로는 에펠 탑 발치의 위니베르시테 거리 끄트머리에 있는 은근한 기품이 서린 건물에 산다. 나는 조금 걱정이 되었다. 이 만남은 매우 중요했다. 플로랑스 말로라는 예쁜 이름은 이후의 상황을 결정짓게 될 암호와도 같았다. 다른 측근들은 너그럽지 않았다. 그들은 자기들이 간직한 비밀을 빼앗길까 봐, 혹은 그 비밀이 섣부르게 이용될까 봐 두려워했다.

아트메르 과정에서 플로랑스와 알게 되었을 때 사강은 열여섯 살이었다. 그리고 두 사람의 우정은 평생 동안 계속되었다. 이런 일은 흔치 않다.

팡테옹(프랑스의 국립묘지 — 옮긴이)에 묻힌 유명한 유전자를 물려받은 그녀는 어떤 모습일까? 나는 성급히 초인종을 눌렀다. 그리고 그녀가 좋은 사람임을 즉시 알아차렸다. 그녀가 사강과 같거나 비슷한 연배의 우호적인 인물임을. 그녀의 너무나 자그마한 체구가 내 두려움을 누그러뜨렸다. 그녀는 맨발로 양탄자를 딛고 앞서 걸으며 나를 안내했다. 책, CD 더미, 아이들과 친구들의 최근 사진들이 보였다. 어떤 아파트에 가보면 숨이 막힌다. 그런 아파트들은 가슴을 에는 우울함을 뿜어내거나 사람이 살지 않는 곳처럼 싸늘하다. 반면 그녀의 집은 고요하고 환하며, 딥티크 양초에서는 나오지 않는 신선한 공기를 발산했다. 숨 쉬기 좋은 집이었다.

— 아트메르 과정에서 우리는…… 일찍부터 싸움꾼 같았어요. 몽둥이
질 한 번으로 편 나누기를 끝내버리곤 했지요.

서로의 독특함에 자화(磁化)된 플로랑스와 사강은 수업을 빼먹고 카
페에 가서 자기들이 가장 좋아하는 책들에 대해, 예전에 읽었거나 읽고
있는, 혹은 앞으로 읽을 책들에 대해 이야기했다.

— 프랑수아즈는 이미 스탕달의 책을 모두 읽었고, 그다음엔 플로베
르, 포크너, 헤밍웨이, 카뮈, 피츠제럴드 그리고 말로를 조금 읽었죠. 프
랑수아즈는 문학에 사로잡혀 있었어요.

두 소녀는 학식을 겨루고 서로를 누르려고 애쓰며 유명한 문인들의 이
름을 다투어 언급했다. 사강은 프루스트를 읽었고, 플로랑스는 읽지 않
았다. 그러나 플로랑스는 도스토옙스키와 톨스토이를 알았고, 사강은 알
지 못했다. 플로랑스의 섬세함, 통찰력과 매력, 교양, 그림에 대한 취향
그리고 주변 사람들이 사강을 매료했다. 플로랑스는 알베르 카뮈나 사
강이 좋아한 『검은 피』의 작가 루이 기유(Louis Guilloux, 1899~1980, 프랑
스 소설가. 일상생활에서 소재를 취해 인간의 비참함을 감동적으로 그려냈다. 『검은
피』, 『트럼프 점』, 『패배한 전투』 등의 작품을 남겼다 — 옮긴이)와 함께 점심을
먹는 아이였다. 사강은 플로랑스의 지성과 자유로움에 감탄했다.

— 우리가 서로에게 느낀 매력에는 약간의 나르시시즘이 섞여 있었죠.
사람들은 우리를 자매간처럼 여겼어요.

플로랑스의 서재에는 사강이 『슬픔이여 안녕』을 출간한 여름 카프리
에서 단둘이 찍은 사진 한 장이 있다. 그들은 서로에게 몸을 기울인 채 대
화를 나누고 있다. 그들은 서로 닮았다. 처음 우정을 맺을 당시 사강은 플

로랑스에게 이렇게 말했다. "너는 나를 자극하고 안심시켜줘."

플로랑스는 그녀의 아버지가 무척 아끼던 크메르 조각상의 미소와 줄타기 곡예사의 경쾌함을 갖고 있었다. 플로랑스는 독특한 어린 시절을 보냈다. 아버지 앙드레 말로와 어머니 클라라 말로(Clara Malraux, 1897~1982, 프랑스 작가 앙드레 말로의 아내. 결혼 전 이름은 클라라 골드슈미트로 독일 국적이었다. 문인으로서 많은 저서와 번역서를 남겼다 — 옮긴이) 사이에서 창조라는 것이 무엇인지 일찍부터 깨달았고 창조자들의 연약함도 알고 있었다. 노이로제가 있고 극도로 예민했던 두 작가의 아이로서 재치와 인내심, 맹수들의 보좌역이 가져야 할 섬세함을 계발하면서 자기 자리를 찾았다.

— 프랑수아즈는 고독을 견디지 못했어요. 마치 어린아이처럼 혼자 있지를 못했죠. 약물이 없으면 견디지 못한 것 이상으로 옆에 사람이 없으면 견디지 못했어요. 내 생각에는 그것이 그녀 작품의 실마리 같아요.

플로랑스가 머리칼을 귀 뒤로 넘기면서 자석 같은 눈길로 나를 응시했다. 아이보리색 양탄자 위를 지나는 경쾌한 발걸음, 유려한 몸짓, 중단된 이야기가 우리의 만남에 꿈꾸는 듯한 감미로움을 부여했다.

내가 부탁하기도 전에 플로랑스는 도움을 주겠다고 자청했다. 그러고는 전화번호 수첩을 집어 들더니 전화번호 몇 개를 불러주었다. 운수 좋은 날. 항해사들의 부적인 남옥이 그녀의 목에서 반짝거렸다. 좋은 징조다.

능란함의 화신

엄마에게 말할 껀 많지 않아.
내가 머릿속에 내 사랑하는 엄마를 많이 생각하지 않았거든.
_사강이 여섯 살 때 엄마에게 보낸 편지 중

프랑수아즈 사강: 본명 프랑수아즈 쿠아레. 프랑스의 작가.
1935년 프랑스 카자르크에서 출생. 씁쓸하면서도 부드러운 작품
『슬픔이여 안녕』으로 문단에 데뷔했다. 이 소설의 주인공인
젊은 아가씨는 자기가 질투하는 아버지 정부의
죽음에 대해 자발적이면서도 간접적으로 이야기한다.
_『르 프티 로베르』(프랑스어 사전 — 옮긴이)

　문고판 『슬픔이여 안녕』을 한 권 샀다. 표지가 우스꽝스럽고 인쇄 상태도 좋지 않다. 나는 이 책을 자주 읽는다. 시대에 뒤진 문고판 책들이 잔뜩 꽂힌 시골집 서재에 이 책이 자주 굴러다닌다. 이 책은 또한 공항의 서적 판매대에서 마음을 끄는 유일한 책이다. 나는 이 책에 실망한 적이 한 번도 없다. 이 책은 희한하게도 제값을 한다. 텍스트의 강렬함이 언제나 살아 있다. 짧고, 진실하고, 빛이 난다. 이 책은 수수께끼다. 어떻게 열여덟 살 난 소녀가 이렇게 뛰어난 텍스트를 이토록 우아한 문체로 쓸 수 있었을까? 자연스러움, 지성, 정확함이 처음부터 끝까지 강한 인상을 준

다. 무엇보다 놀라운 것은 리듬이다. 리듬이 물 흐르듯 완벽하고, 작품의 분량도 내용과 정확히 들어맞는다. 나는 다시 한 번 더 놀라움을 느낀다. 어린아이나 다름없는 소녀가 이토록 많은 것을 알고 있다니. 프랑스 문학에서 이와 같은 작품은 본 적이 없다. 소년 시인 랭보는 견자(見者)였다. 그는 우주와 직접 연결되어 받아쓰듯 시를 썼다. 나는 플로랑스 말로에게 이것에 관해 물었다.

— 프랑수아즈는 어린 나이에 이미 모든 것을 알고 있었어요. 프랑수아즈는 나에게 말했지요. "나는 서른 살 이후로는 아무것도 새로 배우지 않았어." 그런데 그건 나도 마찬가지예요. 지성이라는 것은 꽤 일찍 모습을 드러내지요.

사강의 언니 쉬잔 쿠아레에 따르면, 사강의 주변 사람들 중에는 그녀의 소설 속 등장인물들처럼 가볍고 부도덕한 인물이 한 명도 없었다고 한다. 그렇다면 그녀는 모든 것을 상상으로 그려냈을 것이다. 하지만 꾸며낸 것은 아니었다. 그녀는 재미 삼아 그렇게 했고, 실마리를 주지도 않았다.

— 나는 프랑수아즈의 능란함에 조금 놀랐어요.

훗날 플로랑스 말로가 인정했다. 사강은 교묘한 생략들로 자신이 열거한 것 이상을 암시하고, 잔가지들로 썩 괜찮은 효과를 얻어냈다. 그녀는 선 몇 개만 되는대로 그린 스케치로 등장인물들을 묘사했다. 이를테면 여주인공의 아버지가 비겁하고 매력적인 향락가인 경우에도 그녀는 이렇게만 썼다. "나는 더 좋은 친구도, 더 재미있는 친구도 상상하지 못한다."

나중에 그녀는 「가디언」의 기자 네스타 로버츠에게 이렇게 말했다. "나는 학교에서 하라고 한 대로 했어요. 학교에서는 항상 간결하고 정확해야 한다고 말했죠. 그래서 그렇게 했어요."

　그녀의 글은 완벽하게 자연스럽고, 표현도 늘 정확하다. 사강은 고전 문학을 우유병으로 통째로 마셔버렸으며, 그녀의 간결한 지성은 거기서 나온다. 그녀는 절대적인 귀를 가졌다. 라신, 볼테르, 스탕달. 단어와 개념, 마침표 하나, 그게 다다. 하늘에서 저절로 떨어지는 것은 아무것도 없다. 그녀는 때 이른 독서에서 얻은 자산을 쏙쏙 흡수했다. 그녀는 읽었고, 느꼈다. 너무 어린 나이에 민감한 상태에서 위대한 고전작가들을 사랑한 나머지 그들의 흥취가 그녀의 DNA 속에 흡수되었다. 좋은 양분을 빨아들인 그녀의 시냅스들은 이런 주형 위에서 형성되었다.

　주제는 진지하다. 사강은 건조하면서도 상대방의 감정을 누그러뜨리는 단순한 어조로 육체와 쾌락에 대해 이야기한다. 그녀의 여주인공 세실은 애인 시릴이 자기를 취하는 것보다 더 많이 시릴을 취한다. 시릴은 세실과 결혼하기를 꿈꾸지만, 세실은 놀기 좋아하고 섬세한 그와 초연하게 키스한다. 세실은 감상적이지 않다. 세실에게 '사랑해'라는 말은 감사 인사, 자신에게 주어진 쾌락에 대한 본능적인 감사의 마음, 어떤 의미로는 자기를 먹여 살려준 사람에 대한 은혜의 마음이다.

　시릴은 잘나간다. 뒤처진 남자가 아니다. 그는 키가 크고 '때로는' 잘생겼다. '때로는'이라는 짐짓 할퀴는 표현, 시치미 떼는 언급은 잔인하면서도 태평하다. 독자는 이 청소년 인간성 탐구자의 잔혹함에 매혹된다. 게다가 시릴은 세실에게 조종되어 곧 '가여운 시릴'이 된다. 소녀 세실은 싱싱한 육체를 탐하는 사람 같고, 오히려 시릴이 로맨틱한 소녀 같다. 역할이 뒤바뀐 것이다. 밀란 쿤데라는 『불멸』에 이렇게 썼다. "프랑스는 감정들이 형태로만 살아남은 피곤하고 늙은 나라다." 너그러운 냉소주의자

세실은 커서를 한 단계 옮긴다. 그녀는 감정에 형태를 부여하는 수고조차 하지 않는다. 세실은 순응주의(스와핑, 사도마조히즘, 포르노 영화를 흉내 낸 카마수트라)에 빠진 오늘날의 탕아보다 더 영악하고 관능적이고 자유롭다. 세실은 정신적인 여자가 아니다.

쾌락에 대한 정확한 묘사에서 우리는 어린 사강이 이미 연애 관계를 경험했다고 추론할 수 있다. 그녀가 『응수들』에 썼듯이 "이미 알고 있는 것만 만들어낼 수 있"다면 말이다. 이런 단순함이 1954년에 추문을 만들어냈다. 어린 소녀가 배짱 좋게도 '섹스하다'라는 표현을 사용한 것이다. 그리고 소녀는 배에서 그것을 행동으로 옮긴다. 사랑에 빠져서 그런 것도 아니고, 임신하려고 그런 것도 아니다. 그냥 그런 것뿐이다.

좋은 책은 오늘날에도 사람들에게 영향을 미치고 영감을 준다. 몹시 기쁘게도 『슬픔이여 안녕』은 사강의 기민함을, 어린 소녀의 신랄한 목소리를, 그녀의 약간 가학적인 통찰력을 되살려준다.

어떤 작품들은 경이롭게도 꽉 차 있고 생생하다. 이런 작품은 저자의 리듬에 따라 진동한다. 생 시몽의 유쾌한 격렬함, 볼테르의 활기 찬 건조함, 살만 루시디의 기쁨 넘치는 반어법, 레이먼드 카버의 우수 어린 인간미.

─ 프랑수아즈의 글은 정확해요. 음악처럼 완벽하게 정확하죠.

플로랑스가 말한다.

사강은 독자들이 우정을 좋아하듯 본능적, 육체적 사랑을 다룬 문학을 좋아했기 때문에 글을 썼다. 사강이 콜레트에게 헌정한 『슬픔이여 안녕』이 내 눈앞에 있다. "콜레트 부인에게, 이 책이 그녀의 책들이 내게 준 기쁨의 백 분의 일이라도 선사하기를 바라며. 존경을 담아, 프랑수아즈 사강."

문제는 기쁨이다. 다른 그 무엇도 아니다. 글을 쓰는 행복. 유희의 실
행. 『슬픔이여 안녕』의 탁월함은 바로 여기에 있다. 사강은 마음속에서
놀이를 하듯 자신의 등장인물들과 함께 즐겁게 놀았다. "그녀는 열여덟
살에 멋진 프랑스어 작문을 완성했다. 사람들이 그것을 책으로 출판했
고, 그것은 그녀를 유명하게 만들었다. 그녀는 만사를 심각하게 보기를
거부했다. 어쨌든 글쓰기는 그녀에게 무엇보다도 큰 기쁨이었다." 18년
뒤 사강이 『마음의 멍자국』에 쓴 글이다.

1953년 늦여름, 플로랑스와 사강은 소르본 대학에서 만나 각자 보낸
여름방학에 대해 이야기했다.

"나 말이야, 얼마 전에 장편소설 한 편을 끝마쳤어." 사강이 말했다.

플로랑스는 친구의 말을 쉬이 믿지 못했다. 사강은 시를 여러 편 썼고,
단편소설도 썼다. 그러나 장편소설을 쓰겠다는 계획을 언급한 적은 한
번도 없었다.

사강은 한여름에 갑자기 오스고르를 떠나 아버지와 함께 파리로 돌아
왔다. 파리에서 8월을 보낸다는 것은 무척 멋진 일이었다. 가족들은 멀리
있었고, 도시는 그녀의 것이었다.

사강은 『어깨 뒤에서』에 이렇게 썼다. "그때는 지금과 같은 여름이었
다. 밝고 선명한 녹색 혹은 짙은 초록색 나무들 아래에 인적 없고 먼지 날
리는 대로들이 뚜렷하게 드러나 보였다……. 나는 실내복 차림으로 주프
루아 거리의 빵집에 가서 크루아상 두 개를 샀다. 돌아오는 길에 내 것을
조금씩 뜯어 먹었다. 그러는 동안 대로만큼이나 텅 빈 버스 한 대와 면도

를 제대로 하지 않은 독신 남자 한 명을 만났을 뿐이다."

1953년 여름 프랑수아즈 쿠아레는 자신의 여주인공 세실처럼 해변에 있어야 했다. 모래사장에서 몸을 그을리고, '때로는' 잘생긴 사내 녀석에게 키스를 해야 했다. 그러나 그녀는 세실의 아버지 레이몽처럼 바람둥이가 아닌 아버지와 함께 플렌 몽소의 아파트 안에 갇혀 있는 쪽을 택했다. 프랑수아즈 쿠아레는 실내복 차림으로 널찍한 아파트의 서늘하고 깊숙한 곳에서 발코니 철책의 아라베스크 장식에 비치는 햇살을 바라보며 여름을 보냈다. 바닷가에서는 비키니 수영복을 입은 서투르고 투박한 모습으로 책들 뒤에 숨었다.

— 프랑수아즈는 눈에 확 띄는 여자아이는 아니었습니다. 여성적인…… 면이 전혀 없었고, 우리의 관심을 많이 끌지도 않았지요. 하지만 귀엽고 똑똑했어요.

사강의 어린 시절 친구 필리프 클랭은 말한다.

해변은 예쁘고 잘생긴 사람들을 위한 곳이다. 사강은 해변에서 자신이 매력 없고 눈에 띄지 않는 존재라고 느꼈다. 금발의 핀업걸 스타일인 언니 쉬잔처럼 사람들의 주목을 끌기를 꿈꾸었지만 말이다. 쉬잔에게는 해변이 있었고, 사강에게는 책이 있었다.

파리에서 사강은 조그만 파란색 수첩에 아주 또렷한 글씨로 『슬픔이여 안녕』을 쓰기 시작했다. 처음에는 불안한 나머지 전날 쓴 것을 다시 읽어보지 못했다. 그 정도로 자신감이 없었다. 사강은 매일 불안정한 정신 상태에서 모든 것을 던져버리고 싶은 유혹을 느꼈다. 성미가 까다로웠기 때문이다. 하지만 이야기가 진행됨에 따라 차츰 행복감이 걱정을 덮고 기쁨이 그녀를 사로잡았다. 코트 다쥐르의 별장, 여름방학에 나누는 사랑, 그것에 얽힌 비극이 말제르브 대로의 부르주아 아파트를 점령했다. 공상을 좋아한 소녀 사강은 상상 속의 복수에 흥분해 머릿속에 있는 것들로 위안의 시나리오를 만들어갔다.

여섯 주 뒤, 이야기가 완성되고, 그녀는 원고를 손가락 하나로 직접 타이핑했다. 그리고 1953년 8월 말, 마침내 원고가 완성된다.

"아, 장편소설…… 그럼 나한테 좀 보여줄래?"

사강이 공상을 좋아하고 가끔 거짓말도 잘한다는 것을 알고 있던 플로랑스가 말했다. 그러자 사강이 대답했다.

"아니, 그건 안 돼. 별거 아니거든. 게다가 너는 너무 비판적이잖아."

거짓말이 아니었다. 확신이 없는 그녀로서는 친구의 비판이 두려웠다. 하지만 플로랑스는 까다로운 만큼 너그러운 면도 있었다. 버스를 타고 파리를 가로지를 때, 사강은 원고를 보여주겠다고 약속했다.

플로랑스는 앞으로 사강의 작품을 읽게 될 모든 독자들처럼 그 원고를 단숨에 읽었고, 새벽 2시에 사강에게 전화를 걸어 이렇게 말했다.

"이 소설, 아주 좋아. 이제 너는 작가야."

프랑수아즈 쿠아레, 출판업자를 매혹하다

성공한 작가가 된다는 것은
비현실적이고 흥미진진한 일로 보였다.
절대로 은막의 스타처럼 유명해지는 못할 터였다.
그러나 명성은 더 오래 지속될 것 같았다.
강한 정치적 · 종교적 확신을 가진 사람들과 같은 권력은
절대 가지지 못할 터였다.
그러나 확실히 더 독립적일 수는 있을 것 같았다.
물론 직업으로는 늘 불만스럽다.
하지만 나는 다른 직업을 선택할 수 없었을 것이다.
_프랜시스 스콧 피츠제럴드, 『균열』

르네 쥘리아르는 취향은 보잘것없지만 훌륭한 출판업자다. 탁월한 세일즈맨이기도 하다. 그는 편집을 세인의 주목을 받는 직종으로 만들었다. 매달 새로운 주제나 작가 한 사람을 소개했다. 그는 늘 시대의 흐름과 생각을 같이했다. 2차 세계대전 동안 비시에 소재했던, 그가 처음 세운 출판사 세카나는 페탱 원수에게 헌정된 책들인 『페탱과 함께하는 프랑스 역사의 새로운 페이지』, 『페탱이 주도권을 장악한다』, 『유일한 대장 페탱』을 출간했다. 시대에 민감하게 반응하는 기회주의자였던 쥘리아르는 폴 엘뤼아르, 루이 아라공, 클로드 로이 등 '공산주의 시인 해방'에

속한 작가들의 책을 출간했다. 그런 뒤 쥘리아르 출판사를 설립해 1946년에서 1948년 사이에 공쿠르상을 세 번 휩쓴다. 문학과 정치 에세이를 주로 출간한 출판사 쥘리아르는 수(數)를 잘 활용했다. 쥘리아르 출판사는 초록색으로 가장자리를 두른 하얀 표지의 첫 소설들을 10년 동안 4백권 이상 출간했다.

선배였던 베르나르 그라세처럼, 르네 쥘리아르는 출판업자의 주된 임무, 자기 직업의 핵심이 원고를 욕망의 대상으로 가공하는 것 그리고 작가를 당대의 스타로 만드는 것이라고 생각했다. 원고를 읽고 좋은지 안 좋은지 판단하는 것은 출판업자라면 누구나 할 줄 아는 일이었다. 또 원고를 책으로 만드는 일은 인쇄 기술자 한 명이면 충분했다. 그러나 독자들로 하여금 '읽고 싶다'는 욕구를 불러일으키는 것은 다른 차원의 문제였다. 르네 쥘리아르는 당대의 스타들을 선별해 작가로 탈바꿈시키려고까지 마음먹었다. 그는 속임수를 쓸 준비가 되어 있었다. 그리고 실제로 장 콕토가 "아홉 살배기 아이들은 모두 천재성을 갖고 있다. 미누 드루에만 빼고"라고 평한, 시를 쓰는 천재 소녀 미누 드루에의 책을 출간했다.

물론 쥘리아르가 그런 분야의 선구자는 아니었다. 베르나르 그라세가 이미 그 길을 보여주었다. 베르나르 그라세는 1923년에 레이몽 라디게(Raymond Radiguet, 1903~1923, 20세기 초의 프랑스 소설가이자 시인. 조숙한 천재로 14세에 시를 쓰기 시작하고 초현실파 시인들과 교류했다. 장 콕토에게 가르침을 받았으며 『육체의 악마』, 『도르젤 백작의 무도회』 등 탁월한 심리소설을 발표했다 — 옮긴이)의 책을 소개했다. 그는 레이몽 라디게에게 화장비누 상표 같은 '베베 카둠('볼이 통통한 예쁜 아기'라는 뜻 — 옮긴이)'이라는 별명을 붙여주었다. 베르나르 그라세가 사망했을 때 장 콕토는 이렇게 말했다. "소란스럽게 책을 소개하자는 생각은 라디게에게서 나왔다. 과거에 책은 희귀성이라는 저주를 받았지만, 이제는 광고로 책을 저주하는 시대가 왔다고 라디게는 주장했다. 책은 온갖 광고에 위협받는 사람들의 손에서 미끄러져 자격 있는 사람들의 손에만 머물 필요가 있다."

『육체의 악마』(1923년에 출간된 레이몽 라디게의 소설. 1차 세계대전 때 조숙한 소년과 남편을 전쟁터에 보낸 젊은 여인 사이의 사랑을 다룬 이야기로 16~18세에 썼다고 한다. 프랑스 심리소설의 걸작 중 한 편으로 평가받는다 — 옮긴이)가 성공하고 5년 후, 그라세는 플로랑스의 아버지 앙드레 말로를 소개했다. 베르나르 그라세가 말로에게 책을 출간하자고 제안했을 때, 말로는 아직은 박식한 젊은 협잡꾼, 영혼을 훔쳐가는 도둑, 캄보디아에 처박혀 있는 사람일 뿐이었다. 아내 클라라가 주도한 방어 작전이 그를 갑자기 유명하게 만들었다. 그라세는 명성을 얻은 사람의 책을 출간하는 것이 수지맞는 사업이라는 것을 직감적으로 알아챘다.

르네 쥘리아르도 홍보에 감각이 있었다. 조금 바보 같다는 평판을 들었던 그의 아내 지젤 다사이는 일주일에 두 번 위니베르시테 거리에 있는 그들의 아파트에서 파티를 열었는데, 거기에는 서점 사장들, 작가들, 영향력 있는 기자들이 참석했다. 쥘리아르 부부는 멋진 중국 고미술품들이 놓인 18세기풍의 아파트에서 위풍당당하게 손님들을 맞아들였다. 식사는 형편없었다. 초록색 강낭콩을 곁들인 말라비틀어진 고기가 손님들에게 제공되었다. 그러나 음식을 서빙하는 사람은 장갑을 낀 호텔 급사장이었다. 마티외 갈레(Matthieu Galey, 1934~1986, 프랑스의 문인, 문학 · 연극 평론가 — 옮긴이)는 일기에 이렇게 썼다. "키가 크고 검붉은 안경을 낀 야릇한 인물 쥘리아르 씨는 나무랄 데 없는 정중한 태도 이면에 조금 멍해

보이는 데가 있었다. 그의 부인 지젤 다사이는 자신이 해야 할 일을 잊지 않고 두루 살폈다. 라파예트의 후손인 그녀는 조상과의 유사성을 갈고닦았다. 즉 은빛 머리칼을 루이 16세의 가발처럼 공들여 빗었다. 그녀가 분위기를 편안하게 만들긴 했지만 그 부부의 예의 바른 태도가 거리감을 자아냈다."

출판사의 홍보 활동은 성공한 작가들의 명성과 성공을 더욱 확대시켰다. 이는 문학 서적에만 국한되는 현상은 아니었다. 출판사의 언론 담당자가 『파리마치』 편집국에 자유롭게 드나들었기 때문이다.

그날, 르네 쥘리아르는 거의 얼이 빠졌다. 괴상한 아이 하나가 그의 서재에 앉아 있었다. 자기 어머니처럼 거의 무릎 아래까지 오는 치마를 입고 굽이 높은 구두를 신은 조그만 남자아이였다. 어려서 아직 완전한 품위를 갖추지 못한 탓인지 옷의 상표조차 공들여 고르지 않았다. 프랑수아즈 쿠아레는 잿빛을 띤 금색의 두터운 앞머리 밑에 반쯤 감춰진 비웃는 듯한 큰 눈으로 그를 바라보았다. 나이는 열아홉 살 정도로 보였다. 얌전한 치마를 입었는데도 얌전하게 보이지 않았다. '프랑수아즈 쿠아레, 카르노 49-61 말제르브 대로 167번지, 1935년 6월 21일 출생.' 그녀는 원고 표지에 이렇게 썼다. 밤을 새워 원고를 다 읽은 쥘리아르는 그렇게 어린 소녀가 정말로 그 원고를 썼는지 궁금해했다.

르네 쥘리아르는 다음 날 오전 11시에 자기 집에서 만나자는 전보를 밤중에 그녀에게 보냈다. 말제르브 대로의 쿠아레 씨 집에서는 하녀 쥘리아 라퐁이 전보를 받았다. 르네 쥘리아르는 그 소녀가 (느지막이) 일어나 답변을 해올 때까지 기다려야 했다. 사강은 이때부터 침대를 좋아했다. 쥘리아르는 그 건방진 소녀가 불쾌하지 않았다. 그 소녀는 그의 사업 계획에 부합했다. 오후 5시로 다시 약속이 잡혔다.

뾰족한 콧잔등 위에 스치는, 때로는 즐겁고 때로는 침울한 변덕이 소녀의 젊음을 두드러지게 했다. 사강은 사진을 많이 찍혔다. 그런데 사진보다는 실물이 더 나았다. 사진은 그녀의 기민함과 존재감을 불안하고 유동적인 아름다움에 비해 많이 재현해내지 못했다. 사진에는 몸짓이 결핍되었고, 미소는 빛났다가 이내 사그라졌다. 존재감도. 매력은 사진으로 포착되지 않는다. 사진에 찍힌 모습들은 사강의 자연스러운 우아함과 매력, 기민함을 제대로 보여주지 못했다. 그녀의 매력과 기민함은 은어나 상스러운 말도 아니고 반복되는 표현들도 아닌, 고전적인 언어로 수월하게 표현된다. 그녀의 표현과 생각들은 정확한 울림을 낸다. 갈피를 잃지 않고 빠른 어투로 모든 것을 공공연히 이야기하는 좋은 가정 출신의 이 소녀에게 사람들은 매력을 느꼈다.

프랑수아즈 쿠아레는 참하지 않았다. 참하기는커녕 제멋대로였다. 그러나 저항할 수 없는 매력을 갖고 있었다. 지성이 그녀를 아름답게 만들었다. 그녀의 모든 것이 명석함을, 경계(警戒) 상태의 정신을 호흡했다. 쿠아레 집안의 막내딸인 그녀는 모든 것을 단번에 이해했다. 그녀는 조금 도취해 있었다. 카페 플로르에서 친구 플로랑스 말로와 베로니크 캉피옹과 함께 코냑 한 잔을 들이켠 그녀는 수줍음을 벗어버렸다. 게다가 아베 그루 거리의 점쟁이 푸아냥 부인이 1년이 지나기 전에 바다 너머까지 이름이 알려질 거라고 그녀에게 단언했다. 대(大)부르주아이자 아버지뻘 나이인 르네 쥘리아르의 아파트에서 그녀는 자신의 좌표를 빠르게 발견했다. 그들은 같은 언어로 이야기했다.

프랑수아즈 쿠아레는 소녀다운 매력이 있었고, 르네 쥘리아르는 그 매력에 녹아버렸다.

위니베르시테 거리의 쥘리아르 집에서 보낸 그 늦은 오후에 그녀는 대가처럼 지능적으로 연기를 했다. 그 뒤에는 휴지(休止)가, 커다란 두 눈에서 색채를 부여받은 상냥한 침묵이 있었다. 그녀는 가장 아름다운 눈을 가지지는 않았지만, 기민함으로 빛나는 가장 아름다운 눈길을 갖고 있었다. 지성은 우울증 치료제다. 이것이 사강이 단번에 성공을 거둔 이유다. 그녀는 쉽게 드러나지 않는 암시 어법으로, 얼버무림으로, 정신적 기습으로 생각들을 아주 빠르게 직조해냈다.

그녀는 말했다. "나는 글 쓰는 걸 좋아해요. 장편소설을 쓰는 건 거짓말을 하는 것이죠. 나는 거짓말하기를 좋아해요. 항상 거짓말을 했어요."

프랑수아즈 쿠아레는 크게 될 인물이라고, 출판계가 높이 평가할 만한 단초가 그녀에게서 보인다고 르네 쥘리아르의 상업적 본능이 속삭였다. 젊음은 상업적으로 좋은 논쟁거리다. 소녀의 명석함과 본능은 동시대 부르주아들의 기대에 부합할 수 있는 것이었다. 1954년 1월 17일 그녀와 함께 보낸 세 시간 동안 르네 쥘리아르는 이 독특한 소녀의 매력에 압도되었다. 그녀는 북경 서커스의 곡예사가 대나무 막대 위에 접시를 올려놓고 돌리듯 전혀 힘 안 들이고 글을 쓴 것 같았다.

출판계에는 매 시즌 충격적인 첫 소설을 쓴 소녀 작가가 등장한다. 그러나 사강의 작품과 같은 매력을 지닌 작품은 없었다. 1950년대의 출판업자에게 사강은 어린 부르주아로서 안심이 되는 존재인 동시에 그가 정확히 필요로 하는 자유분방한 존재였다. 좋은 가정에서 자란 사강은 추월 금지선을 멋지게 뛰어넘었다. 요컨대 그녀는 글을 쓸 줄 알았다. 그녀는 세상물정을 알았지만 도를 넘지 않았다. 필요 이상의 노력을 하기에는 너무 영악했고, 매력적으로 예의를 차렸다. 르네 쥘리아르는 사강이 그 소설을 직접 썼다는 것을 확신했다. 그녀는 명백한 작가였다. 그것은 필요 불가결한 사실은 아니었지만, 책 출간에 도움이 되었다. 르네 쥘리아르가 어린 여류 작가를 찾아낸 것이다.

사강의 친구 베르나르 프랑크는 설명한다.

— 당시 쥘리아르 출판사는 최고의 출판사는 아니었다오. 프랑수아즈는 자기를 받아들여준 맨 처음 출판사를 선택한 거지. 그런데 거기에는 출판업자의 속물근성이 한몫했어요. 아무튼 갈리마르 출판사가 최고였던 그 시절에 프랑수아즈는 '위대한 작가는 갈리마르 출판사에서 책을 내야 한다'는 고정관념을, 신화를 없애버렸소.

르네 쥘리아르가 『슬픔이여 안녕』을 출간한 것은 가장 먼저 사강을 알아보았기 때문이다. 사강은 책을 출간하는 대가로 무턱대고 2만 5천 프랑을 요구했다. 그녀와의 만남에 들뜨고 자극받은 르네 쥘리아르는 액수를 두 배로 올려줬고, 갈리마르 출판사와 플롱 출판사보다 재빨리 행동했다. 이 출판사들은 나중에야 원고 출간을 수락했지만 이미 한발 늦었다. 사강과 함께 일하려면 그녀만큼이나 민첩해야 했다. 사강은 『응수들』에서 이렇게 말했다. "재능 있고 돈도 있는 출판사와 함께 시작했으니 나는 운이 좋았다." 그녀는 돈을 어떻게 사용해야 하는지 알았다.

사강은 계약서를 들고 나와 플로랑스에게 전화를 걸어 말했다.

"나 자동차 살 거야, 재규어로."

플로랑스는 깜짝 놀랐다. 자동차를 사는 친구(게다가 작가)라니, 그런 것은 한 번도 본 적이 없었다.

책은 1954년 3월 15일에 나왔다.

아홉 살 이후 계속되었던 전쟁이 비로소 끝났다.

여름이 되기 전에 사강은 스타가 된다.

— 그로부터 몇 년 뒤, 나는 『슬픔이여 안녕』의 원고에 나이를 적어 넣다니 영악했다고 프랑수아즈에게 지적했어요.

플로랑스 말로가 나에게 말했다. 당시 사강은 이렇게 대답했다고 한다. "아니, 그건 수완에서 나온 행동은 아니었어. 난 그들이 이렇게 생각하게 하려고 그랬던 거야. '나이가 어리군. 뭔가 구실이 되겠어.'"

친애하는 베르니

한 손에 바지를 들고 있었으므로, 그가 방금 옷을 벗었다고 생각할 수
도 있었다. 그러나 아니었다. 그의 메피스토 운동화 끈이 노동사제의 운
동화 끈처럼 매어져 있었다. 그는 빌린 옷처럼 지나치게 크고 헐렁헐렁
한 옷을 입고 있었다. 바지는 미완성 상태의 배기 바지 같았다. 최근에 그
의 몸이 야위어서는 아니었다. 그는 항상 옷을 그렇게 입었다.

— 나는 방 안에서 지내는 걸 좋아했다오. 내 방이든 다른 사람들의 방
이든.

베르나르 프랑크가 장난기 어린 미소를 머금은 채 말했다.

포부르 생토노레 거리 브리스톨 호텔 앞에 있는 그의 집은 완벽하게
조용했다. 그는 1층에 마지막으로 남은 세입자다. 그 건물이 사무실들에
점령되어버린 것이다. 그는 자발적으로 집 안에 감금되어 책들이 꽉 들
어찬 은신처를 홍보실로 사용하고 있었다. 석순이 방의 벽들을 기어오르
고, 탁자와 원탁들, 초록색과 금색의 예복을 입은 플레이아드 총서(프랑
스 갈리마르 출판사에서 발행하는 유명 작가들의 전집 총서 — 옮긴이)가 꽂힌 서
가를 뒤덮고 있었다.

그것들은 그의 책이지만, 그는 초판본을 갖고 있지 않았다. 그리고 그
것에 별로 신경 쓰지 않았다. 그의 찬미자 중 한 사람인 아카데미 회원 장

도르메송이 아카데미 프랑세즈에 들어가라고 권했을 때 그는 포복절도했다. 그리고 장 도르메송의 염려에 감사를 표하기 위해 다음과 같은 독설을 퍼부었다. "도르메송이 줄기차게 글을 쓰지만 않는다면 우리 문인들의 관계가 아주 좋아질 텐데 말입니다." 베르나르 프랑크는 독립적인 남자였고, 자신의 생각에, 자신의 어린 시절에 충실했다.

사강은 그에 대해 이렇게 썼다. "우리는 서로 알게 된 후 떨어져 있은 적이 거의 없었다. 『슬픔이여 안녕』이 나온 해에 플로랑스가 어느 칵테일 파티에서 그를 나에게 소개했다. 그는 퉁명스러운 청년이었다. 눈썹이 짙었고, 목소리가 좋았고, 손이 예뻤다. 그리고 소녀 사강에게 빈정거리는 태도를 보였다. 그녀 역시 마찬가지였다. 그는 이후 몇몇 연애 사건을 제외하고는 사강을 떠나지 않았다. 그는 저명한 책 『일반 지리』를 이미 쓴 뒤였고, 사르트르와 교분도 있었다. 나에게 그는 지식인 그 자체였다. 우리는 각자의 다양한 결혼 생활에 따라 그때그때 서로의 집에서 번갈아가며 동거를 했다. 흐르는 시간 외의 다른 것 때문에 떨어져 있은 적은 없다."

사강과 친구가 되었을 때, 베르나르 프랑크는 그녀보다 더 이름이 나 있었다. 플로랑스는 1954년 드노엘 출판사의 칵테일파티에서 두 사람을 소개해주었다. 플로랑스는 자몽 주스를, 베르나르와 사강은 조니 워커를 마셨다. 그들은 이웃이었지만(둘 다 파리 17구의 부모님 집에 살고 있었다. 베르나르는 바그람 대로에, 사강은 말제르브 대로에) 한 번도 마주친 적이 없었다. 그 구역의 서점(쿠르셀 거리의 '레 제세' 서점) 주인 제라르 무르귀가 베르나르에게 『슬픔이여 안녕』을 추천해주긴 했다.

베르나르는 '세리 누아르'(갈리마르 출판사에서 1945년부터 발행한 추리소설 시리즈 — 옮긴이)의 추리소설이나 그가 열렬히 좋아하던 「피에 니켈레

34

스」(루이 포르통이 1908년 잡지 『레파탕』에 처음 발표해 1934년 세상을 떠날 때까지 그린 시리즈 만화 ─ 옮긴이)를 읽듯 『슬픔이여 안녕』을 즐겁게, 서둘러 읽었다. 이런 책들은 잘못된 문제들을 과중하게 부과하지 않는다. 일단 읽고, 그런 다음엔 잘 자면 된다!

베르나르 프랑크가 체념한 태도로 인내심 있게 안락의자에 앉아 눈을 깜박거렸다. 그는 머리털이 텁수룩하며, 반은 악동 같고 반은 달라이 라마 같았다.

─ 오래되었지. 프랑수아즈의 작은 걸작 『슬픔이여 안녕』으로 진정한 경탄을 경험한 후 오랜 시간이 흘렀소. 하지만 그것을 그녀에게 반드시 말할 필요는 없었다오.

젊고, 거드름 피우기 좋아하고, 속물근성이 있었던 베르나르 프랑크는 스스로를 자기 세대의 유일한 작가로 여겼다. 스물다섯의 그는 사강을 거만하게 훑어보면서(당시 사강은 겨우 스무 살이었다) 자신의 몇몇 조잡한 소설들에 대해 이야기했고, 사강은 그의 책들에 한결같은 존경심을 표했다. 그들이 만났을 때 베르나르는 책 세 권, 즉 『일반 지리』, 『쥐』, 『문학의 갑주』를 출간한 상태였다. 그는 프랑스 문단의 스타로 사람들의 입에 오르내리는 청년이었다. 사람들은 그가 위대한 소설을, 걸작을 발표하기를 기대했다. 장 폴 사르트르는 금속성의 건조한 목소리로 그에게 말했다. "자네는 내가 자네 나이였을 때보다 더 똑똑해." 모두들 베르나르의 천재성을 확신했다. 사강도 그가 비범한 작가라고 생각했다. 베르나르도 그런 그녀의 생각이 틀리지 않다고 생각해버렸다. 그들의 우정이 자신의 재능에 대해 의심했던 그녀의 마음을 안심시켜주었다. 사실 그녀는 자신의 재능을 그다지 확신하지 못했던 것이다. 그녀는 그의 승인을 구했다.

사강은 재규어 XK140을 타고 처음 그의 집으로 그를 데리러 갔다.

— 차체 색은 검은색 아니면 진초록색이었소. 정확히 기억나지는 않아요. 운전할 줄 모르는 사람이 젊은 아가씨가 운전하는 재규어에 타는 것은 황홀한 일이었지.

베르나르의 눈에 비친 사강의 생활 방식은 빛나 보였다. 스콧 피츠제럴드가 젤다와 사랑에 빠졌듯이, 베르나르 프랑크는 '사강의 용기와 솔직함, 타오르는 듯한 자만심'과 사랑에 빠졌다. 베르나르는 그녀의 우주선에 탑승했고, 이후 단 한 번도 거기서 내리지 않았다.

— 나는 결코 더 잘할 수 없을 거라는 걸 깨달았소.

사강은 그르넬 거리에 있는 출판업자 장 클로드 파스켈의 사무실로 차를 몰았다. 그녀는 덮개를 접은 자동차를 출판사가 있는 조금 황폐한 건물의 뜰에 세웠다. 1950년대에 자동차는 퍽 놀라운 물건이었다. 베르나르 프랑크는 그런 행동을 불만스럽게 여기지 않았을 뿐이지만 겉으로는 아주 흡족하게 여기는 척했다. 그날 그 출판사에 있던 모든 사람들이 창가로 와서 그 광경을 구경했다. 베르나르 프랑크는 『마지막 모히칸족』의 원고를 파스켈에게 가져갔다. 그 뒤 파스켈은 더 이상 그의 원고를 보지 못한다. 사강이 그를 낚아채갔기 때문이다. 그들은 플로랑스와 함께 늘 붙어 다니는 3인조를 결성한다. 그들 셋은 모두 민첩하고, 똑똑하고, 세련되고, 문학적 소양이 있었다. 매력 있고 조심스럽고 신중했으며 특히 상냥했다. 프랑수아즈 사강이 그들 두 사람에게서 좋아한 것은 사람들이 너그러움이라고 부르는 매력과 지성의 혼합이었다. 그들은 여행을 했다. 사강과 플로랑스는 옷 꾸러미를 들고, 베르나르는 책이 든 가방과 구두골을 들었다.

— 나는 자연스러움 속에 깃든 그런 지성을 한 번도 본 적이 없소. 지성은 명철하고 분명할 때 평화로운 인상을 주지요. 전쟁 이후 프랑스 문학에는 사르트르와 사강, 두 명의 스타만 있었소. 사르트르는 확실히 지성인이었지. 하지만 프랑수아즈는…….

— 그럼 성적(性的)으로는 어땠나요?

— 글쎄올시다…….

그는 '사강스러운' 몸짓으로 이마에 내려온 앞머리를 판판하게 펴더니 얼굴 절반을 가리는 면갑(面甲)처럼 눈썹 위에 대고 눌렀다. 그는 그렇게 자신의 수줍음을 빗질했다. 베르나르 프랑크와 사강은 너무나 밀접한 관계를 맺은 나머지 서로 닮아버렸다. 베르나르는 사강만큼이나 의중을 파악하기 힘든 사람이 되었다. 그가 그녀처럼 빨리 말하기 때문이 아니라, 말을 입속으로 웅얼거렸기 때문이었다. 작가이자 평론가이며 베르나르의 친구이기도 했던 에릭 뇌호프는 그들의 교류가 모스 교신 같았을 거라고 주장한다.

베르나르 프랑크와 사강 사이에 연애 사건이 있었을까? 측근들은 의심쩍은 점이 있기는 하지만 확신할 수는 없다고 말한다. "아니에요. 그들 사이에 그런 것은 전혀 없었어요." 그들의 친구 장 그루에는 잘라 말한다. 장 그루에는 사강의 비서였고, 파트릭 베송의 말에 따르면 그 후에는 작가들의, 특히 베르나르 프랑크의 유모가 되었다. 또 다른 친구이자 작가들의 유모인 클로드 페르드리엘은 이렇게 바로잡았다. "어쩌면 있었을 수도 있어요."

그런 일이 있었다. 한 번, 딱 한 번. 그 일은 두 사람 모두에게 탐탁지 않은 일이었고, 각자 자신의 입장에서 플로랑스에게 그 일을 털어놓았다.

베르나르 프랑크는 사강의 타입이 아니었고 사강 역시 그의 타입이 아니었다. 베르나르는 나이 든 여자들을 좋아했고 사강은 젊은 여자나 나이든 남자들을 좋아했다. 사강에게 베르나르는 연인이라기보다는 과도기적 대상, 텁수룩한 곰 인형이었다. 그녀는 그가 짜증난다고 생각하면서도 그에게 감탄했다.

— 프랑수아즈는 내 인생의 여자였소.

베르나르 프랑크가 갑자기 말했다.

웬걸! 그의 인생의 여자는 그녀 한 사람만이 아니었다(그는 자신의 전기 작가에게 그 여자들과 관련된 일화들을 모두 삭제해달라고 요청했다). 여러 여자가 '그의 인생의 매우 큰 사랑'이라는 최고 단계로 승급되었다. 베르나르는 그가 큰 열정을 쏟았던 마리 오데트 로슈슈아르, 영국 작가 시릴 코놀리의 미망인 바바라 스켈턴, 조형 예술가 소피 칼의 어머니 모니크 공티에 혹은 그의 아내였던 뛰어난 특파원 클로딘 베르니에 팔리에스처럼 특색 있는 여자들, 개성 강한 여자들을 좋아했다.

"그것은 긴 공백들, 불화들, 조용한 불신들로 이루어진 기묘한 우정이었다. 마치 우리가 더 자주 만나고 서로를 칭찬해주는 배려심을 다른 삶에, 더 나은 삶에 가져다놓은 것처럼 말이다." 베르나르는 1964년 1월 30일자 『프랑스 옵세르바퇴르』(프랑스 시사 주간지 『르 누벨 옵세르바퇴르』의 전신 — 옮긴이)에 사강과의 관계에 대해 이렇게 썼다.

사강과 베르나르는 충실하고 열정적인 우정을 나누었다. 이 사실은 절대 반박할 수 없다. 때때로 그들은 서로에게 뿌루퉁했고(베르나르는 질투심이 매우 많아 쉽게 토라지곤 했다), 불화했다가 화해하기를 반복했다. 그러나 그들은 똑같은 필요에 의해 서로를 사랑하고 존경했다. 그들은 단둘이 있은 적이 전혀 없었고, 서로를 똑같이 증오했다. 그들은 친밀하지 않으면서도 가까웠다. 각자 서로에게 어떤 역할을 했지만, 완전히 진실한 모습을 보여준 적은 한 번도 없었다.

1965년에 베르나르는 이렇게 썼다. "사강이 없었다면 사는 게 죽을 만큼 지루했을 것이다." 사강은 베르나르의 작품에서나 생활에서나 끊임없이 주된 주제를 이루었던 것 같다. 그는 이따금 사강과 떨어져 지냈지만 늘 되돌아왔다. 사강은 '그의 인생의 다른 여자들'보다 먼저 그의 삶에 연관되었다. 그녀는 그의 여자 친구들의 기분을 고려하지 않고 자기 마음대로 그를 데려가곤 했다.

『이제는 울지 마세요』라는 적절한 제목을 붙인 회고록에서 바바라 스켈턴은 사강이 때때로 어떻게 베르나르를 '납치해' 갔는지 이야기한다. 사강은 그리모에 있던 바바라의 저택 입구 철책 앞에서 자동차 클랙슨을 딱 한 번 울려 베르나르가 여행 가방을 들고 나와 자기와 합류하게 했다는 것이다. 처음에 바바라 스켈턴은 고약한 그 두 애송이에게 너무나 화가 난 나머지 방금 전 베르나르와 함께 딴 위스키를 병째로 마신 뒤 자기 자동차를 운전하다가 어느 협곡으로 굴러떨어졌다.

일단 도망치고 나면 베르나르는 자신의 후원자에게 "벌써 당신이 그리워요. 곧 다시 만나기를 바라고 있습니다" 혹은 "블랙잭을 하러 카지노에 갈 방법을 찾아냈어요. 어려운 게임이죠. 카드가 빠르게 돌아가니까요. 어제는 다이어트 때문에 루아얄에서 오렌지 샴페인 한 잔을 마시고 저녁 식사 때 보르도 포도주 3분의 1병을 마셨어요. 작업해야 할 습작 때문에 걱정이 됩니다……" 같은 가학적이면서도 외교적인 전보를 보냈다.

바바라 스켈턴은 회고록에 이렇게 썼다. "베르나르와 프랑수아즈는 엄청난 매력을 갖고 있었다. 그 두 사람이 남매처럼 나란히 앉아 있는 것을 보았을 때, 나는 꼭 앵무새 부부 같다고 생각했다. 한 사람은 금발에 새처럼 지저귀었고, 키가 크고 머리가 갈색인 다른 사람은 생각에 잠겨 있었으니까."

도망치고 두세 달이 지난 후 베르나르는 그리모에 전화를 걸어 이렇게 말했다. "기차역이에요. 나를 데리러 와줘요." 그러면 바바라는 급히 달려갔고 아이에게 하듯 그를 용서해주었다.

때때로 바바라는 베르나르와 함께 사강 집에 갔다.

— 친절하게도 프랑수아즈가 여자 친구와 함께 오라고 베르나르에게 말했습니다. 바바라가 블롯(카드놀이의 일종 — 옮긴이)을 하지 않을 때는 제외하고요. 우리는 블롯을 하면서 저녁나절을 보내곤 했거든요. 바바라는 짓궂은 사람이었고 적잖이 주저했습니다. 너그러운 프랑수아즈는 아무 말도 하지 않았죠. 프랑수아즈와 베르나르 사이에는 상대의 애정 생활을 존중한다는 묵계가 있었으니까요. 프랑수아즈는 절대 베르나르를 비난하지 않았습니다.

그들의 친구 장 그루에는 이렇게 기억한다.

베르나르 프랑크는 책 출간을 중단했다. 그는 전후의 위대한 작가가 되지 못했다. 그의 마지막 소설 『우스운 착각』은 1955년에 출간되었다. 이 냉소적인 이야기 속에서 화자는 『여자들에게 눌린 남자』를 쓴 드리외 라 로셸에게 영향을 받아 어느 부유한 여자와 결혼하려 하고 여자들의 가방에서 돈을 훔친다. 그는 비 내리는 길 위에서 홀로 불쌍하게 죽음을 맞이한다. 이 소설은 사랑하는 여자들의 선의를 후하게 경험한 한 남자에 대한 이야기다. 『우스운 착각』은 『슬픔이여 안녕』보다 1년 뒤에 출간되었으며 흥행에 실패했다.

— 나는 절대 혼자서 그녀만큼 잘해낼 수 없었을 거요.

그가 중얼거렸다.

이후 베르나르 프랑크는 다시는 소설을 발표하지 않았다. 사강은 두 사람 몫의 글을 썼다. 베르나르는 면허증도 따지 못했고, 사강은 훌륭한 비행사였다.

— 나는 운전을 할 줄 모른다오. 여자들이 내 인생을 운전해주었지.

운전대를 잡은 것은 그녀였다. 그녀가 그 유명한 자동차 사고를 당했을 때도 베르나르는 승객석에 앉아 있었다.

그는 자신에게 연금을 준 출판업자들에게 『비시에서의 죽음』이라는, 비시에 관한 꿈 같고 대단한 소설을 내겠다고 평생 동안 약속했다.

예를 들어 사강의 출판업자 르네 쥘리아르는 자크 샤르돈의 추천 때문에 1957년부터 베르나르 프랑크에게 다달이 월급을 주었다. 자크 샤르돈이 이렇게 말했던 것이다. "프랑크는 그 분야에서 유일한 존재입니다. 자기 세대의 프루스트지요." 르네 쥘리아르는 라 타블 롱드 출판사에서 낸 베르나르 책들의 판권을 다시 사들였고 그에게 10만 프랑의 월급을 주었다. 너그럽게도 베르나르가 카지노에서 잃은 돈을 해결해주기까지 했다. 1958년 프랑크는 드리외 라 로셸에 관한 에세이 『문학의 갑주』를 쥘리아르에게 주었다. 그러고 나서는 아무 원고도 건네주지 않았다. 단 한 번도.

— 4년째 되던 해의 연말이었소. 신만이 그 이유를 아시겠지만, 나는 쥘리아르가 신경질적으로 변했다고 느꼈지.

베르나르는 '조금 격한' 편지 한 통을 쥘리아르에게 보낸다. 보잘것없는 월급 때문에 감시당하며 글을 쓸 수는 없었다. 르네 쥘리아르는 입금을 중단했다.

베르나르는 자신이 소설과 잘 맞지 않는다고 생각하기 시작했다. 그런데도 불구하고 계속 쓸 필요는 없었다. 콕토가 말했듯이 그는 숙명론자였다.

그러나 그는 문학에 대한 '적당한 열정'을 계속 유지했다. 그는 사강과 똑같은 관능적인 방식으로 문학을 사랑했다. 그들이 문학에 대해 이야기하는 일은 결코 없었지만. 카드놀이를 하던 중 그가 우연히 사강에게 이렇게 말한 적은 있었다. "당신도 알다시피 라신은 바보 같아. 그는 코르네유보다 훨씬 더 이기적이고 타락한 인물이었어."

그들은 거드름 피우는 사람들, 유식한 척하는 여류 작가들을 성가셔했다. 그것을 느낀 시몬 드 보부아르는 사강에게 주눅이 들었다. 보부아르는 『사물의 힘』에서 이렇게 말했다. "그녀가 생략법, 암시, 함축법을 좋아했기 때문에, 그리고 그녀가 문장들을 제대로 끝마치지 않기 때문에 나는 내 문장들을 끝까지 끌고 가는 것이 학자연하는 것처럼 느껴졌다. 그러나 나는 문장들을 파괴하는 것이 자연스럽게 느껴지지 않았다. 결국 더는 할 말이 없었다."

— 자몽 주스 들겠소?

베르나르 프랑크가 한 손에 바지를 든 채 주방으로 사라졌다가 유리잔 두 개를 들고 돌아왔다. 그가 마실 유리잔 속에는 자몽 주스가 담겨 있지 않았다.

어쨌든 베르나르 프랑크는 글쓰기를 멈추지 않았다. 이 놀라운 시대의 증인, 활기 넘치고 강렬하고 유쾌한 수천 페이지의 글을 쓴 이 작가는 50세 이후 문학평론가 겸 음식평론가로 활동했다. 요컨대 건달처럼 빈둥거리며 살았다. 소나무로 만들어진 소박한 조리대가 있는 그의 서재에서(그는 문인이지만 문인을 자처하지 않는다) 유일하게 현대적인 것은 1980년대의 팩스뿐이다. 그는 클레르퐁텐 노트에 쓴 자신의 시평들을 그 팩스를 통해 『르 누벨 옵세르바퇴르』에 보냈다. 평균적으로 1년에 250페이지 분량이었다.

　제대로 평가받지 못한 이 작가의 작품은 방대한 여담, 자신이 중심에 있는 끝없는 시평이었다. 놀이하듯 자유로운 그의 펜 주변에는 로제 니미에, 자크 샤르돈, 폴 모랑, 장 폴 사르트르, 앙드레 말로, 뱅자맹 콩스탕, 프루스트, 플로베르가 맴돌았다. 그는 친밀하고 존경하고 사랑하는 친구들로서 이 작가들을 조금의 허식도 없이 친숙하게 다루었다. 사람들은 베르나르가 '루이 14세 없는 생 시몽'이라고 말했다. 그는 시평들에 자신의 개 조크에 관한 일화나 성찰들을 끼워 넣었다. 조크는 1960년대에 그의 외출에 동반하곤 했다. 목적지는 주로 푸르 거리의 레진 바였다. 베르나르 프랑크는 애인들에 둘러싸여 있었는데(그는 저돌적으로 여자들을 꾀었고, 그것은 효과가 좋았다), 그 여자들 중 하나가 그에게 조크를 주었다. 조크는 간암으로 죽었다. 반면 베르나르의 간암은 수십 년을 견뎠다. 그는 고양이도 좋아하는 그는 자신의 두 딸 잔과 조제핀의 사진과 함께 고양이의 사진도 액자에 넣어두었다.

필명 사강

나는 이번 주에 프랑수아즈 사강의 소설을 읽었네.
이 젊은 여자는 좋은 집안, 위대한 작가 집안 출신이라네.
_자크 샤르돈이 로제 니미에에게 보낸 편지 중

흰색 바탕에 초록색으로 가장자리를 두른 『슬픔이여 안녕』의 표지에 는 저자의 사진을 넣은 띠지가 둘려 있다. 사진 속 그녀는 수줍은 소녀의 빛나는 얼굴을 하고 있다. 책의 수익을 보장해줄 '지독한 악마'라는 흥미 진진한 부제도 붙어 있다. '악마'라는 단어는 30년 전 쥘리아르 출판사에 서 레이몽 라디게의 책을 홍보할 때 좋은 효과를 보여준 바 있었다.

쥘리아르 출판사는 젊음과 추문이라는 자극적인 두 요소를 활용했다. 프레데릭 베베데가 그녀의 작품들을 위한 홍보 문구를 작성하기 훨씬 전 에, 편집자들은 책이란 세실 길베르가 『트리스트럼 샌디』에 관한 훌륭 한 수필에 썼듯이 욕망의 대상임을, '최신의 토템'임을, 유행의 장신구임 을, 문화적 페티시의 대상임을, 그것을 소유하는 행위는 곧 유행의 첨단 을 걷는 일임을 이해했다. 1954년, 컬러 사진을 게재한 잡지들이 그런 마 케팅을 더욱 확대시킨다. 『엘』과 『파리마치』 같은 전후에 나온 새로운 컬러 잡지들의 발행 부수는 상당했다.

『슬픔이여 안녕』을 처음 언급한 매체는 『파리마치』였다. 쥘리아르 출판사의 언론 담당자 이베트 베시스는 『파리마치』의 편집장 조르주 벨몽에게 사강의 어린 나이를 강조하면서 이 소녀 작가를 눈여겨봐달라고 당부했다. 『파리마치』는 훌륭한 사진기자들 덕분에 경쟁지인 미국의 『라이프』와 비견할 만한 국제적 명성을 얻었다. 타자기 앞에 있는 사강의 사진을 넣은 기사가 '『슬픔이여 안녕』은 열여덟 살 난 콜레트를 연상시킨다'라는 제목으로 '피플' 난에 실렸다(콜레트는 뒤이은 여름에 세상을 떠났다). '문학' 난이 아니라 '피플' 난이었다. 프랑수아즈 사강은 그해 봄 프랑스에서 일대 사건이었다. 그녀는 이름을 바꾸었다.

그녀의 언니 쉬잔 쿠아레는 말한다. "내 여동생은 부도덕을 대표하는 아이처럼 비쳤다. 소설 속 주인공 소녀가 해변에서 애인과 애정 행각을 벌였기 때문이다. 아버지는 프랑수아즈에게 말씀하셨다. '너, 네 책에 내 이름은 넣지 마라.'"

사람들의 평판에 신경 쓰는 지방 부르주아였던 사강의 아버지는 딸에게 이름을 숨기고 활동하라고 요청했다. 하지만 사강이 쿠아레 집안 사람이었을까? 플로랑스의 말에 따르면 그렇지 않았다. 사강은 자신의 가족에 속하지 않았다. 그녀는 자기 가족 중 그 누구와도 닮지 않았다. 가족들은 그녀의 지성과 민첩함을, 그녀의 자유로운 정신을 공유하지 않았다.

— 프랑수아즈의 눈빛에는 카리스마가, 가족들을 압도하는 힘이 있었어요.

플로랑스는 말했다.

아버지의 강권 없이도(결국 그녀는 누구의 성姓을 물려받는가?) 프랑수아즈 사강은 소설가로서의 위엄이 부족한 아버지가 물려준 성을 바꿨을 것이다. 그 전해 가을 그녀가 사르트르의 희곡을 원작으로 한 영화 〈닫힌 문〉의 촬영 현장에 몰래 숨어 들어갔을 때, 관계자들이 그녀에게 이름이 뭐냐고 물었다. 그녀는 궁지에서 벗어나려고 오디세우스가 키클로페스(호메로스의 『오디세이아』에 나오는 외눈족 — 옮긴이)에게 썼던 전략을 써서 "아무도 아니에요(Personne)"라고 대답했다. 그녀는 '아무도 아닌 아가씨(mademoiselle Personne)'라는 이름으로 소설가 콜레트 오드리에게 소개되었다. 그녀는 콜레트 오드리에게 자신의 원고를 보여주었고, 콜레트 오드리는 원고를 쥘리아르 출판사에 보내라고 조언했다.

사강은 이름을 바꾸면서 한 걸음 빗나갔다. 스스로 가면을 선택했고, 자신의 눈에서 스스로를 숨겼다. 동시에 자신에게 새로운 가치를 부여하고, 내밀한 일기들을 없애버렸다.

"가면과 필명은 면책에 대한 완벽한 추진력을 부여해준다." 평론가 장 스타로뱅스키는 말했다. 스타로뱅스키는 스탕달의 필명에 관해 글을 쓰기도 했다. 필명은 박해받는 초자아를 해방시켜주는 가리개로 작용한다. 이 가리개 뒤에서 그녀는 모습을 드러내지 않고 세상을 관찰할 수 있었다. 처음부터 익명으로 활동하려는 의도는 없었다. 그녀는 사람들에게 주목받기를, 관심의 대상이 되기를 원했다. 그러므로 깃발처럼 휘날릴 만한 이름이 필요했다.

그녀의 문학적 대부(代父)인 스탕달과 프루스트가 그녀에게 필명을 제공했다. 프루스트는 사강 공(公), 즉 사강과 탈레랑의 공작이자 유명한 댄디였던 실존인물 보종 드 탈레랑 페리고르에게서 게르망트 공작과 샤를뤼스 남작의 특징들에 관한 영감을 얻었다.

"그 출구가 눈앞에 선하다. 내 기억이 틀리지 않다면 나는 그것을, 액자에서 떼어낸 사강 공의 초상화를 그 계단 위에 올려놓았다. 그것은 하얀 장갑을 낀 손에 큼직하고 높은 혁명의 모자를 들고 단춧구멍에는 가데니아 꽃을 꽂은 그가 공작부인에게 존경을 표하기 위해 한 마지막 사교 외출이었다. 구체제의 깃털 달린 펠트 모자가 아니어서 사람들은 놀랐다. 조상들의 여러 얼굴이 그 영주의 얼굴 속에 정확히 재현되었다."

스탕달과 사강, 프로이센의 두 도시. 문학, 그들이 자신들의 방식으로 다듬은 공작령. 사강은 두 천재 작가의 이중의 후원 밑에서 새로운 통행증을 가지고 상상의 영토를 획득했다. 그녀는 자신의 이름을 더는 지니지 않았다. 그녀는 이름에 실려 날아가 하나의 인물로 창조되었다. 사강은 이 새로운 이름에 어떤 역할을 부여할 것인가? 성공이 텍스트를 부추기고, 그녀의 의사와 상관없이 전설을 창조했다.

5월 1일, 『슬픔이여 안녕』이 8천 부 팔려나갔다. 평론가들은 열광했다.

"엄청난 성공이었다. 하지만 나는 그 성공에 대해 아무것도 이해하지 못했다. 이따금 나는 속으로 생각했다. 이건 잘 쓰인 책이야. 그리고 이 책에는 죄의식을 갖지 않는 것과 자유로운 사랑에 대한 개념이 존재해." 사강은 『응수들』에서 이렇게 말했다.

『슬픔이여 안녕』에 대한 반응은 너무나 열광적이어서 사강 자신도 놀랐다.

사강은 『답변들』에 이렇게 썼다. "내가 문단에 데뷔했을 때, 프랑스에서 영향력 있는 평론가들이었던 에밀 앙리오, 로베르 켐프, 앙드레 루소, 로베르 캉테르가 어느 책에 대해 '기사'를 썼다. 그러나 그들은 자기들의 느낌에 대해서는 이야기하지 않았다. 그래서 사람들은 그들이 어떤 기분으로 그 책에 접근했는지, 그들이 어떤 상황에서 그 책을 읽었는지 알지 못했다. 그들이 그 책에 대해 객관적으로 어떻게 생각하는지만 알 수 있었을 뿐이다. 그들은 그 책의 줄거리, 등장인물, 그 책의 도덕성, 문체에 대해 이야기했다. 그들은 『슬픔이여 안녕』을 매우 유쾌하고 생기발랄하고 잘 쓰인 책으로 보았다. 그 책에서 그들을 거의 전율하게 하고 그들의 흥미를 끄는 시대에 대한 관찰을 발견하기까지 했다."

이를테면 폴 앙드레 르조르는 신문 「콩바」에 이렇게 썼다. "그녀의 소설은 짧고, 요령 있게 만들어졌고, 정확하고 분명한 언어로 쓰였다. 부정확한 표현이나 어떤 경우에도 적합한 형용사들은 눈에 띄지 않는다. 통찰과 대화들은 이따금 흥미로운 유머의 흔적을 지닌다. 말하고 싶은 것이 지나치게 많아 보이는 다른 신인 작가들의 책에서 발견되는 불확실성, 실패 혹은 갑작스러운 아름다움은 전혀 존재하지 않는다. 프랑수아즈 사강은 말하고 싶은 것이 지나치게 많지 않았다. 그녀는 자신이 원하는 것이 무엇인지 완벽하게 알고 있었다."

5월 말, 그 보답으로 문학비평상이 센세이션을 불러일으키며 『슬픔이여 안녕』에 수여되었다. 『NRF』(La Nouvelle Revue Française, 20세기 프랑스의 대표적 문학잡지 — 옮긴이)의 막후 인물이자 위대한 미술평론가 장 폴랑, 조르주 바타유, 로제 카유아, 마르셀 아를랑, 모리스 블랑쇼, 모리스 나도로 이루어진 심사위원단 구성이 인상적이었다. 이들은 엄격한 기준을 가졌으며, 얕은 바다에 사는 커다란 고래처럼 사라진 종족에 속하는 문인들이었다.

명망 높은 이 심사위원들은 줄거리에 입체감이 있다는 이유로 탁월한 소녀 작가 프랑수아즈에게 상을 주었다. 그러나 수상이 책의 판매에 영향을 끼치지는 않았다. 문학적 장점만으로 대규모의 성공을 끌어낼 수는 없을 것이다. 반대로 문학적 소양이 요구되었던 그 시대에는 젊고 배짱 좋다는 것만으로는 영향력을 얻는 데 충분치 않았다. 그 무엇보다 남다른 재능이 요구되었다.

가장 놀라운 것은 대중의 호기심을 자극하는 신중한 평론가들의 평가였다. 심사 위원단은 상을 수여하면서 사강의 재능에 대해 의견 일치를 보았다. 에밀 앙리오는 이렇게 썼다. "그러나 괴물 같은 주인공을 무척 예술적으로 그려낸 이 부도덕한 책을 일반 대중에게 추천하는 것에 대해서는 확신이 없다." 효과적인 티저 캠페인이다.

사강의 작품을 처음 연구한 사람들은 『슬픔이여 안녕』을 도덕적 우화로 보았다. 스스로에게 몰두하는 등장인물들은 신 없는 세상의 공허와 권태에 처한다. 그리고 그들의 쾌락주의는 허무와 시대의 절망을 구현한다.

『슬픔이여 안녕』의 가장 훌륭한 언론 담당자는 프랑수아 모리악이었다. 그는 사강이 큰 영광을 얻을 거라고 단언했다. 모리악은 프랑스의 훌륭한 가톨릭 문인이었으며, 신문이나 잡지의 시평들을 통해 프랑스 문단의 양심으로 행동했다. 그는 「르 피가로」에 이렇게 썼다. "지난주, 열여덟 살 난 매혹적인 악마에게 문학비평상이 수여되었다. 이 잔인한 책에 상을 주다니, 심사위원단이 잘못한 걸까? 나는 그렇게 생각하지 않는다. 이 책은 첫 페이지부터 문학적 장점들이 넘쳐나며, 이론의 여지 없이 훌륭한 작품이다." 다른 시평에서는 "지나칠 정도로 재능 많은 소녀의 소설", "명석한 잔혹함을 지녔다"라고 평했다.

호의적이기도 했지만 무엇보다 세상의 흐름에 정통하고 싶었던 모리악은 '문학적 장점'이 있다는 이유로 이 젊은 작가를 무죄 방면했다. 시평에서 그는 "문학비평상 심사 위원단이 그 향신료들을 맛보았던 고약한 소녀"를 아버지의 입장으로 대했다. 오늘날이라면 열여덟 살 난 작가라도 어떻게 공공연히 '소녀'라고 부르겠는가. 모리악은 쉽게 속는 사람이 아니었다. 그는 영악하고 어린 부르주아 사강을 순수한 배덕자와 혼동하지 않았다.

사강은 문학비평상 상금 10만 프랑을 현금으로 받았다. 수표를 받아 현금으로 바꾸기에는 그녀의 나이가 너무 어렸던 것이다.

사강의 아버지 피에르 쿠아레가 일하던 제네랄 엘렉트리크 사는 『슬픔이여 안녕』을 복도에 전시하고 배포했다. 사강이 집안 최초의 예술가는 아니었다. 사강의 고모인 마들렌 쿠아레가 1930년대에 뉴욕에서 전시회를 연 적이 있었고, 음악학교에 다닌 여자 친척도 있었다. 그러나 사강처럼 유명 인사가 배출된 것은 처음이었다. 어느 날 저녁, 제네랄 엘렉트리크 사의 간부들이 참석한 쿠아레 집안 저녁 식사에서, 간부 중 한 사람이 말했다. "만약 내 딸이 그런 책을 썼다면 그다지 자랑스럽지 않을 것 같습니다." 그러자 피에르 쿠아레는 퉁명스럽게 대꾸했다. "그 책은 결코 위험한 책이 아닙니다."

젊음의 발명품

전설을 만든 것은 사강 자신이 아니었다. 사강의 전설은 '사강을 통해' 만들어졌다. 1950년대 후반의 프랑스는 다른 단계로 넘어가기를, 과거를 잊고 즐기기를 원했다. 1920년대처럼 전후(戰後)의 급박한 노력에 따른 긴장을 완화할 시간이 필요했던 것이다. 행복의 경제학 속에서 프랑스는 지나치게 예술적이지 않고 지나치게 서민적이지도 않은 새로운 기분 전환거리를 찾았다. 『슬픔이여 안녕』의 활력과 기민함은 패전이라는 현실에서 등을 돌리고 즐기기로 한, 돈을 펑펑 쓰기로 마음먹은 새로운 시대의 서막을 알렸다. 사강은 그런 시대사조와 완벽하게 합치했다.

그녀의 젊음은 그녀의 생활양식, 장비, 반(反)문화(기존의 지배적 문화를 부정하는 문화 풍조 ─ 옮긴이), 숭배 대상들과 더불어 아직 고안되지 않고 있었다.

사강의 생활양식은 대중이 따르고 싶어 하는 전형(典型), 쾌락을 추구하는 청소년들의 원형이 된다. 그녀의 경쾌함, 건방진 태도, 빠른 어투는 그녀가 자동차를 통해 구현하려 한 속도감을 보여주었다. 자동차 애호는 낭만적인 새로운 영웅의 표지였다. 이 새로운 영웅은 자신의 모토, 자신의 도덕론을 청소년들에게 불어넣었고, 태도, 행동, 판단이라는 장비를 가질 것을 청소년들에게 제안했다. 사강의 취향은 방사능처럼 강렬하게 발산되었다.

그런데 틴에이저 산업은 아직 초보 단계였다. 미국 영화배우 말론 브란도는 1953년 라슬로 베네덱 감독의 〈위험한 질주〉에 비로소 등장했다(나중에 브란도는 사강의 친구였던 프랑스 영화배우 크리스티앙 마르캉과 사랑에 빠지고 사강의 친구가 된다). 1954년에는 미국 영화계가 제임스 딘을 배출했다. 제임스 딘은 엘리아 카잔 감독의 〈에덴의 동쪽〉에 출연했다. 니컬러스 레이 감독의 영화 〈이유 없는 반항〉은 그 이듬해에야 개봉되었다. 멤피스에서는 엘비스 프레슬리가 첫 앨범을 녹음했다. 젊음은 아직은 사회 계급이 아니라 하나의 연령대일 뿐이었다. 젊은이들은 그들의 언어와 옷차림, 그들의 규범, 그들 특유의 도덕과 함께 태어난 것이 아니었다. 그것은 기성세대도 마찬가지였다. 그 시절의 사진들을 보면 플로랑스 말로나 사강 같은 소녀들이 부인들처럼 옷을 입고 있다. 자기들의 어머니처럼 무릎까지 오는 치마에 두툼한 스웨터와 짤막한 외투를 입고 있어서 나이에 비해 늙어 보인다.

문학비평상을 받을 때 사강은 회색 원피스를 입고 목에 정숙한 진주 목걸이를 걸고 엄마에게 빌린 장갑을 꼈다. 사강은 아직은 쿠아레로, 좋은 교육을 받은 로 도(道)의 시골 아가씨로 보였다. 나중에 그녀의 것이 될 '거리낌 없는' 스타일을 아직은 채택하지 않았다. 그녀는 예의범절을 존중했고 잘 다듬어진 언어를 사용했다. 욕설을 하는 것은 상스러운 일이라 여겼기 때문이다. 기껏해야 '제길'이나 '빌어먹을' 같은 장난스러운 말들만 사용했다. 그리고 자신의 아버지처럼 라벨과 슈베르트, 재즈를 조금 들었다.

그녀가 숭배하는 신(神)들은 그 세대 고유의 것이 아니었다. 그녀는 어른들을 찬미했다. 그녀는 『응수들』에서 말했다. "우리의 우상은 우리보다 나이가 많았다. 그들은 사르트르나 빌리 홀리데이였다. 우리는 그들과 우리를 동일시하기보다는 그들을 찬미하고 싶었다." 반항은 없었다. 예의범절과 올바른 행실이 존재하던 시대의 소녀에게 공공연한 반항이나 전통적 가치에 대한 이의 제기는 없었다. 그녀는 부모에게 충격이나 상처를 주기에는 너무 상냥했다. 다만 간혹 기분 내키는 대로 행동했다. 그녀는 오빠의 도움을 받아 고르디니의 쇼핑 가이드 로제 루아예에게서 컨버터블형 중고 자동차 재규어 XK140을 현금 120만 프랑을 주고 구입했다.

1954년 여름, 신문기자들이 해변으로 사강을 찾아왔다. 그녀는 전해 여름처럼 오스고르에서 부모님 및 네 명의 조카들과 함께 얌전히 피서를 보내고 있었다. 스포츠카를 타고 도착해 그녀의 애인이 된 젊은 작가 미셸 데옹은 1954년 7월 31일자 『파리마치』에 다음과 같이 썼다.

"그녀는 자동차 운전석에 앉아 있지 않을 때는 두 손을 청바지 주머니에 찔러 넣고 걷거나 해변에서 태양에 몸을 그을렸다. 저녁이면 친구들을 만나 룰렛 게임을 했다. 룰렛 게임을 할 때 그녀는 운이 좋았다. 또 밤 늦게 자주 바스크 바에 춤을 추러 갔다. 그것은 그녀가 몽땅 가져온 음반들과 함께 그녀의 유일한 기분 전환거리였다."

유일한 기분 전환거리. 미셸 데옹은 평생에 걸쳐 사강의 행복이 될 '그것'에 대해 언급하지 않는다. 바로 독서 말이다. 그녀는 평생 책을 읽었다. 침대에서, 긴 의자에서, 해먹에서, 해변에서, 안락의자에서, 소파에서, 대기실에서, 비행기에서, 호텔 방에서.

1년 전 그녀는 같은 곳의 로일라 저택에서 보낸 나날들을 다음과 같이 이야기한 바 있다. "나는 9시 30분에 복숭아 하나를 먹어. 11시에는 해수욕을 하고, 2시에는 책을 읽거나 가족들과 브리지 게임을 해. 5시에 목욕을 하고, 7시에는 아페리티프를 마시고, 평소와 똑같이 저녁을 먹어." *

작가들의 개성은 오래전부터 대중을 매혹했다. 19세기가 되자 빅토르 위고, 보들레르, 조르주 상드, 디킨스 등 유명한 작가들의 사진이 유통되었다. 1920년대 말 어니스트 헤밍웨이가 누린 엄청난 인기는 헬렌 브리커가 찍은 그의 멋진 사진들에 기인한 부분이 많았다. 헬렌 브리커는 헤밍웨이의 모습을 마치 스타 영화배우처럼 찍어주었다. 호화로운 집, 낚시에서 애완용 개에 이르는 모든 것이 전설을 만들어내고 유지하는 데 기여했다. 언론과 문학 단체들의 관심이 갑자기 쏟아졌다.

가장 이상적인 것은 좋은 사진들과 추문의 혼합이었다. 크리스 로제크는 명성에 관한 연구에서 자기 시대의 정신을 구현하는 작가들의 스타일과 외모는 그들의 예술적 자질에 비견하는 중요성을 띤다고 평가했다. 프랜시스 스콧 피츠제럴드나 에블린 워는 1930년대 문학의 아이콘이었다. 그들의 생활 방식은 플로랑스의 아버지 앙드레 말로의 생활 방식처럼 한 세대의 스타일을 구현했다. 스페인 전쟁 기간에 지젤 프로이트가 찍은, 군용 외투 차림으로 담배를 피우고 있는 말로의 멋진 사진은 그의 행동가로서의 자질을 부각해주었다. 프랑스에서만 그런 것이 아니었다.

고어 바이덜 (Gore Vidal, 1925~ , 미국의 소설가이자 극작가. 전쟁소설 『폭풍』, 동성애를 소재로 한 『도시와 기둥』, 정치 풍자소설 『줄리언』 등의 작품을 썼다 — 옮긴이)은 회고록에 이렇게 썼다. "오늘날에, 이 세기말에 나는 작가

---

* 프랑수아즈 사강이 루이 네통에게 보낸 편지의 한 대목으로, 사강의 전기 작가 소피 들라생이 『사강을 좋아하세요』에서 인용했다.

들이 글로 유명해지는 시대를 살았다고, 심지어 책을 읽지 않는 대다수의 불변하는 사람들에게까지 그들의 생각이 알려졌다고 믿는 데 많은 어려움을 느낀다."

문학은 더 이상 스타를 배출하지 않는다. 1990년대 프랑스에서는 낡은 앞치마 같은 외모에 지친 분절법과 복잡한 성적 자극들을 구사하며 손가락에는 니코틴 얼룩이 묻은 미셸 우엘벡과 가여운 개 클레망만이 프랑스의 쇠락을 구현하고 사강의 명성과는 비교할 수 없는 명성을 얻었을 뿐이다.

르네 쥘리아르는 사강을 자기 출판사의 전속 작가로 영입하면서 작품과 작가의 생활 방식이 합치하도록 총체적으로 관리하겠다고 제안했다. 9월에 『슬픔이여 안녕』이 4만 5천 부 팔렸다. 초판을 4천5백 부 발행한 출판사는 2만 부 이상의 판매는 기대하지 않았었다.

1956년 8월 21일, 사강은 재규어를 처분했다. 쿠르셀 거리에서 버스 한 대가 그녀의 재규어를 가로등에 내동댕이쳤다. 그녀는 무사했고, 재규어는 전파(全破)했다. 그즈음 그녀가 생 트로페의 거리에서 오토 프레밍거(1906~1986, 미국의 영화감독 겸 제작자. 〈돌아오지 않는 강〉, 〈황금의 팔〉, 〈영광의 탈출〉 등의 작품을 남겼다―옮긴이)와 함께 찍은 사진 몇 장이 남아 있다. 12월에 『슬픔이여 안녕』의 누적 판매 부수는 20만 부에 다다랐다. 사강은 재규어 XK140을 한 대 더 샀다. 이번에는 더 멋지고 더 힘 좋고 더 새로운, 지붕을 접을 수 있는 2인승 자동차였다. 차체는 검은색, 내부는 크림색이었다. 그녀는 전에 산 재규어 값의 두 배에 달하는 돈을 현금으로 지불했다.

생 트로페, 어부들의 작은 항구

거기서 상상은 무익하다.
모든 것이 소설과 똑같은 재료로 되어 있기 때문이다.
생활도 책이나 꿈속에서처럼 강렬하다.
_프랜시스 스콧 피츠제럴드, 『그의 이마의 땀에』

생 트로페 만(灣)은 눈부신 빛이 넘쳐흐르는 메틸렌블루 빛의 물이다. 흰 모래 해변이 십여 킬로미터에 걸쳐 뻗어 있고, 갈대밭에는 소박한 오두막들이 숨어 있다. 햇빛 비치는 지붕들이 있는 조용한 마을이다. 1955년 6월 중순, 사강은 자신의 생일 전 며칠 동안 이 멋진 휴양지를 점령한다.

파리에는 비가 내렸다. 리옹에서는 구름들이 느슨해졌고, 발랑스에서는 구름들이 흩어졌고, 모르에서는 구름들이 사라졌다. 자크와 사강은 선술집에서 잠시 멈춰가며 천 킬로미터에 이르는 7번 국도의 끝에서 끝까지 새 자동차를 교대로 운전했다. 사강은 흥청거리는 오빠이자 공모자, 그녀의 분신, 그녀의 도박 친구 자크와 함께 있는 것이 행복했다. 그녀는 막 부모 슬하를 떠나 파리의 그르넬 거리에 있는 자신의 첫 아파트에서 오빠 자크와 함께 살고 있었다. 그들은 항구에 재규어를 세웠다. 두 악동은 집 한 채를 빌려 거기에 친구들을 초대하고 싶었다. 베르나르 프랑크가 말했듯이 사강은 연출가였고, 자선가였고, 벌어지는 유희의 주연 여배우였다.

사강은 『슬픔이여 안녕』의 홍보를 위해 뉴욕에 갔다가 기력을 잃고 돌아왔다. 그녀의 언니인 아름다운 쉬잔이 뉴욕에서 그녀를 수행했다. 그녀는 에어 프랑스의 콩스텔라시옹 비행기를 열일곱 시간 동안 타고 뉴욕에 갔다. 중간에 뉴펀들랜드에 기항했고, 그녀의 소설을 읽은 승무원들이 지극 정성으로 그녀를 보살펴주었다. 두 사람은 센트럴 파크가 바라다보이는 뉴욕 5번가의 호화로운 피에르 호텔에 묵었다. 사강은 호텔 방을 거의 떠나지 않았고, 쉬잔은 알베르토 모라비아(Alberto Moravia, 1907~1990, 이탈리아 소설가. 인간 사회의 적나라한 모습을 사실적이고 거리낌 없이 묘사해 주목을 받았다. 『무관심한 사람들』, 『로마의 여인』, 『경멸』, 『권태』 등의 작품을 남겼다 — 옮긴이)의 매력에 사로잡혀 그와 함께 도시를 돌아다녔다. 남의 뜻을 억지로 따르기를 싫어했던 사강은 그녀의 책을 출간한 미국 출판업자 E. P. 더튼이 그녀와 쉬잔을 위한 파티를 열었을 때조차 참석을 꺼렸다. 어느 날 저녁, 프랑스 대사가 월도프 아스토리아 호텔에 5백 명을 초대해 만찬을 베풀었다. 모리스 쿠브 드 뮈르빌(Maurice Couve de Murville, 1907~1999, 프랑스의 정치인. 드골 대통령 시절 총리를 지냈다 — 옮긴이)이 마이크에 대고 말했다. "명성을 얻기 시작한 프랑스 여성 한 분이 여러분에게 몇 마디 하시겠습니다." 그러나 지루해하던 사강은 이미 도망가고 없었다. 쉬잔이 대신 사과하기 위해 자리에서 일어났지만 끼어들 틈이 없었다. 홀이 박수갈채로 떠나갈 듯했기 때문이다. 쉬잔이 손을 저었지만 겸손의 몸짓으로 받아들여졌다. 사람들은 그녀를 사강과 혼동했던 것이다.

"쓸 시간이 없다면 돈을 벌어봐야 무슨 소용이야." 사강은 말했다.

사강은 5번가의 서점들에서 독자들이 왜 일그러진 얼굴을 하는지 이해하지 못한 채 'with all my sympathy'라는 따뜻한 문구를 넣어 책에 연달아 사인했다. 사강은 이 문구를 글자 그대로 해석했지만, 사실 영어로는 조의를 표하는 문구였다.

그 뒤, 자매는 비행기를 타고 플로리다로 날아갔다. 사강의 여행을 준비한 『라이프 매거진』이 몇 건의 만남을 주선했기 때문이다. 사강은 키 웨스트에서 자신의 미국인 우상들인 테네시 윌리엄스, 카슨 매컬러스를 만났다. 나중에 사강은 카슨 매컬러스에 대해 이렇게 말했다. "그들 뒤에 키가 크고 마른 여자 한 명이 서 있었다. 반바지 차림에 눈이 물웅덩이처럼 파랬다. 그녀는 정신 나간 듯한 표정으로 한 손에 나뭇가지 다발을 들고 있었다. 그녀는 당시 내가 생각하기에 미국에서 가장 훌륭하고 가장 감수성 풍부한 소설가였다. 바로 카슨 매컬러스였다."

장애가 있었던 카슨 매컬러스는 마지막 단편소설 「저당잡힌 마음」을 탈고 중이었고, 테네시 윌리엄스와 그의 손님들은 얼음 넣은 진을 홀짝홀짝 마시며 해변에서 시간을 보냈다.

1955년 5월 16일자 『라이프 매거진』에 '조숙한 파리 작가의 미국 방문'이라는 제목으로 여행 사진들이 실렸다. 사강은 스무 살이었고, 프랑스에서 이미 스타였고, 대서양 건너편인 미국에서도 유명 인사였다. 그리고 그것에 대해 꽤나 '진저리'를 냈다. 그녀가 애착을 느끼는 단어들 중 하나였다. 그녀는 권태롭거나 억지로 해야만 하는 일들에 맞닥뜨릴 때 이 단어를 사용했다. 사실 그녀가 감수하는 유일한 노력은 글을 쓰는 것이었다. 재정적 이유 때문에 글을 쓰는 것, 빚을 갚는 것 혹은 친구들을 바캉스에 데려가는 것. 이것이 그녀가 여름 동안 할 일들이었다.

생 트로페는 어부들이 바닷가재를 잡는 외롭고 작은 항구였다. 인상파 화가들이 그곳의 아름다움을 화폭에 담긴 했지만 유명 휴양지는 아니었다. 쥘리에트 그레코(Juliette Greco, 1927~ , 프랑스 가수 겸 영화배우 ― 옮긴이)가 보리스 비앙, 피에르 브라쇠르(Pierre Brasseur, 1905~1972, 프랑스의 영화배우 겸 영화감독 ― 옮긴이)와 함께 단편영화 〈생 트로페, 바캉스의 의무〉를 찍은 후, 쥘리에트와 물루지(Marcel Mouloudji, 1922~1994, 프랑스 가수 겸 영화배우 ― 옮긴이)를 선두로 하여 생 제르맹 데 프레의 무리가 이곳에 머물며 즐거운 시간을 보냈다. 그해에 쥘리에트는 새로운 반주자이자 애인인 기타리스트 사샤 디스텔과 함께 접이식 올즈모빌을 타고 생 트로페에 왔다. 그러는 동안 샤를 트르네는 〈7번 국도〉라는 노래를, 미국 가수 빌 헤일리는 〈록 어라운드 더 클락〉이라는 노래를 불렀다.

사강은 생 트로페 항구의 부동산 중개 사무소로 향했다. 그곳에 하나뿐인 중개 사무소였다. 몇몇 집을 둘러본 뒤 그녀는 퐁슈 항구에서 가장 가까운 집을 빌렸다. 높은 3층집이었다.

"이것은 왼쪽에 평화롭게 뜨개질하는 여인들만 보이고 오른쪽에는 무기력한 뱃사람들만 보이는, 내 생 트로페 연극의 유일한 여름이고 유일한 장(場)일 것이다. 사람들이 일하는 모습이 보이는 유일한 여름, 고요함이 마을을 지배하는 유일한 여름." 사강은 『고통과 환희의 순간들』에 이렇게 썼다.

커피는 항구에 있는 유일한 바 '에스칼'에서 마셨다. 마도 아주머니가 경영하는, "나무 냄새, 살충제 냄새, 레모네이드 냄새가 나는 시골의 어두운 카페"였다. 아페리티프는 라 퐁슈 호텔의 테라스에서 마셨다. 해변에는 식당도, 나이트클럽도 없었다. 3년 전 여름, 레진은 48시간 동안 여기서 자신의 이름을 딴 클럽을 만들고는 파리로 돌아갔다.

생 트로페에 도착하자 자크와 사강은 도시인의 옷을 그 자리에서 찾아낸 여름 복장으로 갈아입었다. 마로 된 옷과 오래된 바송 수예점에서 구입한 끈을 꼬아 만든 즈크 신발이었다. 바송 수예점은 음식을 파는 '무스카르댕'과 '모르 여인숙'처럼 마티스와 콜레트 시절에 문을 연 유일한 상점이었다. 즈크 신발은 아무렇게나 꿰어 신고 한가로이 거니는 신발이었다. 사강의 캐주얼 스타일은 생 트로페에서 보낸 이 최초의 여름에서 유래했다.

친구들이 쿠아레 남매와 합류했다. 베르나르 프랑크와 플로랑스, 베르나르 뷔페와 아직 결혼하지 않은 모델 아나벨 슈보브 드 뤼르, 저널리스트 마들렌 샵살, 스타 댄서 자크 샤조, 필리프 클랭 같은 카자르크의 친구들이었다. 훗날 베르나르 프랑크는 이렇게 썼다. "그녀는 우리의 여왕이었고, 우리는 그녀의 광신도였다. 우리는 사강에게 미쳐 있었다."

사강은 작곡가 미셸 마뉴와 목가적인 연애 관계를 맺은 참이었다.

미셸 마뉴는 사강의 첫 번째 전기 작가인 고이에 마르비에게 이렇게 말했다. "프랑수아즈는 내 음악을 단박에 이해했습니다. 나는 이미 그녀의 시(詩)를 이해했고요. 그녀가 시로 향하는 첫걸음을 찾아내도록 내가 박자만 맞춰주면 되었습니다. 내가 곡조를 찾아내도록 그녀가 단어들을 모아주기만 하면 되었고요."

사강은 르피크 거리의 애인 집 벨벳 소파에 누워 긴 오후 시간을 보냈다. 나지막한 벽에는 영화 〈생명의 빵〉의 스틸 사진, 교회에서 합창단을 지휘하는 마뉴의 기다란 사진 한 장이 붙어 있었다. 연주자들의 얼굴은 쥘리에트 그레코, 베르나르 프랑크, 아나벨의 얼굴로 대체되었다. 전경(前景)에서는 사강이 첼로를 연주하고 있었다.

두 사람은 『파리마치』 덕분에 알게 되었다. 그 전해에 『파리마치』가 사강의 바캉스 기사를 실은 호에서 소문의 또 다른 중심인 마뉴 탐방 기사도 실었던 것이다. 마뉴는 가보 홀의 문을 닫게 한 후 럭비 선수들을 시켜 관객들이 도망치지 못하도록 막고는 차마 들을 수 없는 콘서트를 진행했다.

같은 해에 마뉴는 히틀러를 깎아내리기 위해 샤이오 국립극장에서 110명의 연주자와 2백 명의 합창 단원 그리고 대형 파이프오르간과 함께 히틀러의 연설로 끝나는 〈인간 교향곡〉을 지휘했다.

미셸 마뉴는 너그럽고 재능 많은 인물이었다. 1970년대에 그는 에루빌 성에 호화로운 녹음 스튜디오를 갖고 있었는데, 롤링 스톤스에서 이기 팝(Iggy Pop, 1947~ , 미국의 가수 겸 영화배우. 펑크록 밴드 '스투지스'의 보컬 — 옮긴이)을 거쳐 데이비드 보위에 이르기까지 대중음악의 모든 귀족들이 그곳을 방문했다. 유명한 요리사 레이몽 올리버가 음식을 담당했고, 포도주 창고에는 슈발 블랑과 마르고가 마련되어 있었다. 그는 기억에 남을 파티들을 열었다.

또한 그는 〈앙젤리크〉, 〈OSS 117〉, 〈전사의 휴식〉, 〈바르바렐라〉, 〈메꽃〉 등 백 편이 넘는 영화의 OST를 작곡했다. 훌륭한 작곡가였던 미셸 마뉴는 1984년 노보텔 드 퐁투아즈에서 몰락한 채 세상을 떠났다.

1955년 봄과 여름에 사강의 남자 친구였던 미셸 마뉴는 재능이 지나치게 많았다. 그는 집에 있는 음조가 맞지 않는 오래된 오르간으로 호른과 바순을 위한 교향곡을 작곡했다. 그러나 사강이 필수 요소로 여기는 유머 감각을 그가 갖고 있지 않았다면 사강은 그를 기사로 서임하지 않았을 것이다. 친구들과 함께 있을 때 그는 사강의 총애를 잃게 된다는 조건하에 '지루하게' 행동하는 것을 금지당했다.

사강의 조카 미모사는 이렇게 말했다.

— 프랑수아즈 이모의 친구들 사이에는 지켜야 할 규칙들이 있었어요. 늘 잘 차려입어야 했고, 항상 유쾌하게 굴어야 했죠.

물론 예외도 있었다. 베르나르 프랑크는 이 사항들 중 어느 것에도 부응하지 않았다.

하지만 어쨌든 그것은 사실이었다. 모두 재치 있는 행동과 농담을 해야 했다. "나를 사강과 가깝게 만든 것은 자크 샤조, 베르나르 그리고 사강과 함께 블롯을 했던 잊히지 않을 만큼 익살스럽고 짓궂은 저녁 시간들이었다. 그들의 우정은 내 눈에는 도발처럼 보였다. 그들이 극도로 민첩하고 유머가 넘쳐흘렀기 때문이다. 나는 그들의 수준에 맞추지 못할까 봐 늘 두려웠다." 클로드 페르드리엘은 말한다. 젊은 이공과 대학생이자 문학 애호가였던 페르드리엘 혼자만 이런 기분을 느낀 것은 아니었다. 어떤 이들은 생 트로페에서 이 명민한 무리의 수준에 맞추려고 폭음을 하기도 했다.

당시 클로드 페르드리엘은 플로랑스와 사강을 안 지 얼마 되지 않았다. 클로드는 스무 살 난 다갈색 머리의 예쁜 아가씨 플로랑스를 사랑했다. "그 두 아가씨는 그때껏 내가 만나본 아가씨들 중 가장 재치가 넘쳤다. 교양, 지성, 인간미, 겸손함, 이런 장점들을 너무나도 매혹적인 한 아가씨가 모두 가진 경우는 한 번도 본 적이 없었다. 플로랑스는 그때도 감동적이었고 지금도 여전히 그렇다. 또 유머가 넘쳤다."

　나중에 에크모빌이나 카자르크에서 그랬던 것처럼, 라 퐁슈에서도 사강다운 '달콤한 인생'애 웃음은 주된 요소였다. 사강은 이렇게 썼다. "웃음은 자신감 넘치는 반응이다. 웃는 사람에게 맞서서 옳은 사람은 아무도 없다." 진정으로 의기소침해본 적이 있는 사람들이 모두 그렇듯이 그녀는 웃음의 치료적 미덕을 알고 있었던 것이다.

　그녀와 떨어질 수 없는 친구였던 자크 샤조가 그 무리에서도 가장 익살스러웠다. 자크 샤조는 자리에 모인 사람들을 끊임없이 웃게 만들었다. 클로드 페르드리엘은 말했다. "어떤 저녁들은 그야말로 걸작이었다. 특히 샤조는 그야말로 눈이 부셨다." 무일푼의 식객 자크 샤조는 재치 있는 말들로 식대를 후하게 지불했다. 그해 여름 샤조는 부르주아 여성 마리 샹탈이 등장하는 속된 농담집을 출간한다. 그러나 거기에 나오는 이야기들은 그가 직접 이야기할 때 더 익살스러웠다. 이를테면 어느 거지가 마리 샹탈에게 동전 한 닢을 구걸한다. "지난 사흘 동안 음식을 먹지 못했습니다." 그러자 마리 샹탈이 대답한다. "그럼 억지로라도 드세요."

　생 트로페에 모인 사람들은 그 책이 그다지 재미있지 않다고 생각했다. 특히 사강이 식사에 초대한 아셰트 출판사의 매력적인 편집장 기 쇼엘러는 그 책의 바보스러움에 불쾌감을 느꼈다. 기 쇼엘러는 그 책이 어리석고, 경박하고, 재미없다고 평가했다. 게다가 쇼엘러는 사강 무리를 별로 좋아하지 않았다. 그들의 유치함에 짜증이 났던 것이다. 사십 대였던 그는 성적 매력과 작위적으로 꾸며낸 것에 민감했다. 그리고 영화배우 마를렌 디트리히가 있었다. 디트리히는 사강과 알게 되었고, 장 콕토에게 사강이 '바보 같은 여자'라고 말했다. 장 콕토의 일기에도 그렇게 기록되어 있다. 사실 두 여자는 서로를 이해하지 못했다. 디트리히는 스스로 자신의 신화를 창조했고, 사강은 자신의 신화를 하나의 희비극으로서 겪어냈으니 말이다. 다시 말해 한 여자는 꿈이라는 바탕천 위에 재단되었고, 다른 한 여자는 꿈들을 흩뜨려버렸다.

장 콕토는 1955년 7월의 일기에 이렇게 썼다. "사실 젊음은 참기 힘든 대담함을, 재능 있는 혹은 날카로운 지성들로 하여금 모든 지시에 조심성 없이 발끈 화를 내게 하는 추잡함을 갖고 있다. 재능이 많다. 재능이 너무 많다. 재능을 쏘아대는 여자 기관총 사수. 이 젊은 작가에게는 차라리 약간의 재능만 필요했을 것이다." 요컨대 세대 간의 갈등이었다.

기 쇼엘러는 그 작은 무리를 거리를 두고 관찰하면서 관망하는 태도를 취했다. 그럼에도 불구하고 그는 사강의 환심을 사려 했고, 사강은 그가 아주 매력적이라고 생각했다.

"나는 침대에서 일어나 겉창을 열었다. 바다와 하늘이 내 얼굴에 똑같은 파란빛과 똑같은 장밋빛을, 똑같은 행복을 던져주었다." 사강은 『고통과 환희의 순간들』에 이렇게 썼다.

라 퐁슈의 집 안에는 바캉스의 무질서가, '모든 것이 허락되고 부모들은 떠나버린' 분위기가 지배하고 있었다. 크루아상과 샴페인으로 아침 식사를 하고, 늦게 자고 늦게 일어나고, 해변에서 빈둥거리고, 푼돈을 걸고 진라미 게임(카드놀이의 일종 — 옮긴이)을 하고, 춤추고 마시는 분위기. 그것은 내 집 같은 분위기에서 젊은이답게 사는 기술이었다. 그들은 구운 고기와 감자 퓌레를 부르주아식으로 먹었다.

어느 날 오후에는 집 안에서 마주치면 엉덩이를 발로 걷어차주는 놀이를 했다. 모두들 벽에 바싹 붙어 걸어 다녔다. 꼬꼬댁거리며 빈둥대는 친구들 때문에 깜짝 놀란 사강은 동물보호협회에서 입양한 개와 책 한 권을 팔에 안고 침대로 피신했다. 친구들이 옆방에서 분주히 돌아다녔고, 고독은 감미로웠다.

생 트로페 생활에 대해 가장 훌륭한 시평을 쓴 사람은 베르나르 프랑크다. 그는 잡지 『뤼』에 이렇게 썼다. "생 트로페에 관해 할 만한 대단한 이야기는 없다."『뤼』에서 그곳에 관한 시평을 써달라고 부탁했던 것이다. "그곳에서 우리는 볼썽사나운 가구들이 비치된 저택들을 비싼 값에 빌렸다. 집주인들은 빈약한 서재를 자물쇠로 잠가놓았다. '클로드 파레르를, 잠수 어업 이야기를, 삽화 모음집을 건드리지 마시오.'"

인정해야 한다. 그들은 지루했다. 베르나르 프랑크는 이런 말도 썼다. "생 트로페에서 가장 성가신 오락거리 중 하나는 친구들의 미래의 집에 관심을 가지는 것이었다." 유명 작가는 그곳에 터를 잡기로 작정한 것일까? "그녀는 우리를 여기저기로 끌고 다녔다. 집의 조망과 방들에 감탄해야 했다. 우리는 석공을 만나러 갔다가 배관공을, 그리고 다시 전기 기술자를 만나러 갔다." 3년 뒤, 그들은 마침내 수리가 끝난 집에서 저녁 식사를 했다. 커다란 스파게티 접시에 로제 와인 두 병으로. 그 집이 모든 것을 삼켜버린 것이 틀림없었다.

오늘날 파레오(허리에 두르는 비치웨어 — 옮긴이)를 두른 예쁜 아가씨들과 미니 모크(BMW 산하의 미니 자동차 회사에서 생산한 군용차 비슷한 모양의 소형 자동차 — 옮긴이)를 탄 플레이보이들, 끊임없이 열리는 파티, 태양, 해변에서 딴 커다란 샴페인 병의 매력적인 이미지들을 떠올리기 위해서는 생 트로페라는 지명을 발음하는 것으로 충분하다. 생 트로페, 그곳은 존재하지 않는다. 그곳은 결코 존재한 적이 없었다. 그곳은 허구,『파리 마치』의 사진기자들이 퍼뜨린 우화였다.

사실 1950년대 후반의 생 트로페는 소란스럽기는 했지만 비교적 얌전하고 퍽이나 건강했다. 1920년대의 젊은 작가 프랜시스 스콧 피츠제럴드가 프랑스 지중해 지방을 세상에 알렸을 때 거의 통음난무(通音亂舞) 수준으로 욕구를 발산했던 것에 비하면, 할리우드의 방탕함에 비하면, 다시 말해 1970년대의 과도했던 록 문화에 비하면 사강 무리는 순박한 시골 아이들에 가까웠다. 1950~1960년대의 생 트로페는『할리우드 바빌론』보다는『생 트로페의 헌병』이나『지하철 안의 자지』에 더 가까웠다. 고물 자동차, 속도, 술, 웃음, 이것이 사강이 지향하는 쾌락주의의 구성 요소였다. 이런 강장제들로 한 세대의 충돌을 버텨냈으며, 현실을 바꾸기 위해 현실에 맞서지 않고 순간의 전율하는 흥분을 즐기려 했다.

『파리마치』에 실린 컬러 사진을 보면 사강의 생활은 놀이판 위에서 전개된다. 착하면서도 악했던 이 소녀는 남자 친구들, 경주용 자동차, 바캉스용 별장 같은 고급 장난감들과 함께 깡충깡충 뛰었다. 사강은 향후 10년간의 유행을 앞서서 행하고 예고했다. 사진가 윌리 리조가『파리마치』에 싣기 위해 야외에서 찍은 일련의 사진들은 스포츠웨어의 혁명을 알린다. 구릿빛으로 그을린 피부에 머리칼을 바람에 흩날리는 사강은 선원풍의 스웨터와 치노 팬츠 그리고 날씬한 몸매를 흐트러뜨리는 남성용 셔츠를 입었다. 그 모습은 유연하고 가녀리지만, 힘차고 단호하고 독립적인 여성성을 상징했다. 주도권을 갖고 바깥에서 활동하는 여자의 스포티브하고 밝고 역동적인 여성성이었다. 사강은 자신의 매력적인 장비들을 완성하기 위해 해양 협동조합에서 찾아낸 작업복과 남성복에서 빌려

온 옷들로 스타일을 바꾼다. 그녀가 『파리마치』에서 제안한 자연스러운 스타일은 '거리낌 없는 생활 방식'을 패션 잡지들보다 더 잘 구현하고 세상에 소개했다. 사강은 자신만의 스타일을 여러 가지 갖고 있었다. 10년 뒤, 기성복 디자이너들은 그녀의 자취를 뒤쫓게 된다.

베르나데트 수비루(Bernadette Soubirous, 1844~1879, 가톨릭 성녀. 루르드의 가브 강변에 있는 마사비엘 바위에서 성모 마리아의 발현을 체험했다 ― 옮긴이)가 루르드의 전설에 결부되듯 생 트로페가 사강의 전설에 결부된다면, 그것은 사강이 아직 초보 단계인 하나의 현상을, 대중의 해수욕장 순례를 제안했기 때문일 것이다. 나보코프에 따르면, 한 작가가 창조하는 모든 인물 가운데 가장 훌륭한 인물은 독자들이라고 한다. 사강은 피서객들을, 기분 전환을 추구하고 자신으로부터 벗어나는 방법을, 세속적인 도취를, 계속되는 바캉스를, 파티를, 젊음의 폭발을, 무사태평함을, 방탕함을, 즈크 신발을 신는 즉흥성을, 경쾌함을, 시간의 부재를 추구하는 유형의 사람들을 창조했다. 사강은 그 규범들을 사진 속에 잘 고정했으며, 그녀의 유희적 생활양식은 사람들을 유혹했다. 볕에 그을린 젊은이다운 생각, 그리고 행복한 대중.

"라 퐁슈의 집에서 지낸 내 친구들과 나에게 평범하게 느껴진 해가 딱 한 해 있었다. 생 트로페가 우리 것이었던 해, 그 바다, 그 모래사장, 그 고독과 아름다움을 써버리고 탕진한 유일한 사람들이 우리였던 해……."

그해 말이 되기 전 로제 바딤 감독이 〈그리고 신은 여자를 창조했다〉를 찍기 위해 라 퐁슈의 그 저택을 빌렸을 때 상황은 악화되었다. 팡플론 해변의 오두막 하나가 촬영 팀을 위한 간이식당으로 변했고, 그해를 기념해 '클럽 55'라는 이름이 붙여졌다. 최초의 해변 레스토랑이 탄생한 것이다. 호기심 많은 사람들이 이곳으로 몰려들기 시작했고, 이후 브리지 트 바르도가 라 마드라그에 자리를 잡으면서 그 뒤를 이었다. 레진은 벼 룩시장에서 흥정해 구입한 음향 장치를 가지고 클럽 '에스키나드'를 열 었다. 생 트로페의 전설은 1955년, 1956년, 1957년 세 번의 여름 동안만 지속되었다. 그 이상은 아니었다. 1958년 사강은 노르망디에 있었고, 이 제는 생 트로페에 가지 않는 유행을 세상에 퍼뜨렸다. 결국 그녀는 생 트 로페로 돌아오게 되지만, 8월은 아니었다.

스크랩북

— 어린아이, 그녀는 처음부터 끝까지 어린아이에 머물렀습니다. 무슨 짓을 해도 사람들이 봐주는 어린아이 말입니다.

노르망디 지방의 고속도로를 달리는 오스틴 쿠퍼 안에서 베르나르 브롱카르가 담배에 불을 붙인 뒤 말했다. 아베롱 사람인 베르나르 브롱카르는 잉그리드 므슐람의 집사이며 말년에 사강을 곁에서 돌보았다.

— 그녀는 향료를 넣은 크림 과자며 과일 설탕 절임, 닭가슴살, 코키예트(마카로니와 비슷한 모양의 파스타 — 옮긴이) 따위를 먹었습니다. 마치 어린아이로 남기를 바라는 것처럼요.

꿈꾸는 듯 회상하며 그는 말했다. 당시 브롱카르는 화가 났을까, 아니면 감동했을까? 아마 매혹되었을 것이다. 사강의 영광에. 틀림없다. 그는 그 수수께끼를 꿰뚫어보기 위해 모든 것을 샅샅이 조사하고 관찰했다.

— 그녀는 좀처럼 식탁 앞에 앉지 않았어요. 식탁 앞에 5분쯤 앉아 있다가 "몸 상태가 좋지 않아요. 침대로 돌아갈래요"라며 곧장 자리를 뜨곤 했답니다.

차창 밖으로 고속도로가 펼쳐져 있었다.

— 그래요, 어린아이였어요. 한계를 모르는 어린아이.

브롱카르가 생각들을 정리하더니 입을 열었다.

— 자, 내가 뭘 좀 보여줄게요.

자동차가 옹플뢰르를, 시장을, 오래된 항구를, 선거(船渠)를, 소금창고를 가로질렀다. '왼쪽으로 도세요.' 그러자 해안에서 4킬로미터 떨어진 지점, 바다가 바라다보이는 백 미터 고도의 고원이 나왔다. 집에 딸린 산책로라기에는 너무 아름다운 널찍한 산책로. 뒤엉킨 개머루 덤불 밑에 감춰진, 집을 향해 뚫린 백 년 된 느릅나무 터널.

사강의 소유였던 에크모빌의 브뢰유 성(城)에 도착한 것이다. 1972년형 미국식 모델 메르세데스 350 SM이 나무 아래에 주차되어 있다. 단색의 초원 위에 외따로 떨어진 집이었다. 잠자기 위한 곳, 야영하기 좋은 숲 한가운데였다. 사샤 기트리(Sacha Guitry, 1885~1957, 프랑스의 영화배우. 〈어느 사기꾼의 이야기〉, 〈나의 마지막 정부〉, 〈절름발이 악마〉 등의 영화에 출연했다 — 옮긴이)는 『추억들』에서 그 집이 자기 아버지 뤼시앵의 소유였다고 말한 바 있다. 맨 꼭대기 층에 사강의 방이 있었다. 처음에는 등나무로 된 소박한 침대가 갖춰져 있었다. 2층에는 책상 하나가 더 있는 베르나르의 방 그리고 플로랑스의 방이 있고, 자크 샤조를 위한 방과 사강의 비서 이자벨 헬드의 방도 있었다.

정원. 사강은 정원을 가꾸지 않았다. 책을 읽었다. 주변이 고요한 상태에서. 영지는 검은색에 가까운 진한 초록빛의 키 큰 나무들로 이루어진 숲으로 둘려 있었다. 사강은 깊고 두텁고 어두운 그곳을 산책하지 않았다. 그녀는 책을 읽었다.

그해 봄, 그 성의 수영장은 물거미, 개구리, 돌연변이종 같은 이상한 곤충들에게 점령된 청록색 물탱크였다. 시멘트로 된 수영장 테두리돌 위에는 푸르스름한 조각상이 있었다. 그 성을 산 직후에 수영장을 만들었다. 사강은 수영복 차림으로 몸을 그을리는 경우는 있었지만 수영장 물속에 몸을 담그는 일은 전혀 없었다. 그녀는 책을 읽었다. 수영장은 친구들을 위해 만들었다. 그러나 그녀가 권해도 친구들 역시 수영장 안에 들어가는 일이 별로 없었다. 어느 날 사강은 자신의 손님인 가수 바르바라를 반드시 수영장에 들여보내겠다고 마음먹었다. 바르바라에게는 낭패였다. 수영복 가져오는 걸 잊어버렸기 때문이다. 그러나 자신의 계획에 골몰한 사강은 주저하는 바르바라를 옹플뢰르로 데려가 수영복을 고르게 했다. 바르바라는 수영복 입어보기를 거부했다. 그러자 사강은 막무가내로 수영복 네 벌을 골랐다. 성으로 돌아오자 바르바라는 꼼짝 못하는 신세가 되었다. 말 그대로 '처형되었다'. 바르바라는 수영장 안으로 천천히 내려갔고, 검은 티티새 같은 그녀의 머리가 물속으로 자취를 감추었다. 바르바라는 사람들이 당황하여 허둥댈 때까지 물 위로 올라오지 않았다. 잠시 후 사람들은 죽은 것이나 다름없는 바르바라를 물에서 건져 올렸다. 바르바라는 헤엄을 칠 줄 몰랐던 것이다.

1969년 어느 여름날 잭 알랭 레제를 초대한 에크모빌에서의 터무니없었던 점심 식사는 사강의 노르망디적 생활 방식을 잘 보여준다. 갓 첫 책을 출간한 젊은 아방가르드 작가 레제는 자신의 출판업자 크리스티앙 부르주아와 함께 왔다. 크리스티앙 부르주아는 그 근처에 집 한 채를 빌려 쓰고 있었다.

사강은 평소처럼 상냥하게 그들을 맞아들인 뒤, 그들에게 딜레마를 부과했다. 사강의 개가 수영장 물에 빠졌던 것이다. 물이 오염될 것을 걱정해 수영장의 물을 빼내야 했을까? 아페리티프와 러시아식 전채를 먹은 뒤 사강은 잠시 숙고했다. 호기심 어린 눈초리로 바라보던 젊은 작가가 자신을 초대한 베르나르와 사강이 '겉으로는 태연한 표정을 했지만 내심 어쩔 줄 몰라 했다'고 썼을 정도로.

"물의 오염을 막기 위해 수영장 물을 빼내야 할까요?"

결국 그녀는 수영장 물을 빼내지 않고, 독한 술은 마시지 않는 잭 알랭의 당황스러워하는 눈길을 받으며 잔디밭에서 위스키 병을 비웠다.

새로 온 여자 관리인은 일을 그리 잘하지 못했고, 닭고기 구이를 늦게 내왔다. 점심 식사가 나오지 않자, 어느 비극적 사건이 화제에 올랐다. 약물 과다 복용으로 죽은 젊은 헤로인 중독자에 대한 기사가 신문에 났던 것이다.

"약물로 자멸한 젊은 남자라니, 정말이지 끔찍해요." 사강이 기계적으로 말했다.

노르망디의 하늘 밑이 이따금 그렇듯, 날씨가 몹시 더웠다. 사강과 베르나르는 땡그랑 소리를 내며 얼음 조각들이 담긴 유리잔을 들고 꾸준한 리듬으로 술을 들이켰다. 목소리들이 점점 무거워지면서, 각자 마약 복용자의 사망에 대한 생각을 이야기했고 현대사회를 통탄했다.

마침내 닭고기가 나왔고, 보르도 포도주 한 아름이 식탁을 점령했다. 여자 관리인은 포도주 병을 치우는 수고를 하지 않았다.

"헤로인으로 자멸한 그 젊은 남자, 정말 끔찍해요." 사강은 기계적으로 되풀이해 말했다.

들판의 뜨거운 햇볕 아래에서 그 도시인들은 안색이 창백해졌다. 술을 마시지 않아 정신이 말짱했던 잭 알랭은 그 무기력한 순간을 이미 경험해본 것 같은 인상을 받았다. 과연 그랬다. 그 순간은 피츠제럴드의 『위대한 개츠비』에 나오는, 사람들이 세상의 흐름에 대해 진지하게 자문하면서 서로 다투는 장면과 같았다.

"수영장 물 말입니다. 내가 빼낼까요?"

잭 알랭은 현실에서 벗어났다.

사강이 말했다.

"헤로인으로 자멸한 그 젊은 남자, 정말……."

플로랑스는 에크모빌에 머무는 것을 별로 좋아하지 않았다. 건물이 케이크 틀처럼 좁고 긴 데다 거실이 깊이 틀어박혀 있어서 어디에 몸을 놓아야 할지, 어떻게 자리를 잡아야 할지 알 수 없었기 때문이다. 사강은 집안일을 좋아하는 여자가 아니었다. 그녀는 안락함에 대한 감각이 별로 없었고, 침대에서 책을 읽으며 시간 보내기를 좋아했다. 플로랑스는 말했다. "노르망디는 나에게 신기한 구름이었다. 자동차 안에서는 슈만의 음악이 흘러나왔다. 그곳은 집이라기보다는 우리가 누비고 다닌 한 고장이었다."

수영장 주위에, 비옥하고 무성한 노르망디의 넓은 풀밭 위에 비가 내렸다. 오른쪽에는 해먹이 아름다운 마로니에 이파리 아래에서 흔들렸다. 사강은 그곳 '녹색의 서재'에서 책을 읽고 있었다. 지금 놀이는 거기서 『말괄량이 릴리』를 읽는 것이다. 예를 들어 1972년에 나온 『마음의 멍자국』 초판본에서 산책로에 주차된 메르세데스처럼.

"오직 노르망디에서만 전속력으로 닫히는 마음의 긴 상처를 깜짝 놀라 바라보면서, 그 상처 자국이 평평하고 눈에 잘 띄지 않는 분홍빛 흉터로 변해가는 것을 바라보면서 나는 지치는 동시에 즐겁다. 내 연약함을 납득하기 위해 나는 나중에 의심 많은 손가락으로(기억의 손가락으로) 그 상처 자국을 건드릴 것이다."

베르나르 프랑크는 『예순 살에』에서 사강이 가생에서 돌아와 그와 함께했던 어느 기자회견을 회상한다. 그곳은 여름에는 '코트'라고 불렸는데, 사강은 그곳을 더 견딜 수 없어했다. "미디(프랑스 남부 지방―옮긴이)는 당신의 건강에 항상 해로웠어요. 내가 노르망디에서 멋진 집을 한 채 찾아냈어요. 모든 게 당신 마음에 들 거예요. 안락하고 복도도 있어요. 오래된 가구들이 딸린 방들도 줄줄이 있고요. 나무와 감미로운 초원도 있죠. 엘리자베스 아덴 연구소의 출입구처럼 경이로운 것들, 아름다운 것들이 너무나 많아요. 종마 사육장, 조용한 말(馬)들도 있어요. 반바지 차림으로 온갖 떠들썩한 장난질을 하는 건 이제 지겨워요. 이제부터는 리본을 달고 턱시도와 긴 야회복을 입는 거예요."

그때가 바로 1958년 여름이었다. 관광객들에게 점령된 생 트로페는 그녀를 실망시켰다.

― 이탈리아 사람들이 요트와 돈을 가지고 몰려왔습니다. 즈크 신발을 신은 우리는 거지를 닮아가고 있었어요.

클로드 페르드리엘이 말한다.

사강은 『고통과 환희의 순간들』에 이렇게 썼다. "나는 옹플뢰르에서 조금 떨어진 곳에 있는, 먼지투성이에 삐거덕거리는 커다란 집을 빌려 해수욕을 하며 7월을 보낼 생각이었다. 그러나 안타깝게도 이와 연관된 두 가지 사실을 발견했다. 바다 날씨가 사나워서 해수욕을 하기엔 무리라는 것과 도빌의 카지노가 항상 열려 있다는 사실이었다."

베르나르 프랑크는 그 성에서 여러 번의 여름을 보냈다.

그해 봄, 베르나르는 사강의 친구이자 오늘날 그 성의 주인인 잉그리드 므슐람의 초대를 받아 그곳에 도착했다. 그는 『예순 살에』에 이렇게 썼다. "그 성은 내 인생의 근거지 두세 곳 중 한 곳이었다." 그는 자신의 거처로, 작은 책상과 욕실이 딸린, 2층 계단 오른쪽에 있는 방으로 돌아왔다. 사강의 가정부 마리 테레즈 르 브르통이 애정을 갖고 그를 돌봐주었다. "나는 프랑크 씨를 무척 좋아했어요." 그녀는 말했다. 베르나르는 장편소설 한 편을 쓰고자 열망했다. 바로 『비시에서의 죽음』이었다. 그는 그 소설을 시작하지 못했다. 10년 전 여름에 그는 피에르 아술린에게 말했다. "정말이지 나는 죽기 전에 그 소설을 꼭 쓰고 싶네." 잡지 『리르』에 실린 아술린과의 대담에서는 이렇게 말했다. "만일 프루스트가 지금까지 살아 있다면, 그리고 『잃어버린 시간을 찾아서』를 쓰지 않았다면, 그에게는 써야 할 좋은 책이 있을 겁니다. 비시에 관해 우리는 늘 프루스트를 그리워할 겁니다." 베르나르는 출판사들이 보내온 증정본들이 쌓여 있는 그 방에서 클레르 퐁텐 노트에 『르 누벨 옵세르바퇴르』에 보낼 기사들을 썼다.

"8월 7일, 그러니까 우리가 집을 비워주기 전 집주인과 함께 집 사용에 관한 복잡하기 짝이 없는 대차대조표를 작성해야 하는 전날 밤, 우리는 마지막으로 (우리는 그렇게 생각했다) 아직 앙드레가 지배인을 맡고 있던 도빌의 커다랗고 하얀 카지노로 향했다. 바카라에서 빨리 파산해버린 나는 룰렛 게임에 달려들었다. 그리고 처음부터 8이 연속으로 나온 덕분에 새벽에는 선두에 서게 되었다(그때가 1960년이었다). 나는 8만 프랑을 땄다. 우리는 매우 기쁜 마음으로 집으로 돌아가 대차대조표를 팔 밑에 끼고 문 앞에 서 있는 집주인 앞에 쓰러졌다. 집주인은 우리가 집을 비우고 떠날 시각이 아침 8시라는 점을 나에게 엄격히 주지시켰다. 바야흐로 집주인과 함께 귀찮은 대차대조표를 작성해야 했다. 그때 집주인이 그 집을 사지 않겠느냐고 나에게 불쑥 물었다. 나는 절대 사지 않을 거라고, 나는 임차인이 적성에 맞는다고 대답했다. 그러자 그가 다시 권유했다. '손볼 데도 있고 하니 비싸게 팔지 않을게요. 8만 프랑만 내요.'

그날은 8월 8일이었다. 나는 8로 돈을 땄고, 그는 그 집을 8만 프랑에 팔겠다고 했다. 게다가 그때 시각이 아침 8시였다. 그런 상황에서 내가 어떻게 했으리라 짐작하는가? 나는 야회용 핸드백에서 지폐 다발을 꺼냈다. 핸드백 안에는 지폐가 꽉꽉 들어차 있었다. 나는 그 지폐 다발을 집주인의 손에 쥐여준 다음 의기양양한 마음으로 침대에 누우러 갔다. 그때도 그렇고 지금도 그렇지만 지상에서 내가 가진 유일한 재산인, 옹플뢰르에서 3킬로미터(그리고 도빌에서 12킬로미터) 떨어진 곳에 위치한 조금 망가진 그 커다란 집 안을 가로질러서 말이다."

— 프랑수아즈는 트루빌의 카지노에서 운 좋은 한 판 동안 딴 돈으로 그 집을 샀소. 그날 나도 거기에 있었다오.

베르나르가 말한다. 그의 말은 옳다.

연한 색의 옷을 입고 헝클어진 머리에 파나마모자를 쓴 그는 엄청난 양의 술병들, 술잔들, 땅콩, 베이컨 맛 타코가 나뒹구는 정원 탁자 앞 파라솔 아래에 창백한 얼굴로 앉아 있었다. 그가 가방 안에 턱시도 한 벌을 슬그머니 집어넣었다.

그 성은 오랫동안 황폐한 채로 남아 있었다. 게으름 때문이었다. 부엌에서는 마리 테레즈 르 브르통이 점심 식사를 준비했다. 오래된 냉장고

76

는 식기장으로 개조되었다. 냉장고를 없애기보다는 그러는 편이 덜 복잡했던 것이다. 사강은 야위고 어린 새처럼 음식을 먹는다기보다는 깨작거렸다. 그녀의 아침 식사는 그야말로 골칫거리였다. 큰 사발에 담긴 밀크티, 그녀가 좋아하는 대로 버터를 발라 구운 빵, 콘플레이크, 요구르트가 차려졌다. 그녀가 막심 식당에서 노루고기 요리를 주문한 이유는 로에서 보낸 어린 시절을 떠올리게 하는 밤 퓌레가 그 요리에 곁들여지기 때문이었다. 베르나르 브롱카르는 과장하지 않았다. 그녀는 식성이 어린아이 같았다.

베르나르 프랑크는 1965년 『보그』에 이렇게 썼다. "우리는 어린 시절을 다시 살고 싶었다. 다시 산다기보다는 어린 시절이 지속되기를 바랐다. 부르주아들을 그토록 몰두하게 하는 문제없는 삶의 방식을, 그리고 돈을 빼앗고 싶었다."

담벼락의 회반죽에 들러붙은 개머루 덩굴이 창문을 통해 집 안으로 들어왔다. 사강은 개머루 덩굴을 잘라내지 않았다. 어느 가을, 사강은 피아니스트 프레데릭 보통과 함께 그 집 문을 열었다. 죽은 나뭇잎들이 계단에 산더미처럼 흩어져 있었다. "그냥 내버려둬. 예쁘잖아." 그녀가 말했다. 그랬다. 그녀의 집은 우아하고 시적이었다. 그 집은 거리낌 없고 '별나다 싶을 정도로' 무사태평했다. 그것이 내가 그 집에서 느낀 인상이었다. 예민한 눈이 선택했음을 알게 해주는 잘난 척하고 멋 부리는 인상파 젊은이들의 그림도 있었고, 식당의 구리 냄비들 한가운데에는 그녀 취향에 맞는 그림이 붙어 있었다. G. 클랍이라고 서명된, 스카치테리어를 그린 그 그림은 그녀가 좋아하는 그림들 중 하나였다. 좀 더 사강다운 흔적들도 있었다. 가구, 양탄자, 스웨터에 남은 담뱃불 자국들. 사강은 쿨 담배의 재를 아무 데나 떨었다. 그녀는 항상 담배 가게 주인에게 '부드러운 포장의 쿨 담배 한 갑'을 달라고 했다. 그녀가 주장한 바에 따르면, 부드러운 포장지 안에 든 담배 맛과 딱딱한 마분지 포장지 안에 든 담배 맛이 달랐기 때문이다.

플로랑스처럼 나도 그 커다란 집 안에서 조금 지루하고 조금 슬펐다. 노르망디는 지나치게 푸르고, 지나치게 축축했다. 그 성은 대단하게 와 닿는 것이 별로 없었다.

나는 거실에 있는 잊힌 책들의 페이지를 넘겨보았다. 어느 책의 표지에 볼펜으로 그은 어렴풋한 세로선들이 있고 B, J, F라는 이니셜이 적혀 있었다. 베르나르 프랑크, 자크 샤조, 프랑수아즈 사강을 뜻하는 이니셜이었다. 그리고 숫자들도 적혀 있었다. 그녀는 읽던 책의 표지에 진라미 게임의 점수를 적었던 것이다.

— 나는 에크모빌에서 그들과 함께 게임을 했습니다. 모두들 속임수를 썼지요. 게다가 칼바도스를 마셨어요. 게임은 미친 듯한 웃음으로 끝나곤 했습니다.

클로드 페르드리엘이 나에게 이야기했다.

진라미 게임은 너무나 간단해서 사강은 그 게임 규칙을 익힐 때 싫은 기색을 보이지 않았다. 그 규칙은 손에 카드 열 장을 들고 그 카드들로 조합을 만드는 것이었다. 탁자 앞에 모인 친구들은 때때로 열두 명에서 열네 명까지였고, 개평을 위해 단체로 대결을 벌이곤 했다. 그들은 벽난로를 피운 작은 거실의 탁자 앞에 끼어 앉았다. 사강의 개들이 다리를 쏠아놓은 그 나무 탁자는 여전히 그곳에 놓여 있다. 사강은 오래된 텔레비전으로 〈스타트렉〉을 보기도 했다.

엘프 사건*에 사강을 끌어들인 데데 라 사르딘(앙드레 구엘피André Guelfi, 1919~, 프랑스의 사업가 — 옮긴이)을 기리기 위해 구엘피 타일이라고 이름 붙인 타일 바닥은 비교적 최근의 것이다.

사강은 지루할 때면 트루빌의 카지노에 갔다.

사강은 이렇게 썼다. "베르나르 프랑크, 자크 샤조 그리고 나는 새벽과 밤에만 얼굴을 마주했다. 때로는 아주 약간의 마리화나를 가지고. 새들의 노랫소리는 플라스틱 칩들이 부딪치는 소리에 덮어버렸고, 초록색 양탄자가 풀밭을 대신했다."

집 앞에 주차된 사강의 자동차 빨간색 혼다 세닉 안에는 도빌 바리에르 카지노의 명판이 달린 열쇠고리가 걸려 있었다. 마지막 칩은 웃음과 함께 던져졌다. 브뢰유 성은 근거리에 위치한 두 카지노의 초록색 양탄자 위에서 벌어지는 사냥을 위한 역참이었다.

"약속한 대로 내가 여러분을 데리러 갈게요." 베르나르 브롱카르는 말했다.

브롱카르가 마분지 파일에 감긴 고무줄을 잡아당겼다. 그 파일은 아이들과의 추억을 담은 사강 어머니의 스크랩북으로, 2차 세계대전 즈음의

---

* 1994년에 터진 프랑스의 정경유착성 비리 사건. 프랑수아 미테랑, 샤를 드골 대통령까지 거슬러 올라가는 사건으로, 1994년 프랑스 국영 석유회사인 엘프 사의 로익 르 플로슈 프렝장 사장이 도산 위기에 처한 프랑스 섬유그룹 비데르만에 거액을 투자한 사건이 알려지면서 시작되었다. 조사 과정에서 제네바 엘프 아키텐 인터내셔널의 시르방 사장이 30억 프랑의 회사 자금을 해외로 빼돌렸고 이중 상당액이 정치인들에게 뇌물로 건네진 사실이 드러났으며, 1991년 프랑스의 방산업체 톰슨 사가 프리깃함 6척(28억 달러 상당)을 타이완에 판매하는 과정에서 엘프 사의 로비스트이자 전 프랑스 외무장관 롤랑 뒤마의 정부였던 크리스틴 드비에르 종쿠르가 엘프 사로부터 6천4백만 프랑(약 115억 원)을 받은 사실이 밝혀지면서 정부 고위층으로까지 사건이 확대되었다. "내가 입을 열면 프랑스를 스무 번 뒤집을 수 있다"는 엘프 사 2인자 알프레드 시르방의 폭탄선언으로 세간에 큰 화제가 되기도 했다. 옛 동독의 로이나 정유회사 매각을 둘러싼 의혹도 이 사건과 연관되어 있다. 엘프 사는 이 회사를 인수하기 위해 독일 정부에 약 3천6백만 달러의 로비 자금을 뿌렸고, 이 중 일부가 헬무트 콜 독일 총리와 기민당으로 흘러들어갔다.

기억들이 담긴 편지, 성적표, 사강의 그림들이었다. 폭파, 포격, 불이 붙은 비행기와 군인들을 그린 그림이었다. 전쟁에 대한 강박관념. 어린 소녀의 물건이 담긴 스크랩북에서 그런 것을 발견한다는 건 흔한 일이 아니다. 어린 사강은 어머니에게 보내는 편지 속에서 더듬거리며 다음과 같이 말했다.

"엄마에게 말할 껀 많치 않아. 내가 머리쏙에 내 사랑하는 엄마를 많이 생가카지 않았거든." 어린 소설가 지망생의 보석처럼 값진 문장이다.

처음에 내가 놀란 것은 2차 세계대전 동안 쿠아레 집안의 맏이와 둘째가 아버지에게 보낸 편지 속에서 모두 사강, 일명 키키Kiki에 대해 이야기하고 있다는 점이었다. 사강은 집안의 스타였던 것이다. 사강의 오빠 자크는 이렇게 썼다. "집에서 키키는 그리 얌전하지 않았다. 하지만 그래도 괜찮았다."

사강의 언니 쉬잔은 이렇게 말했다.

— 그때까지 프랑세트는 눈에 띌 정도로 대단한 일을 하지는 않았어요. 어떤 사고도 일으키지 않았다는 뜻이에요.

파일 안에는 아버지 피에르 쿠아레가 잘 찍어놓은 조그맣지만 주목할 만한 사진 앨범이 들어 있었다. 함께 들어 있는 짤막한 글들이 사강의 성격 및 그녀와 가족들과의 관계를 짐작게 했다. '키키의 이야기'라는 글에는 쉬잔이 설명 글을 붙인 다섯 장의 네거티브 사진이 붙어 있었다. 모두 막내 여동생을 칭찬하기 위한 글이었다.

"아빠가 우리를 카오르 공항에 데려갔다. 거기서 어른들이 빙그르르 돌아가는, 놀기 좋은 근사한 나무 비행기 한 대를 발견했다." 그리고 키

키가 도착했다. 키키는 예쁜 엄마의 손을 잡았다.

"키키도 거기에 올라가려고 했다. 엄마가 위험하다며 키키를 말렸다."

엄마는 사고가 날까 봐 걱정했다. 그때 사강은 겨우 네 살이었다.

"키키는 언짢아했다. 키키는 자크가 '전속력으로' 지나가는 모습을 쳐다보았다. 얼마나 비행기에 올라타고 싶었을까."

하지만 엄마는 상황을 꿋꿋이 견뎌냈다.

"키키는 점점 더 흥분했다! 관객 역할만 하는 것을 견디지 못했다."

일어날 일은 꼭 일어나는 법. 사강은 포기하지 않았고, 엄마는 결국 항복했다.

"엄마가 어쩔 수 없이 키키를 비행기에 앉혔다. 나는 당연히 사고가 날 것 같아 끼어들었다."

사진들을 넘기는 동안 집요하고 못 말리는 키키의 성격이 뚜렷이 드러났다. 엄마는 결국 져주었다. 엄마는 키키의 모든 요구에 져주었다. 마지막 사진에는 기쁨에 가득 차 오빠 품에 안긴 사강의 모습이 담겨 있다.

— 보세요! 그녀는 한계를 모르는 아가씨였다니까요.

베르나르 브롱카르가 의기양양하게 말한다.

파일 안에는 튼튼한 판지로 된 마지막 봉투 하나가 남아 있었다. 그 봉투에는 뤼 비스킷처럼 가장자리를 톱니 모양으로 자른 사진들이 들어 있었는데, 엄청난 장면, 참을 수 없는 잔인한 장면이 사진 속에 담겨 있었다. 들판 한가운데에 있는 벌거벗은 사람들, 뼈와 가죽만 남은 좀비들. 그들은 직사광선 밑에서 사진 찍혔다. 강제수용소에서 방금 나온 사람들인 것이다. 그들은 왜 벌거벗었을까? 카메라 렌즈 뒤에는 누가 있었을까? 이 사진들을 찍은 시선에는 불순한 뭔가가 있다. 이 사진들이 왜 사강의 어린 시절 기억들과 섞여 있을까? 우리가 실수로 애먼 문을 열기라도 한 듯, 혹은 몰지각한 행동이라도 저지른 듯 베르나르 브롱카르가 말 한마디 없이 사진들을 재빨리 봉투 안에 집어넣었다.

전쟁과 세 어린아이

행복이 내가 상상했던 것보다
훨씬 더 모호하게 보인 것은 그때가 처음이었다.
_프랑수아즈 사강, 『답변들』

현실이란 배우들과 무대 장식이 갑자기 사라져버릴 수 있는
연극 속 한 장면 이상이 아니라는 것을 나는 빠르게 깨달았다.
_J. G. 발라르, 『더 선데이 타임스』

1940년에 프랑스는 적국 군대에 점령된 패전국이었다. 패전은 말로 표현하기 힘든 기묘한 경험이다. 패전한 국가는 심각한 무질서 상태에 빠지고, 탈주병, 부서진 손수레, 들것들이 길을 뒤덮는다. 도시들은 공상과학영화처럼 공포로 가득 찬다. 도랑에 누운 사람들 위로 전투기들이 급강하하며 날아다니고, 모든 주민이 공포를 피해 도망 다닌다. 이웃의 눈 속에, 승리를 외쳐대던 나라 전체에 공포의 광경이 들어찬다. 도시들은 불탄다. 소방수들이 모두 떠나버렸기 때문이다. 프랑수아 1세 이후 국가에 의해 구축된 국가의 완벽한 실패. 군대, 행정, 공화국이 무너졌다.

어른들의 세계는 위엄을 잃었다. 며칠 만에 프랑스라는 나라가 와해된 무대장치만큼이나 허술해진 것이다. 문명이란 부서지기 쉬운 겉치레다.

그런 상황에서 개인의 운명 따위는 중요하지 않다.

사강, 플로랑스 그리고 베르나르는 두 눈을 휘둥그레 뜨고 이런 광경에 동참했다. 세상은 밀가루 반죽만큼이나 연성(延性)이 있었다. 그들은 그런 장면을 많이 보았고, 어린아이의 날 서고 말없는 지성으로 그 장면들을 관찰했다. 그리고 때로는 그런 장면의 중심에 있었다.

베르나르

1939년 여름 비크 쉬르 세르의 작은 온천장에서 바캉스가 끝날 무렵, 주식 중개인이었던 베르나르의 아버지는 가족들을 데리고 피난을 가기로, 바그람 대로로 돌아가지 않기로 결심한다. 히틀러가 베이든 파월(Robert Baden Powell, 1857~1941, 영국 군인. 1907년 보이스카우트를 창설하고 1910년에는 걸스카우트의 전신인 걸가이드 운동을 조직했다 — 옮긴이)이 아니라는 것을, 그리고 프랑스가 전쟁에서 패하리라는 것을 알았던 것이다. 프랑스가 패전하기도 전에 그는 아버지가 물려준 재산을 펑펑 써가며 오리야크에서 가장 아름다운 아파트 중 하나를 빌려 가족들을 정착시켰다.

반(反)유대인법 덕분에 베르나르는 자신이 유대인이라는 사실을 아연실색하며 깨닫는다. 돈만큼이나 신에게도 별로 신경 쓰지 않는 아버지 밑에서 자란 베르나르는 당시 열 살이었다.

— 그건 놀라운 일이었다오.

베르나르 프랑크가 오른손으로 머리카락을 펑펑하게 펴 얼굴을 감추었다. 그 몸짓 때문에 그는 만화 속에 나오는 부엉이처럼 보였다.

— 나는 열두 살에 모든 것을 깨달았소. 그때 이후 아무것도 더 배우지 않았지.

사강과 플로랑스도 비슷한 언급을 했다. 역사가 그들의 지성을 날카롭게 만든 것이다.

패전 전이었던 1939년에서 1940년 무렵까지 유복한 파리 아이 베르나르는 친구들 집에 자주 초대받았다. 그런데 1941년이 되자 친구들의 초대가 뜸해졌다. 유대인 배척이 시작된 것이다. 1942년, 독일의 승전이 불확실해졌고, 베르나르는 다시 친구들 집에 초대받게 되었다. 그리고 1944년에는 매우 환영받는 존재가 되었다.

이 변덕스러운 행태 앞에서 어린 파리 올빼미의 눈은 크게 벌어졌다. 친구의 부모들은 계절이 바뀜에 따라 유대인 배척과 레지스탕스 활동 사이에서 흔들렸다.

— 유대인을 배척할 수 있는 유일한 사람들은 엄격히 말해 유대인들뿐이었소. 그들만이 존재의 불리함을 겪었으니까.

베르나르 프랑크가 자리에서 일어나 통 넓은 바지를 잡고 방 안을 서성였다. 그는 방금 옷을 입었다. 그가 문을 열어줬을 때, 나는 그가 일시적인 방향 상실로 어려움을 겪는 것처럼 바지를 급히 꿰어 입고 양말을 신은 것을 알았다. 내가 거기서 무엇을 하는지 의아하게 생각하는 것 같았다.

— 나는 라발(Pierre Laval, 1883~1945, 프랑스 정치가. 2차 세계대전 중 페탱에 협력하여 비시 정부의 부총리와 법무장관을 지냈으며 종전 후 전범으로 처형되었다 — 옮긴이)보다 페탱(Henri Philippe Pétain, 프랑스 군인 · 정치가. 1차 세계대전에 참전해 독일군의 공격을 저지한 후 프랑스군의 요직을 역임했고, 2차 세계대

전 때는 프랑스가 독일에 점령당하자 총리로서 히틀러와 강화했다 — 옮긴이)을 더 미워했소. 라발은 그래도 자신의 진영을 선택했거든.

배경의 이면에서 사물의 숨겨진 면들이 드러났다. 기회주의, 어리석음. 단번에 늙어버린 어린아이의 머리에 던져진 벌거벗은 진실들. 그리고 그 어린아이는 더 이상 자라지 않는다. 아마도 그가 평생 동안 자신의 몸에 비해 지나치게 큰 옷을 입었기 때문일 것이다.

— 놀랍고 요지경 속인 인간 세상, 해가 바뀜에 따라 일어난 변화들, 그 비열함…… 그것들이 나에게 충분한 지성을 부여해줬소. 그 뒤로 나는 무슨 일을 겪어도 별로 놀라지 않았지.

위험한 해였던 1944년, 그는 아버지에게 플레이아드 총서를 공급해주었던 서점 주인이 빌려준 큰 지붕 밑 방에 가족과 함께 숨는다. 그 방에는 마법의 벽장이 있었고, 어린 베르나르는 거기에 책들과 함께 갇혀 다프네 뒤 모리에, 부알로, 플로베르, 샤토브리앙 등과 평생에 걸쳐 이어질 관계를 형성했다. 특히 그는 뱅자맹 콩스탕에 대해 자화상처럼 울림을 주는 글을 썼다. 그 글은 다음과 같다.

"콩스탕의 큰 불행은 그가 조숙한 어린아이였다는 것, 어린 시절에 대한 날카로운 의식을 가졌다는 것이다. 그는 어린아이인 자신의 모습을 보았고, 그것에 어떻게 운을 맞출지 자문했다. 그는 그 발견으로부터 결코 회복되지 못했던 것 같다."

지붕 밑 방에서 나올 때, 베르나르는 신동의 끔찍한 소양들 가운데 하나를 축적했다. 그는 모든 것을 갖추었다.

그는 뱅자맹 콩스탕에 대해 이런 글도 썼다. "새 옷들이 어린아이 적의 오래된 옷들만큼이나 그를 성가시게 했다. 어린 시절의 옷은 너무 갑갑

했고 새 옷은 너무 넉넉했다. 환상에서 깨어나 환멸을 느낀 그는 자신을 바라보고 세상을 바라보았다.”

— 유대인이라는 사실의 놀라움, 아마도 그것 때문에 내가 문학을 발견한 것 같소.

플로랑스

“넘어져도 매우 씩씩하다.” 몬테소리 학교의 여선생은 플로랑스 말로의 다섯 살 때 생활기록부에 이렇게 적었다. 플로랑스가 서류들 속에서 그 생활기록부를 막 찾아낸 참이었다.

— 내 묘비에도 이렇게 쓸 거예요.

그녀가 웃으며 말했다.

플로랑스가 자신에 대해 이야기한 것은 그때가 처음이었다. 어머니로부터 물려받은 희비극적 감성으로 말이다.

— 나는 책을 읽으면서 꽤 많은 것을 배웠죠.

카이에 루주 출판사에서 그녀의 어머니 클라라 말로의 책 『하지만 나는 자유로웠다』의 재판을 막 찍어낸 참이었다. 가격이 8.40유로인데 그만한 값어치가 있었다. 놀랍도록 활력 넘치는 그 책은 어느 유대인 여자가 전쟁 동안 어린 딸을 데리고 방황하는 이야기를 담고 있다. 이 책은 1979년에 처음 출간되었다.

나는 차 한 잔을 마시러 위니베르시테 거리의 플로랑스 집에 들렀다. 그 집은 그녀가 막 매입한 부룰레크 형제의 양탄자처럼 초록빛이었다.

매번 나는 그녀의 집에서 새롭고 재미있고 신선한 것들을 발견했다. 부엌에는 다음 날 아침을 위한 아침 식사용 식기들이 준비돼 있었다. 흰 종이처럼 섬세한 도자기 찻잔, 풀 먹인 냅킨, 티백들, 꽃병 안에 꽂힌 꽃 한 송이.

나는 플로랑스의 모습을 묘사하고 싶었지만 그녀는 나를 도와주지 않았다. 이따금 나는 그녀와의 대화 도중 이미지가 형성되기를 기다리며 한쪽으로 제쳐두었던 문제의 실마리들을 주워 모았다. 플로랑스는 나를 궁금하게 했다. 나는 그녀가 모은 진귀하고 다양한 차(茶)들을 맛보았다. 그리고 그녀의 눈이 내가 기억하고 있는 것처럼 파란색이 아니라는 것을 깨달았다. 파란 것은 그녀가 지닌 남옥이다. 그녀의 눈은 아버지처럼 초록색이다. 어린 시절이나 젊은 시절 말로의 사진들과 비교해보면 놀랄 만큼 닮았다. 전화벨이 여러 번 울리고 자동 응답기로 넘어갔다. 플로랑스의 집에 전화를 걸면 그녀의 듣기 좋은 목소리가 자동으로 흘러나왔다. "안녕하세요. 저는 집에 없습니다. 메시지를 남겨주세요." 반드시 말을 해야 한다. 그녀가 집에 있다면 그 소리를 듣고 전화기를 들 테니까. 자동 응답기의 음성이 흘러나오지 않으면 그녀가 여행을 떠났다는 뜻이었다. 그녀는 뉴욕에서 익살스러운 물건을 나에게 사다주었다. 마사지할 곳들이 적혀 있는 반사 요법용 양말 한 켤레였다.

1940년 클라라 말로는 사바델이라는 로의 작은 마을에, 뤼시앵과 지젤 카풀라드의 집에 어린 딸을 데려다놓았다. 교사 부부였던 그들은 마을 사람들과 마찬가지로 즉시 플로랑스를 사랑하게 되었다. 마을 사람들은 이 조그만 미확인 비행물체의 섬세함과 영리함에 감탄했다. 시골에서 보낸 그 몇 주는 그녀 인생의 가장 소중한 순간들 중 하나였다.

— '카풀라드 집안 아이'였을 때 나는 굉장히 행복했어요.

그녀는 '굉장히'라는 말을 음절들을 길게 늘여, 마지막 음절은 내뱉듯이 단호하게 발음했다. 말로라는 대단한 이름에 늘 지배받던 플로랑스는 자신이 아베롱 사람 카풀라드의 성(姓) 아래에서 가장 사랑받았다는 사실을 생각하며 재미있어했다.

앙드레 말로와 클라라 말로가 헤어졌을 때 플로랑스는 세 살이었다. 당시 그녀가 그린 그림을 보면 두 채의 집을 향해 길이 갈라져 있다. 서로를 열렬히 미워하는 불같은 사람들이 사는 두 채의 집. 40년의 삶을 산 클라라 말로는 인생을 다시 시작한다. 성해방의 선구자였던 그녀는 말로를 배신하고 그에게 굴욕을 주었다. 말로는 그녀를 용서하지 않았다. 한편 말로는 까다로운 젊은 여자 조제트 클로티스와 관계를 맺고 있었는데, 그녀는 그에게 이혼하라고 압력을 가했다.

프랑스로 이주한 독일계 유대인 가정에서 태어난, 교양 있고 2개 국어를 했던 클라라 골드스미스는 말로의 인생에 바닷바람을 불어넣었다. 그녀는 말로의 모험들을 따라갔고, 당대의 지성인들을 불러모아 말로를 감옥에서 꺼내주고 자신의 재산을 털어넣었다. 말로 때문에 가족과 사이가 틀어지기까지 했다.

말로는 자존심 때문에, 원통함 때문에 스무 살 때 결혼한 아내를 자신의 존재와 작품에서 지워버리는 데 몰두했다. "한 남자는 한 여자의 모든 것을 참아줄 수 있다. 그녀가 행복하지 않다는 것만 빼고." 클라라는 이렇게 썼다. 전쟁이 한창일 때 기독교인들이 유대인을 보호해주려고 유대인과 결혼한 데 반해, 말로는 클라라에게 이혼을 요구했다.

"네 아버지가 나를 떠나던 날 나는 네 아버지에게 반했단다." 클라라는 딸에게 말했다.

클라라는 앙드레 말로의 인생에서 가장 흥미롭고, 가장 열정적이고, 가장 풍부한 여성 인물이었다. 대담하고 강한 그녀는 진정한 파트너였고, 유일한 여자였다.

— 아버지는 어머니의 지성을 잘 견뎌냈어요. 하지만 어머니가 그 지성으로 뭔가를 하는 것은 견디지 못했죠. 가장 견디지 못했던 것은 어머니가 당신을 판단하는 것이었어요.

입영 전날, 앙드레 말로는 플로랑스를 보러 사바델에 왔다. 어린 플로랑스는 학교 건물 앞으로 아버지를 만나러 갔다.

"내가 본 어린아이의 표정들 가운데 가장 매력적인 표정이었다. 그 아이는 그가 자기를 봐주기를, 그리고 자기에게 웃어주기를 원했을 것이다. 그러나 그는 그러지 않았다. 그러자 아이는 발로 흙을 긁으며 참을성 있는 표정으로 기다렸다. 아이는 그와 함께 있으면 원할 때 마음대로 재미있게 놀 수 없다는 것을 아는 것 같았다.

아이는 그에게 큰 존경심을 가진 것처럼, 그가 온 것을 큰 사건으로 여기는 것처럼 보였다. 아이는 감동하고 동요한 채 두 눈을 커다랗게 뜨고 있었다. 나는 그 아이가 무척 마음에 들었다. 너무 귀여워서 마구 달려가 만져보고 싶었다. 얌전하고, 진지하고, 점잖고, 분별 있어 보였다……."

조제트 클로티스가 당시를 회상하며 묘사한 글이다. 그녀는 자동차 안에서 부녀의 만남을 지켜보았다. 이 묘사에서 눈길을 끄는 것은 조제트 클로티스의 호의다. 사실 조제트 클로티스는 말로의 딸에 대한 사랑을, 딸이 아버지를 너무나 닮았다는 사실을, 그리고 클라라와 관련된 모든 것을 질투했다. 그녀는 프로이트와 몬테소리에 영향을 받아 메마른 여자

아이를 보게 될 거라 예상했다. 그런데 그 여자아이는 멀리서 보았는데도 자기가 살아온 일곱 해의 삶으로 그녀에게 강한 인상을 주었던 것이다. 플로랑스는 아주 일찍부터 사람들의 존경심을 자아냈다.

말로는 플로랑스에게 전깃불이 들어오는 인형의 집을 선물로 보내주었다. 곧 집을 잃게 될 소녀에게 주는 선물로는 역설적인 물건이었다. 클라라가 독일계 유대인 피난민들을 도와주었고, 패전 다음 날 게슈타포가 파리의 클라라 집을 수색했기 때문이다. 클라라는 조각상 몇 개를 친구들의 집에 갖다놓은 뒤 자유 지역으로 피신했다.

— 불행하게도 그때 어머니는 나를 데려가지 않았어요.

플로랑스가 웃으며 말했다.

사바델에서 클라라는 체크무늬 앞치마를 입은, 뺨이 붉고 머리를 묶은, 그리고 미디 악센트를 쓰는 시골 소녀를 만난다. 그녀는 미련함으로부터 딸을 구원해야 할 시점에 맞춰 도착했다. 플로랑스는 자신을 몹시 좋아하는 마을 사람들의 솜 외투 같은 보호에서 마지못해 빠져나왔다. 사바델에 있는 동안 플로랑스는 사람들의 까다로운 기대에서 벗어날 수 있었다. 그곳 사람들은 므니에 초콜릿 광고를 닮은 예쁜 소녀가 되는 것 말고는 아무것도 요구하지 않았다.

— 어머니는 더는 나를 떼어놓을 수 없었던 거예요. 나는 잃어버린 사랑의 내기 돈이었죠. 하지만 나는 원망하지 않아요. 덕분에 흥미로운 것들을 경험했으니까요.

클라라 말로는 레지스탕스 활동에 투신했다. 이어서 플로랑스도 그 활동에 투신한다. 플로랑스는 어린아이가 아니었다. 갑작스러운 변화였다. 소녀 플로랑스는 1941년 툴루즈에서, 피난민들 한가운데에서, 소방관 막사에서 잠자는 부르주아 계급의 출구에 균열을 만들었고, 잡거(雜居) 생활을 하던 중 공포스러운 두 동물, 쥐와 빈대를 발견했다.

플로랑스의 인텔리 어머니 클라라는 툴루즈에서 식견 있는 친구들인 시인 장 카수와 그의 처남인 철학자 블라디미르 얀켈레비치, 미래의 사회학자 에드가 모랭, 평론가 뱅자맹 크레미외, 잔 모딜리아니, 드레퓌스 대령의 미망인 등을 만나자 무척 기뻐했다. 모인 사람들 모두가 너그럽고 명석한 정신의 소유자였으며, 그들의 우정이 그녀에게 힘을 주고 그녀를 자극했다. 1977년, 클라라는 언론인이자 작가인 자크 샹셀에게 이렇게 말했다. "나는 고독에 대한 재능을 타고나지 못했어요. 떼 지어 있는 것을 좋아했죠."

클라라는 딸이 사바델을 그리워하는 것을 알아차렸을까? 툴루즈에서 플로랑스는 뷔스카 학교를 다녔는데, 그 학교의 친구들은 플로랑스를 잔인하게 놀려댔다. "파리 사람은 송아지 머리, 파리 사람은 개 머리." 플로랑스의 구멍 난 양말을 놀려대기도 했다. 아이들은 플로랑스를 둘러싸고 노래 부르듯 놀려댔다. 다른 엄마들과 달리 플로랑스의 엄마 클라라는 바느질에 소질이 없었다. 플로랑스는 상황에 적응했다. 양말 천을 늘여 꿰매려면, 양말 안에 나무 달걀을 집어넣고 꿰매면 되었다.

소방관 막사에 이어 플로랑스는 햇빛이 들지 않고 겨울에는 난방도 되지 않는, 채광창만 있는 지하실에서 지내게 되었다. 오후가 되면 친구들과 함께 이불 밑에 발을 넣고 『클레브 공작부인』이나 『적과 흑』에 관해 토론했다. 얀켈레비치는 열정적인 철학 강의를 하고, 라벨이나 드뷔시의 음악에 대해 길게 이야기했다. 비시 체제는 툴루즈 대학 교수였던 그에게서 프랑스 국적과 교육자의 지위를 빼앗아갔다. 어느 날 오후, 그는 한 시간 동안 몹시 낙심한 목소리로 관용에 대해 이야기했다. 자기 누이의 남편이자 보르도 조직망의 P2 에이전트인 장 카수가 방금 체포되어 군사 교도소에 투옥되었다는 사실을 알리지 않은 채.

"바깥에 내리는 어둠이 우리를 가깝게 만들었다. 우리는 카타콤에 숨은 초대 기독교인 같았다. 우리에게 남은 유일한 것은 사랑의 의무였다." 클라라는 썼다.

이후 어린 플로랑스의 귓속에서 사라지지 않은 교훈이었다.

— 내 어머니는 보호자는 아니었어요. 하지만 나는 어머니 덕분에 시대의 지성을 잃지 않을 수 있었죠.

플로랑스는 최고의 지성을 가르쳐준 이 탁아소의 축축한 벽에 기대어 놓은 침대 겸용 소파에서 숙제를 했다. 1941년에서 1942년에 걸친 그 겨울이 매우 추웠음을 그녀는 잊고 말하지 않았다. 어른들이 조직망에 대해 이야기하는 것을 들으며 플로랑스는 만약 자기가 체포된다면 입을 열지 않을 용기가 있을지 궁금해했다. 플로랑스는 그들의 이름을 모두 알고 있었던 것이다.

— 그 암묵적인 공모가 나에게 자부심을 주었어요. 나는 다른 아이들처럼 멍청하지 않았거든요.

어른들이 그녀의 친구들이었다. 플로랑스는 자주 몸져누웠지만, 그녀의 표현에 따르면 존재의 '작은 어려움들'을 모면하는 자신만의 방법을 갖고 있었다. 다름 아닌 책들이었다.

클라라는 플로랑스가 세례를 받게 하기로 결심했고, 플로랑스는 종교 수업을 받게 되었다.

"유대인들이 하느님을 죽였다는 게 사실이에요?" 플로랑스가 클라라에게 물었다.

클라라는 딱 잘라 부인했다. "네 엄마 쪽 혈통인 유대인들은 3천 년 전부터 글을 읽을 줄 알았어!"

하지만 플로랑스의 질문은 더 복잡해졌다. "예수님이 그렇게 죽을 거라는 걸 미리부터 알았다면 하느님은 왜 그 일을 시작한 거예요?"

예의를 차리기 위해 플로랑스는 자신이 동상(凍傷)을 예방하기 위해 대구 간유를 빵 부스러기와 함께 삼켰다는 이야기는 하지 않았다. "전쟁은 한 가지 이상의 방식으로 상처를 준다." 클라라의 책에 나오는 문장이다. 플로랑스는 어떤 사실들은 미묘한 불명확함 속에 남겨놓았다. 갓 열아홉 살이 되었을 때 그녀는 에드가 모랭에 대해 이야기하기를 좋아했다. 에드가 모랭은 그녀에게 관심을 보였고, 프리쥐니크(1931년부터 2003년까지 영업한 프랑스의 체인형 슈퍼마켓 ─ 옮긴이)에서 훔친 쌀 한 줌을 그녀에게 선물로 갖다주었다. 그는 호주머니에서 쌀을 조금씩 꺼내 그녀에게 건네주었다.

클라라 말로는 점점 더 위험한 작전들에 부정기적으로 참여했다.

"나는 쫓기는 토끼가 되는 건 원치 않는단다. 독일인들이 나를 죽이려면 이유가 있어야 할 거야." 비누가 없어 손가락에 잉크 얼룩을 묻힌 채 클라라는 말했다.

오만하고 용감했던 클라라는 타협을 모르는 여자, 타고난 전사였다. 만약 레지스탕스가 없었다면, 그녀가 레지스탕스를 조직했을 것이다.

다정하고 성격이 온화한 딸 플로랑스가 엄마인 클라라를 돌보았다. 플로랑스는 엄마보다 더 성숙한 딸이었다. 1941년 말 클라라가 레지스탕스 활동에 참여했을 때, 두 모녀는 몽토방에 정착한다. 조직으로부터 임금을 받던 클라라는 파크레트 주택을 빌릴 약간의 돈이 있었다. 그 집에서는 생활이 좀 수월해졌다. 말로는 이혼을 진행하기 위해 변호사를 바꿨다. 몇 달 뒤, 말로는 전쟁 한가운데에 클라라를 노출시킬 수 없음을 깨닫고는 이혼을 포기했다.

1942년 여름, 클라라와 플로랑스는 마르세유에 갔다. 클라라는 미국 이주를 희망했다. 그러나 말로는 딸을 잃을까 두려워 반대했다. 말로는 딸은 염려하지 않은 채 캅 다이의 카멜리아 주택에, 바다가 보이고 정원에는 협죽도와 부겐빌레아가 있는 넓은 집에 랑방 드레스를 입은 조제트 클로티스와 갓난아기와 함께 살고 있었다. "아기는 조금 가벼웠다." 플로랑스는 간결하게 적었다. 사르트르와 보부아르는 그 시절 말로의 집을 방문하면서 코트 다쥐르 풍의 실내장식과 수석 웨이터가 서빙한 호화로운 닭고기 요리에 충격을 받았다.

플로랑스는 이렇게 썼다. "어머니는 분별이 없고 용감했다. 어머니는 선한 가치들을 갖고 있었다. 그러나 아버지에 대한 강박관념이 어머니에게 걸림돌이 되었다. 어머니는 매일 나에게 아버지 이야기를 했고, 나는 아버지가 그리웠다."

마르세유에서는 아무도 그들의 상륙을 허락하지 않았다. 카시스에서 바캉스를 보내는 몇 주 동안 플로랑스는 수영을 배웠고, 모녀는 페달 보트를 빌렸다. 페달 보트를 타고 되돌아갈 때, 플로랑스는 기름칠이 잘되어 있지 않은 페달을 조용히 굴리려고 애쓰면서 돌아가지 않겠다고 말했다.

"싫어요, 엄마. 싫어요. 우리는 프랑스를 떠나야 해요. 아프리카까지 페달을 굴려야 해요."

한순간 클라라는 망설이는 듯했다. 그들 모녀는 피난민 역사상 최초의 보트 피플이 되었을지도 모른다.

플로랑스는 그림에 대한 열정에 조금씩 사로잡혔다. 존재의 불확실성으로부터 스스로를 위로하기 위해, 그녀는 모사화가 담긴 그림엽서들을 수집했다. 밤에 잠들기 전에 이불 위에 그것들을 펼쳐놓고 자비로운 성상(聖像)을 보듯 들여다보았다.

플로랑스는 몰래 파리에 올라가 어머니와 함께 장 폴랑(Jean Paulhan, 1884~1968, 프랑스의 작가·평론가·편집자 — 옮긴이)의 집을 방문했다. 장 폴랑은 도망 중인 포트리에(Jean Fautrier, 1898~1964, 프랑스 화가. 프랑스 앵포르멜 미술의 중요한 확립자 중 한 사람으로 1940년대 초 레지스탕스 운동에 투신한 경험을 바탕으로 작품을 제작했다 — 옮긴이)의 그림들을 가지고 있었다. 장 폴랑이 어린 플로랑스에게 그 그림들에 대한 의견을 물었다. 플로랑스는 조금 당황해서 우물거리며 대답했다. "대단한 걸 표현한 것 같지는 않아요." 어른들은 만족스러운 미소를 지었다. 이어서 플로랑스는 분명하게 말했다. "그런데 그게 문제는 아니에요. 오히려 색깔들을 배치한 방식이 문제예요." 장 폴랑은 플로랑스의 명민함에 당황했고, 클라라는 어머니로서 큰 자부심을 느꼈다.

넘어져도 매우 씩씩했던 플로랑스는 위조 신분증들을 간식 바구니에 담아 몽토방에서 파리 사이를 다니며 운반한, 프랑스에서 가장 어린 레지스탕스였다.

— 나는 무척 자랑스러웠고, 그것은 내 어려움들의 균형을 잡아주는 평형추였어요. 나는 희생자라고 느낀 적이 한 번도 없었어요. 그 점을 다른 아이들보다 더 잘 알고 있었죠. 또 나는 내가 나쁜 편이 아닌 것이 자랑스

러웠어요. 고문하거나 고발하는 사람이 아닌 것 말이에요.

레세베두 수용소로 어머니의 삼촌을 방문하는 일 같은 즐거운 시간들도 있었다. 적십자사가 그곳에서 사탕과 초콜릿을 푸짐하게 나눠주었다. 어느 날, 삼촌이 거기에 없었다. "주소를 남기지 않고 떠났습니다." 사람들이 모녀에게 말했다. 클라라는 간략하게 논평했다. "빌어먹을!" 클라라는 그가 고문을 받아 죽었다고 생각했다. 독일의 집단 수용소로 강제 이주되었다고는 상상도 못했다.

종전은 비극적이었다. 클라라가 속한 조직은 게슈타포에 의해 해체되었다. 그녀의 친구 장은 기밀을 누설하지 않은 까닭에 잔혹하게 고문당한 뒤 총살되었다. 클라라와 플로랑스는 숨을 곳을 찾아 이리저리 도망쳤다. 이따금 연락책들은 그들을 숨겨주기를 거부했다. 플로랑스는 어머니 때문에 무서웠다. 어머니의 무분별과 혼란, 충동적 성격이 그녀를 두려움에 빠뜨렸다. 클라라는 자신의 가명을 잊고 위조 신분증을 잃어버렸다. 또한 플로랑스는 자기 자신 때문에 무서웠다. 개들이 유대인 아이들을 갈기갈기 물어뜯는다는 흉흉한 소문이 나돌았다. 플로랑스는 제2안을 생각해두었다. 어머니가 체포될 경우 걸어서 파리에 있는 독일 대사 오토 아베츠에게 가 호의를 구한다는 안이었다.

1944년 기차 안에서 게슈타포 요원들이 잘못 위조된 그들의 서류를 몰수했다. 클라라 골드스미스가 눈에 확 띄는 유대인 아이를 데리고 있으면서 자기 이름을 라미라고 한 것은 자살 행위였다. 게슈타포 요원들은 자기들끼리 짧은 대화를 나눈 뒤 서류를 가져갔다. 독일어를 할 줄 알았던 클라라는 그들이 한 이야기를 딸에게 통역해주었다. "이 사람들을 모두 체포할 수는 없어. 그리고 어린애가 너무 귀여워."

사강

플로랑스가 나에게 준 사진 속에서 다섯 살 난 사강은 한 무리의 사내아이들과 함께 카자르크의 나지막한 연석(緣石)에 앉아 있다. 사내아이 같은 여자아이였던 사강은 무리의 대장이었다. 2차 세계대전 초반에 사강의 부모는 세 아이를 외할머니 마들렌 로바르의 집으로 데려갔다. 아이들의 아버지가 소집되었을 때, 그리고 포로로 붙잡혔을 때 아이들의 어머니는 거기서 아이들을 다시 만났다.

사강은 매일 밤 엄마가 있는 침대로 갔다. 혼자 잠드는 것이 두려웠기 때문이다. 사강이 아이 때 그린 그림이 그것을, 전쟁이 그녀의 머릿속을 은밀히 따라다녔던 것을 보여준다. 머리가 돈 것으로 취급받을까 봐 속을 털어놓지는 않았지만, 독일 군대는 상상력 풍부한 소녀 사강을 꽤나 괴롭혔다. 사강은 에크모빌의 스크랩북에 보관된 그림 속에서 무장한 군대와 유산탄 폭발로 자신의 그런 환상을 지칠 줄 모르고 묘사했다.

동원 해제가 되자, 사강의 아버지 피에르 쿠아레는 이제르로 전근했다. 그는 베르코르의 잡목 숲이 보이는 그곳의 자유 지역에서 제네랄 엘렉트리크 사의 공장 두 곳을 운영했다. 그들 가족은 생 마르슬랭의 매력적인 토지에 정착했고, 사강은 거기서 다시 쾌적한 삶을 살았다. 사강의 부모는 많은 것을 받아주었다.

사강은 읽고 쓸 줄 알았다. 그녀는 사람들이 자신의 변덕을 받아주기를, 그리고 자신에게 관심을 기울여주기를 원했다. 그녀는 당황하지 않고 어른들과 차근차근히 토론했으며, 이자 놀이로 돈을 벌었다. 유머 감각과 활력이 넘치던 그녀는 무언극과 빛나는 말장난과 에너지로 집안에 활기를 불어넣고 가족들을 즐겁게 해주었다. 사강의 아버지는 사진을 찍고 웃고 짓궂은 농담을 하며 시간을 보냈다.

— 프랑수아즈는 가족의 우상이었어요. 아버지는 우리에겐 별 관심이 없었지만 프랑수아즈에게는 흠뻑 빠져 있었죠.

쉬잔 쿠아레는 말했다.

쉬잔이 파리에 체류하는 동안 묵고 있는 뤼테시아 호텔 416호실의 부드러운 평온함이 우리 주변을 지배한다. 쉬잔은 대형 할인점 카르푸 체인의 창업자 중 한 사람인 자크 드포레와 이혼하고 지금은 브뤼셀에 살고 있다. 표범 무늬 블라우스를 입은, 눈이 초롱초롱하고 키가 큰 다갈색 머리의 이 여든 살 노파는 놀랄 정도로 여성적인 몸매와 존재감을 갖고 있다. 예전에 자크 파트(Jacques Fath, 1937년 자크 파트가 설립한 여성복 브랜드. 자크 파트가 사망한 뒤 그의 부인이 사업을 이어가다가 1975년에 문을 닫았다 — 옮긴이)의 모델이었던 쉬잔은 매일 저녁 뤼테시아 호텔 식당에서 친구들을 만난다.

— 믿기 힘든 에피소드가 하나 있어요. 프랑수아즈는 부모님에게 반말을 했어요. 내 남동생 자크와 나는 존댓말을 했는데 말이에요.

자크와 쉬잔에게는 아무것도 허락되지 않은 반면 막내 사강에게는 모든 것이 허용되었다. 식사 시간에 늦게 오면 쉬잔은 몹시 야단을 맞았지만 사강이 늦으면 가족들은 사강이 올 때까지 안절부절못했다. 사강은 말썽꾸러기에 가까웠다. 레밍턴 타자기로 사강에게 타자 치는 법을 가르쳐주었던 피에르 쿠아레의 비서는 사강의 제멋대로인 성격에 화가 났다.

막내 사강이 태어나기 전, 자크가 태어난 지 얼마 되지 않았을 때 마리 쿠아레는 아기 하나를 잃었다. 마리 쿠아레는 자신의 남동생 이름을 따

그 아기에게 모리스라는 이름을 붙여주었다. 그녀는 남동생 모리스를 무척 좋아했지만, 1914년의 전쟁이 그의 목숨을 앗아갔다. 아기가 죽었을 때, 마리 쿠아레는 남동생을 두 번 잃은 느낌을 받았다. 두 명의 모리스를 모두 잃은 것이다. 그녀는 더 이상 아기를 가질 수 없으리라 생각했다. 그런데 10년 뒤 사강이 태어났다. 그것은 놀라운 일이었고 예기치 않은 기쁨이었다.

— 우리가 어렸을 때는 부모들이 모든 권리를 가졌고 아이들의 권리는 보잘것없었어요.

쉬잔이 말했다.

제네랄 엘렉트리크 사의 기술자 피에르 쿠아레는 명석하고 재치 있고 신랄한 남자였다. 하지만 집에서나 사적으로 친한 사람들 사이에서는 권위적인 태도를 보이고 곧잘 화를 냈다. 심지어 아들 자크를 학대에 가까울 만큼 부당하게 대했다. 쉬잔의 설명에 따르면, 그는 유뇨증이 있던 자크를 벌주기 위해 잠옷 차림으로 학교에 보냈다고 한다. 그는 아이들의 결점을 나무랐고 때로는 모욕적인 언사로 아이들을 억압했다. 쉬잔은 별로 똑똑하지 않고, 자크는 아무 짝에도 쓸모없다고 했다. 그는 아이들을 비웃고, 깎아내리고, 실패자가 될 거라고 예언했다.

그렇다면 어머니 마리 쿠아레는 어땠을까? 그녀는 파악하기 힘든 인물이었다. 주의산만하고, 경솔하고, 야릇하고, 사교적이고, 경박하고, 때로는 유쾌했다. 영화 〈방문객들〉 속의 발레리 르메르시에(Valérie Lemercier, 1964~ , 프랑스의 영화배우·시나리오 작가·영화감독. 1994년 〈방문객들〉로 세자르 여우조연상을 받았다 — 옮긴이) 같았다. 가정생활의 일화들이 그녀의 이런 이미지를 증명해준다. 이를테면 1939년 여름 전쟁이 선포되기 전

날 마리 쿠아레는 모자 디자이너 폴레트에게 주문한 모자들을 찾아오기 위해 가족들이 있는 카자르크를 떠나 파리에 간다. 이 일화는 웃자고 소개한 것이다. 폴레트가 모자를 만들긴 했을까? 카자르크에서 태어났고, 보통 키에 몸매가 가냘프며 스타킹을 신으면 주름이 잡힐 정도로 다리가 가늘었던 그녀는 둥둥 떠다니는 느낌, 멍한 느낌을 주었다.

— 어머니는 손님을 극진히 대접하길 좋아했어요. 주변에 활력이 넘치기를 원했죠. 예쁘고 우아했던 어머니는 친구들도 많았어요.

쉬잔의 말에 따르면 좋은 가정주부였던 마리 쿠아레는 사람들을 저녁 식사에 초대하고 식사 준비하는 것을, 유쾌한 친구들에게 둘러싸여 있는 것을 좋아했다. 하나는 확실하다. 그녀가 사랑스러운 여자였다는 것. 그렇다면 상냥하기도 했을까?

— 어머니는 상냥하지는 않았어요. 전쟁이 끝난 후 프랑수아즈에게는 더 그랬죠.

1941년에서 1942년의 겨울 동안, 쿠아레 가족은 리옹의 모랑 기슭에 있는 널찍한 아파트로 피난을 갔다. 경계 상황 동안 쿠아레 가족은 그 건물의 다른 주민들을 따라 지하실로 내려가기를 거부했다. 마리가 지하실 냄새를 싫어했기 때문이다. 폭격이 유난히 심했던 어느 날에야 마리가 지하실로 피신하는 데 동의했다.

"어머니는 머리카락에 세팅을 했어요. 그때가 기억나요. 벽이 흔들리고, 벽토의 파편이 떨어져내렸죠. 사람들은 잠잠해지기를 기다렸어요. 그런데 우리 가족은 전혀 무서워하지 않고 카드놀이를 했어요. 위층으로 다시 올라갔을 때, 어머니가 비명을 질렀죠. 부엌에 생쥐 한 마리가 있었거든요."

사강의 말이다.

머리 세팅, 카드놀이, 생쥐. 이것들이 당시 상황에 적절한 일화들일까?

— 아이들이 어머니를 성가시게 했어요.

쉬잔은 신중하게 지적했다.

— 어머니는 인생을 그리 심각하게 여기지 않았어요. 어머니에겐 정규직으로 일하는 가정부가 한 명 있었고, 그 가정부가 집안일을 맡아 했죠.

프로밀란 방앗간 주인의 딸 쥘리아 라퐁이 1931년에 쿠아레 집안에서 일하기 시작했고, 이후 50년간 쿠아레 집안에 머물렀다. 그녀가 사강을 키웠는데, 그녀는 사강의 성격이 몹시도 고집스럽다고 생각했다. 쥘리아는 가정부, 요리사, 유모 역할을 했다. 쥘리아가 은퇴하자 피에르 쿠아레는 카자르크의 투르 드 빌에 있는 집 한 채를 그녀에게 주었다.

— 프랑수아즈는 현대적인 거침없는 태도로 부모님을 대했어요. 어린 여자아이가 부모님의 결정에 대해 토론을 제안하기도 하고, 질문을 던지기도 했지요. ……그애는 작은 여왕이었어요.

쉬잔이 덧붙였다.

학교에서 사강은 우등생과는 거리가 멀었다. 오늘날 우리는 그녀가 어릴 때부터 재능을 타고났다고 생각하지만, 그녀는 몸보다 머리가 빨랐다. 때때로 단어들이 그녀의 입속에서 서로 부딪쳤다. 말이 생각의 속도를 따라가지 못했던 것이다. 학교 성적은 그리 뛰어나지 않았다. 더 잘할 수도 있었겠지만, 방법을 몰랐다. 그녀는 노력하는 것을 힘들어했다. 구구단도 잘 익히지 못했다. 또래 친구들과 함께 노는 것을 지루해했고, 나이 많은 언니들이나 남자아이들을 찾아다녔다. 가족의 테두리 밖에서도 활발했다. 그녀는 아주 어릴 때 읽기를 배웠고, 자신의 친구가 되어주고 자신에게 양분을 제공하는 책 속에서 많은 시간을 보냈다.

피에르 쿠아레는 제네랄 엘렉트리크 사에서 유명 엔지니어 그레구아르가 설계한 전기 자동차 튜더의 시제품 만드는 일을 했다. 튜더는 행동 반경이 250킬로미터에 달하고 시속 42킬로미터로 달리는 아방가르드한 자동차였다. 1942년 4월의 어느 아침, 비시의 파르크 호텔 뜰에서 붉은 가죽으로 내부를 장식한 번쩍이는 로열블루 빛 차체의 견본이 페탱 원수에게 선을 보였다. 그 전기 자동차는 지나치게 비싸서 이후 계속 제조되지 못하고 2백 대의 모델만 제네랄 엘렉트리크 사 간부들에게 남겨진다. 당시 여덟 살이었던 사강은 아버지의 무릎 위에 앉아 처음으로 자동차를 운전했다. 속도감 있는 물건을 최초로 마주하게 된 것이다!

— 프랑수아즈는 처음부터 특별한 운명을 갖고 있었어요. 몹시도 제멋대로인 아이였죠. 평생 아무런 처벌도 받지 않는 운명을 누렸어요. 프랑수아즈는 열일곱 살 때 삶의 전환기를 맞이했고 이후 전혀 자라지 않았어요.

사강의 아버지는 유대인 배척자였을까? 1973년 프랑스 퀼튀르 방송국과의 인터뷰에서 사강은 모호하게 해석되는 발언을 했다. "내 부모님은 전쟁 전에는 약간 유대인을 배척했어요. 하지만 전쟁 중에는 유대인들을 숨겨주었죠. 당연한 일이에요. 그들이 끔찍한 일을 당했으니까요. 그 후 부모님은 다시 약간 유대인 배척자가 되었죠. 전쟁 중에는 그들을 숨겨주느라 우리 모두가, 그분들과 우리들까지 죽을 뻔했는데 말이에요."

말년에 사강은 자신의 오랜 친구이자 편집자인 장 그루에게 토라졌다. 그가 그녀의 말에 반박했기 때문이다. 장 그루에는 사강의 아버지가 독일에 저항하지 않았고 아무도 숨겨주지 않았다고 말했다.

— 프랑수아즈는 아버지 피에르 쿠아레를 무척 좋아했어요. 하지만 피에르 쿠아레는 유대인을 조금 배척했습니다. 독일에 협력할 정도까지는 아니었지만요. 그는 베르나르 프랑크도 별로 좋아하지 않았어요. 베르나르 프랑크는 유대인이었으니까요……. 하지만 베르나르는 그것을 무척 우스꽝스럽게, 재미있게 생각했답니다.

장 그루에의 말이다.

만일 사강이 자신의 부모를 판단했다면 몰래 그렇게 했을 것이다. 그리고 외부의 비판자들로부터 그들을 보호하려고 애썼을 것이다.

— 사실이에요. 프랑수아즈의 아버지는 베르나르를 좋아하지 않았어요. 그는 이렇게 말했죠. "프랑수아즈가 그 유대인 젊은이와 매일 외출하다니 낭패야." 하지만 죄 없는 유대인 한 명을 수용소로 보낼 정도의 유대인 배척자는 아니었어요.

플로랑스가 단언했다.

피에르 쿠아레는 레지스탕스는 아니었지만, 플로랑스 말로가 "반사반응으로 유대인을 조금 배척했다"라고 말했듯이 유대인을 고발한 적도 없었을 것이다.

쿠아레 가족은 어느 날은 페탱주의자였다가 어느 날엔 드골주의자가 되는 오리야크의 대부르주아들과 비슷했다. 상황에 따라, 그리고 선입견에 따라 자주 변했다. 1940년, 페탱이 전권을 쥐었다. 1948년에는 열성적이었던 독일 협력자 몇 명이 총살당했다. 그사이 여러 사건이 일어났다. 비시 정부의 도끼 문장(紋章)과 로렌의 십자가(독일과의 전쟁에 참여해 프랑스 독립에 공헌한 사람에게 드골 장군이 수여한 훈장 — 옮긴이)의 혼합물이 프랑수아 미테랑에게 주어졌다.

"어느 날 저녁, 나는 나를 키워준 유모와 함께 영화관에서 〈샌프란시스코의 화재〉라는 영화를 봤어요. 나는 깨달았죠. 영화의 배경이 1945년 무렵이라는 것을. 영화 속에는 다카우의 시체 유기장이 나왔고, 트랙터가 시체들을 갈아엎었어요. 굉장히 처참했죠." 사강은 말했다.

감수성 예민한 소녀 사강은 쥘리아 옆에 앉아 강제수용소를 다룬 노골적이고 시사적인 영상들을 보았다. 줄무늬 파자마 차림의 시체들이 산더미처럼 쌓여 있고, 생존자들은 휘청거리며 열을 지어 지나갔다. 말로 표현할 수 없는 고통. 감수성 예민한 한 소녀의 눈앞에 투영된 잔혹한 현실. 그것은 그녀에게 폭발과도 같은 효과를 불러일으켰다. 그녀는 생이 다할 때까지 그 장면들을 되풀이해 떠올렸다. 그녀는 『답변들』에 이렇게 썼다. "곳곳에 강제수용소의 사진들이 있었다. 가장 끔찍한 사진이 가장 높은 평가를 받았다." 기자 기욤 뒤랑과 나눈 마지막 대담에서 사강은 위의 영화에 대해 또 이야기한다. 전쟁의 흔적이 그녀의 머릿속에서 지워지지 않았던 것이다.

위대한 지성은 불안을 야기한다. 사강은 전쟁 기간 동안 악몽에 시달렸다. 그것을 말로 표현하지는 않았지만, 그녀가 그린 그림들은 그 강박적 흔적을 담고 있다. 현실이 그 악몽들을 확인해주었고, 그 악몽들을 뛰어넘었다. 에크모빌의 스크랩북 속에 유형수들의 사진이 그녀가 그린 그림들과 함께 담겨 있는 것은 그리 엉뚱한 일은 아닐 것이다. 최악의 일은 늘 확실하다.

플로랑스는 말한다.

— 그 영상들은 전쟁보다 더 강렬했어요. 독일 점령 기간에는 선과 악이 있었죠. 여러분의 코앞에서 탁 소리 나게 문을 닫은 사람들 그리고 상

상을 초월하는 위험을 무릅쓴 사람들이 있었어요. 시사성 있는 그 영화
는 나에게는 한 경험의 종결이었어요. 하지만 프랑수아즈에게 그것은 엄
청난 동요였죠. 프랑수아즈는 그런 것들을 알지 못했으니까요. 그건 우
리가 아트메르 과정에서 만나 처음으로 이야기한 주제들 중 하나였어요.
그 영화는 역에서 가까운 시네아크 영화관에서 상영되었는데, 그 영화를
본 친구들은 별로 없었죠.

　전쟁은 베르나르, 플로랑스 그리고 사강을 단숨에 성장시켰다.
　그들은 복잡하고도 탈 많은 진실을, 선(善)은 모호하다는 진실을 일찍
부터 배우고 경험했다. 아이들의 세상은 대개 아주 순박하고 흑백논리에
지배된다. 한쪽은 좋은 사람들이고 다른 한쪽은 나쁜 사람들이다. 레지
스탕스와 나치스, 천사와 악마. 그런데 이것은 전쟁을 경험하는 아이들
에게는 해당되지 않았다. 세상의 다른 쪽 끝에는 어린 J. G. 발라드(James
Graham Ballard, 1930~2009, 영국의 소설가 ─ 옮긴이)가 일본인들에 의해 수
용소에 갇혀 있었다. 그의 소설들은 환각에 사로잡힌 그 흔적들을 보여
준다.
　또 다른 초(超)지성인 철학자 한나 아렌트(Hannah Arendt, 1906~1975,
독일 태생의 유대인 철학자. 1, 2차 세계대전을 겪으며 전체주의를 통렬히 비판하고
파시즘과 스탈린주의를 탁월하게 분석했다. 『폭력의 세기』, 『전체주의의 기원』 등
의 저서를 남겼다 ─ 옮긴이)는 1961년 예루살렘에서 벌어진 아돌프 아이
히만(Karl Adolf Eichmann, 1906~1962, 독일의 나치스 친위대 장교. 2차 세계대
전 중 독일과 유럽 각지에 있는 유대인의 체포와 강제 이주를 계획, 지휘했다. 독일
패전 후 아르헨티나로 도망쳤으나 결국 이스라엘로 압송되어 사형당했다 ─ 옮긴

이)의 재판 때 베르나르, 사강 그리고 플로랑스가 아주 어릴 때부터 그를 알고 있었다는 사실을 깨닫는다. 그들은 일상생활에서 전쟁을 경험한 조숙한 증인들이었던 것이다.

영화를 보았고, 믿음들은 산산조각 났다. 너무 어린 나이에 악이 친숙하고 평범하다는 사실을 깨닫는 것, 악이 냉혹한 얼굴이 아니라 어리석은 얼굴을 하고 있음을 깨닫는 것은 열두 살에 LSD를 삼키는 것이나 다름없다. 그것은 정신 구조에 영원히 새겨진다. 그들이 그것을 표현하기에는 너무나 어렸던 만큼.

한나 아렌트는 『뉴요커』를 위해 '일제 소탕'을 담당한 나치스 관리들의 재판을 취재하면서 그 사실을 알았다. 검사들은 아돌프 아이히만을 잔인한 괴물처럼 묘사했지만, 사실 그는 꼼꼼하고 지루한 관리일 뿐이었다. 한나 아렌트가 볼 때 그는 명령을 충실하게 이행한 무능한 관리였다. 평범하기 짝이 없는 사람, 체제 순응주의자. 악을 구현했다는 점만 제외하면 모든 면에서 그랬다.

사강은 죽음에 위협을 받은 두 친구처럼 위험에 노출되지는 않았다. 그러나 지나치게 천재적이었던 그녀는 전쟁 내내 최악의 사태를 상상했고, 최악 중의 최악인 일이 현실이 되었다. 베르나르, 플로랑스 그리고 사강의 눈에 비친 악은 이웃과 자기 가족의 얼굴을 하고 있었다. 이 셋은 가식에 쉽게 속지 않았다. 그러나 불편한 진실의 폭로를 감당하기에는 너무 어렸다.

그들은 말없이 그 폭로에 머물렀다. 글자 그대로, 문학적으로. 공정함에 대한 고민으로 인해 마비된 사강은 동세대 소설가들처럼 너무나 프랑스적인 아름다운 언어를 안으로 삼켜버렸다. 대가를 지불하게 되더라도 부모를 보호해야 했다. 이 세 사람은 불변하리라 믿었던 세상이 무너져 내리는 것을 두 눈으로 보았던 것이다. 그들은 비겁한 상황에 공모해버렸다.

사강은 자신의 재능을 제한하면서 과거의 비밀들을 파헤쳐 그 부끄러움, 모욕, 불명예, 죄에 대한 무감각을 글로 쓰는 것을 스스로 허락하지 않았다. 전쟁 동안 그녀가 대강 읽어낸 소설 두 권은 확실히 형편없었다. 그 소설들 중 한 권의 제목인 '핑계들'만 의미를 지닌다. '핑계'는 설명을 피하고 우회하는 방법, 술책, 책략이다. 표현되지 않은 암묵적 발화는 여전히 존재한다. 이것은 살고 싶은 욕구를 주지 못하는 사회, 죄의식을 가지고 늙어가는 사회를 만드는가? 사회가 과오를 범하면 우리도 사회의 규칙과 법을 무시하지 않는가?

사강은 규칙에 순응하지 않는 전능한 청춘의 선구자다. 그녀의 책들은 그녀가 과거에 자신의 가족들을 즐겁게 했듯 자신의 시대를 즐겁게 해주었다. 플로랑스는 『렉스프레스』에서 기자로 활동했다. 그녀의 첫 인터뷰는 알제리 전쟁 기간 동안 고문을 당한 여자와의 인터뷰였다. 그러나 플로랑스는 양면성이 강했던 자기 아버지를 결코 판단하지 않았다. 한편 베르나르 프랑크는 비시에 관해 다룰 자신의 두 번째 소설을 시작하지 않았다. 왜일까? 동세대에서 가장 재능 많은 인물이라는 평판을 들었던 그가…….

50여 년 전부터 프랑스 소설은 역사에 대해 이야기하지 않았다. 역사를 전파하지 않았다. 누보로망(nouveau roman, 앙티로망. 전통적인 소설의 형식이나 관습을 부정하고 새로운 수법을 시도한 소설 — 옮긴이)과 함께 1950년대에서 혈액의 흐름이 멈춰버렸다. 누보로망은 줄거리도 없고, 인물도 없고,

묘사도 없다. 누보로망은 새로운 것들을 실험했다. 소설이 아니라 '새로운 소설적인 것'을 실험했다.

프랑스에서는 레지스탕스에 관한 소설도, 패전에 관한 소설도 나오지 않았다. 『자유의 길』(장 폴 사르트르의 미완성 대하소설. 1938~1940년을 배경으로 역사의 파란만장한 물결에 휩쓸리면서 갖가지 사건을 경험하는 인간의 '실존적 자유'의 궤적을 그려냈다 — 옮긴이), 『우라누스』(1948년 마르셀 에메가 발표한 소설 — 옮긴이), 『양질의 버터』(1952년 장 뒤투르가 발표한 소설. 독일 점령하의 파리 풍속을 풍자적으로 그렸으며 같은 해에 앵테랄리에 상을 받았다 — 옮긴이) 정도가 나왔을 뿐이다. 전쟁을 목격한 그 어떤 문호도, 창조적 수단을 소유한 그 어떤 사람도 이 핵심적인 시기에 관해 글을 쓰지 않았다. 독일 협력자였던 마르셀 주앙도, 레지스탕스였던 프랑수아 모리악도 마찬가지였다. 폴 모랑은 그것을 경계했다. 앙리 미쇼, 자크 샤르돈 역시 아무것도 쓰지 않았다. 총체적 난관이었다. 콕토나 드리외 라 로셸의 끔찍한 일기가 있긴 하지만 그들의 살아생전에는 출판되지 않았고, 무엇보다 소설이 아니었다. 바로 그 시기인 1953년 레이몽 게랭이 자신의 군인 수용소 포로 생활 이야기를 담은 『문어』를 출간한다. 이 책에 담긴 내용은 많은 프랑스 사람들과 관련되는 부분이 있었고, 게랭은 그 작품으로 승부수를 던질 수 있을 거라 확신했다. 하지만 결과는 전혀 그렇지 못했다. 그 책은 완전히 실패했다. 독자들은 그 책을 읽지 않았다. 1953년 프랑스 사람들은 전쟁에 신물이 나 있었다. 그들은 전쟁을 잊고 다른 데로 관심을 돌리고 싶어 했다. 역사학자 프랑신 드 마르티누아르가 분석했듯이, "결탁된 침묵이 누가 패했는지, 누가 고통받았는지, 누가 비열했는지 인식하는 것을 방해했다. 수십 년 동안 프랑스 문학은 언젠가 폭로될 가족의 비밀과 관련된 암묵적 발화에 근거를 두었던 것이다."*

『문어』가 실패한 해에 알랭 로브그리예는 고전적 서술을 지우개로 지워버린 『고무 지우개』로 누보로망의 길을 열었다. 프랑신 드 마르티누아르에 따르면, 이때부터 문학은 "내용을 희생시킨 형식, 주제들의 비극성을 잊어버리려는 의지에 응답하는 언어학적 비약"을 지향하기 시작했다.

서술에 대한 거부는 편리한 알리바이를 제공했고 소설 문학에 재갈을 물렸다.

그로부터 30년이 지나서야 프랑스 역사학자들이 독일 점령기의 역사에 관심을 기울이기 시작했다. 그리고 어느 미국인이 그것에 깊은 관심을 가졌다. 『비시의 프랑스』에서 로버트 팩스턴(Robert Paxton, 1932~ , 미국의 정치학자이자 역사가. 비시 체제하의 프랑스, 파시즘, 2차 세계대전기의 유럽 역사 전문가다 — 옮긴이)은 비시 정부가 나치즘에 반대하는 방패막이 역할을 하기는커녕 1940년 초반에 접어들자마자 대독 협력 정책을 받아들이자고 주장했음을 보여준다. 현실을 받아들이는 데는 시간이 필요할 것이다. 그때의 역사에 관해 이야기하지 않는 한 우리는 그것에 관한 글을 쓸 수 없을 것이다.

프랑스 퀼튀르는 1944년 8월 오텔 드 빌 광장에서 한 드 골 장군의 연설을 중계방송했다. "파리, 파리는 능욕당했습니다! 파리는 부서졌습니다! 파리는 박해받았습니다! 하지만 파리는 해방되었습니다! 자기 자신에 의해 해방되었습니다! 프랑스 군대의 원조와 함께, 프랑스 전체의 지

---

* 장 폴 카우프만이 『사랑 산책로 31번지』에서 인용한 글.

지와 협력과 함께, 그 주민들에 의해 해방되었습니다! 프랑스는 싸웠습니다. 유일한 프랑스, 진정한 프랑스, 영원한 프랑스 말입니다!" 확신 없는 음색이 거짓처럼, 비현실적으로, 일부러 꾸민 듯하게, 허구를 위해 만들어진 듯 울려 퍼졌다. 마치 텔레비전용 영화의 녹음테이프를 듣는 것 같았다. 드골 장군의 과장은 그 정도로 심하게 느껴졌다.

프랑스는 5월 8일을 계속 기념한다. 달력을 보면 '5월 8일, 승전 기념일'이라고 적혀 있다. 무슨 승전? 프랑스라는 나라는 온갖 조각들로 승전을 만들어냈다. 사실 1945년 5월 8일은 독일이 미국·영국·소련 연합군에 항복한 날이다. 1945년 5월 8일의 승리를 이룩해낸 영예로운 전사들은 어디에 있는가? 1940년, 전쟁에서 진 프랑스 군인 185만 명이 포로가 되었다. 프랑스 역사상 가장 큰 패배였다. 11월 11일은 1918년의 휴전과 프랑스의 승리를 기념하는 날이다. 이것은 옳은 이야기다. 1차 세계대전은 많은 작가들에게 영감을 주었고, 프랑스 문학의 걸작인 『밤의 끝으로의 여행』(루이 페르디낭 셀린Louis Ferdinand Céline이 1932년에 발표한 자전적 소설. 고통과 절망 속에서 삶의 의미를 찾아 헤매는 인간의 모습을 강렬한 문체로 그려냈다 ―옮긴이)을 탄생시켰다. 프랑스 문학사에는 연결 고리들이 빠져 있다. 패전을 다룬 소설, 레지스탕스에 관한 소설들 말이다. 전후의 가장 흥미로운 세 작가 나탈리 사로트, 프랑수아즈 사강, 마르그리트 뒤라스는 모두 내면에 관해 쓴 여성 작가들이었다. 두 세기 전부터 프랑스 소설은 전쟁, 혁명 혹은 변혁, 혼란과 염려에 대해 숙고하거나 이야기하지 않았다. 반면 영국 문학은 자신의 역사와 싸우는 법을 알았다. 이를테면 『남아 있는 나날』(일본계 영국인 작가 가즈오 이시구로가 1989년에 발표한 소설. 같은 해에 부커 상을 수상했으며 1993년 제임스 아이보리 연출, 안소니 홉킨스, 엠마

톰슨 주연의 영화로 만들어지기도 했다 — 옮긴이)과 비교할 만한 소설이 프랑스에는 없다. 가즈오 이시구로는 모든 면에서 인생을 망친 영국인 집사의 이야기를 통해 2차 세계대전 동안 영국인들이 가졌던 양면성을 솔직하게 그려냈다. 이 집사는 한 번도 자신의 삶을 책임져본 적이 없는, 사랑하고 사랑받아본 적이 없는, 자신의 감정을 숨기기만 했던 사람의 전형적인 예다. 그는 위층에서 일어나는 비극에는 관심을 끈 채 자신이 맡은 일에만 열중한다.

프랑스의 픽션은 더 이상 역사에서 양분을 취하지 않았으며, 프랑스 역사는 하나의 픽션이 되었다. 전후의 위대한 소설가는 드골 장군이다.

사강, 숨 가빴던 삶

나는 지속되는 사고(事故)이다.
_프랑수아즈 사강

그는 연식 때문에 망가져 우아하다고 하기는 힘든
멋진 메르세데스에 의아해하는 눈길을 던졌다.
그 자동차는 올리브빛이 도는 검은색이었고, 차체가 길었고,
내부에서는 가죽 냄새가 코를 찌를 듯 심하게 났다.
_프랑수아즈 사강, 『방황하는 거울』

1955년 그랑팔레에서 열린 자동차 전시회는 역사적 사건이었다. 백만 명이 넘는 방문객이 그곳을 다녀갔다. 많은 사람들이 가족 단위로 이 전시회에 왔고, 자동차라는 매혹적인 도구를 구입하기 위해 돈을 저축했다. 꿈은 도달할 수 있는 대상이 되었다. 현대성으로 눈을 돌린 자동차 회사들은 F1 세계 챔피언 후안 마누엘 판지오의 위업에 매혹된 소부르주아들을 위한 자동차를 시리즈로 제조하기 시작했다.

1955년의 이 전시회는 사강의 아버지처럼 형편이 넉넉한 지도층 인사, 산업계의 우두머리, 의사, 변호사, 인기 스타를 위해 만들어진 명성 높은 자동차들, 즉 호치키스, 탈보, 샘슨, 들라주, 들라예 등의 퇴장과 함

께 한 시대의 종말을 알렸다.

자동차는 대중화되었다. 그해 자동차 전시회의 주인공들은 심카 베르사유, 시트로엥 2 CV, 베데트, 피닌파리나가 조립한 푀조 403(이 모델은 백만 대 이상 팔렸다), 르노 도핀이었다. 그리고 그해의 스타는 시트로엥에서 내놓은 DS19였다. 롤랑 바르트는 승객들을 미래로 내동댕이치는 새로운 DS의 미학에 대해 이렇게 언급했다. "나는 오늘날 자동차가 고딕식 대성당들과 똑같은 가치를 지닌다고 생각한다. 자동차는 무명의 예술가들이 열정적으로 고안해내고, 이미지 속에서 혹은 관습 속에서 대중에 의해 소비되는 시대의 위대한 창조물, 자기 안에서 적용되는 매우 마술적인 대상이라는 뜻이다." 자동차 제조사들은 자동차의 그 공기역학적 계보를, 액체와 기체의 압력을 이용한 정지를, 수력을 이용한 방향 조종 장치를 자랑했다. 자동차를 몰면 사람을 열광시키는 혁명적 현대성 속을 달릴 수 있었다.

자동차는 문화적 산물인 동시에 '진정한 삶은 다른 곳에 있다'고 속삭이는 선정적인 물건이었다. 바로 그곳으로 자동차는 달려갔다. 이를테면 파리에서 출발하여 생 트로페 만의 반짝이는 바다를 향해 질주하는 7번 국도 끄트머리를 향해.

자동차에 대한 열광은 1차 세계대전 후 미국에서 생겨났다. 프랜시스 스콧 피츠제럴드는 1928년 『그는 자기가 멋지다고 생각한다』에 이렇게 썼다. "매우 중요한 요소 하나가 여름 전에 자동차를 출현시켰다. 바질 밴드의 멤버들은 갑자기 자동차를 한 대 마련하는 것만 생각했다. 재미있게 시간을 보내려면 먼 곳으로 달려가야 하는 것처럼, 호숫가나 멀리 있는 '컨트리 클럽'으로 가야 하는 것처럼 느껴졌다. 걸어서 도시를 한 바퀴 둘러보는 것은 이제는 떳떳하게 드러낼 수 있는 기분 전환 활동이 아니었다. 또한 한 도시에서 다른 도시로 가기 위해서는 거리가 한 블록이 넘지 않는다 해도 자동차를 타고 가야 했다."

1920년대는 1960년대의 프랑스에 깊은 영향을 미쳤다. 우리는 사강과 같은 나이인 이브 생 로랑의 맞춤복에서처럼 사강과 그 친구들의 풍속에서도 그 흔적을, 급격한 상승을 발견할 수 있다.

사강의 행동은 1960년대의 자동차 숭배와 일치한다. 사회적 문맥에 의해 확산된 현상. 스타란 새로운 것을 제안하고 참신한 만족을 제공하는 사람들이었다. 그것은 많든 적든 자기 시대를 의식하는 욕망들의 투사였다. 전후의 프랑스는 자기 자신과 별로 영광스럽지 못한 과거에서 벗어나야 할 형이상학적 필요를 느꼈다.

사강의 취향은 그녀가 기대하고 함께했던 당대의 변화, 집단적 상상과 맥을 같이한다. 그녀는 추진력의 화신이었다. 그녀는 책의 인세로 자동차를 샀다. 그녀가 이룬 승리, 왕성한 신진대사의 상징인 스포츠카였다. 사강은 빠르게 말하고, 빠르게 먹고, 빠르게 성공하고, 빠르게 생각했다. 그녀의 빠른 자동차들과 위험을 무릅쓰는 성향은 그녀의 명성에 경적을 울렸다. 자동차는 그녀의 전설에서 떼어낼 수 없는 영광의 표장(標章), 승리의 실현물이었다.

사강은 예외적이고 풍부한 정신과 재능을 가진 예술가였다. 그녀의 자동차들은 공기처럼 가벼웠고, 이 세상의 것이 아닌 것 같았다. 그것들은 탄도 미사일, 흥분을 유발하는 자유, 희열, 자기도취의 상징이었다. 재규어 이후 사강은 더 빠른 자동차인 고르디니 24S에 심취했다. 이 자동차의 속도는 시속 240킬로미터에 달했다. 1954년 모리스 트랭티냥은 심카 고르디니를 운전하여 르망 24시간 레이스(1923년부터 프랑스 르망 시 부근의 사르트 자동차 경주로에서 해마다 열리는 내구耐久 자동차 경주. 한 바퀴에 13.48킬로미터인 경주로를 24시간 달려 주행거리로 우열을 겨룬다 — 옮긴이)에서 우승했다. 사강은 파리의 빅토르 대로로 아메데오 고르디니(Amedeo Gordini, 1899~1979, 이탈리아의 경주용 자동차 제조자. 피아트, 심카를 제조하다 자신의 이름을 딴 고르디니를 제조했고, 르노를 마지막으로 경력을 마쳤다 — 옮긴이)를 방문했다. 그는 빚을 갚기 위해 그녀에게 24S를 팔았다. 스피루(1938년 벨기에에서 처음 선보인 시리즈 만화 『스피루』의 주인공. 벨보이 스피루의 좌충우돌 이야기를 다루었다. 나중에는 직업이 기자로 바뀐다 — 옮긴이)에게 어울릴 듯한, 세상에 단 두 대뿐인 작은 파란색 배 모양의 2인승 자동차였다. "그 자동차는 빠르게, 마치 비행기처럼 이륙했어요." 서부 고속도로에서 시운전을 해본 뒤 사강은 말했다. 그 시절 프랑스에는 고속도로가 하나뿐이었고, 교통망에는 우회 도로, 상업 시설, 대형 슈퍼마켓, 순환 고속도로, 입체교차로, 고가도로가 없었다. 플라타너스들과 콘크리트로 된 이정표, 관리가 소홀한 둔덕길뿐이었기에 길이 위험했다.

사강은 1956년 어느 라디오 방송에서 말했다. "나는 오빠와 함께 생 쉴피스 광장에 있었어요. 오빠는 자기 재규어의 운전석에 앉고 나는 내 고르디니의 운전석에 앉은 채 시속 백 킬로미터가 넘는 속도로 서로를 향해 질주했죠. 마지막 순간에 제동을 걸었답니다." 과연 이 말은 진실일까? 그녀는 허언증 증세가 조금 있었다. 하지만 그런 일이 전혀 불가능한 것도 아니다. 로제 바딤과 군터 삭스(Gunther Sachs, 1932~2011, 독일과 스위스 국적의 사업가. 1966년 영화배우 브리지트 바르도와 결혼해 유명해졌다 — 옮긴이)도 생 트로페에서 이런 게임을 한 적이 있다. J. G. 발라드는 『추락』을 아직 쓰지 않았다. 그러나 그의 등장인물들은 같은 환상을 갖고 시시덕 거린다. 발라드는 이렇게 말했다. "자동차 사고에는 성적 흥분을 유발하는 뭔가가 있습니다. 실제로 그런 것이 아니라, 관념상으로 그렇다는 것이죠. 실제 생활에서 일어나는 자동차 사고는 무척 끔찍하다는 것을 우리는 모두 알고 있습니다. 그런데 자동차 사고에 대한 관념은 이상하게도 매혹적이에요."*

그 비극은 1957년 4월 13일 오후 2시 15분 애스턴 마틴 컨버터블 안에서 일어났다. 사강은 세 번째 소설을 완성하기 위해 밀리 라 포레에서 디자이너 크리스티앙 디오르에게 쿠드레 엔진을 빌렸다. 그녀는 그 소설을 쥘리아르 출판사에서 복귀작으로 출간하기를 바랐다. 그녀는 술을 끊고 일을 하기 위해 주기적으로 전원에서 휴식을 취하곤 했다. 그 주말에 그녀는 오빠 자크, 주간지 『프랑스 디망슈』의 기자 볼드마르 레스티엔, 당시의 애인 베로니크 캉피옹 그리고 베르나르 프랑크와 함께 있었다. 그들은 멜리나 메르쿠리(Melina Mercouri, 1920~1994, 그리스의 영화배우·정치가. 〈일요일은 참으세요〉로 1960년 칸 영화제 여우주연상을 수상했으며 〈토프카피〉, 〈게일리 게일리〉 등의 영화에 출연했다. 그리스 국회의원으로 활동하고 문화부장관을 지냈다 — 옮긴이)와 줄스 대신(Jules Dassin, 1911~2008, 미국 영화감독. 〈벌거숭이의 도시〉, 〈일요일은 참으세요〉, 〈죽어도 좋아〉 등의 영화를 연출했다 — 옮긴이)이 점심 식사를 하러 오길 기다리고 있었다. 이 커플이 전화를 걸어와 도착이 늦어지겠다고 알렸고, 사강과 친구들은 그들을 마중하러 애스턴 마틴 컨버터블을 타고 출발했다. 두 자동차가 밀리와 코르

* 2006년 1월 세퍼턴에서 행한 저자와의 대담에서.

베유 사이에서 마주쳤다. 사강은 유턴을 했고, 대신의 자동차를 추월했다. 그 순간 자동차에 탄 승객 중 한 명이 운전하던 사강을 도발했는지도 모른다. '네 자동차는 굼벵이 같아.' 스포츠카 애스턴 DB2/4 마크 2는 힘 있고, 공격적이고, 빨랐다. 속도가 시속 175킬로미터까지 올라갔다. 당시로서는 대단한 속도였고, 그러므로 움푹 팬 부분들이 있는 둔덕길에서는 꽤 위험했다. 사강은 액셀러레이터를 밟았다. 당시의 사고 기록을 보면 그녀가 시속 160~180킬로미터 사이로 운전했음을 알 수 있다. 사강이 브레이크 페달을 밟았을 때, 재앙은 일어났다. 그 자동차는 보조 방향 조종 장치가 없었고, 바퀴들이 경오토바이의 바퀴들처럼 멈추어버렸다. 사강은 더 이상 자동차를 제어하지 못했다. 448번 국도 커브길 입구에서 자동차는 길을 벗어나버렸다. 자동차는 왼쪽 갓길을 향해 급히 굴러갔고, 20여 미터를 더 간 뒤 다시 섰다가 옆으로 미끄러지고, 한 번 튀어 오르고, 두 번 전복되었다. 애스턴은 들판 속에서 운행을 마친 뒤 뒤로 돌았다. 극심한 충격 속에서 승객들은 모두 밖으로 튕겨나갔다. 사강만 빼고. 1톤 반 무게의 강철 덩어리가 그녀의 몸을 내리눌렀다. 가슴이 부서지고, 다리 한쪽이 자동차 방열기에 눌려 으스러졌다. 널찍했던 내부 공간은 루나 2호(구소련이 쏘아올린, 달 표면에 도착한 최초의 탐사선 — 옮긴이)의 내부만큼이나 짜부라졌다. 애스턴 마틴은 몸무게가 50킬로그램도 나가지 않는 소녀 같은 사강의 몸을 으깨버렸다. 구조원들은 금속 갑옷 같은 차체에서 그녀를 끄집어내느라 무진 애를 썼다. 이후 자동차는 그녀의 전설과 뗄 수 없는 물건이 되었다. 자동차 사고가 하나의 전설이 된다는 것은 특이한 일이다. 사강의 의식은 흐릿하게 남아 있었다. 잔 다르크에게 화형대가 있었다면, 사강에게는 자동차라는 장난감이 있었다.

반세기 뒤 포드가 영국인들에게서 애스턴 마틴 자동차 회사를 샀을 때, 「르 몽드」는 사강이 애스턴 마틴을 맨발로 운전한 것을 다시 한 번 언급했다. 이번에야말로 이 거짓말 같은 이야기를 확실하게 내야겠다. 사강은 맨발로 자동차를 운전하지 않았다. 사람들이 많이 그러듯 여름에 해변에서 돌아오는 길이었다면 또 모를까. 아니면 발바닥의 오목한 곳에 페달의 감촉이 느껴져서 기분 나쁘다는 단순한 이유 때문이었는지도 모른다. 자극적으로 흥미를 돋우기 위해 근거 없는 이야기를 만들어내는 인간의 습성은 녹슬지 않는 모양이다. 이 이야기를 처음 만들어낸 사람은 기자 장 폴 지아놀리다. 다른 사람들은 이 이야기를 퍼뜨렸을 뿐이다. 왜 이런 상투적인 이야기가 생겨났을까? 속도에 대한 도취는 유원지의 롤러코스터에서 느끼는 현기증과 스릴을 안겨준다. 사강은 자동차 운전석에서 미친 듯이 빠른 속도로 내달렸다. 그녀는 속도에 집중하기 위해 자신을 비웠다. 맨발로 자동차를 운전했다는 관능적 이미지는 이런 정황에서 유래했을 것이다.

그녀는 죽어가고 있었다. 코마 상태의 그녀는 코르베유 병원으로 이송되었다. 사제 한 명이 와서 그녀에게 종부성사를 베풀기 시작할 때, 외과 의사 한 명이 그녀 오빠의 전화를 받고 현장에 도착해 그녀를 파리로 데려갔다. 그 외과 의사는 파리로 가는 내내 그녀의 생존 가능성에 대한 질문을 받았다. 죽음이 그녀 곁에서 망설이고 있었다. 오후 6시 15분, 앰뷸런스가 파리의 마요 병원에 도착하자 프랑스 및 외국의 온갖 언론들이 모여들어 따닥따닥 카메라 플래시를 터뜨렸다.

사강이 삶과 죽음 사이에서 투쟁하는 동안, 신문과 라디오는 시시각각 그녀의 건강 상태를 대중에게 알렸다. 그토록 젊고 재능 많은 아가씨가 심각한 사고를 당했다는 소식은 사람들의 상상력을 자극했다.

사고 현장을 담은 사진이 프랑스 전역의 신문 가판대에, 일간지는 물론 주간지 코너에까지, 그리고 바다 건너 미국에까지 나붙었다. 이즈음 미국에서는 『슬픔이여 안녕』이 2백만 부 팔렸다.

이 자동차 사고는 성인기로 넘어가는 의식처럼, 자동차는 죽음의 장난감처럼 해독되었다. 「르 몽드」는 그녀를 자유롭고 슬프고 본능적인(그녀는 아주 조금만 그랬지만) 부르주아 아가씨로 묘사했고, 제임스 딘과 비교했다. 이 두 사람은 세기병을 상징했으며, 나중에 피에르 파올로 파졸리니(Pier Paolo Pasolini, 1922~1975, 이탈리아의 영화감독 · 시인 · 평론가. 〈맘마 로마〉, 〈매와 참새〉, 〈살로 소돔의 120일〉 등의 작품을 남겼다 ― 옮긴이)는 이 두 사람에게서 '들척지근하고 자기만족적인 마지막 낭만주의'를 본다. 제임스 딘은 사강이 자동차 사고를 당하기 여섯 달 전 스물네 살의 나이로 죽었다. 캘리포니아 466번 도로와 41번 도로가 교차하는 네거리에서 그가 운전하던 포르셰 스파이더가 도널드 턴업시드가 운전하던 포드 세단과 충돌했다. 그의 사망 소식에 대중은 엄청난 슬픔과 동요를 느꼈고, 워너 브라더스 영화사는 그의 유작 영화인 〈자이언트〉의 개봉을 앞당겼다.

어쨌든 맨손으로 죽음과 맞선 덕분에 사강은 영광을 획득했다. 그녀는 이 사고로 인해 현대의 여성 영웅이 되었다. 라스 벤타스 투우장의 엘 코르도베스(El Cordobes, 1936~ , 1960년대에 활동한 스페인의 유명 투우사 ― 옮긴이)처럼. 엘 코르도베스는 삶의 의미를 투우에 바치면서 운명에 도전했다. 그는 투우 중에 부상을 입었고, 군중은 그가 살아나기를 간절히 기원하며 그가 입원한 병원 앞에 진을 쳤다.

사강은 자동차 사고에서 기적적으로 목숨을 건졌다. 재규어 타입 E를 운전했던 장 브뤼스(Jean Bruce, 1921~1963, 프랑스의 인기 작가 — 옮긴이), 파셀 베가에 탔던 카뮈, 애스턴 마틴에 탔던 니미에(Roger Nimier, 1925~1962, 프랑스의 문인. 1950년대 프랑스 문단의 새로운 사조를 대표했던 '경기병파'의 수장으로 당대 가장 뛰어난 작가로 꼽혔다 — 옮긴이)는 그녀와 같은 행운을 얻지 못하고 비운의 교통사고로 생을 마쳤다. 오빠 자크 쿠아레가 정신을 바짝 차린 덕분에 그녀는 목숨을 건질 수 있었다. 죽음은 물러갔다. 로에서 자란 사강은 코스(오늘날의 프랑스 아베롱 지방을 일컫던 옛 명칭 — 옮긴이) 지방 여자다운 단단한 육체를 갖고 있었다. 그녀는 몸이 유연했고, 근육질이었고, 운동을 좋아했다. 어렸을 때 그녀는 마을 아이들과 함께 뛰어다녔다. 그러나 시간이 흐르자 주위 친구들을 괴롭게 할 정도로 과도한 생활을 하면서 자신을 함정에 빠뜨렸다. 사강은 자신의 존재를 스스로 부인하며 가여운 육체를 학대했다. 잔혹한 자동차 사고는 그녀의 삶을 굴절시켰다. 사강은 자신이 난공불락의 존재가 아니라는 것을 확인한다. 15년 뒤 그녀는 일간지 「프랑스 수아르」에 이렇게 털어놓았다. "어떤 상황에서는 아무도 스스로를 위해 아무것도 할 수 없다는 것을 깨달았어요. 그걸 알고 나는 몹시 놀랐죠."

더 안타까운 것은 그녀가 사고 후유증으로 계속 고생했다는 사실이다. 그 사고로 그녀는 두개골이 이중으로 골절되고, 흉곽과 골반, 손목, 쇄골이 골절되었다.

이때부터 그녀는 침대에서 점점 더 많은 시간을 보내게 된다. 스물두 살도 채 되지 않은 나이에 말이다. 마요 병원의 의사들은 다발성 신경염의 통증을 가라앉히기 위해 모르핀 부산물인 팔피움 875를 그녀에게 처방했다. 어릴 적부터 속박을 모르고 살아온 젊은 여성에게 이 사건은 크나큰 재앙이었다. 가족들이 그녀의 욕구를 알고 모든 노력을 면제해주어 좌절에 대한 내성을 길러주지 못했던 것이다. 다시 말해 그녀는 삶을 견뎌낼 준비가 되어 있지 못했다. 그녀는 약했고, 껍질이 얇았다. 과보호를 받아 다양한 방식으로 욕구를 만족시킬 줄을 몰랐던 그녀는 순간의 고통에 굴복했다. 그녀는 이내 약물에 의존하게 된다. 『슬픔이여 안녕』을 쓸 때 이미 그녀는 맥시턴(각성제로 쓰이는 암페타민 성분의 약물 ─ 옮긴이)을 복용했고 코리드란(1950년대에 널리 쓰이던 흥분제. 아스피린과 암페타민 성분으로 구성되었다 ─ 옮긴이)을 과다 복용했다. 마요 병원에서 퇴원할 당시에는 모르핀에 의존성이 생겼고, 가르슈에서 중독 치료를 받아야 했다. 가르슈에서 나온 뒤에는 술을 마시기 시작했다.

나는 그녀가 병원에 입원해 있는 동안 한 방울 한 방울 주석을 달아놓은 『독』의 희귀본을 얼마 전에 발견했다. 페이지마다 베르나르 뷔페의 잉크 소묘가 들어 있었다. 당시 사강은 자기 자신을 마주하고는 놀랐다. "나는 나 자신을 관찰한다. 나는 내 깊은 내면에서 다른 짐승을 관찰하는 짐승이다." 그러나 그 비극을 겪은 뒤에도 속도에 대한 그녀의 열정은 식지 않았다. "돌진하는 검은 보닛, 자신만만하고 다정한 소음, 몸체가 조금 긴 재규어, 약간 무거운 애스턴, 너희들 때문에 죽을 뻔했지만 나는 너희들이 죽을 만큼 그립다."

어느 날엔 이런 말도 했다. "도대체 언제 애스턴을 다시 운전할 수 있을까? 마요에서 나갈 힘이 언제나 생길까……."

1957년의 자동차 사고로 그녀는 자동차 숭배를 떠올리게 하는 인물이 되었다. 이후 헬무트 뉴턴(Helmut Newton, 1920~2004, 독일 출신의 오스트레일리아 사진가. 패션 사진과 누드 사진으로 유명하다 — 옮긴이)이 그녀의 이미지를 자동차에 직결시킨다. 1963년 10월, 헬무트 뉴턴은 재규어 타입 E의 운전석에 앉은 그녀의 사진을 찍고, 이 사진은 프랑스 패션 잡지『보그』에 실린다. 모피 코트와 담배. 그녀는 문단의 탕녀로 자리 잡는다. 사강은 재규어 타입 E와 약간 다른, 지붕이 접히는 회녹색 재규어 XK-E를 갖고 있었다. 재규어 타입 E는 클로드 프랑수아의 것이었다. 자동차 운전석에 앉은 그녀의 모습은 여러 사진에 담겼다. 물론 그 자동차들이 다 그녀의 것은 아니었다. 그 자동차들은 그녀 아버지의 친구인 엔지니어 그레구아르의 컨버터블 스포츠카 그레구아르 혹은 그녀의 것인지 아닌지 알 수 없는 로터스 세븐이었다.

『보그』에 사진과 함께 실린 글에서 그녀는 자동차를 휠체어와 비교한다. "어느 날 아침, 당신은 피곤한 상태로 집에서 나온다. 당신은 사방이 쇠로 둘러싸인 의자에 앉는다. 버튼 하나를 누르고 발을 조금 움직인다. 그러면 당신의 의자는 당신이 선택한 방향으로 움직인다. 주위의 다른 의자들을 피하기만 하면 된다. 그리고 당신은 퍽 짧은 시간에, 두 다리를 움직일 필요 없이 목적지에 도착한다. 아주 편리하다."

베르나르 프랑크도 자동차로부터 조금 유혹을 받았다. 『파리마치』의 사진기자가 위니크인지 베데트인지 하는 자동차를 타고 브뢰유 성으로 사강을 방문한다. 베르나르는 자동차 열쇠를 슬쩍해 자크 샤조와 함께 정원을 한 바퀴 돈 뒤 자동차를 어느 나무에 바싹 대놓는다. 그는 사진기자로부터 그 자동차를 사들인 뒤 수리를 해서 집 주변에서 끌고 다니고, 대담하게 주유소까지 끌고 갔다. 자동차 운전을 그만두기 전의 일이었다.

1966년, 사강은 자신의 소설 『항복의 나팔 소리』의 성공을 축하하기 위해 12기통에 시속 280킬로미터까지 속도를 내는 페라리 250 GT 캘리포니아를 구입한다. 『고통과 환희의 순간들』에서 그녀는 속도에 대해 이렇게 말했다.

"그것은 길을 따라 서 있는 플라타너스들을 편편하게 한다. 그것은 밤에 빛을 발하는 주유소 간판들을 길게 잡아 늘이고 일그러뜨린다. 그것은 갑자기 솟아올라 말문을 막히게 하는 끼익거리는 타이어 소리를 틀어막고, 슬픔을 흩뜨려버린다. 우리가 사랑에 미친다 하더라도 소용이 없다. 결국 우리는 시속 2백 킬로미터에 다다른다."

감정적이고 관능적이고 에로틱한 교통수단인 자동차는 마치 시처럼 자기 자신으로부터 벗어나게 해주고, 평범한 존재의 것이 아닌 공간과 시간 속으로 나아가게 해준다. 속도는 스스로를 잊고자 하는 형이상학적 필요이다. 사강은 자의식을 변화시킨다는 환상으로 자신의 신경과 감정을 갖고 놀았다.

성급했던 사강은 열여덟 살이 되고 닷새 만에 운전면허증을 땄다. 그러나 그녀는 이미 면허증 없이 아버지의 뷰익을 운전했다. 그녀가 차를 찌부러뜨린 채 돌아오자, 아버지 피에르 쿠아레는 껄껄 웃고는 자동차 정비소에 보낼 수리 신청서를 작성했다. 속도제한을 지키는 것은 그녀에겐 불가능했다. "나는 공중에 몸을 던지고 싶었어요." 그녀는 말했다.

그녀처럼 대담한 운전자 옆에 앉아 발버둥치려는 사람은 아무도 없을 것이다. 그녀의 친구 장 폴 스카르피타는 회상한다. "어느 날, 나는 프랑수아즈의 친구 장 폴 스카르피타를 기억하는 영화배우 제라르 드파르디외 집의 저녁 식사 자리에 그녀와 함께 갔다. 그녀가 운전대를 잡았다. 위니베르시테 거리에서 빌리에 거리까지 가는 동안 다섯 번이나 사고가 날 뻔했다. 에투알 광장을 통과할 때는 그야말로 공포스러웠다. 죽을까 봐 정말로 무서웠다. 그 후로 나는 절대 그녀와 함께 자동차를 타지 않는다."

플로랑스는 좀 더 완곡하게 표현한다.

— 프랑수아즈는 운전을 참 잘했어요. 자동차 경주 챔피언처럼 파리의 밤거리에서 시속 2백 킬로미터까지 속도를 높였죠. 나는 몹시 무서웠어요. 프랑수아즈가 어린아이를 칠까 봐, 아니면 누군가를 죽일까 봐요.

하지만 다른 사람에게 해를 끼칠 수도 있다는 생각은 사강의 머릿속에 없었다.

사강은 정신이 아찔해지는 느낌을 좋아했고 자기 자신으로부터 벗어나는 것을 좋아했다. 그녀가 열정을 가졌던 또 다른 대상 도박 역시 정신을 아찔하게 한다. 그녀는 『텔레라마』의 기자 미셸 가지에게 털어놓았다. "잃고 있을 때, 나는 찰나의 순간 속에서 작은 창문 하나가 있고 희미한 불이 밝혀진, 그리고 채워 넣어야 할 전표들이 산더미처럼 쌓여 있는 작은 방 안에 있는 내 모습을 봐요. 나는 혹여 올 수도 있는 파산에 대해 매우 소설적이고 문학적인 이미지를 갖고 있지요." 초록색 양탄자 위에서 그녀의 의식은 변화하고, 그녀는 자신을 도취시키는 느낌들을, 자신이 열렬히 좋아하는 아드레날린의 분출을 경험한다.

사강은 스물한 살 되는 생일이었던 1956년 6월 21일에 도박에 사로잡혔다. 스물한 살은 당시의 법률이 카지노에 가서 도박하는 것을 허가한 최소의 나이였다. 그녀는 견습, 훈련, 규칙을 싫어했지만 순식간에 슈맹

드 페르(카지노에서 하는 게임의 일종 — 옮긴이)의 규칙을 이해했다. 규칙은 아주 단순했다. 그녀의 마음을 사로잡은 것은 판돈의 액수보다는 판이 돌아가는 속도였다. 그녀는 작은 게임 테이블에 자리를 잡았고, 자신이 좋아하는 숫자가 3, 8 그리고 11이라는 것을 깨닫고 놀랐다. 그녀는 빨간색보다 검은색을 좋아했고, 짝수보다 홀수를 좋아했고, 파스(룰렛에서 19에서 36으로 이동하는 것 — 옮긴이)보다 망크(룰렛에서 1에서 18로 이동하는 것 — 옮긴이)를 좋아했다. 그녀는 바카라 테이블에서 큰돈을 딴 뒤 딴 돈을 도로 잃었다. 딜러 한 명이 그 자리에 있었다. 바카라는 도박이다. 바카라는 물주 한 명을 '퐁트(바카라, 룰렛 따위의 도박에서 돈을 거는 사람 — 옮긴이)'라 불리는 다른 사람들과 대립시킨다. 게임을 하는 사람들은 모두 차례로 물주가 되었다가 퐁트가 되었다가 한다. 바카라의 규칙은 물주가 나눠주는 두 장의 카드 혹은 보충용 카드 속에서 9나 9와 가장 가까운 숫자의 카드를 뽑아내는 것이다.

젊은 사강은 중요한 미덕 하나를, 평정심을 배운다. 혹은 자신의 감정을 숨기는 법을. 그녀는 천성적으로 그것에 능했다. 그녀는 인생에 무슨 일이 생기든 간에, 그 충격이나 달콤함이 어떻든 간에 미소 띤 얼굴, 상냥한 얼굴을 하고 맞서기로 결심한다.

결국 그녀는 프랑스에서 도박을 하지 못하게 된다. 그러자 런던의 클레몬트 클럽으로 도박을 하러 간다. 그날 저녁 클럽 안의 사람들은 기니(21실링에 해당하는 영국의 옛 금화 — 옮긴이)를 걸고 게임을 했는데, 그녀는 기니의 가치에 대한 개념이 전혀 없었다. 사인을 하자 가상의 돈인 플라스틱 칩들이 그녀에게 건네졌고, 그녀는 그것들로 게임 테이블 위에 돈을 걸기 시작했다. 게임을 한다는 것은 시공을 벗어나 어린아이로 머무는 것, 가짜 돈을 갖고 노는 것, 웃기 위해 죽는 것이다. 두 시간 뒤, 신경이 조금 날카로워진 사강은 자기가 진 빚의 총액을 기록한 계산서를 가져오게 했다. 그 액수는 당시 돈으로 8만 파운드에 달했다.

그녀는 불현듯 재앙의 폭을 깨달았다. 그 도박 빚을 갚으려면 아파트를 팔고, 아들을 어머니에게 맡기고, 작업실을 얻어서 다른 지출은 제외하더라도 꼬박 2년 동안 일을 해야 했다. 그야말로 고약한 공포였다. 그런 재앙을 스치듯 가까스로 모면하는 것, 신경의 긴장을 급격하게 촉발시키는 것. 그렇다, 이것이 바로 도박이 불러일으키는 흥분이다. 사강은 마지막 일격을 시도하고, 만회하기 시작했다. 테이블을 떠날 때 그녀가 진 빚은 단돈 50파운드였다. 그녀는 매우 기쁘고 만족스러운 마음으로 클럽을 떠났다. 재앙에서 구조된 것이다. 초록색 양탄자 위로 그녀를 따라간 베르나르 프랑크는 이렇게 썼다. "도박은 모든 것을 보상하고, 모든 것을 대체하고, 모든 것으로부터 비껴난다. 도박은 모든 것이다. 그것이 지속되는 한."

1958년 『프랑수아즈 사강 사건』이라는 제목의 훌륭한 첫 전기가 그녀에게 헌정되었고, 이듬해에 두 번째 전기 『프랑수아즈 사강』이 나왔다. 1957년의 자동차 사고는 그녀를 구별지어주는 공공의 사건이었다. 그녀의 삶과 그녀의 분별없는 행동들은 사람들의 주의를 끌었고, 곧 그녀의 책들보다 더 큰 주목을 받게 되었다. 그녀는 스타였다. 그러나 사강의 전기는 사강의 소설이 아니다. 그녀의 명성은 그녀의 독자 수를 늘려주었고, 그녀는 그들의 독서에 영향을 미쳤다. 그녀는 우선적으로 판단되었고, 분류되었고, 라벨이 붙여졌다. 소설가가 자신의 전기 작가가 연출한 등장인물이 된다는 것은 자기 고유의 재료를 박탈당하는 것과 같다.

가짜 남편

남들에게 보이지 않는다면, 가장 하찮은 혹은
가장 어리석은 추구가 무슨 의미가 있겠는가?
_프랑수아즈 사강, 『흐트러진 침대』

1960년 2월 28일 ORTF(L'Office de Radiodiffusion-Télévision Française, 프랑스방송협회 — 옮긴이)는 사강에게 스탕달이 『파르마의 수도원』을 52일 만에 집필한 집을 방문해보라고 제안했다. 코마르탱 거리 8번지. 좋은 가정에서 자란 젊은 아가씨 사강은 실크 스카프의 매듭을 풀면서 그 산뜻한 참고 자료 속을 여기저기 돌아다녔다. 그런 다음 지성으로 반짝이는 심술궂은 눈으로 스탕달의 책을 개성 있게 읽을 것을 제안했다. 마치 자화상처럼.

"내게 스탕달이 놀라운 것은, 그가 기이한 매력을 벗어나 언제나 질주하는 어조를 갖고 있다는 점이다. 그 자신은 퍽 뚱뚱하고 땅딸막한 몸과 붉은 얼굴을 가졌는데, 그가 상상한 젊은 인물들은 모두 경쾌하고, 날씬하고, 말을 잘 타고, 춤을 잘 추고, 매력이 넘치고, 내 눈에는 조금 멍청해 보인다."

그녀는 지미스에 악당이 도착하는 것처럼 스탕달의 주인공들을 조사했다. 스탕달의 젊은 인물들은 지루하다. 쥘리앵 소렐은 청교도적이고 조금 답답하며, 미남 파브리스 델 동고는 "10미터 떨어진 거리에서 창을 통해 남들에게 보이는 것 외에 다른 관심이 없는 클레리아 콘티에게 반해" 달리면서 시간을 보내는, 문학의 카우보이이다.

사강의 소설들에 등장하는 젊은 남자들, 즉 『슬픔이여 안녕』의 시릴, 『어떤 미소』의 베르트랑, 『한 달 후, 일 년 후』의 에두아르 등은 순진하고, 존재감이 별로 없고, 조금 바보스럽다. 그들은 사강의 취향이 아니다.

게다가 사강은 주목할 만한 점 하나를 강조한다. "조금 지루한 이 모든 젊은이들은 그의 마지막 책 속에서 모스카에 의해 퇴색된다. 모스카는 쉰 살이고, 별로 잘생기지 않았고, 그리 감동적이지도 않고, 젊은 미국인도 아니다. 하지만 그는 결단력 있고, 단단하고, 용감하고, 너그럽고, 아주 똑똑한 남자다."

독자 사강은 소설가 사강과 똑같은 시선을 갖고 있다. 그녀가 지성과 용기를 부여한 초기 소설들 속의 남자 주인공이 섹시하고 성적 매력을 가진 성숙한 남자이기 때문이다. 『슬픔이여 안녕』의 레이몽, 『어떤 미소』의 뤽, 『한 달 후, 일 년 후』의 앙드레 졸리오가 그렇다. 사강은 이들을 모스카와 비교한다. 사강의 인물 유형은 스탕달의 인물 유형과 매우 유사하다. 적어도 그녀가 읽은 바로는 그렇다. 줄거리는 무척 단순하다. 두 인물이 서로 사랑하고, 제3의 인물이 고통스러워하며 그들을 바라본다. 그리고 결말에 가서는 모든 인물이 혼자가 된다. 사강이 추구한 주제는 사랑이 아니라, 공유되지 않은 사랑, 다시 말해 외로움이다. 사강의 등장인물에게 절대적 불행은 혼자 잠드는 것이다.

그녀는 『어떤 미소』에 이렇게 썼다. "그녀는 외로운 여자인 자신의 일요일들을 증오했다. 가능한 한 늦게까지 침대에서 읽은 책들, 붐비는 영화관, 누군가와 함께한 칵테일 한 잔 혹은 저녁 식사, 그리고 마침내 귀가. 이 흐트러진 침대. 아침부터 1초도 살지 못한 것 같은 이 느낌."

스탕달이 그랬듯 예쁘지 않았던 사강은 자신의 소설들에 아름다운 여성 인물들을 채워 넣었다. 그들은 매력적이고 잔인하며, 반드시 똑똑하지는 않지만 남자들을 고통스럽게 만드는 재능을 타고났다. 『한 달 후, 일 년 후』의 베아트리스, 『브람스를 좋아하세요』의 폴, 『항복의 나팔 소리』의 뤼실이 그렇다.

사강이 경험을 쌓아감에 따라, 그녀의 등장인물들도 진화한다. 세 번째 소설이 나온 뒤부터는 못된 여자아이들(세실, 도미니크)이 노련하고 잔인한 요부들에게 자리를 내준다. 사강은 자신의 모스카를 만난다. 바로 기 쇼엘러(Guy Schoeller, 1915~2001, 프랑스의 편집자. 로베르 라퐁 출판사의 '부캥' 시리즈를 만들었으며, 잡지 『팜 도주르뒤』를 이끌었다. 1958년에서 1960년까지 사강의 남편이었다 — 옮긴이)였다.

— 프랑수아즈는 쇼엘러와 결혼하기 위해 많은 사건을 벌였다오. 하지만 막상 결혼하자 다시는 그를 보지 않았어요.

베르나르 프랑크는 말한다.

— 나는 그녀보다 먼저 그를 알았소. 그와 흥미로운 관계들을 맺었지. 우리는 기분 좋은 점심 식사를 했어요. 기 쇼엘러는 미식가였고 술과 좋은 음식에 인색하지 않았다오. 우리는 브누아에, 막심에, 라미 루이에, 혹은 미식 프로그램에 내보내야 할 최고의 요리사 레이몽 올리버가 운영하는 베푸르에 갔지.

도착한 손님들을 자리에 앉히기 위해 웨이터들이 탁자, 냅킨, 유리잔 그리고 손님들을 매직큐브처럼 이리저리 움직였다. 우리 옆에 있던 사람들은 웨이터의 눈짓 한 번에 홀 깊숙한 곳으로 강제 이송되었고, 손에 휴대전화를 든 채 대각선 방향에 있는 메추라기 요리에 마지막 외침을 뱉어냈다. 식당 주인인 늙은 남자는 그 소동을 유감스러운 눈으로 지켜보았다. 그의 아들이 그와 교대해 상황을 수습했다. 우리는 베르나르가 고기를 먹기 위해 예약한 구르메 데 테른에 저녁 식사를 하러 왔다. 우리는 저녁 식사를 시도한다. 이것은 그의 고향이자 사강의 고향인 '메마른 광물적 아름다움을 지닌 파리 17구'로의 귀환이다. 나는 몇 년 전 이 식당에서 저녁을 먹은 적이 있다. 보라색 잉크로 등사한 메뉴판과 실내장식이 그때와 똑같았다. 벽의 슬레이트는 더 멋을 부렸다. 초록색 로덴 코트와 시릴뤼스 셔츠를 입은 세계화된 젊은 여피족들과 확연히 구별되는 베르나르는 아멜리 풀랭의 배경 속에서 길 잃은 외계인처럼 보였다. 침착한 그는 메뉴판을 오랫동안 살핀 뒤 주문을 하고, 그러는 동안 우리 옆자리에 앉은 앵글로색슨족은 윤곽이 뚜렷이 드러난 서대를 해부하고 있었다. 베르나르의 초라한 모습이 그 저녁 식사에 엉뚱하고 매우 즐거운 분위기를 부여했다.

　— 쇼엘러와 프랑수아즈는 진짜 부부가 아니었다오.

　진짜 부부라니, 그게 무슨 말일까? 베르나르는 혼란스러운 가운데도 의연한 태도로 점잔 빼며 자신의 접시에 담긴 요리를 감정했다. 법령이 선포된다. "쇠고기의 질이 좋지 않고 양도 인색하군요." 그가 신중한 표정으로 지적했다. 고기는 사전 한 권 크기만 했다. 아마도 그는 스무 권짜리 백과사전을 원했나 보다. 그가 나에게 물었다. "당신 이거 봤어요?"

"네, 감자튀김요." 그가 칼질을 하는 동안 나는 1인분 양이 적당하다는 것을 알 수 있었다. 그는 약한 불로 뭉근히 끓인 양고기 스튜를, 원기를 회복시켜주는 고기찜을, 스시 등장 이전의 식이요법을 좋아한다. 그가 두 병째 보르도 와인을 주문했다.

— 프랑수아즈가 자동차 사고를 당했을 때, 기 쇼엘러는 그녀가 회복하면 결혼하겠다고 약속했지. 쇼엘러는 똑똑한 척했소. 그는 나에게 말했다오. "친구, 편집자가 되기 위해 아주 정확한 사람이 될 필요는 없어." 그는 여자들에게 어필하는 남자였고, 프랑수아즈는 여자들에게 어필하는 여자였소. 당시 잘나가는 모델이었던 베티나를 만나보면 도움이 될 거요. 그녀는 프랑수아즈를 잘 알았지.

프랑수아즈 사강이 사랑한 남자가 단 한 명 있다면, 그는 바로 기 쇼엘러일 것이다. 재기 넘치고 똑똑하고 규율을 준수하는 남자였던 기 쇼엘러는 그녀와 달랐다. 그는 루이 르 그랑 고등학교의 우등생이었고, 법학학사, 역사학과 정치학 박사 등 여러 학위를 갖고 있었다. 서적 및 신문잡지 배송 회사인 그랑드 메사주리 드 프레스 에 드 리브레리의 창립자인 아버지 덕분에 학업을 마친 뒤 아시아를 여행했다. 당시로서는 드문 일이었다. 기 쇼엘러에게는 그만큼이나 매력적인 자크라는 이름의 형제가 있었는데, 자크는 동아프리카에서 사냥, 문학, 승마, 특급 포도주, 아름다운 여자들 등 대부르주아의 취향을 쇼엘러와 공유했다. 카사노바와 그의 공모자 베르니 추기경의 찬미자였던 쇼엘러는 위대한 베네치아 모험가의 풍속을 자기 것으로 삼았다.

처음에 사강은 그에 대해 몽상을 품었다. 자기보다 스무 살이나 연상인 이 유혹자를 만나기 전에 사강은 냉소적이고 자기 확신이 넘치는 사십 대 남자 레이몽을 『슬픔이여 안녕』에 등장시켰다. 그리고 두 번째 소설 『어떤 미소』에는 조금 비뚤어진 여대생 도미니크가 반하는 뤽이라는 남자를 등장시켰다. "이 사람 내 마음에 드는걸. 이 사람은 조금 늙었어. 그리고 내 마음에 들어." 『어떤 미소』의 한 대목이다.

일종의 성적(性的) 아빠들이다.

사강은 말했다. "나는 『어떤 미소』를 출간한 후에 편집자 기 쇼엘러를 만났다. 그는 유머 감각 외에 '잿빛 눈, 피곤하고 거의 슬퍼 보이는 표정'을 갖고 있었다. 그리고 나는 그것을 경계하지 않았다."

상상은 현실을 만들어냈다. 사강은 그렇게 믿어버렸다. 기 쇼엘러와의 만남 후 40년 뒤, 그녀는 『어깨 뒤에서』에 다음과 같이 쓴다. "삶과 문학이 뒤섞이기 시작했다." 그 책에서 그녀는 자신의 생을 점철한 일련의 사건들을 돌아본다.

그들의 결혼사진 속에서 기 쇼엘러는 전혀 호색한처럼 보이지 않는다. 벌써 머리가 벗어진 그는 외투 속에 파묻혀 있고, 그의 매력이 눈에 확 들어오지는 않는다. 사강이 왜 황홀해하는 소녀 같은 눈길로 그를 응시하는지 사람들은 잘 이해하지 못했다. 아마도 그녀는 자신이 이 사냥꾼을 사로잡았다는 사실에 어안이 벙벙했을 것이다.

— 기 쇼엘러의 인생에는 여러 단계가 있었어요.

베티나 그라치아니는 생각에 잠겨 말했다.

가위로 잘라낸 것처럼 뚜렷한 나뭇잎 무늬가 놓인 니트 트레이닝복을 입은 80세의 베티나 그라치아니는 날씬하고 활기가 넘쳤다. 그녀는 18세기의 벽지가 덮인 생 제르맹 교외의 저택 거실에서 자선 만찬을 준비하느라 분주했다.

— 내가 처음 쇼엘러를 만났을 때, 그는 편집 일을 갓 시작한 젊은 청년이었어요. 그는 가스통 갈리마르를 찬미했지요. 우리는 갈리마르와 함께 자주 저녁을 먹었어요. 쇼엘러는 교양 있고, 감수성이 풍부했고, 음악을 좋아했죠. 아직 유혹자는 아니었어요.

유혹자는 바로 그녀, 베티나였다. 자크 파트가 숭배했던 모델 베티나가 1950년 도빌에서 쇼엘러를 만났을 때, 그녀의 나이는 스물다섯이었다. 가녀리고 자유로웠던 그녀는 1950년대의 '톱모델'이었다. 위베르 드지방시는 알프레드 드 비니 거리에 의상실을 열면서 그녀를 뮤즈로 삼았다. 라발에서 태어났고 본명이 시몬 보댕이었으며, 피에르 발맹에게서 베티나라는 이름을 받은 그녀는 신선하고 자연스러운 여성상을 제안한 건강하고 건실한 아가씨였다. 그녀는 오트 쿠튀르의 근엄한 모델들을 단번에 한물간 존재들로 만들었다. 위베르 드 지방시는 베티나 블라우스를 디자인하기도 했다. 5년간의 관계 후 베티나는 쇼엘러를 차버린다.

— 쉽지 않았어요. 하지만 나는 그를 떠났죠. 그는 몹시 불행해했어요.

베티나는 인도의 정치가 아가 칸의 아들 알리 칸 왕자의 마음을 사로잡은 참이었다. 그녀는 리타 헤이워스(Rita Hayworth, 1918~1987, 1940~1960년대에 섹스 심벌로서 최고의 인기를 누린 할리우드 여배우. 〈길다〉, 〈상하이에서 온 여인〉, 〈여심〉 등 60여 편의 영화에 출연했다 — 옮긴이)의 뒤를 이어 이 이스마일 파 플레이보이의 마음을 차지했다. 자크 파트가 디자인한 파란색 실크 웨딩드레스를 리타 헤이워스에게 추천한 사람이 바로 베티나라고 사람들은 말한다. 리타 헤이워스는 알리 칸과의 결혼식 때 그 웨딩드레스를 입었다.

중성적인 외모에 볼품없는 옷차림을 한 여대생이었던 사강은 『파리

마치』를 장식하는 패션계의 마돈나와 경쟁해야 했다. 사강이 미국을 여행할 당시 기 쇼엘러는 뉴욕에서 그녀를 만났는데, 아직 베티나와의 이별에 대한 분한 마음을 풀지 못한 상태였다. 아세트 서점을 관리하던 그는 출판사들과 도서 유통업자들 사이의 관계를, 특히 갈리마르 출판사와 아세트 서점 사이의 관계를 중재했다. 사강은 48시간 만에 프랑스에서 가장 유명한 여자가 되었다. 기 쇼엘러는 자신의 여자들 명단에 그녀를 덧붙이는 것에 반대하지 않았다. 한편으로 그는 사강에게 애정을 갖고 있었다. 그녀가 그를 감동시켰던 것이다. 물론 그녀에게는 그 정도로는 약했다. 그녀는 사랑에 빠졌던 것이다. 마음을, 흠집 난 자존심을 다스리는 것은 쉬운 일이 아니다. 사강은 베티나 일로 대가를 치르게 된다.

— 나는 쇼엘러와 함께 그랑드 아르메 로(路)의 생선 요리 식당에 있다가 처음 프랑수아즈를 봤어요. 프랑수아즈는 최초의 성공들을 거두기 시작할 참이었지요.

베티나는 말했다.

쇼엘러는 베티나와 이별한 지 얼마 안 되긴 했지만 '사람들 입에 오르내리는 소녀'인 사강에게 즐겁게 이야기를 나누자고 제안했다. 여성적이고 아름답고 경험이 풍부한 베티나는 사강을 보고 재미있다는 느낌을 받았다.

— 나는 꽉 차고 흥미로운 삶을 살고 있었고, 내 눈에 그녀는 아주 어려 보였어요.

당시에 그것은 매력도, 유혹도 아니었다. 아가씨들은 머리카락이 헝클어진 '되다 만 남자들'이 아니라 어엿한 여성들을, 아내들을, 화장과 머리 손질을 잘한 대부르주아들을 닮길 꿈꾸었다. 베티나는 1960년대 패션에 영감을 주게 될 사강의 현대성을 미리 감지하지 못했다.

기 쇼엘러는 자신의 이형(異形)인, 자기 주변의 많은 여자들 속에서 날카로운 전리품처럼 빛을 내는 사강의 재기에 매혹되었다. 몇 년이 지난 뒤 그는 사강의 전기를 위해 그에게 질문하러 온 소피 들라생에게 이렇게 말한다. "늘 말했지만 프랑수아즈는 내가 아는 가장 똑똑한 여자였어요. 나는 그녀가 어리석은 말을 하는 것을 한 번도 들어본 적이 없습니다." 그는 막 '부캥' 시리즈를 구상한 참이었고, 1979년에는 포켓판 플레이아드를 만들었다. 예순네 살이 넘은 후 그는 그 시리즈 속에 사강의 작품을 넣었다.

— 지성은 그녀가 하는 짤막한 말들에서 나왔어요. 그녀는 기지로 영향력을 행사했어요. 또 자신의 자유, 존재 방식으로 영향력을 행사했죠. 그녀는 사람들을 자석처럼 끌어당겼어요. 그녀는 사람들의 마음을 끌었고, 모두들 그녀처럼 살기를 원했죠.

베티나는 말한다.

사강은 매우 효율적인 무기로 상대를 유혹하는 것을, 욕망의 대상이 되는 것을, 사람들에게 고통을 주는 것을, 자신의 능력을 행사하는 것을 좋아했던 것 같다. 섬세하고 박식하고 바람기 있는 남자 쇼엘러는 그녀를 매혹했다. 그가 위험한 사람이고, 그를 정복하는 것은 흥분되는 일이었기 때문이다.

그들은 공적 관계에서 발전해 은밀한 만남들을 이어가면서 기묘하고 흥분되는 연애를 했다. 사강에게는 애인들이 있었고, 쇼엘러는 오트 쿠튀르에서 맹위를 떨치고 있었다. 그는 최고급을 비판하는 사람이었지만 자신에게 알랑거리는 화려한 미인들을 선택했다.

쇼엘러는 사강에 대해 냉소적이면서도 멋 부린 말들을 했고, 그래서 사강은 혼란스러워했다. 자동차 사고 전날 사강이 여자 친구 한 명과 함께 밀리 라 포레에 피신해 있었던 것도 그에게서 도망치기 위해서였다.

"한 달 뒤 병원으로 기 쇼엘러가 찾아왔다. 복잡한 감정들이 생긴 지 2년 뒤, 개인적으로 깊은 숙고를 한 지 한 달 뒤의 일이었다. 그는 붕대를 감고 눈언저리에 멍이 들어 있는 나에게 청혼을 했다. 나는 1년이 지난 뒤 우리가 실제로 결혼한 뒤에야 청혼을 수락했다. 그는 나에게 놀랐고, 나는 그에게 매혹되었다. 함께 행복했지만 불행하기도 했다." 훗날 사강은 이렇게 기록한다.

특히 사강이 불행했다. 쇼엘러는 인도 혹소 가죽 같은 질긴 마음을 갖고 있었다.

1958년에 치른 결혼식은 시늉에 지나지 않았다. 사강은 크림색 투피스를, 쇼엘러는 검소한 정장을 입었다. 심지어 그들은 결혼반지조차 잊고 가져오지 않았다. 사실 그들은 친해지지도 않은 채 결혼했다. 가족들도 결혼식에 초대받지 못했고, 바티뇰 시청 밖에서는 2백 명의 기자들이 그들을 기다리고 있었다. 「프랑스 수아르」와 『엘』의 사장들인 엘렌과 피에르 라자레프가 그들의 루브시엔 저택에서 결혼식 점심 피로연을 베풀어주었다. 그것은 허울뿐인 결혼식, 부부로서의 의식이라기보다는 홍보성 이벤트에 가까웠다. 이 대대적 홍보에 만족한 르네 쥘리아르는 곧 사강의 다음 소설을 출간하고, 이 부부에게 변함없는 신의를 베푼다. 그러나 그가 그들의 결혼을 진지하게 여긴 것은 아니었다. 그는 젊은 여자와 그녀의 나이 든 남편의 변덕스러운 성향을 잘 알고 있었다.

사강과 쇼엘러는 각자의 생활 습관을 전혀 바꾸지 않았다. 결혼식 피로연 후 쇼엘러는 사무실로 갔고, 사강은 그들이 살기 전에 영화배우 잔 모로가 살았던 위니베르시테 거리의 복층 아파트에서 오빠 자크와 함께 결혼 선물들을 펼쳐보았다.

　— 기 쇼엘러는 자기만의 방식으로 살았어요.

베티나는 말한다.

그리고 사강은 사강의 방식으로 살았다. 개성이 강한 이 두 사람은 자기들이 맡은 역할의 포로들이었다. 쇼엘러는 문단의 댄디, 우아하고 위대한 영주였고 사강은 매혹적인 작은 악마였다.

그들의 생활 방식은 서로 양립되지 못했고, 사강은 아무런 노력도 하지 않았다. 비즈니스맨인 기 쇼엘러는 아침 일찍 일어나 사강이 그에게 선물한 말 메종 라페트를 타고 아세트 출판사의 자기 사무실에 도착했다. 기사(騎士)이자 바람둥이였던 그는 알베르 1세 산책로에 독신자용 아파트를 갖고 있었는데, 사업상의 저녁 식사를 핑계로 그 아파트를 주저 없이 사용했다. 한편 사강은 어린아이처럼 굴고 뉴 지미스에서 바보 같은 짓들을 하며 밤을 보낸 뒤 정오가 되어서야 일어났다. 부르주아적 삶의 구속은 그녀를 질리게 했고, 그녀는 그런 구속들을 피했다. 그녀는 자신이 원할 때 원하는 것을 했다. 그녀의 흥미를 끄는 것은 재미있는 상황을 경험하는 것이었다. 그녀는 아무것도 신경 쓰지 않았고, 쇼엘러가 로칠드 집안이나 라자레프 집안 등 사교계의 저녁 식사 자리에 지각하게 만들었다. 그녀가 몸을 사리지 않을 때, 그들은 거기서 조르주 퐁피두나 프랑수아 미테랑을 만났다.

그녀의 친구들이 그들의 생활에 끼어들었다. 사강의 절친한 친구 자크 샤조는 쇼엘러를 무척이나 거북하게 하고 짜증나게 했다. 오페라 코미크의 옛 주역 무용수 자크 샤조는 사강을 졸졸 따라다녔다. 심지어 결혼식 석 달 전 쇼엘러와 사강이 신혼여행을 보낼 별장을 물색하러 생 트로페에 내려갈 때도 따라왔다. 쇼엘러의 말에 따르면 자크 샤조는 성가신 사람, 연극적으로 허세 부리는 사람, 파리 풍의 산물이자 식객이었다. 그러나 사강이 좋아하는 친구들 가운데 하나였다. 사강은 그를 '파리의 유쾌한 남자들 중에서도 가장 재미있는 남자'라고 불렀다. 그녀는 말했다. "마흔 살의 한 남자가 나를 웃다 못해 울게 만들었다. 그의 농담들은 즐거웠다. '즐겁게 만들다'라는 단어는 웃게 하고 마음을 따뜻하게 한다." 두 사람은 심지어 결혼할 생각까지 했다. 하지만 샤조는 여자들을 좋아하지 않고, 사강도 남자들을 열렬히 좋아하는 편은 아니었다.

기 쇼엘러와 프랑수아즈 사강은 달콤한 순간들도 공유했다. 오랜 시간이 지난 뒤, 기 쇼엘러는 사강과 관련된 환하고 강렬한 행복과 순수의 이미지를 기억 속에 간직한다. 기 쇼엘러는 사강의 전기 작가 장 클로드 라미에게 여름날 저녁 일곱 시경 가생에서 생 트로페까지 갔던 자동차 여행에 대해 이야기했다. "굉장한 시간이었습니다." 그는 말했다. 그가 운전을 하고, 사강은 『브람스를 좋아하세요』의 원고를 큰 목소리로 읽었다. 잠시 후, 사강은 빌리 홀리데이의 카세트테이프를 틀었다. 사실 카세트라디오는 4년 뒤인 1963년에야 나왔으니 윤색된 추억이다. 사강은 남편 기 쇼엘러에게 책 두 권, 『브람스를 좋아하세요』와 『한 달 후, 일 년 후』를 헌정한다.

"우리는 무척 재미있었다. 우리는 유쾌한 생활을 했다." 쇼엘러는 적었다. 그러나 그 시절 쇼엘러는 그런 생활을 그다지 재미있게 여기지 않았다.

기 쇼엘러는 매혹적인 파리 여자들과의 관계들을 공공연히 드러냈다.

그는 예의 바르고 점잖고 정중하고 친구들에게 상냥한 남자였으나, 자기 인생의 여자들에게는 무례한 태도, 냉소와 잔인함을 드러냈다. 그는 자신이 정복한 여자들을 함께 저녁 식사에 초대함으로써 거리낌 없이 관계를 폭로했다. 심지어 자신의 약혼자를 과거에 배신한 여자, 배신하게 될 여자와 함께 초대하기도 했다. 그는 매력적인 남자였지만 사랑하는 법을 몰랐다. 여자들을 정복함으로써 무력함에 대한 두려움을 쫓으려는 돈 후안 부류에 속하는 남자였다. 그러나 강해지는 것은 타인에게 괴로움을 끼치는 일이었다. 손에 칼을 쥐고 사는 것은 쉽지 않았다. 자부심 강한 사강은 빛나는 미녀들에 치여 모욕을 느꼈지만, 매사에 의연하고 신중했으므로 그런 이야기를 아무에게도 하지 않았다.

— 프랑수아즈와의 결합은 쇼엘러를 기분 좋게 했어요. 프랑수아즈의 유명세 때문이었죠. 하지만 쇼엘러는 약간 가학적인 구석이 있었어요. 재미있는 남자이긴 했지만 그 두 배, 세 배로……. 아마도 그는 상처를 받은 후 여자들에게 냉혹한 마음을 갖게 된 것 같아요.

베티나는 말한다.

변호사이자 편집자였던, 부캉 시리즈에서 사강의 저작권 문제를 협의했던 장 클로드 질베르스탱이 말한 쇼엘러의 이미지는 다음과 같다.

— 쇼엘러는 소년 같은 면이 있는 장난꾸러기이자 현실을 실제보다 더 냉소적으로 보는 허언증 환자였습니다. 그는 사강의 장례식 때 입을 정장을 이미 사두었다고 말하곤 했습니다. 물론 그가 그녀보다 먼저 세상을 떠났죠. 사실 그는 내가 만났던 대부분의 사람들처럼 그녀에게 깊은 애정을 품었고 그녀를 무척 사랑했습니다. 놀라운 것은 그녀가 세상 전체에 호감을 불러일으켰다는 사실이지요…….

남편과 마주 앉아 저녁 식사를 하던 어느 날, 사강은 그에게 자신의 하루에 대해 이야기하고 싶은 욕구가 더는 일지 않는다는 것을 깨달았다. 그에게 할 말이 아무것도 없었다. 그 느낌은 갑작스럽고 결정적이었다. 그녀에게 누군가를 사랑한다는 것은 상대방을 즐겁게 해주고 기쁘게 만드는 것이었다. 여성 소설가라는 존재는 세헤라자데와 조금 비슷하다. 그러나 그녀가 선택한 사람이 그녀를 제외한 모든 여자들에게 흥미를 갖고 있는 것처럼 보일 때는 어디서 에너지를 길어 올리겠는가? 그녀는 불행을 거부하고 복잡한 상황들에서 벗어나기로 마음먹었다. "나 떠나겠어요." 그녀는 남편에게 말했다. 그들의 결혼은 채 1년도 지속되지 못했다. 매우 용감했던 그녀는 서둘러 가방을 꾸려 프루스트를 닮은, 콧수염을 기른 작은 남자 장 폴 포르를 만나러 갔다. 남자들도 여자들만큼이나 장 폴 포르를 열렬히 좋아했다. 미술사가 엘리 포르의 손자이자 영화사의 언론 담당자였던 장 폴 포르는 사강의 친구 아나벨 뷔페의 약혼자였다. 이제는 그가 그녀의 남자가 되었다.

— 프랑수아즈는 군림하기를 좋아했어요.

베티나는 말한다.

사강은 강력한 치유책인 글쓰기로 돌아가 스위스의 인기 있는 겨울 스포츠 기지 클로스터스로 가서 첫 희곡 「스웨덴의 성」을 완성한다. 자동차 사고를 당하기 전 밀리 라 포레에서 초안을 작성해두었다. 아틀리에 극단장 앙드레 바르사크가 어느 잡지에 게재된 이 희곡의 대사들에 반해 무대에 올리기를 희망했다. 그녀는 전화를 통해 바르사크의 조언을 받아 3주 동안 이 희곡을 개작했다. 바르사크는 어떻게 희곡을 구성하고 리듬을 부여하는지 그녀에게 가르쳐주었다. 무정한 쇼엘러는 그녀에게 안

부 전화를 걸어 자신의 흥미를 끌어당기는 것, 즉 그녀를 제외한 모든 일상을 그녀에게 이야기했다. 그녀는 가슴이 찢어질 듯한 슬픔을 느꼈지만 내색하지 않고 우아함을 유지했다. 그녀는 가족 안에서 신중함을 배웠다. 지인들은 활력이 결핍된 어조에서 그녀가 타격을 입었음을 알아차렸지만, 그녀 스스로 감정을 드러낸 적은 한 번도 없었다. 그것이 그녀의 스타일이었다. "항상 주의를 기울여야 했어요. 같은 사람에게 모든 것을 말할 수는 없었으니까요." 『브람스를 좋아하세요』에서 폴은 이렇게 말한다. 사강은 마음에 상처를 받았으면서도 쾌활한 척 혹은 초연한 척하며 가장 친한 여자 친구들과도 거리를 유지했다. "Never explain, never complain(변명도, 불평도 하지 마라)"이라는 격언을 신봉한 그녀는 마음속 깊이 외로웠다.

「스웨덴의 성」은 그녀의 보복이었다. 아틀리에 극단이 무대에 올린 그 희곡은 성공을 거두었다. 늘 사강의 팬이었던 프랑수아 모리악은 이렇게 썼다. "가볍고 아무렇게나 한 듯한 이런 자유스러움은 연극에서 가장 꾀바른 기술이다." 자크 샤르돈만은 "나는 또한 가난한 사람들이 꿈꿀 수 있기를 바란다"는 대사가 마음에 들지 않는다는 이유로 이 연극을 보지 않았다. 마티외 갈레는 1960년 3월의 일기에 자크 샤르돈이 으르렁거리면서 보부아르를 베끼기 위해 자유인들을 연기하게 했다며 사강을 비난했다고 썼다. 그러나 이 비난은 인정의 한 형태였다.

이 연극은 처음에는 파리에서, 나중에는 지방에서 여러 차례 공연되었고, 브로드웨이에까지 수출되었다. 로제 바딤은 프랑수아즈 아르디, 모니카 비티, 쿠르트 유르겐스, 장 루이 트랭티냥, 장 클로드 브리알리 등 꿈의 출연진과 함께 이것을 포근하고 시적인 영화로 만들었다.

연극 초연 때 찍은 사진 속에서 사강은 조금 슬픈 표정을 짓고 있다. 고통을 느끼지 않기 위해 그녀는 바르비투르산제를 실컷 복용했다. 에카닐이나 가르드날에는 그녀가 거래한 약국들이 넘쳐났다. 시간이 흐르자 그녀는 자신의 슬픔을 영감의 근원으로 승화시켰다. 그녀는 슬픔에 대해, 버림받는 것에 대해 이야기할 줄을 알았다. 단편집 『비단 같은 눈』에 실린 단편소설 「속물적 죽음」은 쇼엘러와의 결별에서 영감을 얻은 것으로 보인다. 다음은 「속물적 죽음」의 한 대목이다.

"브뤼노에 대해 그에게 이야기해서는 안 되었다. 브뤼노는 그녀의 첫 남편, 유일한 남편, 마음의 상처였다. 그녀가 결연히 잃은 남자, 잃은 것을 견딜 수 없는 남자. 지금 그 남자는 멀리 있다. 그럼에도 불구하고 그 이름은 그녀에게 견딜 수 없는 이름으로 남아 있다. 모든 것을 가졌다고 여겨지는 그녀가."

— 프랑수아즈에게는 플레이보이 기질이 있었어요. 돈을 많이 벌고, 그 돈을 자유롭게 쓰고, 파티를 열고, 도박을 하고, 말, 자동차, 아름다운 여자들을 소유하는 것 말이에요. 그래요, 사실 그랬지요. 그녀는 플레이보이가 되길 꿈꾸었어요.

베티나가 부드러운 머리칼을 가볍게 흔들면서 말했다.

몇 년 뒤 기 쇼엘러는 사강과의 결혼은 자신의 인생에서 가장 잘한 일이었다고 회고한다.

소년들과 소녀들

그들을 견디려면 그들의 인물됨을 존중해야 한다.
스스로를 본능적으로 존중하는 것보다 더 큰 정성을 들여서.
_프랑수아즈 사강, 『마음의 멍자국』

또한 결혼한 한 남자가 있고, 다른 여자가 있었다.
4인조의 아주 사소한 게임이 파리의 봄 속에서 시작되고 있었다.
나는 이 모든 것을 메마르고 아름다운 방정식,
소원대로 파렴치한 방정식으로 만들어버리고 있었다.
_프랑수아즈 사강, 『어떤 미소』

파올라

나는 파올라 산주스트 디 테올라다와 프랑수아즈 사강이 손을 잡고 있는 모습이 담긴 사진을 찾아내지 못했다. 도빌에서, 파리 호텔 출구에서 찍은 그 사진 속에서 두 여자는 모두 남자에게 팔 한쪽을 맡기고 있다. 사강은 자크 샤조에게, 파올라는 장 폴 포르에게. 그녀들은 흔적을 흐릿하게 뭉갰다. 만일 사강이 여자들을 사랑했다면 자신의 연애들을 숨겼을 테고, 그것들은 은밀한 채로 남아 있을 것이다. 그녀가 사랑했던, 혹은 유혹했던 여자들, 즉 파올라, 쥘리에트, 페기 로슈 혹은 에바 가드너와의 애

144

정을 가늠하게 해주는 사진들은 없다. 그녀는 여자 친구와 함께 사진 찍히는 일을 피하기 위해 극장이나 카지노에 남자의 팔을 붙잡고 입장했다.

사강의 공식적 연애는 그녀의 전설이 그녀에게 부여한 모습들 속에 포함되어 있다. 재기 넘치고 야무진 젊은 스타 프랑수아즈 사강은 애스턴을 타고 다니고, 파티를 열고, 기 쇼엘러, 장 폴 포르, 더 나중에는 잘생긴 미국인 밥 웨스트호프 같은 플레이보이들과 함께 공공연히 모습을 드러냈다. 작가 미셸 데옹, 작곡가 미셸 마뉴, 정신과 의사 장 클로드 마이어, 플레이보이 마시모 가르지아 같은 남자들과 좀 더 신중하고 다양한 관계들을 가지기도 했다. 알려지지 않은 남자들도 많았다.

— 프랑수아즈는 야만적인 여자는 아니었어요.

클로드 페르드리엘은 익살스럽게 말한다.

레진 혹은 카스텔에서 돌아오는 길에 사람들이 마구 밀어붙이자, 클로드는 결국 고백했다. 그들이 한 침대에서 하룻밤을 보냈노라고. "모든 사람들처럼요." 그는 설명했다.

이런 관점에서 사강은 아주 자유로웠다. 그녀는 쾌락을 위해, 행복을 누리기 위해 눈멀지 않고 섹스를 했다. 그녀는 정절에 대한 관념을 갖고 있지 않았다. 독점적인 관계를 요구하지도 않았다. 그리고 여자들을 사랑했다.

신화는 그것을 구현하는 인간에게, 그 사람의 결점과 연약함에 여지를 내주지 않는다. 신화는 현실의 피를 빨아먹는다. 사강은 자신을 희화했다고 언론을 비난했다. 그리고 게임에 동참했다. 그녀는 결코 자신의 양성애에 대해 언급하지 않았다. 공식적으로도, 비공식적으로도. 심지어 가장 친한 친구들인 플로랑스나 샤를로트 아요에게도 말하지 않았다. 베르나르 프랑크에게는 더욱더. 물론 쉽게 속는 사람은 아무도 없었다. 베르나르 프랑크는 말한다.

— 프랑수아즈의 인생에는 늘 여자 한 명이 있었다오. 그녀는 그것을 애써 숨기지는 않았지. 하지만 그것은 비밀스러운 것, 내밀한 것이었다오.

그녀는 결코 자신에 대해 얘기하는 법이 없었다. 수줍음, 신중함 그리고 예의 때문이었을 거라고 그녀의 친구들은 말한다. 아마도 그랬을 것이다. 그러나 그런 이유 때문만은 아니다.

명성은 행복을 가져다주지 않는다. 명성은 오히려 사람을 고독하게 한다. 양성애는 마케팅에 도움이 되지 않았다. 그것은 동성애자들을 화나게 하고 이성애자들을 염려하게 했다. 하지만 사강은 결국 한 여자와 함께 카자르크 묘지에 매장되었다. 그녀에게 가장 소중했던 사람 중 하나인 페기 로슈와 함께. 베르나르 프랑크는 이렇게 썼다. "프랑수아즈는 오빠의 애정처럼 여자들의 상냥함을 필요로 했다. 또한 남자들을 향한 열정을 배제하지 않았다. 나는 그렇게 생각한다."

파올라 산주스트 디 테올라다가 사강의 삶에서 쇼엘러의 자리를 대신했다. 한 남자와의 열렬했던 사랑 이후, 한 여자와의 관계가 이어진 것이다.

사강보다 일곱 살 연상이었던 파올라는 눈에 띄는 미인은 아니었지만 아름다운 파란 눈을 가진 예쁜 여자였다.

— 그 여자는 할머니 쪽으로는 스턴 집안이었고 누구 쪽인지는 모르지만 로칠드 집안의 여자이기도 했소.

베르나르 프랑크는 말한다.

— 아무튼 그녀는 부자였소. 그것이 상황을 퍽 용이하게 만들어주

었지.

　같은 시기에 베르나르도 상류사회에 속한 여자들 중에서 약혼녀를 물색한다. 이를테면 그는 마리 오데트 드 로슈슈아르에게 『범람하는 세기』를 헌정한다. 일종의 문학적 속물주의였다. 대단한 명성을 가진 그 사교계 여성이 『잃어버린 시간을 찾아서』에서 튀어나온 것처럼 보였기 때문이다. 1960년대 초 프랑스는 아직 시골스러웠고, 파리는 칸막이가 쳐진 지방 도시 같았다. 마리 엘렌 드 로칠드의 집에 드나든다는 것은 사회적 성공의 척도였다. 이브 생 로랑 같은 재능 있는 젊은 디자이너들은 남작 부인들에게 자기 옷을 입히기를 갈망했고, 젊고 아름다운 마리 엘렌 드 로칠드는 그중에서도 최고였다. 사강에게 영향을 받은 베르나르 프랑크는 프루스트에게, 그리고 고타 귀족연감에 나오는 여자들에게 경배를 바쳤다.

　사교계 여성은 1960년대 말이 되기 전에 더 젊고 더 멋지고 인기 있는 아가씨로 대체된다. 그 아가씨는 자신의 스타일을 창출했다. 파리의 대귀족은 유혹하는 힘을 잃었다. 사강이 용감하게 구현한 젊음과 명성은 사강을 출구 쪽으로 떠밀었다.

　그러는 동안 사강은 파올라 산주스트 디 테올라다를 사랑했다. 파올라는 품위 있고, 우아하고, 변덕스럽고, 자신의 위치에 확신을 가진 사람답게 안정감이 있었다. 경마장을 소유하고 있던 파올라의 할머니는 파올라의 카지노 빚을 갚아주었다. 파올라도 사강처럼 도박을 했다. 그녀들은 도빌이나 트루빌의 카지노에서 함께 돈을 걸었다. 카지노에 자주 드나드는 것이 그녀들의 시골 생활을 재미있게 만들어주었다. "프랑수아즈의 여자들은 그야말로 물건들이었어요." 베티나 그라치아니는 익살스럽게 지적했다.

베티나는 자신이 무슨 이야기를 하는지 알았다. 1960년 5월 12일 밤, 알리 칸 왕자가 란시아 스포츠의 운전석에서 죽었을 때, 베티나는 그의 곁에 있었다. 언론은 야회복을 입은 빼어나게 아름다운 여자가 그와 함께 있었다고 언급했다. 그녀는 어둠 속에서 구조 요청을 했다. 베티나와 알리 칸은 빌 다브레에 있는 로렌 보네 저택의 저녁 식사 자리에 가는 길이었다. 아페리티프 와인 뒤보네의 상속자인 그 집의 여주인은 앙드레 말로, 기 드 로칠드 남작 부부, 스타브로스 니아르코스, 포르피리오 루비로사, 아르투로 로페스 윌쇼 부부, 폴리냐크 공주를 기다리고 있었다. 알리 칸의 자동차는 쉬렌 쪽에서 제비 한 마리와 충돌했다. 생 클루 병원 응급실에 실려 간 그는 부상에서 회복하지 못했다. 그 왕자는 미망인 여럿을 남겼다.

다음 날 아침, 브뢰유 성에서 친구들과 함께 주말을 보내던 중 그 소식을 들은 사강은 그 일을 알지 못하도록 파올라를 격리시키라고 베르나르에게 부탁했다. 베티나가 알리 칸과 결혼하기를 바랐다면, 알리 칸은 파올라에게도 똑같은 약속을 했을 것이기 때문이었다. 베르나르는 기분 전환을 시켜주려고 파올라를 옹플뢰르 시장으로 데려갔다.

베르나르 프랑크는 이야기한다.

— 돌아올 때 성 바로 앞에서 그 소식이 라디오를 통해 흘러나왔다오. 파올라는 아주 기묘한 반응을 보였지. "오, 머저리 같은 작자!" 그녀는 알리 칸이 죽었다는 것을 실감하지 못했소. 다행히 우리는 성에 도착했지. 비겁하긴 하지만 어쩔 수 없이 나는 프랑수아즈가 파올라를 맡아주기를 바랐다오.

파올라와 사강은 매우 사강다운 방식으로 자기들의 운명을 뒤섞었다. 그녀들은 에크모빌에서 베르나르 프랑크, 자크 샤조, 피에르 베르제, 이브 생 로랑 및 다른 친구들과 함께 집을 사용했다. 생 로랑은 생 루이 섬에 있는 피에르 베르제의 아파트에 살았고, 노르망디에 그들 소유의 집을 사기 전 사강의 집에서 주말을 보냈다. 이브 생 로랑과 피에르 베르제, 이 두 남자는 프랑스에서 처음으로 커플을 이룬 남자들이었다. 함께 일하고 함께 사는 커플 말이다. 장 콕토와 장 지오노의 친구였던 피에르 베르제는 자신의 성적 취향을 감추지 않았다.

— 프랑수아즈는 자신이 여자들을 사랑한다는 것을 감추지 않았습니다. 하지만 보란 듯이 드러내지도 않았어요.

피에르 베르제는 말한다. 고의에 의한 거짓말일까?

— 우리는 여자들을 사랑할 수도 있고, 마약을 복용할 수도 있고, 극도로 인습적일 수도 있습니다. 여러분도 알다시피, 프랑수아즈는 플렌 몽소의 성향을 갖고 있었습니다.

시골스러운 뻣뻣함. 요컨대 카자르크적인 성향. 사강은 보수적인 계층에서 자랐다. 그녀는 남서부의 소녀였다. 그녀 자신은 진부하지 않지만 남서부의 진부한 규범에 동화되었다. 그녀는 격발하는 규범들에 뒤이어 오는 모든 자유를 누렸다. 그녀는 개인적 금기를 갖고 있지 않지만 자기 계층의 예의범절을 존중했다. 이를테면 여자는 반드시 입술에 루주를 칠하고 외출해야 한다, 저녁 식사 모임에 참석하기 전에 반드시 미용실에 들러야 한다, 밤에는 팔의 맨살을 드러내지 말아야 한다는 예의범절. 사람들은 사강의 양성애를 미루어 짐작했다.

— 파올라의 사진을 보여줄게요.

피에르 베르제는 마르소 로 5번지 이브 생 로랑 재단의 복잡한 복도와 통로들을 올라가고 내려갔다.

피에르 베르제는 1957년에 사강을 만났다. 그때 사강은 작곡가 미셸 마뉴와 함께 뮤지컬 〈어긋난 약속〉을 준비하고 있었다. 연출은 로제 바딤, 의상과 무대장식은 베르나르 뷔페가 맡았다. 피에르 베르제는 베르나르 뷔페의 에이전트이자 애인이었다. 사강, 마뉴, 바딤, 뷔페, 전후의 이 '무서운 아이들'은 디아길레프, 피카소, 사티 그리고 콕토의 역할을 하면서 1920년대를 재현했다. 〈어긋난 약속〉은 정말로 어긋났다. 그러나 모든 파리 사람들, 장 콕토, 브리지트 바르도, 아벨 강스, 프랑수아 모리악 등이 샹젤리제 극장에서 열린 뮤지컬의 초연에 참석했다. 이 뮤지컬은 교육부에서 지원금을 받은 일 때문에 추문을 일으켰다.

피에르 베르제는 확대한 사진들이 뒤덮인 거실을 가로질렀다. 1950년대의 놀랍고 이상야릇한 파티들, 알렉시스 드 레데가 랑베르 저택에서 연, 혹은 샤를 드 베스트귀가 자신의 베네치아 궁전에서 연 가장 무도회의 사진들이었다. 그 몽환극들은 여러 세기를 거슬러 올라온 것처럼 보일 정도로 상상할 수 없는 경비를 쏟아 부었다. 오늘날 루이 14세가 살아 있다면 바하마 제도에 자신의 재산을 면세 투자할 것이다. 그리고 베르사유 궁전을 건축하지 않을 것이다.

—곧 보게 될 겁니다. 바로 저거예요.

피에르 베르제는 앙드레 오스티에(André Ostier, 1906~1994, 프랑스의 사진가—옮긴이)가 찍은 사진 앞에 우뚝 섰다. 흑백의 무도회 사진. 파올라의 얼굴은 둘로 잘려 있다.

1961년 겨울, 사강은 『신기한 구름』을 완성하기 위해 클로스터스에 작은 별장을 다시 빌린다. 자크 샤조, 베르나르 프랑크 그리고 파올라가 그곳에 함께 머물렀다. 파올라와 사강은 레진에서 미국인 애인 밥 웨스트호프와 함께 온 샤를 드 로앙 샤보를 만난다. 그녀들은 주말에 그들을 별장으로 초대한다. 4월에 사강은 알렉상드르의 미용실에서 손에 샴페인 잔을 들고 자신의 첫 흰머리를 축하한다. 6월, 그녀는 우울증 때문에 병원에 입원한다. 긴 고뇌의 바다를 이미 건넌 상태였다.

사강은 파올라와 함께 카프리로 휴양을 떠나고, 8월에 파올라는 샤를 드 로앙 샤보와 결혼한다. 사강은 이들이 자신의 에크모빌 성에서 신혼여행을 보내도록 초대한다. 샤를은 거기에 밥 웨스트호프를 데려온다. 에크모빌에서는 야릇한 카드리유(사교댄스의 일종. 네 쌍의 남녀가 사각형을 이루어 춘다 — 옮긴이)가 벌어진다.

— 밥은 미국인치고는 잘생긴 남자였소. 프랑수아즈는 2세를 위해 잘생긴 남자를 원했기 때문에 그와 결혼했지…….

베르나르가 짐짓 질투을 드러내며 말했다.

1962년 1월 10일, 사강과 밥은 성 옆에 있는 바른빌 시청에서 결혼식을 올린다.

밥 웨스트호프는 요동치는 역사 속에서 기묘한 운명을 살아낸, 흥미를 끄는 인물이다. 그는 미국 미네아폴리스에서 열한 명의 형제자매 사이에서 태어났다. 권위적이고 고약한 아버지에게서 벗어나기 위해 열일곱 살 때 서류를 위조해 입대했다. 1년 뒤 사관으로 진급했을 때, 입대 시 속임수를 쓴 것이 발각되어 US 에어포스에서 추방되었다. 이후 프랑스 군대에 들어가 인도차이나 전쟁에 참전하고, 홀리데이 온 아이스에서 스케이트를 타고, 필리핀, 알래스카를 배회하고, 멕시코에서 조형예술을 공부했다.

초록색 눈을 가진 아주 매력적이고 키 큰 청년이었던 그는 1950년대 말 관광객의 신분으로 프랑스의 수도 파리에 도착했다. 그는 스스로 이방인이 되어 그 어떤 위치도 차지하지 않은 채 도둑고양이처럼 흔적을 남기지 않고 생활하면서 관광객으로 머물렀다. 그는 평생 동안 자신이 『밤의 끝으로의 여행』을 번역하고 있다고 주장했다. 하지만 그 번역은 그 자신의 여행이 완수될 때까지도 끝나지 못했다. 처음 사강을 만났을 때, 그는 자신이 도예가라고 밝혔다. 그즈음 피카소가 프랑스에 와 발로리스에 정착했고 마두라 작업실에서 놀라운 도예 작품들을 만들어냈다. 이런 분위기에서 도예가는 좋은 인상을 주는 직업이었다.

1962년 6월 27일에 사강은 밥 웨스트호프와의 사이에서 아들 드니를 출산한다. 밥은 새로운 친구인 변호사 프랑수아 지보와 함께 병원으로 아내를 보러 왔다. 두 사람은 레진에서 방금 만난 사이였다.

프랑수아 지보는 말한다.

— 프랑수아즈의 입원실에는 꽃다발들이 넘쳐났습니다. 마치 성당의 제단 같았죠. 나는 플라스틱 보육기 안에 누워 있는 드니를 보았습니다. 우리는 프랑수아즈 옆에서 서로 을러대며 장난을 쳤죠. 프랑수아즈는 살아 있는 신화였습니다.

자크 샤조가 드니의 대부가 되었고, 대모는 파올라가 맡았다. 파올라는 몇 년 뒤 『물너울』이라는 소설 한 권을 출간하고 젊은 나이에 쓸쓸하게 죽었다.

— 파올라는 프랑수아즈가 함께 지내면서 불행하지 않았던 몇 안 되는 여자들 중 한 명이었어요.

사강의 친구 샤를로트 아요의 말이다.

『파리마치』의 사진기자가 파리의 밤거리에서 찍은 사강의 사진은 가녀리고 침울한 매력을 지니고 있다. 지치고 머리가 헝클어진 사강이 표범 무늬 코트로 몸을 감싼 채 신호등 밑에서 밥 웨스트호프의 팔꿈치에 한쪽 뺨을 기대고 있고, 밥 웨스트호프는 다정한 표정으로 그녀를 바라보고 있다. 그녀는 시대보다 앞선 뉴 웨이브 펑크 스타일의 여자처럼 보인다. 그들은 서로에게 기대어 무기력하게 쉬는 듯 보인다. 길 잃은 두 마리의 새 같다.

"나는 두 번 결혼했다. 애정 때문에, 그러고 싶어서, 그리고 책임감 때문에. 나는 아이를 원했고, 밥은 아이를 갖게 된다는 생각에 기뻐서 어쩔 줄 몰랐다. 그러나 어머니는 딸이 미혼모가 될지 모른다는 생각에 가슴 아파했다." 사강은 이렇게 썼다. 그들의 결혼은 아기 때문에 한 결혼이었던 것이다.

밥은 물질적으로 사강에게 의존했고, 쇼엘러보다 양순한 남편이었다. 사강과 그는 각자 생활했다. 부부싸움을 하면 밥은 가방을 꾸려 프랑수아 지보의 집으로 피신했다. "그녀는 나를 내쫓았고, 나는 빈털터리가 되었습니다." 그는 앞일에 신경 쓰지 않고 몽마르트르의 작업실에서 조각을 했다. 베르나르 프랑크의 말에 따르면 특히 재떨이를 많이 만들었다고 한다.

— 밥은 특별한 타입의 남자였습니다. 보기 드물게 우아했고, 교양이 풍부했고, 게으른 알코올중독자였지요.

프랑수아 지보는 말한다.

사강은 밥과 함께 행복하게 지내면서 다른 사람과 연애도 했고, 때때로 종적을 감추기도 했다.

"밥, 나는 피곤하고 지쳤어요. 이 모든 사람들을 보는 게 신물이 나요. 이삼 일 정도 혼자 떠나 있을게요. 어디로 갈지는 모르겠어요. 아마 파리로 갈 것 같아요. 심각하지는 않지만 내 기분을 좋게 하는 데 꼭 필요해요. 레진 앤드 코에 해둔 예약은 취소하든가 아니면 다른 사람과 함께 가도록 해요. 빨리 돌아올게요. 당신에게 키스를 보내요. 걱정하지 말고, 술 마시지 마요. 곧 다시 만나요." 그녀는 밥에게 이렇게 썼다.

기 쇼엘러를 제외하면 프랑수아즈 사강은 여자들 때문에만 고통스러워했다. 자신의 매력을 잘 알고 돈 후안 기질이 있었던 그녀는 마음에 드는 사람을 점찍고, 따라다니고, 위협하고, 편지를 쓰고, 그와 결합했다. 베티나의 말이 옳다. 사강의 행동은 1960년대 플레이보이들의 행동을 닮았다. 그녀는 그들의 특성을 채택했다. 국제적 명성의 덕도 보았다. 그녀는 호화롭게 돈을 벌어 물 쓰듯 썼다. 클럽에서 파티를 열고, 경마용 말을 사고, 카지노에서 도박을 하고, 스포츠카를 굴리고, 사고를 당하고, 아이를 패션모델처럼 치장시키고, 아름다운 여자들을 수집했다.

밥과 사강은 생 제르맹 대로의 아파트를 베르나르 프랑크와 함께 썼다. 아파트의 엘리베이터가 고장 나는 바람에 베르나르 프랑크는 자주 투덜댔다. 사강은 그 아파트에 로칠드를 비롯해 모델, 기자와 사진가, 패션 디자이너, 정치인, 음료 제조업자, 억만장자, 유명 인사 등 상류사회 사람들을 맞아들였고, 자기 책 속에서 그들의 풍속에 대해 이야기했다.

어느 날, 브리지트 바르도와 그녀의 애인 밥 자구리가 사강을 방문했다. 남성 잡지 『뤼』의 책임자 자크 란츠만이 브리지트 바르도와 인터뷰를 해달라고 사강에게 부탁했던 것이다. 베르나르 프랑크는 회색 스웨이드 원피스를 입은 바르도가 무척이나 아름답다고 생각했다. 만일을 위해 그녀의 아름다운 흰색 상의를 들고 있던 스페인 출신 하인 안토니오가 오늘 의상은 조금 실망스럽다고 말했음에도 불구하고.

베르나르 프랑크가 기록한 바에 따르면, 그때 사강은 바르도와 대화하고 싶은 마음이 별로 없는 기색이었다고 한다. "아, 뭐라고요? 아, 네! 복잡하게 말하지 마세요. 상황을 있는 그대로 말해야 해요. 사랑하고, 그런 다음에는 더 사랑하면 되는 거예요."

인터뷰는 실패였다. 베르나르 프랑크에 따르면 그때 사강은 전혀 배고프지 않은데도 바르도에게 저녁을 먹으러 가자고 청했다고 한다. 그녀는 재빨리 열쇠와 모자를 찾아 들었고, 베르나르 프랑크에게는 함께 가자고 말하지 않고 나가버렸다. 베르나르는 이후 다시는 바르도를 만나지 못했다. 사강은 좋은 친구였다. 하지만 자신의 숭배자를 다른 사람에게 빌려주는 법은 없었다.

쥘리에트 그레코

"프랑수아즈 사강보다 더 경쾌하고, 더 유쾌하고, 더 다정하고, 더 똑똑한 사람은 없었어요. 그녀보다 멋진 사람은 아무도 없었죠. 그녀는 앙탈을 부렸어요." 쥘리에트 그레코는 「르 몽드」에서 이렇게 말했다.

쥘리에트 그레코는 1964년 1월 에두아르 7세 극장에서 상연된 사강의 네 번째 희곡 「행복, 홀수와 파스」의 주인공이었다. 연극 연습은 엉망이었다. 도전 정신과 호기심 때문에 사강이 직접 연출을 맡기로 한 데다, 배우들이 모두 사강의 친구들이었기 때문이다. 어느 날 오후, 의과대학생 장 클로드 마이어가 해리스 바에 들어왔다. 사강은 내실에서 쥘리에트 그레코와 함께 이야기를 나누고 있었다. 전날 그들의 연극을 본 장 클로드 마이어는 스물세 살의 오만함으로 그들에게 말을 걸었다. "좋은 연극이었어요. 연출이 너무 형편없어서 낭패였지만요." 사강은 그에게 열흘 뒤 다시 연극을 보러 오라고 제안한다. 그녀는 진짜 연출가 클로드 레지를 영입하고, 클로드 레지는 「행복, 홀수와 파스」을 성공으로 이끈다.

장 클로드 마이어와 사강 사이에 애정 어린 우정관계가 시작되었다. 사강은 대학생 마이어보다 네 살이 많았고, 아빠처럼 대하던 기 쇼엘러와는 이혼한 뒤였다. 그리고 밥과 결혼하긴 했지만 밥을 오빠처럼 생각했다. 다시 말해 서로를 독점하는 관계는 아니었다.

사강은 스타였고, 자신의 신분에 어울리는 모든 특권을 갖고 있었다. 1964년 10월 2일, ORTF의 카메라들이 동원되었다. 그녀가 도빌에서 개를 잃어버렸기 때문이다. 그녀는 멋진 검은 원피스 차림으로 텔레비전 뉴스에 등장해 짓궂은 눈빛으로 상황을 설명했다. "호텔 지배인처럼 가슴 부분이 하얀, 밤색과 검은색 털의 잡종 개예요."

사강은 장 클로드 마이어와 뜻이 잘 맞았지만 그와의 관계를 심각하게 여기지 않았다. 하기야 그녀는 그 어떤 것도 심각하게 여기지 않았다. 그들은 뉴욕, 베네치아, 카프리, 로마를 두루 돌아다녔다.

— 그녀 말처럼 우리는 바보짓을 했습니다.

장 클로드 마이어는 회상한다. 둘 다 불면증이 있었으므로, 밤에는 책을 읽고 아침에 잠을 잤다. 점심은 절대 먹지 않았다.

— 프랑수아즈는 많은 재능과 경쾌함을 갖고 있었어요. 그녀는 절대 질문을 하지 않았습니다. 남들이 자기에게 질문하는 것도 견디지 못했지요.

정신과 의사가 된 마이어는 자기 환자들에 대해 사강에게 이야기해주었고, 사강은 그 이야기들을 재미있어했다.

— 그녀는 내가 본 여자 중에 가장 아름다운 젖가슴을 갖고 있었습니다. 화려한 젖가슴을 가진 야윈 여자였지요.

그녀는 남자들과 애정 어린 우정 관계를 맺었고, 자유로웠고, 초연했다.

마시모 가르지아

같은 해에 사강은 쿠바 출신 패션 디자이너 루이스 에스테베스의 아내 베티가 연 저녁 식사 모임에서 마시모 가르지아를 만난다. 눈길이 오간 뒤, 마시모가 눈이 커다랗고 몸이 호리호리한 저 자그마한 금발 여자는 누구냐고 묻는다. 사람들은 그의 무지 앞에서 깜짝 놀란다. 사실 그날은 그가 파리에서 보낸 첫 저녁이었고, 마시모는 그 자리에 모인 사람들을 잘 알지 못했다. 사강은 파리에서 가장 활기차고 멋진 무리의 대장이었다. 밥 웨스트호프가 그 자리에 있었는데도 마시모는 사강에게 만나자고 청했고, 사강은 그 청을 받아들였다. 그 미지의 남자가 젊고 잘생겼기 때문이었다. 그녀는 이 새로운 친구에게 털어놓는다. "배신은 결혼의 생존을 확인하는 유일한 방법이에요."

다음 날, 그녀는 점심을 먹자며 가르지아를 몽테뉴 로에 있는 를레 플라자로 초대한다. 그곳의 훌륭한 바텐더가 그들에게 스카치위스키, 붉은 베르무트, 앙고스투라(앙고스투라 나무의 향이 나는 쓴맛의 음료 — 옮긴이), 브랜디에 담근 버찌를 넣은 칵테일 로브 로이를 대접한다. 클레 플라자는 사강이 자주 가던 간이식당 중 한 곳이었다. 그녀는 그곳의 아르데코 스타일의 과장된 실내장식을 좋아했다. 점심 식사를 한 뒤 기분이 좋아진 그들은 가르지아의 파리 체류를 위해 지인이 빌려준 라파엘 호텔의 욕실 없는 작은 방에서 더 깊은 관계를 맺는다.

그러나 다음 날 마시모 가르지아가 전화를 했을 때 사강은 그와 거리를 둔다. 전날 호텔 출구에서 사진기자들이 그녀를 기다리고 있었던 것이다. 덫에 걸려 화가 난 사강은 마시모가 경솔하다고 생각했다. 기자들은 당시 막 파리로 망명 온 베트남 고관 뉘 연대장 부인의 일은 숨겨주었다. "프랑수아즈는 벌거벗은 채 내 방에 있었고, 뉘 부인이 호텔에 도착했다." 마시모는 회상한다. 불편한 심기는 이내 사라졌고, 그들은 다시 가까워졌다.

사강은 인기를 비롯해 모든 것을 허락해주는 명성의 힘을 발휘해 잘생기긴 했지만 부자도 아니고 유명하지도 않은, 조금 위험하다는 평판을 듣고 있는 그 청년을 자기가 속한 모임에 넣어주었다. 그녀 외의 모든 사람들이 그것을 실수로 보았을 것이다. 아무튼 마시모 가르지아는 선을 넘는 것(코카인 복용)을 허락받았다.

사강의 보호하에 마시모는 파리 사교계 사람들과 교류하게 되었다. 그는 사강의 희곡 「밤낮으로 날씨가 좋다」의 초연 후 기 드 로칠드 남작 부부가 사강을 위해 연 파티에 사강을 에스코트한다. 그들은 마리 엘렌 드 로칠드가 사강에게 준 선물인 크리스털 샹들리에와 인조 모피 침구를 일소에 부쳤다. 억만장자 친구들은 늘 엉뚱한 물건을 선물로 주었다.

"개인적으로 나는 수표를 더 좋아합니다." 마시모가 말했다.

그 말이 사강을 즐겁게 했다.

샤를로트 아요

사강의 나이트클럽 친구는 쥘리에트 그레코의 언니 샤를로트 아요였다. 사강은 뉴 지미스에서 샤를로트를 알게 되었다. 글을 쓰지 않을 때 그녀는 시간이 많았고, 한가한 친구들을 찾았다. 샤를로트 아요는 "그 당시 나는 아무 일도 하지 않았다. 만일 뭔가를 했다면 프랑수아즈와 그런 우정을 맺을 수 없었을 것이다"라고 말한 바 있다. 내가 만난 샤를로트는 잘 어울리는 연필 모양 스커트에 예쁜 초콜릿 색 캐시미어 스웨터를 입고 공들여 화장한, 우아하고 완전무결한 몸가짐의 일흔 살 넘은 여성이었다. 그녀는 자코브 거리의 자택에서 나를 맞아들였다. 친구들의 사진, 책, 쿠션 그리고 값비싼 물건들로 장식된 넓은 거실에서 그녀는 사강과 관련된 소중한 추억 하나를 나에게 보여주었다. 그녀가 눈을 붙여 인형으로 만든 물에 뜨는 나뭇조각이었다. 샤를로트는 말을 아주 잘했다. 그녀가 하는 말은 정확할 뿐 아니라 발음이 완벽했고, 고심해서 선택한 언어들이었다.

그날 밤 그녀는 레진에서 사강을 만나고, 이야기를 나누고, 춤추고, 유혹했다. "우리가 밤에 만나는 사람들은 이후에 약속이 없었어요. 그래서 시간이 많았죠. 그들은 이야기하길 원했고, 자신을 설명하길 원했고, 거짓말을 하거나 진실을 말하기를 원했고, 무상의 관계를 맺기를 원했어요." 사강은 1979년 『리르』에서 이렇게 말했다. 그녀들은 점심을 먹지 않았고, 오후 중반이 되기 전에는 밖에 모습을 드러내지 않았다. 지난밤의 피로에서 회복되는 데 시간이 필요했던 것이다.

사강은 정오경에 일어나 오후 2시경에 모호한 것을 삼켰다. 샤를로트가 조금 더 아침 체질이었다. 그녀의 남편인 건축가 에밀 아요는 건축술의 새로운 기법들을 활용해 전후에 사회복지시설들을 만들었다. 그는 에손의 그리니에 있는 라 그랑드 보른(1967년에서 1971년 사이에 임대아파트 정책에 의해 세워진 주택단지 — 옮긴이)을 만든 사람이다. 샤를로트는 라란 부부가 실내장식을 한 드라공 거리의 저택 안에 살롱을 연다. 사강은 『항복의 나팔 소리』에서 그녀의 침실을 묘사했다. 샤를로트는 저녁 식사 후에 외출할 예정이었다. 육십 대인 그녀의 남편은 그녀와 함께 클럽에 가지 않았다.

몽파르나스의 뉴 지미스에서, 레진은 그녀들을 위해 오른쪽 구석에 탁자 하나를 마련해주었다. 사강의 친구라면 아무런 어려움 없이 그곳에 들어갈 수 있었고, 돈을 지불할 필요도 없었다. 몇 년에 걸쳐 변호사 프랑수아 지보 같은 사람들이 술값을 치르지 않고 레진의 가게를 자주 방문했다. 사강의 이름은 하나의 암호였다. 명성을 확인하기 위해서는 그녀가 클럽 안에 들어가는 것만으로 충분했다.

나중에 그녀는 프랭세스 거리의 카스텔을 주로 드나든다.

"당시 유행하던 곳들 중 하나였다. 2000년도의 시평 담당자들에 따르면, 1960년에서 1970년 사이에 우리가 거기서 미친 듯이 놀았다고 한다. 가능한 이야기이다. 나는 한 번도 그것에 주목하지 않았지만." 베르나르 프랑크는 『범람하는 세기』에 이렇게 썼다. 자신이 매일 밤 거기에 있었다는 것은 제외하고.

샤를로트와 사강은 엘렌 로샤(Hélène Rochas, 1927~2011, 프랑스의 사업가. 1955년 남편 마르셀 로샤의 사망 후 향수 제조 회사 로샤를 이어받아 운영했다 — 옮긴이)와 그녀의 친구 킴 데스탱빌, 이브 생 로랑, 피에르 베르제, 소피 리트박을 만난다.

샤를로트는 그들이 나눈 첫 대화를 완벽하게 기억한다.

— 우리는 제삼자에 대해 이야기했어요. 프랑수아즈가 나에게 말했죠. "그 여자는 공짜에 대한 감각이 전혀 없어요." 이 말이 우리의 우정에 도장을 찍어주었어요.

사강은 샤를로트의 머리카락에 머리를 묻은 채 조금 춤을 추고, 이야기를 했다. 1961년에 샤를로트는 상승세를 타는 젊은 패션 디자이너 이브 생 로랑의 드레스를 입고 처비 체커(Chubby Checker, 1941~ , 미국의 가수. 〈트위스트〉, 〈렛 트위스트 어게인〉 등으로 전 세계에 트위스트 붐을 일으켰다 — 옮긴이)의 음악에 맞춰 트위스트를 추었다. 드레스 코드는 완전무결했다. 남자들은 정장에 넥타이를 매고 저크춤을 추었고, 여자들은 상표가 달린 드레스 밑에 실크 슬립을 입고, 가터벨트를 하고, 살색 스타킹을 신었다. 〈새티스팩션〉에 맞춰 춤을 출 때조차, 엘넷을 바른 그녀들의 매끄러운 머리 세팅은 그대로 남아 있었다. 그녀들이 담배를 넣어두던 실크 주머니, 세뭑타 무도화 등 모든 것이 잘 관리되었다.

때때로 샤를로트는 파티를 열었다.

마티외 갈레는 1966년 5월의 일기에 이렇게 적었다. "아요 집안에서 보낸 멋진 밤이었다. 정원에는 멋지게 주름을 잡은 천막이 쳐져 있었고, 그 아래에서 많은 사람들이 몸을 흔들며 저크춤을 추었다. 제멋대로이지만 친절했던 사강은 나에게 왜 글을 쓰지 않느냐고 물었다. 글 쓰는 것이 선망할 만한 운명인 것처럼! 나는 새벽에 그 집을 나와서 인적 없는 드라공 거리로 들어섰다. 술기운에 조금 취하고 피로로 희미해진 경쾌함 속에서 10년은 젊어진 기분이었다." 다음 해에 그는 다시 이렇게 적는다. "노르스름하고 친절한 사강." 혜안이 있었던 사강은 자신이 불러일으키는 효과를 모르지 않았다.

"탁자 하나, 의자 하나, 계단의 단 하나, 모든 것이 비슷한 가치를 갖고 있었다. 한 손에 유리잔을 든 사람들은 거기에 있다는 사실에 너무나 흥분한 표정이어서 오늘 밤 무슨 파티라도 열리느냐고 묻고 싶을 정도였다." 베르나르 프랑크는 이렇게 썼다. 어느 날 밤, 영국인 손님 하나가 사강의 다리 짧은 사냥개 조크가 좌석 밑에 있는 것을 발견하고는 가여운 동물을 연기 자욱한 장소에 데려왔다며 분개했다. 밥 웨스트호프가 끼어들었다. "선생, 나는 아침 일찍 샹 드 마르스에서 조크를 산책시키려고 했습니다. 그런데 조크가 기절해버렸어요. 그래서 이 가여운 짐승을 두 팔로 안고 와야 했습니다."

사강은 한곳에 가만히 있는 성격이 아니었다.

— 그녀는 장난을 좋아했어요. 어느 날 밤 그녀가 레진에서 나에게 제안했답니다. "우리 한잔 하러 오를리에 갔다가 20분 뒤에 돌아와요."

샤를로트는 회상한다. 드 골 장군이 참석해 낙성식을 거행한 화려하고 현대적인 오를리 공항은 당시 프랑스에서 사람들이 가장 즐겨 찾는 명소였다. 1963년에 3백만 명의 구경꾼이 다녀갔고, 1965년에는 4백만 명이 다녀갔다. "그곳을 만든 사람들의 자부심을 증명하는 작품이 있다면, 바로 땅과 하늘의 만남일 것이다." 드골 장군은 말했다. 질베르 베코는 〈오를리에서 보낸 일요일〉이라는 노래를 불렀고, 시코 뷔아르크는 〈오를리의 삼바〉라는 노래를 불렀다.

사강은 자신의 새로운 베스트셀러 『항복의 나팔 소리』에 오를리에 관해 다음과 같이 썼다.

"오를리는 유리창에, 비행기들의 은빛 등에, 활주로의 웅덩이들에 반짝이는 눈부신 천 개의 섬광들로 반사되는 차가운 잿빛 햇빛에 잠겨 있었다."

매혹적이고 서정적인 격정을 통과한 흐릿하고 개략적인 섬광 같은 사진처럼 간결한 묘사 기법이다.

샤를로트와 사강은 남부 고속도로를 타고 밤에 오를리로 갔다. 샤를로트가 덧붙인다.

— 우리는 그 일을 뚝딱 해치웠어요. 친구들은 공포에 질렸죠. 진실을 말하자면, 우리는 술을 마시지 않았어요. 도착해보니 술집들의 문이 모두 닫혀 있었거든요. 레진은 우리가 오를리까지 다녀왔다는 것을 믿으려 하지 않았어요.

참고로 그때 그녀들이 탔던 페라리 캘리포니아는 시속 280킬로미터까지 속도가 올라갔다.

새벽 4시경, 레진은 요리사에게 스파게티 한 냄비를 만들게 했다.

— 프랑수아즈가 뭔가를 먹는 걸 직접 본 건 그때 한 번뿐이었어요.

샤를로트는 말한다. 베르나르 프랑크는 특히 J&B를 들이켰다. 그는 자신을 부양해주는 클로드 페르드리엘과 함께 생 페르 거리의 아파트를 썼다. 어느 날 아침, 그는 술이 너무 많이 마신 나머지 빈 목줄을 질질 끌며 집으로 돌아갔다. 개 조크는 조금 거리를 두고 뒤에서 그를 따라갔다.

에바 가드너

사강은 『에고이스트』에 이렇게 썼다. "에바 가드너(Ava Gardner, 1922~1990, 미국의 영화배우. 허스키한 목소리와 매혹적인 외모로 1950년대 미국의 대표적인 섹스심벌로 꼽혔으며 성격배우로도 호평받았다. 1951년 가수 프랭크 시나트라와 결혼해 1957년에 이혼했다 — 옮긴이)와 내가 만나고, 이야기하고, 재미있어한 것은 사실이다. 우리가 한가한 오후를, 하얀 밤들을, 작은 추문들을, 견해들을, 미친 듯한 웃음들을 함께한 것은 사실이다. 간단히 말해 우리는 오래전 한 달 동안, 그녀가 〈비우悲雨〉를 촬영할 때 은밀한 관계를 나누었다."

1968년 에바 가드너는 카트린 드뇌브, 오마 샤리프와 함께 불로뉴 스튜디오에서 테렌스 영 감독의 영화 〈비우〉를 찍었다. 촬영 팀에 불만이 생겨 토라졌던 어느 날, 에바는 사강과 함께 스튜디오 맞은편의 비스트로에서 코가 삐뚤어지게 술을 마셨다. 사강은 밤샘 파티를 하자며 에바를 쉬프랑 로의 자기 아파트로 초대했다. 오랜 시간이 지난 뒤 사강은 이렇게 말했다. "나는 그냥 그녀가 아름답다고, 그녀가 외로운 것 같다고, 상냥하다고, 그리고 이따금 웃는다고 말할 수도 있었어요." 에바 가드너는 여자들을 사랑했다. 그녀에게 배신을 당해 화가 난 프랭크 시내트라는 그녀와 라나 터너와의 관계를 공공연히 폭로했다. 런던에 정착한 지 얼마 안 된 에바 가드너는 동성애자들과만 교류했다. 라파엘 호텔에서 그녀와 다시 만나기 전 사강은 장 클로드 마이어에게 전화를 걸어 이렇게 말했다. "가여운 에바는 우울증이 있어. 그러니 너는 집을 지키고 있어." 그러고는 며칠 동안 종적을 감추었다. "우리는 빌리 홀리데이의 노래를 들었고 술을 진탕 마셨어." 나중에 사강이 마이어에게 말했다.

마흔여섯 살이었던 에바 가드너는 '매우 아름답고 그 사실에 아주 잘 어울리는, 그리고 아주 낯선 절망에 사로잡힌 여자'였다. 그녀는 사강에게 자신이 어릴 때 농장에서 자랐다고 말했다. 그녀의 어머니는 그녀를 돌보지 않았다. 감자 껍질만 벗겼다. 아버지도 그녀를 돌보지 않았다. 그는 밖에서 장작만 팼다. 열다섯 살이 될 때까지 에바는 부모의 등만 바라봤다. 일곱 남매의 막내였던 에바는 사람들이 자기에게 주목하지 않는 것을 견디지 못했다. 반면 사강은 에바의 아름다움에 경탄했고, 에바를 이해했다. 에바와 같은 나이에 사강은 남들을 매혹하지 못한다는 사실에 절망했다. 그녀는 『그리고 내 모든 연민』에 이렇게 썼다. "나는 창문에 얼굴을 갖다 댔다. 내가 절대 성장하지 못하리라, 비가 절대 멈추지 않을 거라 생각했다. 숨바꼭질을 하고 싶은 마음이 더는 없었다. 오히려 나를 보여주고 싶었다. 하지만 아무도 나를 보지 않는 것 같았다."

사강은 아름다운 여자들을 좋아했지만, 자신은 아름답지 않다고 생각했다. 열세 살 위의 언니처럼 예뻐질 수 없다는 것을 깨달았을 때 그녀는 처음으로 만취했다. 그녀는 괴로운 마음을 달래기 위해 술을 넣어두는 외할머니의 벽장 안에 틀어박혔다. 내가 만났던 모든 증인들은 그녀의 언니 쉬잔이 그녀와 그녀의 친구들에게 깊은 인상을 주었음을 확인해주었다. 한편 그녀는 자신의 첫 소설 『슬픔이여 안녕』의 여주인공에게 언니 쉬잔의 딸 세실의 이름을 붙여주었다.

— 프랑수아즈는 부자와 결혼한 금발 미녀 쉬잔에게 평생 동안 콤플렉스를 느꼈습니다.

장 클로드 마이어는 말한다. 사강은 육체적으로 자신을 사랑하지 않았다.

— 프랑수아즈와 함께했던 것으로 추측되는 여자들은 모두 무척 여성적이었고, 그녀의 언니 쉬잔을 조금씩 닮았어요.

그러나 사강에게는 저항할 수 없는 매력이 있었다. 그녀는 지성과 자유로움으로 사람들을 매혹했다. 상냥하고 반짝반짝 빛나는 아름다운 눈빛으로 사람들을 자석처럼 끌어당겼다. 앙투안 블롱댕(Antoine Blondin, 1922~1991, 프랑스의 소설가. 경기병파의 일원이었다 — 옮긴이)은 『행간의 내인생』에 이렇게 썼다. "이마에 늘어진 머리칼 밑에서 커다란 눈망울이 빗물 웅덩이에 맺힌 침울함을 반사했다."

사강은 대단한 생명력을 보여주었다.

— 그녀는 아주 아름답고 강한 손을 가졌어요. 그 손은 그녀의 개성과 일치했지요.

베티나 그라치아니는 말한다. 사강은 에로틱하고 관능적으로 보이고 싶었을 것이다. 좋은 친구이기보다는 요부이고 싶었을 것이다. 그 이미지가 몹시도 마음에 들지 않아 외출을 해야 할지 말아야 할지 그녀를 하루 종일 고민하게 했던 『어떤 미소』의 여주인공 도미니크처럼.

나중에 사강은 자신의 무훈을 자랑하는 늙고 짓궂은 플레이보이처럼 에바 가드너를 정복한 일에 대해 떠벌렸다. 그녀는 재기의 힘으로 세상에서 가장 아름다운 여자를 매혹했던 것이다.

균열

어쨌든 우리는 서른다섯 살에
뭔가를 불가피하게 망쳐버렸다.
사랑 이야기, 자기 자신에 대한 생각.
이후 상황은 속도를 높여 전개되었다.
_프랑수아즈 사강, 『풀밭 위의 피아노』

그 책을 나에게 준 사람은 플로랑스 말로다. 뫼리스에서 점심 식사를 한 후 헤어지기 전에, 그녀는 리볼리 거리의 갈리냐니 서점에 들어가 책 한 권을 사서 나에게 건네주었다. 그런 다음 가벼운 걸음걸이로 아케이드 아래로 모습을 감추었다. 플로랑스는 틀림없이 나는 법을 알고 있는 것 같다. 그녀가 걷는다면, 그것은 순전히 겸손 때문이다. 몇 주 뒤, 플로랑스는 내 조사에 조약돌들을 뿌렸다. 그 조약돌들은 사강의 전기라는 수수께끼 같은 작업에 방향을 잡아주었다. 그 의미를 포착하는 데는 약간의 시간이 필요했다.

프랜시스 스콧 피츠제럴드는 말년에 글을 쓰지 않았다. 예전에 그의 글을 실었던 잡지의 편집장은 그가 어떻게든 계약을 완수하기를 바랐다. 그 잡지사는 피츠제럴드에게 이미 선인세를 지불했고, 그래서 피츠제럴드는 '나는 글을 쓸 수 없다'는 문장을 원고에 5백 번이나 베껴 써야 했다.

피츠제럴드는 대답했다. "좋습니다. 그렇다면 내가 글을 쓸 수 없다는 사실에 관해 쓸 수 있는 모든 것을 쓰겠습니다."

그 책이 바로 『균열』이다.

베르나르 프랑크는 이 몇 페이지의 글이 카뮈의 『전락』보다 훌륭하다고 여러 번 말했다. 『균열』은 고통으로 인해 겸손해진 한 남자의 안타까운 글이다. 이 글은 자전적 이야기의 힘을 갖고 있다. 우울증과 절망에 잠긴 이 글 속에서 피츠제럴드는 의식의 가장 깊은 곳까지 내려간다. 어린애 같은 만족(이것은 왜 그토록 아프게 하는가?)을 넘어, 그는 한 가지 사실을 발견한다. 그가 죽지 않았다는 것. 그러나 더는 전과 같지 않았다.

이 글은 플로랑스에게 새로운 발견이었다.

— 그 글이 평생 동안 나를 따라다닐 거라는 것을 즉시 깨달았어요.

그녀는 도미니크 오리가 우아하게 번역한 그 글을 잡지 『레 탕 모데른』에 싣는다. 하지만 그 글은 영어로 읽을 때 더 통렬했다. 글의 한 구절이 환멸 어린 격렬함으로 플로랑스에게 감동을 주었다. "이를테면 우리는 상황에 희망이 없다는 것을, 하지만 상황을 바꾸기로 결심해야 한다는 것을 알아야 할 것이다."

젊은이들에게 호소하는 행동 방침이었다. 플로랑스는 1961년에 베르나르와 사강과 함께 알제리에 징집된 젊은이들의 징집 거부를 지지하는 마니페스토 121에 서명했다. 이 탄원 운동은 알제리 전쟁을 반대하고 군국주의와 고문을 고발했으며, 알제리 민중을 향해 무기 드는 것을 거부할 권리를 합법화했다. 자밀라 부파차(Djamila Boupacha, 알제리 해방전쟁의 여성 전투원. 1960년 폭탄을 설치한 테러범으로 지목되어 체포된 뒤 고문당했다. 이 사건은 고문 반대 운동에 불을 지폈다 — 옮긴이)의 비극에 가슴 아파한 사강은 『렉스프레스』에 쓴 기사에서 드골이 나서서 그 일을 중재해줄 것을 호소했다. "나는 그가 그런 주제에 대한 대체적인 무관심에 제한을 둘 수 있으리라 생각하지 않았다. 특히 내 주제에. 나는 단순한 이야기 하나가 무력감이 가져다주는 의심스러운 안락함에서 나를 끌어낼 수 있을 거라 생각하지 않았다." OAS(Organisation armée secrète, 육군 비밀 조직 — 옮긴이)는 그녀의 부모 집 앞에 폭탄을 설치했다. 드골의 정보 장관이었던 플로랑스의 아버지 앙드레 말로는 7년 동안 딸 플로랑스에게 말도 걸지 않았다.

플로랑스는 절친한 사람들에게 『균열』을 보내주었다.

1952년 사강에게 보낸 것이 처음이었다. 사강과 플로랑스 둘 다 1920년 스물세 살의 나이에 『낙원의 이쪽』을 출간하여 문학계에서 폭발적인 인기를 누리고 부와 명성을 얻은 피츠제럴드에 대해 아직 들어보지 못했다. 한 세대의 마니페스토, 재즈 시대의 마니페스토. 피츠제럴드는 그것의 대변인이었고, 그 책은 무분별한 시대의 젊은이들의 자유롭고 과감한 삶을 묘사했다.

피츠제럴드의 책을 읽는 것은 오늘날 『슬픔이여 안녕』이 자아내는 인상과 비슷한 인상을 불러일으킨다. 그의 작품은 매우 순수해 보이고, 폭로된 추문처럼 보인다. 그 향기는 아직도 신선하게 남아 있다. "그는 자신이 살아 있다는 것을 잊지 않았다." 피츠제럴드의 친구 에드먼드 윌슨은 이렇게 적었다.

1920년대의 별똥별, 위대한 미국인 작가는 1940년 마흔네 살의 나이로 잊힌 채 세상을 떠났다. 그의 걸작 『위대한 개츠비』는 실패였다. 그로부터 1년 뒤 사강은 이 작품을 읽고 『슬픔이여 안녕』을 완성한다. 『슬픔이여 안녕』의 제목은 『낙원의 이쪽』의 제목처럼 어느 시에서 따왔다(『슬품이여 안녕』은 프랑스 시인 폴 엘뤼아르의 시에서 따온 제목이다 — 옮긴이).

사강은 문단의 히로인이었다. 그녀의 삶은 그녀의 작품을 연장하고 초월했다. 그녀는 클레르퐁텐 노트 가장자리에 글을 끼적이면서, 중산층 주인공들을 내세워 한 사회의 꿈을 양식화하고 예고했다. 훌륭한 솜씨로 써낸 첫 소설, 열여덟 살의 영광, 꿈의 자동차들, 결혼들, 클럽에서의 유희, 생 트로페에서의 바캉스. 십 대 천재 소녀의 삶은 이런 것들로 구성되었다.

그런데 『슬픔이여 안녕』이 나오고 20년 후, 그녀의 삶은 XXL 사이즈의 신경쇠약이 된다. 이브 생 로랑이 패션쇼를 할 때, 그녀의 친구들은 맨 앞줄에 앉아 있던 사강이 머리에 베레모를 쓴 채 무대로 기어 올라가 모델들에게 걸어가는 것을 깜짝 놀라 바라보았다. 매사에 신중하고 수줍음 타는 사강이 그런 몰지각한 행동을 했다는 건 경악할 만한 일이었다. 패션쇼가 끝난 뒤, 그녀는 이브 생 로랑의 의상실을 이끌던 피에르 베르제에게 패션쇼에 섰던 모델들 거의 전부를 샤를로트와 플로랑스에게 넘기라고 말했다. 매우 예의 바른 남자였던 피에르 베르제는 그렇게 하겠다고 일단 그녀를 안심시켰다. 성격이 여린 이브 생 로랑의 보호자였던 피에르 베르제를 설득하기란 쉽지 않았다.

며칠 뒤, 사강은 기느메 거리의 자기 아파트에서 파티를 열었다. 그녀가 여는 파티는 대개 근사하고 재미있었다. 그녀는 파시의 앙리 엔 거리 25번지에 있는 작은 저택에서 펠리니의 영화 〈사티리콘〉의 개봉을 축하하는 성대한 파티를 열기도 했다. 이 영화에는 잔 모로와 줄리에타 마시나가 출연했다. 모든 것이 훌륭하게 진행되었다. 하지만 베르나르에게는 그렇지 않았다. 그의 동거인이 옆방에서 매우 부자인 예전 여자 친구와 다시 관계를 시작하려고 했던 것이다. 하지만 부끄럽게도 성공하지 못했다.

— 그때는 베타선을 차단하는 물질이 아직 발명되지 않았다오.

그는 말한다. 아래층 거실에서는 줄리에타 마시나가 멜리나 메르쿠리와 줄스 대신이 보는 앞에서 작곡가 프레데릭 보통의 피아노 반주로 〈장밋빛 인생〉을 부르고 있었다.

사강은 새로운 계략을 꾸몄다. 당시 사강은 마르세유의 갱 폴 보나방튀르 카르본의 미망인 마누슈와 관계를 맺고 있었다. 마누슈는 얼마 전 회고록을 출간한 참이었다. 마누슈는 반 동젠(Kees van Dongen, 1877~1968, 네덜란드 출신의 프랑스 화가. 야수파 운동에 동참했으며, 뚜렷한 색채와 힘찬 선으로 인정받았다. 날씬하고 세련된 여성을 독특한 스타일로 표현한 것으로도 유명하다 — 옮긴이)이 모델로 삼아 그림을 그리기도 한 매혹적인 여성이었다. 그러나 그녀의 미모 중 가느다란 다리 한 쌍만 전과 같이 유지되었다. 그토록 대단한 여성에게는 예상하기 힘든 일이었다. 마누슈는 몸이 불어 체중이 100킬로그램도 더 나갔다. 술에 취해 시끄러워진 그녀는 레진의 가게에서 쫓겨났다. 레진은 그녀가 야만적이라고 생각했다. 그녀가 가게에 도착하자마자 족욕을 하겠다며 급사장에게 물이 가득 담긴 쓰레기통을 가져오게 해 거기에 자신의 커다란 엄지발가락을 담갔던 것이다.

그 광경을 보고 질겁한 사강의 부유층 친구들, 즉 마리 엘렌 드 로칠드와 엘렌 로샤와 샤를로트 아요는 자리를 떠버렸다. 파리의 여왕 마리 엘렌 드 로칠드는 근사한 파티들로 주변 사람들을 지배하는 마법사였다. 그해에는 프루스트 탄생 100주년을 기념하기 위해 페리에르 성에서 프루스트 무도회를 열기도 했다.

마리 엘렌 드 로칠드는 사강을 상냥하게 대했고, 사강이 잘 지내지 못할 때 걱정해주었다. "그녀는 프루스트가 게르망트 집안에 부여한 금빛, 분홍빛 그리고 파란빛의 측면을 갖고 있었어요." 사강은 마리 엘렌에 대해 이렇게 말했다. 마리 엘렌은 사강의 오리안 드 게르망트였다. 하지만 너무 심했다. 마리 엘렌, 엘렌 로샤 그리고 샤를로트는 마누슈에게서 도망쳤다. 그녀들은 상스럽고 도를 넘는 파티가 아니라, 웃으며 여담을 즐기는 파티를 좋아했다. 그리고 불행하게도 멋진 뮌헨 여자 엘케가 있었다. 사강은 생 트로페에서 그녀를 만난 이후 그녀에게 푹 빠졌다.

새하얀 피부의 갈색 머리 미인이자 메르세데스 집안의 젊은 상속녀 엘케는 사강을 어려워했고 그녀에게 실망했다. 엘케는 사강에게 '마음의 긴 상처'를 남기며 관계를 끊었다. 하지만 그녀들은 여전히 만났다.

두 사람은 생 트로페에서, 드바르주 연구소장 알베르 드바르주의 결혼식에서 교분을 맺었다. 드바르주는 자신의 제약회사에 사강의 오빠 자크 쿠아레를 채용했다. 드바르주는 인생의 위기 한가운데에 있었다. 덕망 높은 이 사업가는 그때까지 모범적인 가장으로 행동했다. 그러나 아내가 자기를 속인 것을 알자 복수하기 위해 예전과 정반대로 행동하기로 결심한다.

드바르주는 생 트로페에서 스물네 살 난 아가씨와 재혼했는데, 결혼식을 매우 성대하게 치렀다. 파리의 하객들을 모시기 위해 카라벨 제트 여객기 두 대를 빌리고, 트랭 블뢰(1922년에서 2007년까지 운행한 프랑스의 고급 열차 — 옮긴이)에 특별 객차를 붙였다. 결혼식은 이틀간 진행되었다. 백마를 탄 경호원들, 여성 악대장들, 팡파르, 클로드 부인(Madame

Claude, 1923~ , 1960~1970년대에 고급 창녀들을 데리고 외교관, 고위 공무원들을 대상으로 포주 노릇을 했다 — 옮긴이)의 에스코트 걸들이 동원되었다.

팡플론 해변 끄트머리에 있는 에피 플라주의 소유주였던 드바르주는 에피 플라주에 탁자를 펼쳐놓았다. 이 새로운 밤의 왕은 잔혹했다. 마약 중독자였던 그는 열심히 마약을 퍼뜨렸다. 아내 조지안은 물론이고, 클로드 부인 밑에 있는 아가씨들까지 중독시켰다는 소문이 돌았다. 그 아가씨들 중 프랑수아즈 장메르라는 건강하고 아이처럼 예쁜 아가씨가 있었다. 매우 눈에 띄는 스물다섯 살의 가녀린 아가씨였다. 사강이 그녀를 거두고, 그녀는 기느메 거리에 살게 된다.

프랑수아즈 장메르의 애인이 마자린 거리 알카자르 클럽의 화장실에서 약물 과다 복용으로 숨진 채 발견되었을 때, 마약 수사반이 사강의 집에 와서 가택수색을 했다.

사강에 대한 존중(그리고 호기심) 때문에 라 몽덴의 사장과 르 타양테 서장이(이 사람 역시 곧 베스트셀러를 쓰게 된다) 직접 와서 사강에게 질문을 한다. 그들은 위스키 한 병을 가져오게 하고는 의견 일치를 본다. 마약이 화근이었다고.

알베르 드바르주는 LSD와 메타돈 정을 구하러 아내를 암스테르담에 보낸 일로 체포된다. 3개월 동안 징역을 산 뒤, 그는 파리의 자기 아파트에서 자살한다.

8년 뒤, 겉으로는 회복된 것처럼 보였던 프랑수아즈 장메르도 자살한다.

샤를로트, 엘케 그리고 다른 사람들은 피신하고, 파티는 엉망이 된다. 사강은 기느메 거리의 집을 떠나 이 바에서 저 바를 헤매 다니다가 마누슈, 플라마리옹 출판사의 언론 담당자 클로드 달라 토레와 함께 조니 워커, 진, 보드카, 블러디 메리, 스트링거 등을 엄청나게 퍼마시며 밤을 마감한다. 그 시절 사람들이 마시던 알코올의 양은 상당했다.

이 세 친구의 여정은 술집들이 문 닫는 것을 따라갔다. 파브리스 에머의 7, 제랄드 낭티의 르 콜로니, 그 후에는 백작부인이라 불리던 나이 든 동성애자가 운영하는 생트 안 거리의 조그만 바 잔지바르에서 파스타 한 접시와 함께 술을 조금 마셨다. 그녀들은 잔지바르의 문을 닫게 했다. 그녀들은 헤어지기 싫어했다. 밤 생활이 즉각적인 친밀함을 조장해주었고, 그녀들은 하나가 되었다. 그녀들에게는 공통되는 뭔가가 있었고, 술이 돌았고, 고통들은 녹아 없어졌다.

— 나는 쥘리아르 출판사에서 프랑수아즈를 처음 알았어요. 하지만 플라마리옹 출판사에서 그녀의 책을 맡았죠.

클로드 달라 토레는 말한다.

— 우리는 플로르의 사장 부발과 함께 푸이 클럽에서 술자리를 시작했어요. 11시 30분부터 유리창 뒤 왼쪽 탁자 두 개를 점령했지요. 그런 다음엔 길을 건너 립에서 계속 마셨어요. 그 뒤에는 레진으로 갔고, 새벽 2시에 술자리를 끝냈어요. 그 시절 나는 매일 위스키를 한 병씩 마셨죠. 그리고 다음 날이 되면 또 마셨어요. 위스키 한 병쯤은 아무것도 아니었어요. 1960년대에 술 없이는 그 계층에 스며들 수 없었죠. 사람들은 술 없이는 다른 사람들을 주시하지 않았어요. 게다가 술 마시는 건 멋지잖아요. 나는 1993년에 술을 끊었어요.

뤼테시아 바에서 나와 이야기를 나누던 날, 옛 언론 담당자 클로드 달라 토레는 강박적으로 에비앙을 여러 병 내오게 했다. 그 사람들은 어떻게 그럴 수 있었을까? 그들은 똑같은 생산성을 보여주면서도 요즘 사람들보다 일을 덜 했다. 일상생활도 덜 빡빡했다. 한마디로 그들은 여유가 있었다.

엘케가 멀어져갔다. 체념하고 이별을 받아들일 수 없었던 사강은 엘케를 만나기 위해 마세라티를 몰고 한달음에 뮌헨까지 갔지만 허사였다. 돈 후안 같은 면이 조금 있었던 엘케는 재미있고 유쾌한 여자였고, 문단의 스타였던 인기 여성 소설가 프랑수아즈 사강을 매혹했다. 그러나 사강의 생활 방식은 독일의 대부르주아 엘케를 공포에 빠뜨렸다. 사강이 거만하고 도박을 좋아했기 때문이다. 사강은 기느메 거리에서 함께 살았던, 미모사라는 별명의 예쁜 조카 세실 드포레에게 다음과 같이 털어놓았다. "네가 무척 좋아하는 사람들이 있어. 그런데 네가 그들을 너무나 고통스럽게 해서 어느 날 그들이 사라져버려. 세상은 그렇게 무너지는 거란다……." 사강은 그 이상은 말하지 않았지만, 미모사는 그것이 누구를 암시하는지 알았다.

— 프랑수아즈는 중독되어 있었어요. 알코올에, 약물에, 사람들에게.

샤를로트 아요는 말한다.

전과 달리 샤를로트는 사강이 불행하다는 것을 깨닫는다. 사강 자신이 그렇게 털어놓지는 않지만. 언제나처럼 서재가 사강의 피난처였다. 사강은 『사라진 알베르틴』을 다시 읽었다. 그 소설의 섬세한 묘사들이 그녀의 내면에 울림을 주고 그녀를 진정시켰다. 알베르틴에게 버림받은 여성 화자의 고통, 그것은 그녀 자신의 고통이었다. 독일인 애인 엘케의 모습이 『사라진 알베르틴』의 페이지마다 반짝거렸고, 그녀의 마음에 반향을 일으켰다. 사강은 프루스트의 소설 속에서 자신의 모습을 발견하는 청소년 같은 자기도취적 애착을 갖고 있었다. 그러나 어쨌든 독서는 기적을 일으켰다. 자신의 고통이 묘사되고 타인과 공유되면서 마침내 고독에서 빠져나온 것이다.

그리고 글쓰기가 있었다. 사강은 자신에게 '마음의 긴 상처'를 남긴 엘케를 잊기 위해 『마음의 멍자국』을 썼고, 그 책을 샤를로트에게 헌정했다.

이 책 첫머리에는 월트 휘트먼의 글귀가 등장한다.

"사랑 없이 2백 미터를 가본 사람은 수의를 입고 자신의 장례식에 갈 것이다."

『마음의 멍자국』 속에서 여성 화자는 독자들을 무대 뒤편으로 초대한다. 페이지가 넘어감에 따라 등장인물들이 점차로 드러나고, 사강은 뒤에서 몰래 그들을 조종하고 속을 털어놓는다.

"그것은 문학이 아니에요. 진짜 고백도 아니에요. 아침과 저녁이 두려워서 타자기를 두드리는 어떤 여자일 뿐이지요."

그녀가 작품 속에서 1인칭으로 자신에 대해 이야기한 것은 그때가 처음이자 마지막이었다. 이 아름다운 책 속에서 그녀는 권태를, 도약하는 생명력의 상실을, 우울증으로 특징지어지는 존재의 피로감을, '지나치게 유행이지만 그럼에도 불구하고 매혹적인 주제'를 묘사했다.

"나를 늘 매혹했던 것은 내 삶을 불태우는 것, 술 마시는 것, 도취하는 것이었다. 쩨쩨하고 비열하고 잔인했던 우리 시절에 그 하찮은 무상의 유희가 내 마음에 들었던 걸까?"

그러나 슬픔은 고착된다. 그녀는 마음을 딴 데로 돌리기 위해 강장제를 복용한다. 은밀한 감정적 위기가 찾아오자, 사강은 불안감을 지우기 위해 진정제를 복용한다. 그녀는 오래전부터 제약 산업에 병적 허기증을 느끼는 고객이었다. 그녀의 공작도 일조했다. 그녀는 몇 움큼의 스마티를 삼켰고, 잠을 자기 위해 신경 안정제를 먹었고, 활기를 찾기 위해 흥분제를 먹었고, 자극을 받기 위해 암페타민을 복용했고, 아스피린을 수시로 먹었다. 고통받지 않기 위해서.

이전 10년 동안 자동차 시장이 그랬던 것처럼, 이즈음에는 벤조디아제핀 시장이 활황 중이었다. 사강은 처방전에 따라 약물을 복용했다. 의학은 새로운 믿음의 대상이었다. 약물은 존재의 모든 어려움을 기적적으로 덜어주는 절대적 진보의 산물이었다. 발륨, 테메스타, 트랑센, 루디오밀. 제약 산업은 자칭 위험하지 않다는, 부작용이 있는 새로운 약물들을 끊임없이 제안했다. 소비자들은 실험용 쥐였다. 쌀쌀맞은 엄마 같은 약국들은 마법의 허가증을 갖고 회복을 제공했다. 과보호하는 어머니는 자기가 보호하는 아이들을 의존성의 품 안에 던져버렸다. 시도해볼 만한 자극적인 새로운 약물이 항상 대기 중이었다. 이것은 윌리엄 스타이런(William Styron, 1925~, 미국의 소설가. 『냇 터너의 고백』, 『소피의 선택』 등의 작품을 썼고, 우울증에 관한 고찰을 담은 『보이는 어둠』이라는 책을 발표했다 — 옮긴이)이 묘사한 끔찍한 악순환이다. 탁월하고 고결한 책 『보이는 어둠』에서 그는 정신병원 환자들에게 나타나는 매우 심각한 자살 경향에 책임이 있다며 화이자 제약에서 만든 신경안정제 할시온을 고발한다.

사강 자신은 치료되고 있다고 믿었지만, 실상은 중독되고 있었다. 그녀는 다양한 약물들이 글쓰기에 도움이 되기를 기대했다. 사이클 선수처럼 사강은 일하기 위해 암페타민을 복용했다. 1950년대에는 맥시턴,

1960년대에는 코리드란, 그 후에는 코카인을 복용했다. 『마음의 파수꾼』을 쓰고 있던 1968년에 쓴 일기 속에서 사강은 이렇게 말했다. "달콤한 것, 그것은 글 쓰고 싶은 기분을 되찾는 것이다. 처음에는 코리드란이 도움이 되었다. 이 추리소설은 코리드란의 책이 될 것이다." 만일 도핑 테스트가 존재했다면, 프랑수아즈 사강은 경기 출전을 금지당했을 것이다.

시대에 충격을 던져준 빛나는 포탄이었던 『슬픔이여 안녕』이후 그녀는 성공에 처해졌다. 열여덟 살 이후 그녀는 평균 18개월마다 한 권씩 책을 출간했다. 독자들은 그녀의 피를 빨아먹었다. 그녀는 그들에게 살고자 하는 욕구를 주었고, 그들은 그것을 재차 요구했다. 1954년에 그들은 모든 소설에 아드레날린의 분출을, 그들을 자극하는 도취를 요구했다.

그녀는 다음과 같이 썼다. "생각해보면, 독자들이 우리 소설가들이 한 일에 대해 이야기할 때 보여주는 순진함, 무례함, 친절함이 뒤섞인 태도가 꽤나 당황스럽다."

당시 그녀를 좋아하는 독자들은 두 가지 유형으로 분류됐다. 『슬픔이여 안녕』을 좋아하는 독자들과 「스웨덴의 성」을 좋아하는 독자들. 이런 말은 여덟 편에 이르는 작품을 쓴 작가가 듣기에는 맥 빠지는 소리일 것이다. 아무튼 그녀에게는 어여쁜 자식 둘이 있었다. 다리를 저는 귀여운 딸자식도 있었다. 그녀의 책들을 읽은 독자들이 〈브람스를 좋아하세요〉에 출연한 잉그리드 버그만에 대해 그녀에게 이야기하는 것 역시 맥 빠지는 일이었다. 세련된 독자들은 이렇게 말하기도 했다. "당신도 알겠지만, 그 희곡을 상연할 때 기술적인 부분에 실수가 있었어요." 그러면 사강은 눈을 내리깔았다. 그 연극을 무대에 올린 사람은 바로 그녀였던 것이다. 전문적인 독자들은 그녀의 작품들 중 『신기한 구름』만 좋아했다. 혹은 그녀가 나태하다고 생각했다.

스위스 로망드 텔레비전 방송의 한 평론가가 그녀에게 물었다.

"당신은 왜 책을 날림으로 쓰나요?"

"게을러서죠."

"하지만 작가라는 직업은 진지한 직업인데요."

"나도 알아요. 나는 진지하게 게으른 작가예요."

그녀는 스스로에 대해 높이 평가하지 않았다. 아마 그녀도 더 잘하고 싶었을 것이다. 하지만 그러지 못했다.

베르나르 프랑크는 말한다.

— 작가의 삶이란 실망이 많은 삶입니다. 우리들은 더 잘할 수 있었다는 것을 압니다. 하지만 그러려고 노력하는 수밖에 도리가 없지요.

일리가 있는 말이다. 1967년 이후 그는 그리모에서 여자 친구 바바라 스켈턴과 함께 지냈다. 어느 이른 아침, 바바라는 누가 창문에 돌 던지는 소리를 들었다. 그녀는 실내복 차림으로 아래층에 내려갔다. 베르나르가 사강과 함께 생 트로페에서 밤을 새우고 돌아와 테라스에 턱시도 차림으로 서 있었다. 바바라는 말했다.

— 그는 마치 곰 인형 같았어요. 머리털마저 텁수룩하더군요.

몇 번 탈출하긴 했지만 베르나르는 그리모에서 13년을 머물렀다.

— 내 집을 자기 별장처럼 사용했죠.

바바라 스켈턴은 말한다.

베르나르 프랑크는 정해진 거주지가 없었다. 그는 10년 동안 책을 한 권도 출간하지 않았고, 성공한 친구들, 즉 사강, 편집자 프랑수아 미셸 혹은 클로드 페르드리엘에게 들러붙어 살면서 일도 하지 않았다.

클로드 페르드리엘은 1만 5천 부를 겨우 발행하는 소규모 주간지『프랑스 옵세르바퇴르』를 인수할 생각을 했고, 에크모빌에서 베르나르와 사강에게 어떻게 생각하느냐고 물었다. 베르나르와 사강은 파산할 거라면서 만류했다. 주변 사람들 모두 같은 의견이었다. 파리 이공과대학 출신의 젊은 사업가였던 그는 언론에 대해 아무것도 몰랐다. 그가 언론 쪽에 재능이 있다고 믿었던 플로랑스만 그를 격려해주었다. 플로랑스는 언론 분야에 대한 그의 깊은 갈망을 간파했다. 더 나아가 잡지사의 첫 주주가 됨으로써 그를 지지해주었다. 그녀로서는 쉽지 않은 행동이었다. 그녀는 유명인인 아버지의 입장을 고려하느라 이름을 드러내는 일에 신중했기 때문이다. 그녀 덕분에 클로드 페르드리엘은 뒤이은 주주들을 설득하고 안심시킬 수 있었다.

사강이 그랬듯이, 페르드리엘도 베르나르를 자신의 널찍한 독신자 아파트에서 지내게 해주었다. 1964년, 그는 베르나르에게『프랑스 옵세르바퇴르』를 맡으라고 제안했다. 그러자 베르나르는 이렇게 대답한다. "난 싫어요! 정 그러면 장 다니엘에게 넘겨요!" 베르나르는 잡지의 처음 몇 호를 사강과 함께 공동으로 작업한 뒤 문학보다는 인문학에 더 관심이 많은 잡지사 책임자 장 다니엘에게 그 자리를 넘겨준다. 어느 날 오후, 클로드 페르드리엘은 잡지사 건물이 있는 피라미드 거리로 긴급 호출을 받았다. 베르나르 프랑크가 장 클로드 파스켈과 함께 나타나 장 다니엘을 죽이겠다고 위협한 것이다. 클로드 페르드리엘은 물만 마시고 온 것은 아닌 공격적인 두 사람을 간신히 달래 돌려보냈다. 몇 시간 뒤, 장 클로드 파스켈과 베르나르 프랑크는 친구가 자기들을 술값 치를 동전 한 푼 없이 레지나 바에 버려두었음을 깨닫는다. 클로드 페르드리엘이 다시 와서 술집 주인에게서 두 친구를 풀어주었다.

진실을 말하자면, 『프랑스 옵세르바퇴르』의 담당자들은 두 명으로 이루어진 이 유격대에게 불신이 없지 않았다. 그들은 대부분 『렉스프레스』에서 일하다 왔고, 두 사람의 성실성과 규율을 그다지 높이 평가하지 않았다. 그 두 사람은 공동 작업이 중요한 저널리즘에 종사하기에는 무리가 있는 개인주의자들이었다. 오늘날이라면 '관리가 불가능하다'는 말을 들었을 것이다. 한편 1960년 플로랑스를 통해 『렉스프레스』와 인연을 맺은 사강은 몇 달 동안 영화 쪽에서 활발히 활동하다가, 사람을 옴짝달싹 못하게 하는 그 일의 성질과 시사회에 가서 봐야만 하는 졸작들의 천문학적인 수에 낙담해 포기해버렸다.

하지만 그녀의 자극적인 평론 감각은 민첩하고 정확했다. 오늘날에도 우리는 그녀가 쓴 영화 기사들을 기쁘게 읽는다. 누벨바그의 걸작들도 그녀를 전혀 주눅 들게 하지 않았다. 이를테면 그녀는 〈정사〉(미켈란젤로 안토니오니가 연출한 1960년작 이탈리아 영화 — 옮긴이)를 보고 나와서는 영화가 아름답고 감탄스럽다는 것은 인정하지만 때때로 무척 지루했다고 썼다. "〈정사〉는 30분 정도가 과하다." 틀린 말은 아니었다. 영화 〈모데라토 칸타빌레〉에 대해서도 "거짓되고 터무니없고 지루하다"고 비평한다.

누벨바그와 그녀를 고용한 잡지사의 두 허수아비 뒤라스와 안토니오니는 혀를 내둘렀다. 언론에서 미래를 꿈꾸는 사람들에게 그녀는 위험한 인물이었다.

지나치게 독립적이고 지나치게 재치 넘치고 지나치게 예술적이었던, 그러나 충분히 이지적이지 못했던 베르나르와 사강은 좌익 언론에서 자신들의 자리를 확보하지 못했다. 베르나르는 바바라의 집을 피난처로 삼는다.

베르나르보다 연상이었던, 작가 시릴 코놀리의 미망인 바바라 스켈턴은 어느 억만장자와 막 헤어진 참이었다. 그녀의 새로운 손님 베르나르는 까다롭고 상스러웠다. 그녀가 드리외 라 로셸처럼 여겼던 모범적인 인물의 실체는 그러했다. 베르나르는 바바라에게 생일 선물로 자신의 오래된 스웨터를 선물했다. 그녀에게 돈을 꾸기도 했다. 그녀는 항의했을까? 그는 그녀를 깍쟁이로 여기고는 토라져서 자기 방으로 가버렸다. 하지만 바바라는 일기에 이렇게 썼다. "내가 그에게 집착한다고 생각했다." 그녀는 베르나르를 위해 차고를 작업실로 개조했다. 개조가 끝나자 검사관 베르나르는 책에서 코를 들고는 개조 작업에 대한 보고를 요청했다. 그는 자신의 작업실이 어떤 모습으로 만들어질지 알고 싶어 했고, 벽을 회색으로 칠하라고 요구했다. 바바라는 베르나르가 문학과 정치 두 가지에만 관심이 있었다고 말한다. 그리고 물론 자기 자신에게도. 하지만 그녀는 베르나르의 테디 베어 같은 매력에 푹 빠져 있었다.

일에서 손을 놓은 베르나르는 1968년 5월의 사건을 외면했다. 대학생들이 파리에서 기성세대에게 주어진 권력들을 청소하면서 사강 세대가 시작한 작업을 완수했다. 모든 형태의 권력이 그렇듯이, 그것 역시 정치적이고, 세속적이고, 도덕적이거나 종교적이었다. 아이들은 저항했다. 그 부모들이 소홀히 한 저항이었다. 그것은 청소년기의 발작도 아니고,

혁명도 아니었다. 한 세대를 향한 저항, 패배의 저항이었다. 미망에서 깨어나게 하는 사강의 수사학은 3주 동안 젊은이들의 주장에 추월당했다.

전후에 태어난 새로운 세대는 확성기에 대고 다음과 같은 말들을 부르 짖었다. "금지를 금지하라." "현실을 위한 욕망을 가져라." 드골 장군이 자리에서 쫓겨나고, 사강이 로칠드 집안에서 기 쇼엘러와 함께 교류했던 육십 대 남자 조르주 퐁피두가 그 자리를 대신했다.

5백 미터 떨어진 생 미셸 대로에서 자동차들이 불타는 동안, 사강과 그 녀의 오랜 친구들은 토론을 벌였다. 프랭세스 거리의 카스텔이나 푸르 거리의 레진에는 사업가들이 너무 많은 것 같았다. 그들은 마법에서 풀 려난 듯 게으른 태도로 아무것도 믿지 않았고, 아무것도 변화시키지 않 았다. 그들은 갑자기 늙어빠져 보이고, 부르주아적으로 보였다. 사강은 곧 마흔 살이었다. 그녀는 더 이상 농담하기 좋아하는 여동생이 아니라, 괴짜 아주머니였다. 오늘의 젊은이들은 내일의 노인이다.

1973년 마누슈와 함께 파티를 즐기고 얼마 지나지 않아, 사강은 다시 횡설수설했다. 사강은 마티뇽 대로의 화랑 하나를 거의 통째로 사들였 다. 화랑 주인이 그림들을 그녀에게 넘겨주었다. 친구들에게서 그 이야 기를 들은 피에르 베르제가 와서 침착하게 계산을 하고는 화랑 주인이 그림들을 되사게 했다. 다행스럽게도 사강 주변에는 그녀의 어리석음을 수습해줄 책임감 있는 아빠들이 있었다. 그러나 과도함은 보잘것없는 사 안일 때만 우스꽝스러운 법이다.

사강은 자신의 마지막 원고를 샤를로트 아요에게 맡겼다. 그 원고는 이해할 수 없는 말들을 연필로 휘갈겨 쓴 것으로, 판독이 힘들었다. 그녀는 사강이 주변에 돈을 뿌렸다는 것을, 백만 상팀짜리 수표에 서명해 어느 부랑자에게 줬다는 것을 알게 된다. 위기 대처반이 구성되었고, 그녀를 돌봐줘야 한다는 데 의견을 모았다. 새 비서 이자벨 헬드만 숭배를 보이며 사강 앞에 태연하게 남아 있었다. 어느 날 밤, 이자벨 헬드는 기느메 거리의 집 거실에서 사강의 목소리를 듣고 일어났다. 창문 앞에서 웬 여자가 뤽상부르 공원의 나무 꼭대기를 바라보며 보이지 않는 존재에게 이야기를 하고 있었다. 이자벨은 놀랐지만 소리 내지 않고 공손하게 자러 돌아갔다. 사강은 이따금씩 이상한 상태에 빠지곤 했고, 그녀를 돌보는 간호사들은 그 상태를 '알코올중독에 의한 섬망증'이라고 말했다.

사강의 우울증은 1973년 여름에 현실로 나타났다. 언론들은 그녀를 호되게 공격했다. 가장 심했던 곳은 극우파 주간지 『미뉘트』였다. 『미뉘트』는 알코올중독성 섬망증이니 간호사들이 강력히 개입해야 한다고 말했다. 대중적 일간지 「프랑스 수아르」는 수면치료 때문에 생긴 정서 불안이라고 말했다.

프랑수아즈 사강은 요양원에, 생 망데에 있는 잔 다르크 정신병원에 처음으로 입원했다. 아름다운 샤를로트가 매일 병문안을 와주었다. 운전기사가 그녀를 병원 앞까지 데려다주었다. 그러나 샤를로트는 이 병문안으로 인해 겁을 먹게 되었다. 진짜 미치광이들에게 둘러싸인 사강이 예전 모습 같지 않았기 때문이다.

사강이 퇴원할 때, 텔레비전 방송국들은 그녀의 비참한 모습을 클로즈업해 카메라에 담았다. 황폐해지고 주름이 팬 그녀의 얼굴은 마치 노파의 얼굴 같았다. '태연함을 예의 바른 처세로 여기는' 이 세련된 작가는 녹초가 되었음에도 불구하고 음울하고 탁한 목소리로 이야기했다. 국세청과 자신 사이에 생긴 분쟁에 대해 자세히 이야기하고, 프랑스를 떠나 세금의 천국인 아일랜드로 가겠다고 선언했다. 가슴 아프고, 비장하고, 견디기 힘든 장면이었다. 1960년대의 상징인 그녀의 모습은 숙취를 풍겼다.

갑작스러운 성공 앞에서 길을 잃지 않고 견디기 위해서는 정신 건강과 건실한 교육이 필요하다. 그들 세대의 스타였던 브리지트 바르도, 이브 생 로랑 그리고 사강은 모두 똑같은 정신장애와 입원을 경험했다. 그들은 같은 병원에서 같은 약물로 치료받았다.

그들은 정신 속 어딘가에 비밀스러운 불균형을 갖고 있었던 것 같다. 명성은 인정받기를 추구하는 사람들에게 주어지는 대가이다. 하지만 명성은 또한 악마 같고 잔혹하고 유독한 권력이다. 자신의 수족을 먹잇감으로 삼고는 자기 마음대로 복종시킨다. 스타는 공동의 법칙에 복종하지 않을 수 없고 사생활을 희생해야 한다. 하지만 과연 삶이라는 것이 사적이지 않은 어떤 것이 될 수 있을까? 스타의 삶은 자유롭지 못하다. 그들은 고매한 작위를 수여받지만 대신에 삶이 예속된다. 드라큘라가 악마 들린 사람을 조종하듯, 대중은 자기들 마음대로 스타를 고르고 자격을 박탈시킨다. 그리고 그들이 높은 생활수준을 누릴 자격이 정말로 있는지 의심의 눈초리를 거두지 않는다.

명예는 돈벌이에 혈안이 된 이 부서지기 쉬운 젊은이들을 일거에 덮친다. 영광은 그들을 혼란스럽게 만든다. 영리하고 충동적이었던, 사강과 동갑인 브리지트 바르도는 영화를 그만두지만 다시 영화에 매달리게 된다. 나중에는 자신의 인기를 긍정의 힘에, 동물 보호 운동에 활용한다. 새끼 바다표범의 생명으로 자기 생명을 구한다.

사강은 아일랜드에서의 은둔 생활을 잠시 시도하다가 이내 포기한다. 1973년 7월, 그녀는 프랑스 앵테르 라디오방송에서 마시모 가르지아와 결혼할 거라고 발표했다. 마시모 가르지아의 개방성(홀딱 반한 여자가 그를 차지하겠다고 달려들 때를 제외하고)과 그녀의 경쾌함이 이상적인 친구 관계를 만들어주었다. 가르지아는 보트 한 대와 속도 빠른 자동차들을 갖고 있었고, 그것은 그녀가 좋아하는 장난감이었다. 그는 그녀를 위로해주려고 애썼다. 그들은 포르토 에르콜에 정박해놓은 마시모의 배 MG50를 타고 질리오 섬까지 항해하거나 오후 5시에 카프리로 소풍을 갔다.

같은 해에 그녀는 언론의 성대한 배웅 속에 살페트리에르 정신병원 신경과에 다시 입원한다. 알코올과 향정신성 약물, 세무조사, 사랑의 아픔들이 균열을 만들고, 그녀를 크레바스 가장자리로 밀어냈다. 그녀의 균형감이 흔들렸다. 그녀는 망가졌다.

사강은 20년 동안 태양 같은 생활 방식을 구현했다. 햇볕에 피부를 그을리고, 재미있게 놀고, 돈을 쓰고, 행복에 대한 낙천적인 생각을 가졌다. 그러나 1970년대 말에 그녀는 자살할 우려가 있는 사람들에게 둘러싸인 슬픈 여자가 되었다.

그녀는 『브람스를 좋아하세요』에 이렇게 썼다. "빈정거림이 그녀의 행복을 대체했다. 추억은 지키지 못한 약속을 닮았다."

퐁피두 시절의 프랑스는 요즘 사람들이 상상하지 못하는 무사태평한 시기였다. 몽부디에서 태어난 오베르뉴 지방 농부의 손자, 교사의 아들이었던 조르주 퐁피두는 문학 교사를 하다가 총리가 되었다. 그 전에는 경제계에서 자신이 오른팔로 모시던 기 드 로칠드 소유 은행의 은행장으로 일하기도 했다. 믿기 힘든 일이었다. 깜짝 놀랄 만한 일이기도 했다. 업적이 부족했던 그는 자신의 약속을 지켰다. 퐁피두 시대는 황금시대였다. 실업도 없었고, 정치인들은 거짓말을 하지 않았으며, 대체적으로 사회적 상승기였다.

농부 출신의 몸이 건장한 실용주의자였던 퐁피두는 벼락부자 같은 성향이 있었다. 자기 세대의 많은 사람들처럼, 그와 그의 아내 클로드도 사강의 스타일에 영향을 받았다. 파티를 열고, 자동차를 운전하고, 로칠드 집안사람들이나 베르나르 뷔페와 교류하고, 카자르크에서 가을을 보내는 사강의 생활 방식 말이다. 조르주 퐁피두는 포르셰를 몰고 마티뇽 관저(파리에 있는 프랑스 총리 관저 — 옮긴이)를 떠나 니콜라 드 스탈(Nicolas de Staël, 1914~1955, 러시아 출신의 프랑스 화가. 앵포르멜 미술을 추구하며 전후 유럽의 추상미술을 대표했다 — 옮긴이)이나 술라주(Pierre Soulages, 프랑스의 화가·판화가·조각가. 프랑스 현대 추상미술의 대가로 꼽힌다 — 옮긴이)의 작품 같은 현대 미술 작품들을 수집했다. 그의 아내 클로드는 하얀 시가렛 팬츠를 입고 맨발에 모카신을 신는 사강의 세련된 캐주얼 스타일을 따라했다. 퐁피두 부부는 생 트로페에서 바캉스를 보내고 사강의 고향 카자르크에서 양떼를 사는 등 사강의 생활 방식을 모방했다.

1973년은 조르주 퐁피두가 병에 걸린 해였다. 또한 로버트 팩스턴이 레지스탕스들이 가졌던 프랑스에 대한 환상을 일소하는 『비시의 프랑스』를 출간한 해였다. 해리스와 세두가 질문을 제기한 해이기도 했다. 그들은 1914년의 전쟁에서 알제리 전쟁에 이르기까지 프랑스인들의 억압된 감정을 선명하게 제시한 〈프랑스인들이여, 만일 당신들이 안다면〉이라는 다큐멘터리영화를 만들었다. 이때부터 프랑스인들은 자신들의 모습을 정면으로 바라보기 시작한다.

1973년은 석유파동이 처음 일어난 해였다. 중동에서 일어난 키푸르 전쟁의 결과였다. 석유수출국기구(OPEC)는 원유의 배럴당 가격을 대폭 인상했고, 이스라엘을 지지하는 국가로의 석유 수출을 금지했다. 이로써 프랑스는 전적으로 수입하는 석유에 대한 의존이 얼마나 큰지를 깨닫는다.

조르주 퐁피두의 죽음과 함께 지상의 프랑스는 사라진다. 허위와 쇠스랑이 장식물이 되고, 파리는 플레옐 탑과 몽파르나스 탑, 두 마천루의 낙성식을 거행한다. 고속도로와 교외가 팽창하고, 세계경제는 점점 더 화석 연료에 의존하게 된다. 프랑스는 음울해지고, 새로운 대통령, 전문 지식을 갖춘 젊은 고위 관리 발레리 지스카르 데스탱에 대해 이러쿵저러쿵 논평을 한다. 프랑스어는 스태그네이션, 인플레이션, 스태그플레이션 등 경제 개론서에서 빌려온 단어들로 더욱 풍부해진다. 축제는 끝났다.

— 프랑수아즈는 피츠제럴드의 마지막 등장인물이었어요.

플로랑스는 말한다.

표현의 행복

그리고 '행복한 표현'이라는
학구적이고 단조로운 단어들을 통해,
에두아르는 자신의 생각을 드러내는 믿을 수 없는 행복과
이해받는다는 엄청난 행운을 알아보았다.
_프랑수아즈 사강, 『흐트러진 침대』

― 그녀가 떠나자 나는 황폐해졌어요.

파리 13구의 아파트 단지에 위치한 이자벨 헬드의 작은 아파트는 슬픔의 이미지 자체처럼 보인다. 두터운 먼지층이 가구와 유리창들에 덮여 있다. 이자벨은 그것을 보지 못하는지, 담에 설치된 불투명한 유리 조각에 반사된 빛을 받아 흐릿해진 눈길을 하고 있다. 이자벨 헬드는 거의 30년 동안 사강의 비서였다. 그녀는 1970년에 사강을 만났는데, 그때 사강은 줄스 대신이 자신의 전기를 쓰는 것을 돕기 위해 속기 타이피스트를 구하고 있었다. 몹시 외롭고 시력이 나빴던 이자벨 헬드는 그 일에 마음을 뺏겼다.

『마음의 멍자국』을 위한 그들의 첫 작업을 위해, 사강은 이자벨 헬드에게 노트와 카세트테이프를 맡겼다. 하지만 간단한 일이 아니었다. 사강의 필체를 알아보기가 무척 힘들었기 때문이다. 사강은 자신이 큰 목

소리로 불러주고 비서가 옆에서 받아쓰게 하는 방법을 생각해냈다.

처음에는 일이 순조롭게 진행되지 않았다. 사강은 그런 방식으로 일하는 것이 정숙하지 못하다고 느꼈고, 이자벨은 안락의자에 앉은 채 숨을 죽였다. 사강은 이자벨이 자기 집으로 돌아갈 때까지 이러저런 이야기를 하며 수다를 떨었다. 당시 사강은 앙리 엔 거리에 있는, 엘리베이터가 구비된 작은 저택에 살고 있었는데, 이자벨은 그 저택의 호화로움에 깜짝 놀랐다. 이자벨은 몽마르트르의 작은 아파트에서 어머니와 함께 살고 있었다.

사강은 이자벨을 파리의 반대쪽 끄트머리로 돌려보내는 것에 가책을 느껴 일을 하지 않은 날에도 시간당 수고비를 지급했다. 자신이 성가시게 한 비서에 대한 미안함 때문에 그녀는 위스키 몇 잔과 맥시턴을 삼켰다. 그리고 자신이 쓴 것들을 읽은 뒤, 이자벨을 쳐다보지도 못한 채 스스로를 고무하기 위해 담배를 피우고 술을 마시며 방 안을 이리저리 걷기 시작했다.

"술을 꽤 많이 마신 뒤에야 글을 쓰게 되는 일이 일어났다. 정신이 더 잘 해방되었다. 마치 그것이 일종의…… 고백인 것처럼."

비서 이자벨도 한 잔 마셨다. 그녀는 이후 몇 잔을 더 마시게 된다.

사강은 방 안을 걸으면서 자신이 "무엇이든 구술하게 할 수 있는 유일한 사람" 이자벨 헬드 앞에서 글을 쓰는 데 성공한다. 그녀가 『어깨 뒤에서』에 쓴 구절이다. 비서의 눈을 가려준 옅은 색의 술 몇 잔이 그녀에게 중성적이고 태연한 자세를 허락해주었을 것이다. 그녀는 『어깨 뒤에서』에 이런 말도 썼다. "'그는 자신의 입술을 그녀의 입술에 포갰다' 같은 문장을 큰 목소리로 말하는 것은 매우 힘든 일이다." 하지만 그녀는 수년 동안 그렇게 했고, 이자벨은 그런 그녀의 모습에 감탄했다.

— 우리는 둘 다 겁 많고 염려가 많은 사람들이었어요. 나에게 그 일은 특별한 경험이었죠. 값을 매길 수 없을 만큼 귀한 선물이었어요. 나는 그녀의 창작의 문턱에 함께 있었어요. 얼마나 행복하던지!

이자벨은 말한다.

구술은 사강의 작업 방식이 되었다. 불면증이 있는 사강은 밤마다 이자벨을 호출했다. 이자벨은 파리의 밤 분위기를, 자기 앞에 놓인 긴 시간들을, 지방 도시처럼 고요하고 텅 빈 수도를, 글쓰기에 바치는 유쾌한 순간들을 좋아했다. 사강은 작은 모눈이 쳐진 클레르퐁텐 노트에 적은 것들을 훑어보면서 문장을 공들여 다듬고, 즉흥적으로 말을 덧붙이고, 한 시간에 스무 페이지까지 속기로 받아 적는 이자벨 앞에서 새벽까지 이야기했다. 각각의 문장들은 글로 적히기 전에 말해지고 높은 목소리로 발음되었다. 이것은 프랑수아즈 사강의 민첩한 글쓰기를, 그녀의 특별한 어조를 설명해준다.

— 내 손목이 아플 정도였어요. 정말 굉장했죠.

이자벨은 샹젤리제의 사무실에서 점심시간에 원고를 타이핑했다. 사강은 초조해하며 그녀가 전적으로 시간을 내주기를 요청했다. 이자벨은 밤마다 사강 집에 가서 다시 작업을 했다. 사강은 몇몇 단어와 문장의 표현 방식을 바꾸고 문단들을 삭제하거나 추가하는 것으로 일을 시작했다.

이자벨 헬드는 작업 과정을 확인하기 위해 중간 작업의 복사본들을 찾았다. 타이핑한 종이들은 조금 퇴색되었다. 이따금 단어 하나가 손으로 삭제되고 좀 더 정확하고 간결한 표현으로 대체되었다. 그러나 그런 일은 드물었다. 수정은 별로 많지 않았다. 개작은 사전에 클레르퐁텐 노트

위에서 이루어진 것 같다. 이 노트들은 여러 해가 지나면서 어디론가 사라져버렸다. 『슬픔이여 안녕』의 원고조차 사강이 파올라에게 줘버려서 남아 있지 않다.

일단 수정이 끝나면 사강은 이야기의 진행을 따라갔다. 이야기는 점점 구체화되었다. 그녀는 도취감을, 희열을 느꼈다. 『흐트러진 침대』 같은 책은 마지막으로 탈고할 때 그녀에게 큰 흥분을 선사했다. '흥분', 이것은 그녀만의 단어다. 그녀가 가장 열렬히 추구했던 감정. 기분이 무척 좋았던 어느 날 아침 5시, 밤샘 작업을 마친 후 그녀는 떠오르는 해를 보기 위해 비서 이자벨을 몽마르트르까지 배웅해주었다. 알레지아 거리에서 아카시아 꽃들이 소나기처럼 쏟아졌다.

— 그녀를 알고 그녀를 위해 일한 것은 내 인생에 일어난 가장 아름다운 일이었어요.

작업이 끝나가자 사강은 슬퍼했다. 이자벨 헬드는 더했다. 사강이 『흐트러진 침대』를 완성했을 때, 이자벨은 작품이 정말로 끝났느냐고 사강에게 물었다. "그래요, 난 그게 두려워요." 사강은 대답했다. 당황한 비서는 자기 방에 틀어박혀 울음을 터뜨렸다. 사강은 그 책을 그녀에게 헌정했다.

— 프랑수아즈는 나를 많이 도와줬어요. 나는 내 안에 틀어박혀 끔찍이도 수줍어했거든요. 그녀 덕분에 내가 그렇게 못나지 않았다는 것을 깨달았어요. 그녀는 우리가 비슷한 점이 많다고 말했죠. 그러자 내 이마에 시원한 바람이 불어왔어요. 난 그녀가 참 좋았어요.

말더듬이 팝 음악

프랑수아즈 사강은 문단의 마드무아젤 샤넬 같다.
우리는 그녀의 아주 심플한 투피스를, 스웨터를,
아무렇게나 걸친 듯한 우아함을
사랑하기도 하고 사랑하지 않기도 한다.
_베르나르 프랑크, 『프랑스 옵세르바퇴르』

문 위에 이렇게 적혀 있다. '소르본 대학 프랑스 문화 강의.'

문법학자 장 루이 드 부아시외는 며칠 전부터 사강 식 언어에 대한 표본조사를 했다. 나는 그녀의 표현 방식을 이해하기 위해 부아시외의 조사 결과에 기대를 걸었다. 문체는 한 작가가 자신의 문장들을 호흡하는 방식이며, 작가의 DNA만큼이나 생리적인 자료다. 나는 황혼이 내린 앞뜰을 가로질러 장 루이 드 부아시외의 연구실에 도착했다. 가는 도중 나는 대학 구내의 출입 금지 구역으로 들어가는 듯한 희미한 인상을 받았다. 앞뜰에서는 대학생들이 빛이 잘 들지 않는 회랑 옆 나무를 깎아 만든 리슐리외 계단식 강의실을 빙 두르고 서서 담배를 피웠다. 장 루이 드 부아시외는 어원사전들이 가득 꽂힌 작은 방에서 나를 기다리고 있었다. 그는 내가 오기 전에 현대문학부의 색인표를 조사했는데, 사강을 연구한 그 어떤 흔적도 발견하지 못했다고 했다. 어쩌면 그런 연구가 있을지도 모른다. 그러나 희한하게도 잘 감춰져 있다. 이 대학 사람들은 프랑수아 모리악, 마르그리트 뒤라스, 알랭 로브그리예를 연구한다. 그러나 사강은 연구하지 않는다. 대학교수들은 사강을 시시하게, 별 볼일 없게 본다. 그녀의 문학을 십 대들을 위한 문학으로 여긴다. 플라스틱 책받침 위에 사강의 문고판 책 두 권이 나란히 놓여 있다. 소르본 대학에서는 랍비의 주머니 속 끈 팬티나 칼 라거펠트의 식탁 위 누텔라(페레로 사에서 판매하는 초콜릿과 헤이즐넛이 함유된 스프레드 ─ 옮긴이) 단지만큼이나 엉뚱한 조합이다.

장 루이 드 부아시외는 숨김없이 말한다. 이 문체 연구가는 사강을 좋아한다. 그는 유쾌하고 섬세한 사강의 필치를 좋아한다. 그는 사강 자신 때문에 사강을 좋아한다. 17세기 문학을 연구하는 학자이자 라 퐁텐 전문가인 그는 17세기와 18세기 문학을 다룬 『문체론 해설』이라는 책을 출간했다. 그는 음감이 있다.

조사는 정확한 매뉴얼에 따라 진행되었다. 부아시외는 각기 다른 세 시기에 속하는 소설들과 인터뷰 선집 한 권에서 되는대로 30페이지를 채취했다. 1996년에 출간된 사강의 마지막 소설 『방황하는 거울』, 비정형의 소설 『부동의 폭풍우』, 취향에 따라 고른 『한 달 후, 일 년 후』 그리고 1992년에 출간된 인터뷰 선집 『응수들』이다. 그의 장비는 알루미늄으로 된 크리테리움 샤프펜슬과 지우개 그리고 연필심을 가는 칼뿐이었다.

또한 장 루이 드 부아시외는 타당성을 확보하기 위해 평론가들의 언급을 참고했다. 그의 젊은 조수는 그를 위해 구글로 '사강'과 '언어'를 검색해주었다. 장 루이 드 부아시외는 그런 조사 방법을 쓰레기통 안에서 쓰레기를 분류하는 행위처럼 여겨 배척하긴 했지만. 하기야 그는 마우스를 다룰 줄도 몰랐다. 평론가들이 사강의 문체를 규정하기 위해 동원한 단어들은 대충 다음과 같다. 경쾌함, 유려함, 투명함, 간결함, 단순한 방식, 아무렇게나 쓴 듯한 문장……

30년에 걸친 상투적인 표현들을 날려 보내는 데는 장 루이 드 부아시외가 손에 크리테리움 샤프펜슬을 들고 몇 시간 읽어보는 것으로 충분했다. 간결하고 밀도 있게 쓴 기록들이 그의 관찰을 보여준다.

그리고 그것은 의미가 있다.

— 『방황하는 거울』, 나는 처음에 그 책의 글쓰기 방식을 탐지하며 재미있어했습니다. 그런 다음엔 그 책 전체를 읽었지요. 이상했습니다. 처음에는 단조로웠어요. 사람들이 그녀의 책에 대해 흔히 비난하듯 '대중소설'다웠죠. 하지만 나중에는 생각이 바뀌었어요. 나는 사강이 작가라고 생각했습니다.

— 작가가 뭔데요?

— 아…… 그건 주관적인 판단이지요. 당신은 언제 읽었던 책을 다시 읽고 싶다는 생각이 드나요? 수첩에 베껴 쓰거나 연필로 기록하고 싶은 생각이 언제 드나요? 그녀가 별들에 관해 쓴 이 구절을 보세요.

"많은 사람들이 별들의 매혹에 굴복하는 시간, 그런 순간(둘 다 마찬가지다)들이 있다. 그들은 별을 바라보기 위해 고개를 들고 고개를 젖힌다. 별들은 특히 8월에 끊임없이 쏟아진다. 그때는 날씨가 덥고, 땅 전체에서 향내가 나고, 별에 정통한 사람들은 아침에 초원에 남은 그것들의 흔적에서 광채를 발견할 수 없는 것에 놀라면서 그것을 '운석'이라고 부른다."

— 보세요, 나는 그녀의 책들을 조사했고, 라 퐁텐과 비슷한 점을 발견했습니다. 경쾌한 분위기…… 그리고 고전성 말입니다. 또 무기력과 관능성, 라 퐁텐을 무척이나 닮은 어떤 음울함도요.

라 퐁텐은 완벽한 스승이다. 그의 우화들은 4세기 전부터 프랑스의 음감을 형성해왔다. 친숙하고 음악적인 라 퐁텐, 그의 리듬은 요람에서부터 대사화되었고, 사강의 선생들 중 하나가 되었다.

— 나는 문체에 대한 약간의 신랄한 지식만 제공할 수 있을 뿐입니다.

장 루이 드 부아시외가 변명하듯 말했다. 그런 다음 자신이 발견한 것들을 정확하고 정연하게 나에게 설명해주었다. 우리는 사강의 텍스트라는 격렬한 주제 속으로 빠져들었고, 고개를 다시 들었을 때는 불투명한 유리창 뒤로 어둠이 내려 있었다. 조수들은 떠났고, 컴퓨터들도 꺼져 있었다. 학구적인 작은 연구실 안에서 세 시간이 흘러갔다.

— 간단해요. 평론가들은 사강의 문체에 대해 말할 때 그녀의 생활 방식에 대해 이야기합니다. 그녀의 언어에 대해 이야기하지 않고요. 그녀의 책을 읽을 때, 그녀의 전기를 통해 습득한 지식들이 지나치게 넘쳐흐르는 거죠. 그녀의 등장인물들은 대개 한가로운 삶을 삽니다. 그래서 우리는 그들을 그녀와 동일시하죠. 하지만 그건 실수입니다.

경쾌함, 유려함, 투명함, 단순한 방식, 허술한 문체, 아무렇게나 쓴 듯한 보잘것없고 고약한, 마치 초등학생 같은 문장들……. 그녀가 십 대처럼 글을 쓴 것이 아닌데도 평론가들은 그녀에게 청소년기에 걸맞은 수식어들을 부여했다.

사강의 언어는 무척이나 무시되었다. 사강은 현대적이라고 일컬어지는 문체를 사용하지 않았다. 그녀는 자신의 삶에 부족했던 엄정함을 작품에 도입했다. 접속법 반과거를 사용한 그녀의 고전적인 언어는 셀린보다는 모리악을 연상시킨다. 그녀는 선명함과 생략에 대한 감각 그리고 명철함을 갖고 있었다. 되는대로 쓰거나 건성으로 쓴 것은 없다. 그녀는 외출하기 전에 스카프를 맸다. 그녀의 솜털 같은 펜은 종이 위를 달리고, 종이를 스치고, 감정을, 정확한 감정을 촉발했다. 사강은 단순한 어휘를 사용했고, 특별하거나 회화적인 단어, 기발한 시도, 아름다운 문체 효과는 등한시했다. 그녀는 결코 경망스럽지 않았다. 블롱댕이 말한 것과 달리 새로운 착상은 없고, 요란스러운 문장이나 '넘치는 표현'도 없었다. 그 대신 자연스럽고 행복한 표현들이 있었다.

그렇다면 경쾌함을 의도했던 걸까? 물론 아니다. 경쾌하게 비친 것은 오히려 사강의 신중함이었다. 그녀의 등장인물들은 자기들의 권태로 우리를 피곤하게 하지 않는다. 우리는 우리 자신의 권태를 갖고 있다. 만일 권태가 독자에게 어필한다면, 심리 분석을 하는 독자에게 어필할 것이다. 사강은 자신에 대해 유의하고 인간성을 탐구하는 작가였다. 그러나 많은 것을 판결하지는 않았다. 경쾌함이 존재한다면, 그것은 그녀의 유머 속에, 이야기에 개입하는 그녀의 방식 속에 존재한다. 그녀의 경쾌함은 하나의 모럴이고 미학이지 문체가 아니다.

— 그녀는 말더듬이였나요?

장 루이 드 부아시외가 물었다.

그가 빙긋 웃고는 『슬픔이여 안녕』의 첫 구절을 낭송했다.

"그 권태와 감미로움이 내 머리에서 줄곧 떠나지 않는 이 감정에 슬픔이라는 아름답고도 심각한 이름을 붙이기가 망설여진다."

그렇다, 그 소설의 첫 문장은 이렇게 시작된다. 그녀는 이름을, 아름다운 이름을 찾기 위해 모색하고, 음악적인 모스 부호처럼 첫 구절에 리듬을 부여하는 미묘한 단어들을 더듬더듬 되뇐다. 부아시외는 이것과 비슷한 예를 여럿 들었다.

— 이렇게 말을 더듬는 것, 이렇게 다단식의 문장을 만드는 방식은 아주 섬세하고 영리하지요. 아주 개인적이기도 하고요. 나는 그렇게 생각합니다. 다른 예들은 알지 못하니까요.

미니멀한 문체와는 반대로, 문장은 연장된다. 현대적이고 신문이나 잡지의 문장 같은 느낌을 주는 한두 개의 단어를 통해 재개된다. 종속절들이 연속적으로 나오는 가운데 한 문장이 반 페이지 분량으로 이어지기도 하고, 한 번에 두세 개의 부사가 연이어 등장하기도 한다. 정확히, 분명히, 실제로 가볍지 않다. 경쾌함, 유려함, 투명함, 단순한 방식, 아무렇게나 쓴 문장. 아니다, 확실히 이것은 잘못된 평가다.

다단식의 문장. 문체 연구가는 이것을 자주 언급하고, 시계의 톱니바퀴처럼 미묘한 그 메커니즘에 대해 이야기했다. 게다가 사강은 시계를 무척 좋아했다. 규칙적인 움직임, 두운법, 동일 모음의 반복, 어미 동음의 유희, 첫머리 어구의 반복. 부아시외는 사강의 작품들을 철해놓고 그것들에 꽤 많이 표시를 해두었다. 그것들은 독서를 음악적으로 만드는 데 공헌한다. 사강은 방울을 울리기 위해 종이로 된 생쥐를 쫓는 어린 고양이처럼 문장들을 가지고 재미있게 놀았다. 그러나 되는대로 놀지는 않았다. 섬세한 문장들을 영리하게 만들어냈고, 그것을 문법적으로 해체한 뒤 솜씨 좋은 앞발질로 붙잡아 미끄러뜨렸다. 경쾌한 손질로, 민첩한 생각의 리듬과 결합하는 듯한 유연한 리듬으로 그것을 미끄러뜨렸다. 아마도 그랬을 것이다. 사르트르가 말한 "온화하고 지각할 수 없을 정도의 힘을 지닌 문체" 말이다.

— 그 리듬, 문장이 지닌 그 활달한 음악성, 이런 것을 실행한 작가는 별로 없지요.

축구, 문학, 혹은 음악의 프렌치 터치french touch, 그것은 지성적인 희열, 즐거운 행복감이다. 사강은 분열된 모국어를 플랫 음조로 노래한 순수한 프랑스 작가였다. 그녀는 우울함 없는 프랑수아즈 아르디(Françoise Hardy, 1944~ , 프랑스의 싱어송라이터. 〈모든 소년소녀들〉, 〈사랑이 가버리네〉, 〈어떻게 너에게 잘 가라고 말할까〉 등의 히트곡을 발표했다 — 옮긴이)였다. 사람들은 사강의 작품을 '소품(petite musique)'이라고 말한다. 음악이라는 점은 맞다. 하지만 정확한 음악이다. 섬세한 작가였던 그녀는 특별한 프랑스어를 다듬어냈다. 그것이 그녀가 대중에게 사랑받은 이유이다. 대중은 그녀의 프랑스어에서 자신의 언어를, 자신의 언어의 기쁨을 발견했다. 사강, 우리는 그녀를 귀로 듣고 사랑한다.

나는 베르나르 프랑크의 재난에 대해 장 루이 드 부아시외에게 이야기했다. 사강의 친구였던 베르나르는 사강의 소설이 '아무것도 아닌 것'이 아니라는 사실을 뒤늦게 감지했다. 글쓰기를 중단한 사강은 원고 진행을 도와달라며 『방황하는 거울』의 허술한 원고를 플로랑스에게 맡겼다. 그리고 플로랑스는 그 일에 베르나르의 도움을 받았다. 베르나르는 그 원고를 고쳐 써보려 했으나 허사였다. 그의 진단은 적절했지만 고쳐 쓰는 데는 소용이 없었다. 그는 사강의 원고를 고쳐 쓰지 못했다. 두 사람의 문체는 서로 접붙일 수 없었다. 그들의 문체는 태생적으로 양립이 불가능했다. 사강은 폴 엘뤼아르 같은 시인에게서 작품의 제목들을 빌려왔는데, 아마도 폴 엘뤼아르가 그녀의 문체와 더 어울렸을 것이다. 아무튼 베르나르는 탁월한 귀를 갖고 있었고, 베르나르의 감탄은 깊어졌다.

다른 작가들이 사강보다 더 깊이 있고, 더 복잡하고, 더 야망이 있었다. 그러나 사강처럼 안장도 없이 승마술을 보여준 작가는 아무도 없었다. 고삐가 너무 가벼워서 단어들이 간신히 페이지에 고정되고 머릿속에서는 벌써 음악을 연주한다. 당대 문단의 또 다른 스타 마르그리트 뒤라스는 모방이 가능하다. 크리스틴 앙고는 그것을 아주 잘했다. 길 잃은 과장, 대가연하는 휴지(休止) 사용, 과장된 통사법…… 앙고는 이런 특징들이 한껏 강조된 뒤라스다. 하지만 사강은 모방하기가 불가능하다.

장 루이 드 부아시외는 악습에 빠져들었다. 이 문법학자는 문학적 작업의 내막을 드러낸 『응수들』을 읽으면서 조사를 끝내버렸다. 그 책에는 작가들이 많이 등장하고, 사강은 영감에 대해, 문체의 문제에 대해, 만남들에 대해, 예의 바름에 대해, 존재에 대해 이야기한다. 『유추어 신新사전』에 대해 말하자면, 칙칙폭폭, 사강은 그것을 사용했다.

―『한 달 후, 일 년 후』에는 끊임없는 여유로움이, 일종의 기적이 있어요. 나는 누가 누구인지 더 이상 알지 못합니다. 하지만 아무려나 나에게는 마찬가지예요. 그것은 읽는다는 행복을 느끼는 데 아무런 상관이 없었어요…… 나는 우스꽝스러운 내 크리테리움을 내려놓았죠.

장 루이 드 부아시외는 마지막 조사에 몰두했다. 그에게 충격을 준 것은 문장이 지닌 음악적 정확성이었다. 그는 문장의 박자를 헤아려보았다. 3박자가 유난히 많았다. 마치 비밥(bebop, 재즈의 한 형태 ― 옮긴이)처럼. 사강의 문체는 말더듬이다. 말더듬이 팝 음악이다.

사강의 비타민들

나는 아무에게도 나쁜 짓을 하지 않는다.
나 자신은 제외하고.
_프랑수아즈 사강

생 제르맹에 있는 새로운 아지트 라 메종 드 테에서 플로랑스와 나는 아주 작은 찻잔에 담겨 나온 훌륭한 홍차를 마시며 현재까지의 작업을 정리했다. 그녀는 전화로 나에게 얼마 전에야 사강의 편지들을 다시 뒤지기 시작했다고 말했다. 지금까지 그녀는 너무 힘들었다. 나는 호기심을 간신히 억제했다.

— 자요, 당신에게 보여주려고 이걸 가져왔어요.

그녀는 사강이 1995년 5월 19일 그녀에게 팩스로 보낸 만화 한 편을 나에게 건네주었다. 사강은 친구들을 위해 일상생활의 에피소드들을 표현한 우스꽝스러운 짧은 만화를 끼적였다. 사강은 허리 수술을 받기 전 플로랑스와 함께 간 적이 있는 수혈 센터에 그것들을 전시했다. 50년의 시차가 있지만, 어린아이다운 화풍이 에크모빌의 스크랩북 속에 담긴 그림들의 화풍과 매우 비슷하다. 각각의 그림들에는 이야기의 흐름을 따라갈 수 있도록 번호가 매겨져 있다.

맨 처음의 그림에는 사강이 안락의자에 길게 누워 있고, 플로랑스는 대기실에서 「르 몽드」를 훑어보고 있다. 둘째 그림에서는 덫에 걸린 토끼처럼 이러지도 저러지도 못하게 된 사강의 비명 소리를 듣고 플로랑스가 급히 달려오고 있다. 다음 그림에서는 플로랑스가 기절한다.

"하지만 두 친구는 기백이 있다. 그런데 한 시간 뒤 우리는 어디서 그녀들을 만날까?" 사강이 를레 플라자에서 종을 두드리던 중 휘갈겨 쓴 그림 설명에는 이렇게 쓰여 있다. 그 그림 밑에는 "너 점심 먹고 싶어?"라는 문장이 삭제되고 "너 저녁 먹고 싶어?"라는 문장으로 바뀌어 있다. 그것이 더 말이 되었다. 중독 치료 센터, 병원과 진료소, 요양원 혹은 재활센터. 플로랑스는 이 시설, 저 시설로 친구를 따라다닌 덕분에 파리와 그 주변의 병원 시설들에 대한 미슐랭 가이드를 쓸 수도 있을 정도였다.

— 프랑수아즈의 편지들을 막 다시 읽었어요. 그녀는 정말이지 글 쓰는 기질을 타고났어요.

나는 숨을 죽였다. 플로랑스가 사강의 편지들을 살펴보라고 나에게 권할까? 나는 감히 그녀에게 먼저 요청하지 못할 것 같았다.

— 편지가 너무나 경쾌하고 매력적이어서 믿기 힘들었어요. 이미 열여덟 살에……. 그리고 지금 봐도 전혀 시대에 뒤떨어지지 않았어요.

최근 뉴욕을 여행할 때 플로랑스는 나에게 기발한 물건을 보내주었다. 빨간 손톱과 인조 보석이 달린, MoMa (The Museum of Modern Art, New York, 뉴욕현대미술관 — 옮긴이)에서 파는 청소용 장갑이었다. 플로랑스와 함께 있을 때 장갑을 껴야지. 나는 생각했다.

— 그 편지들은 당신의 전기에 도움이 되지 않을 거예요. 아주 사적인

내용이거든요.

문이 다시 닫혔다. 나는 자물쇠 구멍으로 들여다보지 않을 것이다. 하기야, 플로랑스는 이미 다른 화제로 넘어갔다.

— 프랑수아즈는 너무나 예의 바른 사람이었기 때문에, 수고스럽게도 나를 자기가 거래하는 마약 밀매인에게 소개했어요. 머리를 염색한 나이 먹고 무서운 남자의 모습이었죠. "자, 당신에게 내 친구 플로랑스 말로를 소개할게요……." 그래서 나는 프랑수아즈에게 말했어요. "진정해, 프랑수아즈. 곧 내 이름이 그의 명단에 오를 테니까."

사강은 1975년 11월 강요에 의해 갑자기 술을 끊었다. 그해 11월 그녀는 베티나 그라치아니, 장 클로드 마이어와 함께 지앵에서 주말을 보냈는데, 고통이 너무 심해서 앰뷸런스를 불러 브루세 병원에 입원해야 했다. 췌장염이었다. 췌장 뒤쪽에 커다란 낭종이 자라 있었다. 20년 전부터 그녀는 한도 이상으로 술을 마셨다. '한도'는 그녀의 사전에 없는 단어였다. 술이 엄격히 금지되었다. 그녀의 나이 갓 마흔이었다.

사강은 말했다. "술을 마시지 않을 때, 그리고 술 마시는 사람들을 볼 때 사람들은 항상 말하죠. 그 사람들이 우스꽝스럽다고요. 하지만 그건 사실이 아니에요! 그 사람들은 뒤처져 있는 거예요. 우스꽝스럽지 않은, 재미있어하지 않는 시골의 여자 사촌처럼요……. 우리는 더 진지하고 점잖은 다른 친구들을 찾지 않죠. 우리에겐 친구들이 있어요. 우리는 친구들이 있어요! 그렇게 나는 잘 알려진 독성 물질들을 시도하게 됐지요."

브루세 병원의 의사들은 그녀의 고통을 진정시키기 위해, 그녀가 자동차 사고 이후 중독되어 치료를 받아야 했던 합성 모르핀 팔피움을 처방했다. 그녀는 즉시 팔피움에 의존하게 되었다. 췌장염에서 회복될 즈음,

그녀는 이자벨 헬드와 함께 생 모리츠의 팰리스 호텔에 갔다. 보좌역으로 변신한 이자벨은 모르핀 주사 놓는 법을 배웠다. 사강은 약물중독에서 벗어나지 못했다.

— 그녀는 신중하게 행동했지만, 나에게 원고를 구술할 때 이따금 손을 씻는다는 핑계로 사라져 뭔가를 먹었어요. 그래요, 코카인이었어요.

이자벨 헬드는 말한다.

글을 쓰기 시작한 이래 사강은 약물 복용을 멈춘 적이 없었다. 『슬픔이여 안녕』을 쓸 때 암페타민 성분인 맥시턴과 코리드란을 복용한 것으로 시작되었다. 습관적으로 코리드란을 복용했던, 실존주의를 추구한 젊은 이들의 우상 사르트르를 흉내 내기 위해서였다. 이자벨은 말한다.

— 그녀는 그것이 자기를 도와줄 거라 생각했어요. 그녀는 세상에 존재하는 거의 모든 약물을 복용했어요.

사강은 흥분제 없이는 글을 쓸 수 없다고 믿었고, 그것은 사실이 되었다. 맥시턴, 코리드란. 이 특허약들은 기 쇼엘러가 만든 부캥 시리즈에서 출간한 『의약품 사전』에는 나오지 않는다. 이 약품들이 금지되었던 것이다. 다른 약물들인 루미낙스, 레비턴, 트란키텍스, 프시코트론처럼. 아, 리데프란도 있다. 플로랑스가 나에게 이야기한 약물이다. 플로랑스의 아버지는 리데프란 애호가였다. 참고 자료를 수집하기 위해 나는 구글에서 이 이름들을 검색했다. 그리고 길이 나타났다. 문학계의 천재들과 관련된 내용이 아니라 사이클 경기장의 순교자들과 관련된 내용이었다. 크누트 에네마르크 옌센은 1950년 로마 올림픽 경기에서 암페타민 과다복용으로 사망했다. 1967년 투르 드 프랑스에서는 톰 심슨이 방투 산을 오르던 도중 역시 암페타민 때문에 사망했다. 혹은 탈수증으로 사망했는지도 모른다. 암페타민 때문에 물을 마실 필요성을 느끼지 못해서 말이다. 암페타민을 복용하면 오줌이 마려운 것을 느끼지 못한다. 암페타민은 우울증 치료제이고, 억압을 풀어주고, 고통을 잊게 하고, 두려움을 봉해버리고, 에너지를 준다.

암페타민은 1930년대에 등장했고, 2차 세계대전 동안 널리 전파되었다. 영국 공군 조종사들은 나치 독일을 야간 공습할 때 암페타민을 터무니없이 남용했다. 벤즈에드린 정제 7천만 개가 영국 군대에 배급되었다.

이 약물은 1955년까지 프랑스에서 자유롭게 팔렸다. 사르트르와 말로는 이 약물을 복용한 명성 높은 고객들이었다. 그러나 이 약품에 다음과 같은 다정한 별명을 붙여준 사람은 사이클 선수들이었다. 맥시턴은 맥스, 리데프란은 귀여운 릴리, 토네드론은 통통……

위대한 작가들이 운동선수들만큼 흥분제를 복용한 것은 같은 이유 때문이었다. 피할 수 없는 상황에서 자신의 한계를 초월하게 해준다는 것. 운동선수들은 이 비타민들 덕분에 투르 드 프랑스에서 제대로 달릴 수 있었고, 작가들은 글을 쓸 수 있었다. 알코올, 카페인, 니코틴, 암페타민, 코카인. 비타민의 성질은 중요하지 않았다. 레이몽 풀리도르(Raymond Poulidor, 1936~ , 프랑스의 사이클 선수. 투르 드 프랑스에서는 늘 2인자였지만 프랑스에서 큰 인기를 누렸다 — 옮긴이)가 말한 것처럼 그것들이 도취를 주기만 한다면. 백지는 혐오스럽다. 스페인에 성 한 채를 짓는 것은 아무것도 먹지 않고 방투 산을 오르는 것만큼이나 초인적인 용기를 요구한다.

— 캅타공 반 개가 있으면, 단추를 다는 일조차 재미있는 일이 되죠.

플로랑스는 말한다. 그녀는 아버지에게서 슬쩍한 알약 반 개를 복용해

보았다.

— 효과가 근사하더군요. 여러 주 동안 쌓인 우편물에 답신을 쓰는데 엄청난 속도로 할 수 있었어요. 그 속도에 휩쓸린 나머지 우표 붙이는 것조차 잊은 편지봉투 묶음 하나가 있었을 정도로요.

자신의 한계를 잘 알고 있었던 플로랑스는 이 요법을 결코 남용하지 않았다.

어느 사이클 선수는 말했다. "EPO를 복용하기 전에는 자전거를 타는 느낌이 들지만 EPO를 복용하면 경오토바이를 탄 듯한 느낌이 들죠."

코리드란에 자극받은 사강의 중추신경계는 페라리의 엔진처럼 작동했다. 아주 빠르게. 그녀의 신경세포들은 예기치 않았던 방식으로 결합했고, 참신하고 응축된 표현들이 술술 흘러나왔다. 1971년, 코리드란은 다수의 암페타민 제제처럼 독극물로 분류되어 판매가 금지되었다. 그래서 코리드란을 손에 넣기가 매우 어려워졌다. 사강은 코리드란 대신 코카인을 복용했다.

"만일 암페타민을 구할 수 있다면 나는 코카인을 복용하지 않을 거야." 사강은 플로랑스에게 말했다.

활기를 지니기 위해 코카인을, 잠들기 위해 모르핀을 복용했다. 이것이 프랑수아즈 사강의 '향정신성 약물' 요법이었다. 모르핀은 처방전이 있어야 살 수 있었다. 이런 이유로 사강의 'SOS 의사들 시대'가 시작되었다. 그녀는 팔피움, 보갈렌 혹은 발륨 주사를 맞기 위해 발작이 일어난 척하고 SOS 의사들을 불렀다. 1976년 7월, 그녀는 『렉스프레스』에 실은 글을 SOS 의사들에게 헌정한다. 『렉스프레스』에서는 무슨 영문인지 몰랐지만.

사강은 이렇게 썼다. "작은 자동차들이 불을 밝힌 인적 없는 파리의 밤 거리를 가로지른다. 그 자동차들 중 한 대에 탄, 대개 젊고 직업이 의사인 남자를 응급 전화번호로 호출한다. SOS 의사들을 호출하는 잘 알려진 전화번호 POR-77-77 혹은 707-77-77이다. 요전 날 밤 아홉 시에 나는 주사 때문에 그들 중 한 사람에게 전화를 걸었다. 별것 아닌 일로 그를 성가시게 한 것 같아 조금 거북했다. 그래서 그에게 시원한 음료를 대접했다."

SOS 의사들 중 젊은 의사 하나가 사강의 집에 살다시피 했다. 그의 동료들은 사강의 술책을 간파하고 출장 오기를 거부했다. 반면 젊은 의사는 그 일을 재미있어했다. 그는 자기 여자 친구와 함께 에크모빌에 가기도 하고, 사강과 그녀의 비서 이자벨 헬드와 함께 옹플뢰르의 저녁 식사 모임에 참석하기도 했다. 이자벨 헬드는 사강에게 온갖 약을 처방해주는 그 의사의 행동을 탐탁지 않게 여겼다. 결국 이자벨은 '당신이 지금 무슨 짓을 하고 있는지 아느냐'며 그 의사에게 욕을 했다. 그러나 결국에는 물러섰다. 약을 복용할 수 없게 되자 사강이 너무 고통스러워했던 것이다. 이자벨은 말한다.

— 나는 그 시절 프랑수아즈의 주치의였던 의사에게 전화를 걸었어요. 내가 고집을 부리자 의사가 할 수 없이 팔피움을 처방해주었죠. 식당 급사장이 내 부탁을 받고 팔피움을 구해다주었답니다. 프랑수아즈의 친구 페기 로슈가 그 사실을 알았고, 나는 엄청 욕을 먹었어요.

사강은 코카인이 다른 약처럼 특제약이라고 이자벨에게 말했다. 50년 전 코카인은 탁월한 강장제로 여겨졌고, 약국에서 흔히 볼 수 있었다. 이후 약국에서 코카인이 사라지고 코리드란이 그 자리를 대신했다. 사르트르는 작업을 하기 위해 매일 스무 정의 코리드란을 복용했다. 그것은 그에게 꽤 괜찮은 효과를 가져다주었다. 코리드란은 신성한 물건이었다. 사강이 감기에 걸렸을 때 사강의 부모는 사강에게 코리드란을 주었다. 그것은 사람을 방울새처럼 활기차고 즐겁게 만들어주었다. 꿈같은 기분과 자유롭다는 느낌 그리고 창조적인 느낌이 여러 시간 동안 지속되었다. 그러나 이 모든 약물들, 3프랑 50상팀짜리 암페타민들은 법으로 금지되고 범죄자들이 만들어낸 유사 시장으로 대체되었다. 사강은 그것을 안타까워했다.

사실 사강이 일부러 애를 써서 약물을 찾아다닌 것은 아니었다. 19세기 말, 코카인은 일반 대중에게 너무나 인기가 있어서, 시가나 궐련, 껌이나 음료처럼 취급되었다. 이후 코카인 복용은 조금씩 규제되고, 의학적으로 꼭 필요한 경우에만 허락되었다. 프로이트도 위에 탈이 생기거나 멀미가 날 때 혹은 신경쇠약증에 코카인을 아편이나 모르핀 혹은 술에 섞어 사용하라고 권했다. 특히 그는 모르핀 의존을 고쳐주기 위해 자신의 의사 친구들 중 하나인 에른스트 폰 플레슐에게 코카인을 처방했다. 플레슐은 모르핀을 계속 복용했을 뿐 아니라, 메르크 실험실에서 실험 주제로 접촉한 코카인에까지 의존성이 생겼다. 결국 그는 모르핀과 코카인 중독으로 사망했다.

1970년대가 되자 콜롬비아 마약 밀매인 조직이 코카인을 파는 세계적인 시장을 구축했다. 코카인은 '기분 전환용' 약물이 되었다. 중추신경계를 강력하게 자극하는 코카인은 암페타민류 약물과 유사한 효과를 발휘했다. 코카인이 몸에 흡수되면 강력한 행복감과 자신감이 느껴지고 에너지가 상승한다. 이런 이유 때문에 음주를 금지당하고 암페타민을 구하기 힘들어지자 사강이 즉각 코카인을 복용하게 된 것이다.

프랑수아즈 사강은 육체에 거하지 않고, 두뇌 속에 거했다. 그녀의 뇌는 마찰 없이 정보들이 미끄러지는 고도의 시계만큼이나 정묘하고 세련된, 기름칠이 잘된 정확한 기계였다. 나머지는 존재하지 않았다.

사강을 치료했던 심장병 전문의 필리프 아바스타도는 말한다. "그녀는 육체를 부인했어요. 이렇듯 환자가 자신의 병이 어떤지, 어디가 아픈지 알지 못하는 것을 신체실인(身體失認, asomatognosia, 의식장애가 없음에도 불구하고 신체 부위를 정확하게 인식하지 못하고 자신의 육체에 대한 느낌을 상실하는 장애 — 옮긴이)이라고 합니다. 그녀의 육체는 분명 요구들을 갖고 있었어요. 하지만 그녀는 그것을 보여주지 않았지요." 지성이 모든 자리를 점유했다. 그녀는 겨우 음식을 먹었지만, 진라미 게임을 하며, 책을 읽으며, 글을 쓰며, 향정신성 약물들을 복용하며 자신의 신경세포들을 먹여 살렸다. 사강의 조카 세실 드포레는 말한다.

— 나는 이모가 삶을 사랑했다고 믿지 않아요. 이모는 강렬한 느낌들을 사랑했어요.

사강은 시골 출신이었다. 그녀는 아주 날씬하고 연약해 보였다. 그러나 어깨는 농부 아낙네 같았다. 상체는 건장하고 하체는 연약했다. 그녀는 웬만해서는 병이 나는 법이 없었다. 그런 체질이 스스로 몸을 학대하는 것을 허용했다. 절제를 모르고 지칠 줄 몰랐던 사강 때문에 친구들은 힘들어했다. 코카인을 발견하자, 사강은 즉시 중독되었다. 부작용이 있었다면 코카인 복용을 멈추기에는 너무나 대담해졌다는 점이었다.

— 똑똑한 사람들은 다른 사람들과 함께 있을 때 쉽게 지루해하죠. 그들이 재빨리 도망치는 이유는 바로 그거예요.

사강의 조카 세실이 재치 있게 말한다.

사강은 빨랐고, 세상은 느렸다. 사강은 상대방이 말을 끝맺기도 전에 상대방의 생각을 간파했다. 통찰력은 절연체이다. 사강은 지루했기 때문에 글을 썼다. 그녀는 놀고, 읽었다. 그리고 지루해서 약물을 복용했다.

그녀는 장 클로드 라미가 쓴 자신의 전기에서 이렇게 말했다. "우리는 삶이 지겨워서, 사람들이 귀찮게 해서, 변호해야 할 중요한 관념들이 더 이상 없기 때문에, 활력이 부족해서 약물을 복용하지요. 삶과 자신 사이에 작은 목화솜 뭉치를 놓는 거예요. 영리한 방법으로 삶에서 벗어나길 원한다면, 내가 유일하게 적절하다고 생각하는 것은 아편이에요."

그녀에게 암페타민과 코카인은 기분 전환용 물질이 아니라 작업 도구였다. 모르핀은 그녀가 잠을 자도록 도와주었다. 헤로인과 다른 아편성 약물도 시도해보았지만 그것들을 견뎌내지 못했다. 그녀는 아편을 좋아했다. 주로 친구 장 피에르 라클로슈와 함께 아편을 피웠다.

— 프랑수아즈는 병적인 허기증 환자였어요. 약물, 알코올, 속도, 우정 없이는 살지 못했죠. 잠자리에 들 시간이 되면 혼자 남지 않으려고 친구들과 함께 침대를 쓰려고 했답니다.

플로랑스 말로는 말한다.

그녀는 코카인, 위스키, 쿨 담배, 독서, 글쓰기, 친구들, 카지노, 과도한 속도 등 모든 것에 중독되었다. "존재론적 약물 중독자"라고 파트릭 베송은 말했다. 그녀는 약물 없이는 살지 못했다. 그녀는 낙담하는 것을 견디지 못했고, 그런 것을 알지도 못했다. 기껏해야 한 대상에서 다른 대상으로, 한 약물에서 다른 약물로, 이 기분 전환거리에서 저 기분 전환거리로 옮겨갈 줄을 알았을 뿐이다.

페기 로슈가 프랑수아즈 사강을 사랑하다

> 누쉬, 나는 네가 그립다. 이것은 갑작스럽다.
> 마치 나무가 숲을 그리워하는 것처럼.
> _폴 엘뤼아르

"누가 나와 함께 잘 거야?"

비서의 품 안에서 사강은 망가졌다. 주치의 필리프 아바스타도가 와서 페기 로슈가 브루세 병원에서 사망했다고 사강에게 알렸다. 사강은 꼼짝 않고 앉아 진라미 게임을 하며 무척이나 겁에 질려 소식을 기다렸다.

3월부터 사강은 페기 로슈가 회복할 가망이 없다는 것을 알고 있었다. 그녀는 페기의 엑스선 사진을, 그 '죽음의 타로카드'를 수령하면서 그 사실을 우연히 알았다. 간암이었다. "당신의 친구 로슈 양은 여섯 달 정도 살 수 있을 겁니다." 페기, 아주 잘 어울리는 별명으로는 불멸의 로슈. 사강은 페기가 자신의 병에 대해 아무것도 모르게 하리라, 카르티에 상점에 달려가 그녀에게 선물할 손목시계를 하나 사리라 결심했다. 같은 날, 비서가 에크모빌 성이 불탔다고 사강에게 알려주었다. 작업을 하던 일꾼들이 용접기 끄는 것을 잊었던 것이다. 사강은 그 소식에도 강 건너 불구경하듯 무관심했다. 그녀는 페기에게 손목시계를 선물했다. 페기가 미소를 짓자, 사강은 다른 시계를 하나 더 사주려고 다음 날 다시 방돔 광장으로 갔다.

"그녀가 그 시계를 보고 너무나 좋아했거든요……."

그 다음다음 날에도 갔다. 사흘 동안 손목시계를 세 개 산 것이다.

사강은 췌장염에 걸렸다고 믿고 있는 여자 친구 페기가 마지막 몇 달을 행복하게 보낼 수 있도록 할 수 있는 모든 일을 했다. 여름 동안 상리스 근처 베르드롱에 집 한 채를 빌린 뒤 페기를 헬리콥터에 태워 그곳으로 데려갔다. 플로랑스와 샤를로트가 그녀들과 합류했다. 페기는 절망에 빠졌지만 완벽하게 화장하고 머리에 실크 터번을 두른 그 어느 때보다 멋진 모습으로 매일 저녁 식사를 하러 내려왔다. 사강은 그녀 없이 지내기 힘들 거라는 사실을 실감했다.

마지막으로 셰르슈 미디 거리의 집을 떠날 때, 페기는 간호사 두 명에게 부축을 받으며 복층 아파트의 계단을 내려왔다. 계단 꼭대기에서 페기의 눈이 플로랑스의 눈과 마주쳤다. 플로랑스는 그녀가 떠나는 것을 보고 있었다. 페기가 말했다. "당신이 앞으로 프랑수아즈를 잘 돌봐주세요. 그럴 거죠?" 애정 때문이었다. 마지막 순간까지.

우아하고 대담했던 페기 로슈는 수년 전부터 사강과 함께 살고 있었다. 사강은 성공한 인물, 대어(大漁), 페기 로슈의 전리품이었다. 광대뼈가 튀어나온 남아메리카 출신의 잉카 미인 페기 로슈는 키가 171센티미터로 그 시절로서는 꽤 큰 편이었다. 얼굴이 하얗고, 입술이 붉고, 검고 윤기 나는 머리칼을 가진 그녀는 1970년대의 패션 아이콘이었다.

『엘』이 호황을 누리던 시대에 페기는 이 잡지의 '패션' 난을 지배했다. 페기는 지방시의 모델이었고, 배우 클로드 브라쇠르(Claude Brasseur,

1936~ , 프랑스의 배우. 1950년대 중반부터 지금까지 왕성하게 활동하며 수많은 영화, 연극, TV 드라마에 출연했다. 세자르 남우조연상과 남우주연상을 수상했으며 〈라 붐〉에서 소피 마르소의 아버지 역할을 맡기도 했다 — 옮긴이)와 결혼했으며, 그 후에는 예술감독 피터 냅과 공동으로 작업하는 '커버걸 제작자'가 되었다. 그녀는 니콜 드 라마르제, 트위기, 진 슈림턴 같은 모델들을 발굴했다.

스턴의 여상속인 파올라 혹은 메르세데스 벤츠의 여상속인 엘케 이후, 사강은 베티나의 말에 따르면 다시 한 번 거물급 여성 인사에게 눈독을 들였다. 페기는 패션계 여성답게 탁 트인 성격과 위계질서에 대한 여유로움을 갖고 있었다. 그녀는 규범을 제어하고 지배했다. 그녀의 멋, 그녀의 혹평이 외모에 별로 자신이 없었던 사강을 깜짝 놀라게 했다. 페기 로슈는 바지만 입었다. 심지어 저녁에도. 그 시절로는 획기적인 일이었다. 그녀의 친구였던 디자이너 자크 들라예는 "바지와 블라우스만으로도 그녀는 가장 아름다운 옷차림을 했다"라고 말한다. 페기는 크리스티앙 디오르의 책임자 쉬잔 룰링이 드레스에서만 그런 것을 보았다고 감탄하며 말했을 정도로 바지를 여자답게 만들었다.

— 페기는 대단히 훌륭한 실루엣을 지녔고, 옷 입는 것에 대한 본능적인 감각을 갖고 있었어요.

자크 들라예는 말한다.

페기는 사강을 열렬히 사랑했다. 그녀는 사강의 재능에 감탄했다. 사강의 인물됨이 그녀를 매혹했다. 건강하고 올곧은 성격이었던 페기는 사람들이 묻지 않아도 자신이 생각하는 것을 거침없이 말했으므로 난폭한 사람으로 보이는 경우도 있었다. 페기는 소유욕이 강한 여자였지만, 사강을 친구들로부터 갈라놓지는 않았다. 그 정도로 사강을 존중했다. 사강은 그녀의 지주였다. 그녀는 사강에게 옷을 골라주었다. 이브 생 로랑의 옷들, 리본 칼라가 달린 실크 모슬린 블라우스였다. 그러나 그 옷은 모카신만큼 사강에게 잘 어울리지는 않았다. 우아함이란 그 사람에게 어울리는 옷에 깃든다. 작고 유연하고 호리호리한 사강에게는 청바지와 스웨터만으로 충분했다. 사강은 예쁜 몸짓과 우아한 태도로 자연스럽게 공간을 점유하는 부류였다. 예쁘장한 이 작가는 일찍이 성형외과 의사의 도움을 받았다. 얼굴이 구겨진 종잇장처럼 되었기 때문이다. 그녀는 모자 없는, 혹은 화장하지 않고는 바깥에 모습을 드러내지 않았다. 하지만 손에 잡히는 대로 옷을 입었고, 립스틱도 항상 잘 어울리는 것은 아니었다. 화장할 때는 화장대에 놓인 파운데이션을 조그만 스펀지에 묻혀서 대강 얼굴에 두들겼다.

식사 시간이 되면 페기는 사강을 위해 예쁘게 꾸민 식탁에 식사를 차려주었다. 그녀들이 살던 집은 7년 동안 말끔하고 활기찼으며, 싱싱한 꽃들로 장식되었다. 페기는 사강의 아들 드니도 돌보았다. 드니는 셰르슈미디 거리의 엄마 집과 몽소 공원 근처에 있는 그를 키워준 외할머니의 아파트를 왔다 갔다 하며 살았다. 청소년기에 드니는 자기 부모만큼이나 괴상한 부모를 둔 친구들과 함께 어울려 놀기를 좋아했다. 아침이면 학교 가기를 거부했다.

마침내 사강이 판결을 내렸다. 드니에게는 규율과 한계가 필요했다. 그녀가 채택한 규율과 한계는 퍽이나 별났다. 그녀는 평소에 알고 지내던 푸에타르 영감(성聖 니콜라스와 함께 일한다는 전설 속의 노인, 성 니콜라스는 착한 아이에게 선물을 주고, 푸에타르 영감은 말 안 듣는 아이에게 회초리를 주고 간다고 한다 — 옮긴이), 즉 국방부 장관 샤를 에르뉘에게 즉시 전화를 걸었다. 드니는 말단 사병으로 군에 입대해 일과표에 따라 움직여야 했다.

여섯 달 뒤, 드니는 침대를 가지런히 정돈하는 법과 유탄(榴彈) 던지는 법을 배우고 전역했다. 페기는 이들 모자를 가깝게 해주려고 애썼다. 모자가 대화를 나누는 데 어려움을 겪었기 때문이다. 그 시도는 그럭저럭 효과가 있었다.

페기는 사강의 아우라에 이끌린 잡귀들, 기식자들, 모리배들, 마약 밀매인들, 호의를 품은 사람들로부터 사강을 보호해주었다. 어떤 사람들은 이 강압적인 여자를 무서워해 '암사자'라는 별명을 붙여주었다. 페기는 되도록 사강의 건강을 돌보았고, 코카인이 가득 찬 튜브를 화장실에서 비워냈다. 신음과 눈물 속에서.

사강의 비서였던 마리 테레즈 바르톨리는 말한다.

— 1986년 1월 20일 우리가 메제브로 떠나려고 할 때, 세르슈 미디 거리의 집에 경찰이 들이닥쳤어요. 경찰청에서 지식인 계층과 쇼 비즈니스계의 일부에 코카인을 공급하던 조직망을 소탕했던 거예요.

사강은 경솔하게도 수표에 사인을 해서 마약 밀매업자에게 건네주었다. 헤로인 30그램과 코카인 30그램을 인도하는 대가로 1만 7천 프랑(2천8백 유로)을 지불한다고 자기 손으로 서명했다. 그들은 평균적으로 일주일에 마약 5그램, 코카인과 헤로인을 반반씩 갖다주었다. 사강은 "개인적 용도를 위한 것"이라고 말하며 작은 봉지 두 개를 경찰에 제출했다. 4년 뒤, 그녀는 마약 소지 및 사용 죄로 징역 6개월에 집행유예, 벌금 1만 프랑(1,500유로)을 선고받는다.

그녀의 주변 사람들은 마약 단속 경찰들을 따돌리는 법을 배우게 되었다. 사법기관이 사강에게서 약물 복용의 흔적을 찾아내려 할 때면 가정부나 비서가 소변 샘플을 대신 제공했다. 어느 날 푸르 거리에서 사강은 누군가 자기를 따라오고 있다는 것을 느꼈다. 그녀는 눈에 띄는 가방 상점에 들어가 상점 안의 어느 핸드백 안에 마약 봉지를 감추었다. 셰르슈미디 거리의 집으로 돌아온 그녀는 마리 테레즈 바르톨리에게 그 가방 상점에 가서 사강 부인이 마음에 들어 했던 가방을 다시 보여달라고 하라고 요청했다. 바르톨리는 말한다.

— 나는 겁이 났어요. 결국 그 상점에 간 사람은 내가 아니라 겁이 없었던 가정부 드니즈 부인이었죠…….

사강은 어쩔 수 없는 사람이었고, 아무도 그녀를 버릴 생각을 하지 못했다.

— 어느 날 프랑수아즈가 카자르크에서 나에게 전화를 걸어왔어요. 그녀는 페기와 함께 그곳에 머물고 있었죠. 그녀는 나에게 거기에 와서 며칠 지내라고 했어요. 그리고 올 때 그녀의 베이지색 스웨터를 가져다달라고 하더군요. 가정부 페피타가 나에게 신호로 알려줬어요. 그 스웨터 안에 뭔가 들어 있다고요. 나는 떨면서 기차를 탔죠. 그녀에게 스웨터를 갖다주지 말아야 했을까요? 아니요, 그녀에게 그럴 수는 없었어요.

하지만 페기가 상황을 눈치 챘고, 이후의 상황은 뻔했다.

어린애 같고 변덕스러웠던 사강은 페기의 질투심을 자극하며 재미있어했다. 사강은 어느 남자와 함께 뉴욕에 가서는 페기가 그 사실을 알게 되도록 조치했다(두 커플이 같은 가정부를 썼기 때문에 그 남자의 아내도 그 사실을 알게 되었다).

— 프랑수아즈는 내가 아는 사람들 가운데 주위 사람들을 가장 잘 조

종하는 사람이었어요.

샤를로트 아요는 웃으며 말한다.

— 그녀는 페기를 화나게 하고는 흡족해했어요. 페기는 큰 소리로 울부짖었죠. 하지만 프랑수아즈가 한 수 위였어요.

페기는 손톱을 바짝 세웠다가는 사강의 반성하는 눈빛에 무장 해제되어 손톱을 다시 거둬들였다. 사강은 이마에 드리운 머리칼 밑에 있는 커다란 눈으로 자신의 규칙을 강요했다. 페기가 야수라면 사강은 각다귀였다.

사르트르와 라 클로즈리 데 릴라에서

 연약하지만 참을성 있는 사르트르는 벌써 더플코트를 입고 입구에서 사강을 기다리고 있었다. 사강이 에드가 키네 대로의 아파트 11층으로 그를 데리러 왔다. 사강은 그의 집에서 멀지 않은 식당 라 클로즈리 데 릴라로 그를 데려갔다. 1년 전부터 그들은 열흘에 한 번씩 마주 보고 앉아 저녁을 먹었다. 헤어지기 전 사강은 그의 여자들, 즉 시몬 드 보부아르, 릴리안 시겔, 그를 곁에서 감시하는 아를레트 엘카임 사르트르 몰래 자신이 가져온 스카치위스키 한 병을 그의 손에 슬쩍 들려주었다. 눈이 보이지 않게 된 후 사르트르는 행동반경을 잃었다. 이 철학자는 사람들 말에 따르면 코리드란 남용 때문에 일어났다고 하는 뇌를 다친 사고에 뒤이어 시각을 잃었다. 모택동주의자들의 옛 우두머리인 베니 레비(Benny Lévy, 1945~2003, 프랑스의 철학자 · 작가. 1973부터 1980년 사르트르가 사망할 때까지 사르트르의 비서를 지냈다 — 옮긴이)가 일주일에 세 번 그에게 책을 읽어주었다. 사르트르의 여자들은 조금 지나치다 싶을 정도로 그를 돌보았다. 사강과의 만남은 사르트르에게는 좋은 기분 전환거리였다.
 명민한 사람들과 시간을 보내려고 노력한 적이 결코 없었던 사강은 장 폴 사르트르를 만난 후 그의 쇠약해진 모습 때문에 정기적인 모임을 갖게 되었다.

청소년기에 그녀의 영웅이었던 사르트르가 장님이 된 뒤에야 그와 가까워지고 그의 비위를 맞추게 된 것이다. 그녀는 『슬픔이여 안녕』부터 『철드는 나이』까지의 여정이라고 예를 들었다.

사강과 사르트르 사이에는 존중과 애정으로 이루어진 순수하고 때늦고 짧은 우정이 있었다. 사강은 오늘날에는 약점이나 후회거리로 여겨질 만한 사심 없는 방식으로 호의를 베풀 줄 아는 사람이었다. 그녀는 사례도 기대하지 않고 별다른 이유 없이 돈을 썼다.

그녀는 멋진 메시지를, '장 폴 사르트르를 향한 사랑의 편지'를 보냈고, 그것은 두 언론 매체, 「르 마탱 드 파리」와 그녀의 친구 니콜 비스니아크가 이끌던 잡지 『에고이스트』에 게재되었다. 사람들은 그 편지를 사르트르에게 읽어주었고, 사르트르는 불만스러워하지 않았다. 그는 수줍음 때문에, 그리고 허영심을 부린다는 소리를 들을까 봐 그 편지를 한 번 더 읽어달라고 부탁하지는 못했다. 하지만 사강에게는 부탁했다.

그 편지는 한 작가가 다른 작가에게 보낸 가장 애정 넘치는 편지였다. 사강은 그 작가를 존경했고, 그 남자를 사랑했다. 그리고 그 사실을 힘 있고 눈부신 방식으로 그에게 말했다. 한 거장의 위대했던 시간들을 돌아보는 제자로서, 그녀는 영감 넘치는 그의 초상화를 그려냈다. 사르트르는 그의 세대의 위인이었다. 그녀는 그의 관대함에 감탄했다. 그가 약자를 위해 펜을 든 것에, 모든 것이 부족했음에도 불구하고 상금이 많은(현재 110만 유로) 노벨상 수상을 거부한 것에, 자신의 위세보다는 중대한 일을 우선시한 것에 감탄했다. 겉으로 보인 이미지와는 달리 사르트르는 메를로 퐁티가 썼듯이 "솔직하고 착한" 사람이었다. 프랑수아즈 사강은 그것을 간파했다.

그날 저녁, 사강은 사르트르의 손을 붙잡고 식탁까지 안내했다.

"내 생각에 그때 우리 두 사람은 프랑스 문단에서 가장 기묘한 2인조였을 것이다. 웨이터들이 우리 앞에서 겁먹은 까마귀처럼 파닥파닥 날아다녔다."

피아니스트가 〈고엽〉을 연주하는 동안, 그녀는 그에게 메뉴를 읽어주었다. 그는 후추를 친 스테이크와 감자튀김을 주문했다. 그는 그녀에게 '장난꾸러기 릴리'라는 별명을 붙여주었다. 그들은 같은 날인 6월 21일에 태어났다. 그녀가 그보다 30년 어렸다. 그들이 정기적으로 만나던 그즈음은 사강의 아버지가 사망한 지 얼마 되지 않은 때였고, 사강의 말에 따르면 사르트르는 그녀의 아버지와 닮은 데가 있었다. 두 남자는 '방울새처럼' 명랑했다. 중유로 오염된 방울새 사르트르. 하지만 그는 포크질 솜씨가 여전히 좋았다.

그녀는 그의 접시에 담긴 고기를 썰어주었다. 그녀가 썰어준 고기 조각이 너무 크자 그가 항의했다. "존경심이 사라지기라도 한 거요?" 그녀가 고기를 다시 썰어주자, 그가 웃으면서 그녀에게 말했다. "당신은 정말 친절한 여자예요. 그것은 좋은 징조지. 지성적인 사람들은 모두 친절한 법이거든. 나는 지성적이면서 심술궂은 사람을 딱 한 명 알아요. 그는 남색가였고 마치 사막에서 사는 사람 같았지." 그날 저녁 사강은 자신이 예전에 『항복의 나팔 소리』에 다음과 같이 썼던 것을 기억해낸다. "그녀가 이유 없는 심술궂음과 지성 사이에 공존할 수 있는 가능성은 전혀 없었을까?"

사강은 친절하지 않았다. 그러기에는 너무 명석했다. 그녀는 너그러웠다. 아무튼 두 사람 다 다른 사람들이 절대적인 귀를 가진 것처럼 절대적인 지성을 갖고 있었고, 사람들이 선의라고 부르는 지고의 통찰력을 갖고 있었다. 판단하기를 삼가는 사람은 바꿀 수 없는 것에 대해 짜증 내지 않는다. 타인을 염탐해서 얻는 통찰력보다는 이해하고 거리를 두는 분별력을 발휘한다.

"당신에게 지성은 무엇인가요?"

"잘 모르겠어요……. 하나의 문제를 가능한 한 여러 가지 관점으로 바라보는 것…… 그것을 변화시키는 것…… 그리고 배우는 것……."(『지나가는 슬픔』)

어리석음은 상상력 부족, 심술궂음, 선험적 우둔함이다. 사르트르는 타인의 자유를 최대한 존중했으며, 위엄을 갖고, 상처들을 갖고 사강처럼 인간 존재를 있는 그대로 보았다. 둘 다 신자는 아니었지만 진정성을 갖고 이웃들에게 사랑을 행했다. 그들은 지성적인 마음을 갖고 있었다.

식사할 때 그녀는 무작정 삼켰고, 그는 강 건너 불구경하듯 먹었다. 그녀는 『응수들』에 썼다. "우리의 식욕은 우리 작품들의 무게와 동등했다." 그녀는 담대하고 유쾌하고 씩씩한 그의 목소리를 좋아했다. 그는 환자였지만 질질 짜지 않았고, 매우 재미있었다. 그들 존재의 부침이 어떠했든 간에, 둘 중 아무도 앓는 소리를 하지 않았다. 그들은 서로 만나고, 애정의 표시를 보여주고, 함께 장난치며 유쾌한 시간을 보내는 것에 만족했다. 그들은 자기들의 책에 대해서는 이야기하지 않고 삶에 대해, 주로 여자들에 대해 이야기를 나누었다. 그들 둘 다 여자들을 좋아했다. 여자들은 그 철학자의 침대 친구이기보다는 활력을 제공하는 친구가 되기를 바랐다. 영화인 존 휴스턴(John Huston, 1906~1987, 미국의 영화배우·시나리오 작가·감독. 아카데미 최우수 감독상, 최우수 각본상, 골든글로브 최우수 배우상, 베니스 영화제 은사장 등 많은 상을 수상했다. 〈백경〉, 〈이구아나의 밤〉, 〈왕이 되려던 사나이〉 등의 영화를 만들었다 — 옮긴이)은 언젠가 사르트르에 대해 자신이 본 가장 못생긴 사람이라고 말했다. 하지만 사르트르는 다른 장점들을 갖고 있었다.

"나는 그의 손을 잡는 것이, 그리고 그가 내 영혼을 붙잡아주는 것이 좋았다."

그들의 우정은 은은하고 섬세했다. 예를 들면 그들은 공통으로 아는 친구들에 대해 한 번도 이야기하지 않았고, 험담도 하지 않았다. 그들은 그들이 쓰기를 원하는 책들에 대해 이야기했다. 특히 사르트르가 그랬다. 눈이 보이지 않아 정말로 쓰지는 못할 테지만. 갇혀 지내야 했는데도 사르트르는 자극적이고 반짝반짝 빛이 났다. 그리고 사강은 그런 그에게 더욱 감탄했다. 그의 멋진 점은 웃음거리가 되는 것에 신경 쓰지 않는 것이라고 사강은 생각했다.

수표책을 압수당하다

페기는 사강을 사랑했다. 그 증거로 그녀는 사강에게 좋은 일을 많이 해주었다. 셰르슈 미디 거리의 집에서 그녀들은 행복했다. 하지만 무일 푼 신세였다. 사강이 그리워한 것은 사치가 아니라 경쾌함이었다. 그녀 는 경쾌함에 대한 향수(鄕愁)를 갖고 있었다. 페기는 돈을 밝히는 여자가 아니었고, 프랑수아의 재정 상태는 침체 일로였다. 출판업자와의 관계가 악화될 정도로.

갑자기 죽은 르네 쥘리아르의 뒤를 이어 앙리 플라마리옹이 프랑수아 즈 사강의 새 출판업자가 되었다. 사강은 그를 선택했지만 감정적인 관 계 말고 다른 관계를 수립하지 못했다. 그녀는 플라마리옹이 쥘리아르의 복제인간이라고 믿었다. 플라마리옹은 대부르주아의 예의범절을 지닌, 미소가 매력적이고 잘생긴 남자였다. 플라마리옹은 사강에게 미쳐서, 자 기 출판사에서 책을 내는 다른 작가들이 질투하는데도 은색 액자에 끼운 그녀의 사진을 자기 책상 위에 버젓이 올려놓았다. 극도의 애정 표시였 다. 베스트셀러 작가였던 기 데 카르만이 사강을 변호해주었다. 그가 그 녀를 열렬히 좋아했기 때문이다.

그녀는 자신의 가장 사적인 책 『마음의 명자국』의 원고를 플라마리옹 에게 맡겼다. 그는 그녀를 보호해주었다. 그의 아버지는 콜레트의 책을 냈다. 그에게는 사강이 있었다. 앙리 플라마리옹이 사강과 맺은 부녀 같은 관계에 위험한 것은 전혀 없었지만, 그녀 때문에 라신 거리의 조용한 그 출판사에서 유황 냄새가 조금 풍기기는 했다. 앙리 플라마리옹은 그녀에게 매달 돈을 지급하고, 그녀의 세금 문제를 해결해주고, 그녀가 다른 출판사에서 출간한 책들의 판매부수 계산을 감독했다. 사강은 프랑스 출판계의 물주, 슈퍼 유동자산, 거물 증권 거래자였다. 그러나 상황이 기울고 있었다.

정신으로 번 돈에는 일종의 마법이 붙는 법이다. 특히 천재 소녀의 머리로 번 돈에는. 사강이 행한 마력 속에는, 그녀의 재산과 호화로운 생활방식 속에는 반짝이는 공간이 있었다. 그녀는 어느 인터뷰에서 말했다. "나는 돈을 헤프게 쓰는 걸 아주 좋아해요."

하지만 억만장자가 된 후 그녀는 자신이 다다랐던 곳을 떠나버렸다. 그 방면에서 그녀는 고급을 추구하는 여자는 아니었다. 그녀는 아무것도 절약하지 않았고, 아낌없이 베풀었다. 사강은 파리에 아파트를 소유하거나 카자르크에 집을 소유한 적이 없었다. 그녀는 자신을 위해서는 별로 돈을 쓰지 않았다. 보석에도, 옷에도, 아무것에도 돈을 쓰지 않았다. 말년에 그녀는 기욤 뒤랑과의 대담에서 이렇게 말했다. "나는 나 자신에게 관심이 없어요." 이 말은 물질주의적인 우리 시대에는 과장된 말로 느껴진다. 하지만 그녀의 측근들이 확인해준 바에 따르면 사실이었다.

그녀는 자동차를 제외하고는 자신에게 돈을 쓰지 않았고, 다른 사람들을 위해 많은 돈을 썼다. 시계, 그림, 보석, 바캉스, 레스토랑에서의 식사, 나이트클럽에서의 여흥 등. 그녀는 모든 것을 주었다. 돈이 들어올 거라는 소식을 들으면 곧장 친구들에게 전화를 걸어 파티나 여행에 돈을 당겨 썼다.

플로랑스는 말한다.

— 프랑수아즈의 후한 인심에 관해 사람들이 말한 것은 모두 사실이에요. 아니, 그 이상이었죠. 그녀가 갖고 있는 물건을 보고 예쁘다고 말하면 다음 날 그 사람은 그 물건을 선물로 받곤 했죠. 그 사람을 위해 산 물건이 아닌데도 말이에요.

어느 날 플로랑스는 사강과 함께 생제르맹에서 산책을 하다가 뱅 앤드 올룹슨 상점의 진열창에서 새로 나온 전축을 보고 좋아 보인다고 말했다. 며칠 뒤 그 전축이 플로랑스에게 배달되었다. 사강이 보낸 선물이었다. 당황한 플로랑스는 앞으로는 입조심을 하겠다고 다짐했다.

사강에게 남은 것은 빚뿐이었다. 에크모빌의 집도 결국 잃고 말았다. 그녀는 아들 드니에게 아무것도 물려주지 못했다. 심지어 개인적인 추억, 그림, 원고조차도. 모든 것이 압류되었던 것이다. 압류되지 않은 물건들은 세무조사를 받는 동안 친구들의 집에 숨겼지만, 돌려받지 못했다. 그녀는 때 이르게 경험한 성공의 대가를 비싸게 치렀다.

사강을 측은히 여긴 엘리 드 로칠드 남작이 오랫동안 사강의 재정 상태에 신경을 써주었다. 로칠드 남작과 먼 친척 사이인 파올라 산주스트가 사강을 로칠드 남작에게 소개해주었던 것이다. 로칠드는 사강에게 여자 관리인 마릴렌 드체리를 붙여주었다. 그녀는 1962년부터 1981년까지 사강의 돈을 관리하고 사강의 수표책을 보관했다. 오직 그녀만 그 수표책에 서명할 권한이 있었다.

— 나는 일단 세금과 여러 가지 요금들을 지불한 뒤 그녀에게 용돈을 주었어요. 갖가지 청구서와 집사, 요리사, 그녀를 돌보는 가정부 등 고용

인들의 임금도 내가 지불했죠. 프랑수아즈는 브뢰유 성에 많은 손님들에게 식사를 대접하는 식탁을 갖고 있었어요. 파리의 집에 사람이 너무 많을 때면, 그래서 자기 집에 있는 것처럼 편안함을 느끼지 못하면 그녀는 그 저택에 가서 지냈어요. 나는 그녀의 신호 위반 과태료도 지불했죠. 그녀는 서너 대의 자동차를 갖고 있었고 그 자동차들을 친구들에게 빌려주었는데, 그들은 과태료도 제대로 내지 않고 자동차를 돌려주었어요.

나는 그녀의 세금을 내기 위해 그녀의 출판업자 앙리 플라마리옹을 만나러 가 돈을 가지고 돌아왔어요. 그리고 그녀와 함께 이삿짐 여덟아홉 개를 꾸려야 했어요. 그녀의 빚이 너무 많아졌을 때, 나는 걱정이 되었어요. 그녀는 세게 나왔죠. 나는 부드럽게 그녀를 속박했어요. 그러자 그녀가 나에게 애교를 부렸어요. 이런저런 사람들에게 선물을 하기 위해서였죠. 그녀는 이브 생 로랑 상점, 빅토르 위고 대로에 있는 조그맣고 멋진 캐시미어 전문 상점 부슈롱 혹은 아낭 상점에 들렀어요. 거기서 스웨터와 가운을 사는 데 많은 돈을 썼어요. 청구서는 은행으로 가게 되어 있었죠. 그녀가 쓴 노래 한 곡과 글 한 편의 고료가 수표로 도착하자, 그녀는 흥정을 했어요. "당신이 그 수표의 30퍼센트를 나에게 주면 내가 그 액수만큼 다시 돌려줄게요." 우리는 재미있어하며 요리사의 임금을 계산했어요.

따뜻하고 익살스러운 마릴렌 드체리는 어린아이처럼 사강에 대해 이야기했다. 바캉스 기간 동안 사강은 남서부 출신의 이 여자 은행원에게 자신이 가진 가장 소중한 것, 자기 아들을 맡겼다. 사강의 아들 드니 웨스트호프는 오늘날까지도 그녀를 가족의 일원으로 여기고 있다.

— 그녀는 자긴 자라기를 원치 않는다고 말했어요. 그녀는 돈을 가지

고 놀면서 살았죠. 나는 그녀를 보호해주었고, 그녀는 내 후견을 받아들였어요. 그녀는 나에게 말했죠. "나는 돈 때문에 마음 졸이고 싶지 않아요. 당신이 나 대신 해주세요." 하지만 1981년 로칠드 은행이 국유화되면서, 나는 그녀를 계속 돌볼 수 없게 되었어요.

사강은 돈에 무관심한 태도를 유지했다. 그녀는 돈에 대해 비물질적인 시각을 갖고 있었다. 카지노에서 도박하는 여자의 시각. 말년에 통화가 프랑에서 유로로 바뀐 후에도 그녀는 계속 프랑으로 말했다. 심지어 옛 프랑으로.

소녀였을 적 카자르크에서 그녀는 말 한 마리를 갖고 싶어 했다. 그러자 그녀의 아버지는 즉각 그녀에게 풀루라는 이름의 말을 사주었다. 딸의 청이라면 아무것도 거절하지 못했던 그는 아직 청소년인 사강에게 많은 현금을 쥐여주며 이렇게 말했다. "친구와 식당에 가거라. 사고 싶은 음반들도 사고." 여고생이 그토록 많은 지폐 다발을 갖고 있다는 것에 플로랑스는 깜짝 놀랐다. 사강은 립에서 점심을 사먹고 장부에 아버지 이름으로 달아놓았다. 급사장이 청구서를 보내오면 그녀의 아버지는 뒤늦게 그 사실을 알고는 재미있어했다. 딸의 대담한 행동에 아주 즐거워했다.

— 프랑수아즈의 아버지는 좀 유별났어요. 인습적인 데가 거의 없었지요. 그분은 낭비벽이 심했는데, 그런 일은 부르주아 가정에서는 흔히 볼 수 없는 일이었지요. 우리는 파리에서 그분과 함께 8월을 보내는 것을 좋아했어요. 그분은 두 딸과 함께 식당에 가는 것을 무척 좋아하셨지요. 그것에는 근친상간적인 데가 약간 있었어요.

플로랑스는 말한다.

사강은 엄청난 돈을 벌었고, 사강의 아버지 피에르 쿠아레는 처음부터 그녀가 돈을 쓰도록 부추겼다. "네 나이에 이 많은 돈이라니, 이건 아주 위험하다. 그러니 마구 써버리려무나." 그녀가 어렸기 때문만이 아니라, 그녀가 일을 하도록 격려하기 위해서였다. 그녀는 돈이 고갈되지 않으리라 확신하고 용돈을 쓰듯 헤프게 써버렸다. 실제로 오랫동안 돈은 고갈되지 않았다.

아버지의 뒤를 이어 출판업자들이 입이 떡 벌어질 만한 선금을 그녀에게 주었다. 그녀의 아버지는 그녀에게 풀루를 사주었고, 앙리 플라마리옹은 차분한 경주마 헤이스티 플래그 구입을 맡아주었다. 사강은 다른 작가들보다 돈을 많이 벌었다. 그녀의 책은 많이 팔렸고, 그녀의 저자 인세는 책값의 20퍼센트까지 올라갔다. 통상적으로 14퍼센트를 초과하는 것도 드문 일이었다. 오늘날 대단한 유명세에 박수부대를 몰고 다니는 벨기에 작가 아멜리 노통브 같은 작가도 저자 인세로 책값의 15퍼센트를 받는다. 장 클로드 파스켈이나 그라세 같은 출판사들은 사강의 금전적 요구들 때문에 그녀의 책을 한 번도 출간하지 않았다.

결국엔 앙리 플라마리옹도 지쳐버렸다. 사강의 소설들이 더 이상 외국에 팔리지 않았고 예전보다 수익성이 떨어졌기 때문이다. 1979년, 차분한 헤이스티 플래그가 사강의 색깔인 파란 조끼와 검은 견장, 검은 기수모를 착용한 기수를 태우고 오퇴유에서 열린 봄 경마대회에서 마침내 대상을 획득했다. 제롬 가르생의 『외로운 기수』에 따르면, 사강이 PMU(Pari Mutuel Urbain, 프랑스 경마회사 — 옮긴이)에 입문시킨 윌리엄 스타이런이 도착 지점에 있었다.

헤이스티 플래그가 상금으로 획득한 2만 5천 프랑은 마주(馬主)가 자유를 되사는 데 쓰였다. 사강은 그 돈을 변호사 수임료로 사용했다. 그녀와 출판업자와의 관계에 긴장감이 감돌았다. 그녀의 낭비벽이 너무 심하다고 판단되었기 때문이다. 약간의 방약무도(傍若無道)한 행동이 절연을 불러왔다. 사강은 샤모니에서, 부아 프랭 호텔의 제일 좋은 스위트룸에서 일주일을 보냈다. 엄청난 전화 요금, 제네바까지의 택시 요금, 룸서비스 비용이 청구되었다.

그녀는 떠나면서 호텔 주인에게 말했다. "나는 절대 돈에 신경 쓰지 않아요. 청구서는 앙리 플라마리옹 씨에게 보내세요."

청구서를 받은 플라마리옹은 마지못해 비용을 지불했다. 그러나 사강의 저자 인세 총액에서 그 액수만큼 공제했다. 응석받이 아이 같았던 사강은 깊은 상처를 입었다. 르네 쥘리아르는 그녀의 카지노 빚을 갚아주었다. 심지어 베르나르의 빚까지도. 두 번째 책을 낼 때는 계약서에 서명하지도 않았는데 선금으로 수표를 주기까지 했다. 그녀는 그것을 현금으로 바꾸어 쓸 수 있었고, 자신의 소설을 다른 곳에 팔 수도 있었다. 대단한 작가에 대단한 출판업자였다. 쥘리아르는 사강의 가장 좋은 책을 출간했다. 그러나 제후들의 시대는 지나갔다. 그들은 셀린부터 시작하여 다수의 작가들의 옷을 재단하는 일을 떠맡았다. 굳이 이상화하지 않더라도, 베르나르 그라세, 가스통 갈리마르, 르네 쥘리아르는 그들의 계승자들에 비해 작가들과 더 가까웠다. 그들이 출판사를 창립했기 때문이다. 그들은 실패를 낯설게 여기지 않았다. 그들은 음흉했고, 교활했고, 타산적이었고, 술책에 능했다. 그들은 자비(自費)를 투자해 모험을 감행했다. 그들은 독립적인 근로자들이었고, 다소간 교활한 장인들이었고, 많은 돈을 자유롭게 썼다. 그들은 돈을 사랑했지만 작가들도 사랑했다. 한 작가의 자유로운 영혼을 친숙하게 여겼다. 작가의 자기중심주의 역시 친숙하게 여겼다. 그들은 이런 특성을 공통적으로 갖고 있었다.

오늘날 출판계는 거대 그룹들의 그늘에서 경영원칙을 따르는 상업적인 중개자들이 이끄는 소공국(小公國)이 되었다. 책의 출시일, 뒤표지 글, 시리즈 구성, 배치 등이 무척 중요해졌다. 작가들은 집필을 완전히 마치기도 전에 출판사 언론 담당자가 '비(非)수정본'이라고 적힌 가제본 책을 요청하지도 않는 기자들에게 배포하는 동안 자신의 책에 대한 설명 문구를 작성해야 한다. 오로지 원고만 붙잡고 오만하게 고독을 지키는 작가는 '관리가 불가능한' 성격장애자로 여겨진다.

사강은 앙리 플라마리옹과 사이가 틀어졌다. 뿐만 아니라, 로칠드 은행이 국유화되자 수표를 다시 직접 관리하게 되었다. 수표를 관리할 권한이 없었던 그녀의 비서들은 그녀의 엉망인 재정 상태에 발을 동동 굴렀다. 세무서 직원들이 찾아왔을 때, 그녀의 돈은 마약과 온갖 종류의 선물들을 사느라 사라져버린 뒤였다. 세금은 미지불 상태였다. 돈으로 인한 근심이 시작되었다. 앙리 플라마리옹은 그녀가 페기에게 헌정한 아름다운 책을 출간하지 않았다. 그와 같은 수준의 출판업자는 더 이상 없었다.

부동의 폭풍우

저자에 대해 알지 못하고 『부동의 폭풍우』를 읽는다면, 어떤 작은 거장이 이 보석 같은 작품을 썼는지 궁금해질 것이다. 그러면서도 사강이 이 작품을 썼다는 것은 알아맞히지 못할 것이다. 앙투안 블롱댕이 말했듯이, 우리는 그녀 자신 때문에 그녀를 좋아한다. 『부동의 폭풍우』는 시대도, 등장인물들도 그녀의 작품 같지 않다. 다른 작품들과 비슷한 점이 발견되지 않는다. 처음에 그녀는 몇 년 전 로맹 가리가 그랬던 것처럼 가명으로 이 작품을 출간하려고 했다. 익명을 사용함으로써 평론가들의 편견에서 보호받으며 새롭게 출발하기를 꿈꾸었다.

하지만 이 책에서 그녀의 이름은 그다지 중요하지 않았다. 『부동의 폭풍우』는 그녀의 의도와 달리 성공했다. 나중에 그녀는 이 책에 대해 언급하면서 책의 등장인물들에게 별로 애정이 없었고 줄거리 요약에 혼란을 겪었다고 고백했다. 그녀는 우울증을 겪으면서 이 책의 집필을 시작했다. 이 소설은 스탕달, 발자크, 새커리, 제인 오스틴의 작품들에서 배경과 등장인물을 따왔다. 그녀의 단호한 성격 때문에 줄거리는 사강 식으로 처리되었다. 두 등장인물이 서로 사랑한다. 제3의 등장인물은 그들을 바라보며 고통스러워한다. 이 소설의 주제와 어조는 스탕달의 친구 콩스탕스 드 살름의 보석 같은 소품 『어느 예민한 여자의 24시간』을 연상시킨다. 『부동의 폭풍우』는 1983년의 옷을 입은 1830년의 소설이다. 즉 등장인물들을 등 뒤에서 판단하는 저자 겸 검열관이 제거되어 있다.

매우 소설적인, 엘뤼아르의 시에서 제목을 따온 『부동의 폭풍우』는 유배지에서 돌아온 잘생긴 귀족, 앙굴렘의 공증인, 잘생긴 농부로 그레뱅 박물관 혹은 텔레비전용 영화를 두렵게 만들었다. 무도회 장면, 결투 장면, 관계들, 관능을 묘사한 우울한 장면 등이 풍부하게 갖춰진 이 숙련된 이야기는 살아 움직이는 듯하다. 화자는 잔인함이 깃든 우아한 어조로 이야기하고, 30년 뒤 말없는 열정이 그를 파괴한다. "내가 죽은 지 벌써 30년이다."

사강의 새 출판업자는 그녀가 본명으로 책을 출간하기를 요구했다. 매우 상업적이었다. 문학평론의 관보(官報) 격인 「르 몽드」에 실린 『부동의 폭풍우』에 관한 평론 제목은 '이 아무것도 아닌 사소한 자극들(Ces irritants petits rien)'이었다. 사강을 실제보다 낮게 평가하는 '사소한'이라는 표현이 쓰인 것이다. 그녀의 키 때문이었을까? 그녀의 키는 163센티미터였다. 그것만으로는 충분하지 않았던지 'rien'이라는 표현까지 썼다. 사강은 작지 않았고 '아무것도 아니지(rien)'도 않았다. 평론가들은 이 작품이 서툴고, 부적절하고, 문장들이 유치하고, 문체가 느슨하고 경망스럽다고 반복해서 말했다. 그녀에게만 보여주기 위해 작품의 결함을 찾는 것은 약삭빠르고 비겁한 짓이고 속임수다. 그러나 자습 감독처럼 트집을 잡으며 기뻐하고 직설적으로 지적하는 것이 프랑스 학계의 풍토였다. 요즘에도 작품을 칭찬할 줄 모르는 사람이 있나? 그들은 생각한다. 평론가들은 사강의 작품에 대해 항상 지나치게 가혹하거나 지나치게 관대했다. 찬양하거나 혹평하거나, 둘 중 하나였다.

베르나르 프랑크는 「르 마탱 드 파리」에서 자신의 친구 사강을 옹호했다. 하지만 그는 그 책을 읽지 않았고, 그것이 느껴졌다. 그는 사강을 진지하게 여기지 않았고, 그녀의 책 역시 진지하게 여기지 않았다. 그는 『예순 살에』에 이렇게 썼다. "그녀의 책을 읽을 때 대중은 그녀가 사강이 아닌가 하고 생각한다. 사람들은 그녀의 책을 읽지 않을 것이고, 만약 그녀의 책을 읽는다면 그녀가 사강이기 때문이라고 말하는 것을 잊을 것이다." 모호한 칭찬이다. 그러나 사강은 그를 원망하지 않았다. 겸손한 그녀는 자신의 재능보다는 한계를 더 의식했다. 그녀는 허영심이 전혀 없었다.

『부동의 폭풍우』는 장 자크 포베르에 의해 쥘리아르 출판사에서 출간되었다. 1983년 2월에 인쇄되었고 231페이지 분량에 크림색 창이 달린 오렌지색 표지였다. 가격은 60프랑(12유로)이었다. 그 직전, 그녀는 자신의 가장 두꺼운 소설 『분 바른 여자』를 출간했다. 이 소설은 그럴 법하지 않은 우연의 일치가 가득한, 하지만 몇몇 페이지는 탁월함을 보여주는 가벼운 희극풍의 밀푀유(켜가 여러 겹으로 된 프랑스식 디저트. 여기서는 '흥미로운 장면이나 주제들을 층층이 배치했다'는 은유적 의미로 사용되었다 — 옮긴이)였다. 사강은 날림으로 해치웠지만 간간이 탁월함이 번쩍인다는 점을 제외하면 재앙이나 다름없는 책을 몇 권 썼다. 언젠가 사금 채취자가 그녀의 책들을 체에 쳐서 그녀가 소설이나 담화에 우연히 뿌려놓은 탁월한 격언들을 걸러내 걸작으로 편집할 것이다. 그녀는 거기에 설교 없는 도덕을, 온화하고 너그럽고 교활하고 우아한 삶의 기술을 떨어뜨렸다. 사강의 가장 아름다운 모음집이 언젠가 나올 것이다.

홀로 잠들다

"누가 나와 함께 잘 거야?"

이 질문은 사강을 내내 따라다녔다. 휴식보다 더, 잠을 포기하는 것보다 더, 위로보다 더. 저항의 울부짖음은 어린아이의 공포, 이별, 매우 선명한 외로움에 대한 두려움을 표출했다. 손에 닿는 따뜻한 옆구리 없이 홀로 지내야 하는 긴 밤, 공허감과 맞서게 해주는 방어물. 잠들기 위해 그리고 깨어나기 위해 그녀를, 그녀의 온기를 필요로 하는 사람이라면 남자든 어린아이든 상관없었다.

프랑수아즈 사강은 독방 수감에 버금가는 공포와도 같은 고독을 경험했다. 어린 시절 그녀는 혼자서 자는 것을 완강히 거부하며 부모의 침대로 달려가곤 했다. 그것은 성공했고, 성인이 되어서는 자신이 다소간 존경하고 자신을 고독으로부터 보호해주는 사람들과 함께 무리를 이루어 두목 노릇을 하며 살았다. 옆에 사람이 없을 때면 써야 할 소설, 읽어야 할 책으로 고독을 중화시켰다. 명성으로 탈색된 머리로 인해 그녀의 성숙은 중단되었고, 그녀는 발전하지 못했다. 그녀는 만년 18세였다. 1954년과 마찬가지로 1991년에도 자신만으로 충분하지 못했고, 친구들과 함께 지내지 않으면 견디지 못했고, 혼자 살지 못했다. 그녀는 타인의, 친구들의 죄수였다. 또한 그녀는 위험을 감행하는 여자였다. 법정 칸막이 좌석의 사기꾼들, 사교계 여자들, 로칠드 집안사람들, 국가 원수, 빈둥대는 젊은이들, 파파라치들, 상이군인들, 언제나 성적 매력이 있는 것은 아니었던, 스타들 주변에 빌붙어 사는 피에 니켈레(1908년에 처음 연재를 시작한 루이 포르통의 시리즈 만화 제목이자 등장인물들을 일컫는 명칭. '일하지 않고 빈둥거리는 사람들'이라는 뜻이다 — 옮긴이)들. 이들은 모두 그녀에게 애정을 느꼈고, 그녀에게 자신의 가장 좋은 것을 주었다(때로는 사기를 치기도 했다). 굴곡이 심했던 그녀의 인생에서, 아마도 어떤 사람들은 그녀를 흔들었을 것이다. 하지만 그녀는 곁에 사람을 두지 않고는 이틀 이상 견디지 못했다.

베르나르 프랑크는 결혼을 했다. 물론 사강의 집에서 아내를 만났다. 그는 바바라 스켈턴과 헤어진 후 사강의 집에서 살았다. 『파리마치』의 미녀 기자 클로딘 베르니에 팔리에스가 한 노파와 젊은 남자가 벤치에서 사랑에 관한 대화를 나눈다는 내용을 소재로 샹 드 마르스에서 촬영한 단편영화 〈또 한 번의 겨울〉을 비디오테이프로 보기 위해 사강과 만나기로 했다. 머리카락이 헝클어진 키 큰 남자 베르나르 프랑크가 한 손에 요구르트를 들고 자기 방에서 내려와 클로딘을 저녁 식사에 초대했다. 이후 그는 마로니에 거리에 있는 그 젊은 여자의 집으로 이사했다. 그런 다음 그녀에게 청혼했다. 클로딘은 벨일로 여행을 갈 때까지 베르나르와의 결혼을 망설였다고 한다. 베르나르는 젊은 여자 친구의 낡은 란시아 자동차에 대해 내내 불평하면서 운전했다. 그는 그 자동차를 대형 엔진차로만 평가했다. 목적지에 도착하자, 화가 잔뜩 난 클로딘은 어느 집 앞에 차를 급정거하고는 베르나르에게 길을 물어보라고 했다. 마크라메 레이스 모자를 쓴 벨일 여자가 뜨개바늘로 짜는 중인 냅킨 한 장을 손에 든 채 그들에게 문을 열어주었다. "이 여자가 당신에게 하는 말을 적어요." 클로딘이 못 미더워하며 명령했다. 베르나르는 그 여자의 손에서 뜨개바늘을 빼내고 잉크를 가져오게 한 뒤 종이에 글을 끼적였다. "놀라운 일이었다. 그 순간 나는 그와 결혼하기로 결심했다." 클로딘 베르니에 팔리에스는 말했다.

짧은 금발에 호리호리한 몸매를 가진 클로딘은 유쾌한 민첩함과 거침없는 태도 등 사강과 닮은 데가 있었다.

딸 잔이 태어났을 때, 베르나르는 아기 침대 앞에 서서 마치 고양이에게 하듯 "어이, 어이" 했다. 베르나르가 아빠가 되었다! 그는 클로딘 그리고 딸들과 함께 슈아지 르 루아의 어느 집에 정착했고, 사랑을 담아 준비한 푸른 강낭콩 퓌레와 다진 고기 스테이크를 먹여 고양이 에쉬 플림과 메도르를 키웠다. 바바라 역시 슈아지에 정착했다. 쉰 살이 넘어 베르나르는 처음으로 마지못해 일을 했다. 클로드 페르드리엘이 「르 마탱 드 파리」를 창간해 이 신문의 주간 시평(時評)을 베르나르 프랑크에게 맡긴 것이다.

베르나르 프랑크는 『내 인생의 길들』에 이렇게 썼다. "나에게는 무위를 더 이상 견디지 못하는 현존의 야만성이, 세무서, URSSAF(사회보장 및 가족수당 부담금 징수 조합 — 옮긴이), 사회보장, 벌금, 세금의 언어만을 이해하는 아마추어리즘이 필요했다. 내가 결심을 하기 위해 필요한 것들이 부족했으므로, 나는 어머니가 돌아가신 1년 뒤이자 내 오십 평생에 작별 인사를 한 1년 뒤인 1980년부터 일들을 맡았다. 일을 맡은 척했다."

베르나르는 다시 생산 활동을 하기 시작했다. 『범람하는 세기』를 발표하고 10년 뒤 그리모에서 글을 썼고, 마리 오데트 드 로슈슈아르에게 헌정했다. 그리모에서 쓴 『바겐세일』은 바바라에게 헌정했다. 이 책은 만 부가 넘게 팔렸다. 이 책을 헌정한 것은 그의 이별 선물이었다. 그는 「르 마탱」에 썼다. "여자들은 우리 남자들이 자기를 무기한으로 사랑할 수 없다는 걸 도대체 언제 알게 될까?"

그가 젊었을 때 쓴 책들의 재판이 발행되었다. 『쥐』는 재판을 5만 부나 찍었다. 그에게 한 번도 일어난 적 없는 일이었다. 젊은 세대의 독자들은 파트릭 베송, 에릭 뇌호프, 장 폴 카우프만 같은 그를 찬미하는 후배들 덕분에 그를 재발견했다. 「르 마탱」의 기자가 클로드 페르드리엘에게 베르나르를 고용하자고 제안했다. 내가 베르나르 프랑크를 만난 것은 바로 그때였다. 그는 매주 우리의 책상, 장 폴과 나의 책상 앞을 지나가며 인사를 한 뒤 자기 앞으로 온 우편물을 개봉했다. 이따금 함께 밖으로 나가 점심을 먹기도 했다. 그가 사무실에 올 때마다 나는 그에게 말 한마디 건네보리라, 그와 친분을 맺어보리라 다짐했다. 하지만 그는 편안한 기색이 아니었다. 나는 70프랑을 내고 『바겐세일』을 사서 읽었는데 그 책에 깊은 인상을 받았고, 그와 이야기하고 싶은 욕구를 나중으로 미뤘다.

베르나르 프랑크는 더 이상 사강과 함께 살지 않았고, 그녀와 함께 바캉스를 보내지도 않았다. 아마도 그는 사강의 영향력에서 벗어나려고, 그녀가 그의 주변에 만들어놓은 안락함과 게으름에서 도망치려고, 어른 아이들로부터 도망치려고 했을 것이다. 밀란 쿤데라는 『참을 수 없는 존재의 가벼움』에서 다정함에 대해 이런 정의를 내렸다. "그것은 타인이 어린아이로 취급받는 인공적인 공간을 만드는 것이다." 베르나르는 마지막으로 어른이 되려고 노력했다.

고독은 프랑수아즈 사강의 주된 주제다. 고독, 존재의 연약함, 거기서 벗어나기 위한 노력들. 사강은 비할 데 없는, 그래서 외로운 독특한 존재였다. 그런데 외로운 사람은 불완전하게만 존재할 뿐이다. 사강처럼 재능을 타고난 사람, 빠른 사람은 별로 없다. 그녀처럼 남들과 나누고 이해할 수 있는 사람도 별로 없다. 하지만 그녀는 드물게만 소통의 느낌을 가졌다. 그녀는 잃어버린 이익에 매달리기에는 지나치게 예민했다. 지성보다는 유연성을, 그리고 다정함을 추구했다.

"그런데 나에게는 소위 수준 높은 사람들보다 보잘것없는 사람들을 더 좋아하는 일이 자주 일어났어요. 그들을 전등갓 네 귀퉁이에 몸을 부딪치는 개똥벌레나 나방처럼 만드는 숙명 때문에. 그것이 바로 인생이죠."

페기의 사망 이후 며칠 동안 사강은 현실에서 도망치려 했다. 죽음과 세속적인 잡거(雜居) 생활이 그녀를 두렵게 했다. 그녀는 그렇게 엄숙함의 법칙에서 벗어나는 놀이를 좋아하는 영혼이었다. 상가(喪家)에 있기를, 죽음을 정면에서 바라보기를 거부한 그녀는 가지에서 떨어지는 나뭇잎처럼 무너져 내렸다.

심지어 그녀는 페기를 아직 매장하지도 않았는데 세르슈 미디 거리에서 그녀들과 함께 살았던 페기 로슈의 친구이자 디자이너인 자크 들라예에게 여행을 떠나자고 제안했다. 자크는 그녀를 만류했다. 그들의 친구 페기의 장례식을 치러야 했던 것이다. 사강은 페기를 카자르크에, 자기 고향에 매장하기를 바랐다.

사강이 너무나 침울해서, 친구들은 그녀를 북돋아주기 위해 하나가 되어 분발했다. 우정은 그녀의 친구들에게는 공허한 말이 아니었다. 직관,

따뜻함, 깊이의 동의어였으며 충직함, 다정함, 타인에 대한 사랑이었다. 하지만 사강에게는 그런 우정이 와 닿지 않는 듯했다.

사강의 상태는 점점 더 나빠졌다. 페기와 그녀는 일심동체였다. "우리가 어떻게 헤어진다는 생각을 할 수 있었겠어요?" 그 사건은 그녀 존재의 가장 무자비한 슬픔이었다. 그녀는 돌이킬 수 없는 현실과 마주하기를 미루면서 교회 안에 들어가기를 거부했다. 겁에 질리고 아연실색한 사강은 온 힘을 다해 물러섰다.

장례 행렬이 묘지를 향해 쇠자크의 작은 길을 걸어갈 때, 갑자기 사강이 불안에 사로잡혀 도랑 속에 쓰러졌다. 그녀는 균형 막대가 없는 줄타기 곡예사처럼 쓰러졌다. 그녀는 버팀목을 잃었다. 사회의 관습에 무관심한 어린아이처럼 그녀는 놀랐고, 무력한 대중 앞에서 자제심을 잃어버렸다. 이 여성 문인은 자신이 말할 수 없는 어떤 것으로 인해 마음에 충격을 받았고, 이후 완전히 회복되지 못한다.

상상력이 이 여성 소설가를 좌지우지했다. 세상이 마음에 들지 않을 때, 그녀는 세상을 다시 만들었다. 그녀는 페기의 죽음과 함께 뭔가 부서졌다는 것을 깨달았다. 행복의 가능성, 희망, 정서적 안정이. 그런데 그녀는 자신의 행운의 별, 자신의 성공들을 비호했던 빛나는 별에 자부심이 있었다. 스무 살에 성공을 거머쥐는 것은 웬만한 사람에게 주어지는 운명이 아니다. 그녀는 성공을 자기의 재능 덕분으로 돌리지 않고 운이 좋은 덕분으로 돌렸다. 상황이 우호적이었고, 사강은 자신의 행운을 믿었다. 그러나 이번에는 주사위가 잘못 굴러갔다. 그녀의 반제(返濟) 유예는 소거되었다. 그녀는 적자 상태가 되었다.

"우리의 여흥은 끝났다. 내가 그대들에게 이미 말했듯이, 이 배우들은 모두 재기가 넘친다. 그들은 보이지 않는 공기 속에서 녹아버렸다. 기초 없는 건물처럼, 구름으로 장식된 탑들, 호화로운 궁전들, 엄숙한 사원들, 거대한 지구 자체가 그것을 향유하는 모든 사람들과 함께 녹아 없어질 것이다. 실체가 없는 행렬이 자기들 뒤에 약간의 수증기도 남기지 않고 모습을 감추듯이. 우리는 꿈과 같은 재료로 만들어졌고, 우리의 짧은 삶은 그 재료를 완성한다."*

마침내 사강은 이미 병으로 쇠약해졌지만 그녀가 그 사실을 몰랐던 자크 샤조의 팔에 기대어 쇠자크의 작은 소유지 안으로, 그녀가 매우 사랑했던 사람들, 즉 그녀의 아버지, 어머니, 오빠 자크, 밥 웨스트호프 그리고 이제는 페기가 안식을 취하고 있는 작은 지하 묘지 안으로 들어간다. 모두들 몇 년 사이에 빈털터리가 되었다. 누가 그녀를 홀로 놓아두겠는가. 아무에게서도 혼자 있는 법을 배운 적이 없는 그녀를.

페기 로슈는 그녀의 반석이자 수호천사였다. 페기는 그녀를 그녀 자신으로부터, 그녀라는 위험한 여자아이로부터, 제약을 모르는 여자아이로부터 보호해주었다. 사강은 보디가드를 잃었고, 그녀 자신이라는 가장 고약한 적과 마주하게 되었다.

파리로 돌아온 사강은 아침이 되어도 잠자리에서 일어나지 않고 분필 조각 같은 두 다리까지 내려오는 큼직한 티셔츠 차림으로 개 방코와 함께 침대에 누워 지냈다. 허약한 그녀는 음식을 겨우 깨작거렸다. 개념예술과도 같은 그녀의 식이요법은 로버트 라이먼(Robert Ryman, 1930~ , 미국의 대표적인 추상화가. 다양한 재료를 이용한 평면 작업으로 회화의 경계를 넓혔

---

* 셰익스피어, 「폭풍우」

다. 그림의 물질성과 느낌만을 순수하게 실험했으며 정사각형의 '백색' 회화로 잘 알려져 있다—옮긴이)의 작품을 연상시켰다. 소위 흰 치즈의 시대였다. 그녀는 다른 음식은 아무것도 먹지 않고 흰 치즈만 단지째로 먹어치웠다. 요구르트, 하겐다즈 아이스크림, 마카다미아, 피칸의 시대가 이어졌다. 무슬린 감자 퓌레와 팩우유의 시대도.

정신과 의사는 섭식 장애와 식욕부진이라고 진단했다. 길게 누운 채로 낮 시간을 보내는 것은 확실히 에너지가 부족하다는 뜻이다. 그녀를 안타깝게 여긴 자크 들라예가 유동식을 정성껏 마련해주었다. 이때가 1차 블레디나(프랑스 이유식 시장의 약 50퍼센트를 점유하는 이유식 제품명—옮긴이) 시대였다. 플로랑스는 사강과 그녀의 아들 드니, 자크 들라예를 마그 재단에 데려가 니콜라 드 스탈의 전시회를 보여주며 사강을 위로하고 기분 전환을 시켜주려고 애썼다. 미디로 여행을 떠나기도 했다. 하지만 그리 효과적이지는 못했다.

페기는 사강의 머릿속을 끈질기게 따라다녔다. 세르슈 미디 거리의 집 계단을 오를 때마다 페기의 모습이 그녀에게 나타났다. 사강은 이사 가기를 원했다. 그녀는 밤을, 끝없는 밤들을 무척 무서워했다. 혼자서 밤을 보내는 것을 너무나 무서워한 나머지 수면제로 인해 녹초가 될 정도였다. 어느 날, 그녀가 자크 들라예를 깨웠다. 그녀는 자살을 시도한 참이었다. 그녀의 세계는 육체의 파괴라는 불행 속에서 뒤집혔다.

1991년 9월 페기의 죽음 이후 2년 동안 그녀는 글을 쓰지 못했다. 출판업자들은 그녀의 대담집을 편찬할 수밖에 없었다.

인터뷰의 노벨상

프랑수아즈 사강의 작품에는 소설과 희곡만 있는 것이 아니다. 그녀는 기막힌 인터뷰들을 했다. 인터뷰에 너무나 뛰어나서, 출판업자들이 그녀의 인터뷰 중 가장 좋은 것들을 묶어 여러 번 출간했다. 신랄한 금언집인 『답변들』과 『응수들』은 그녀가 한 수많은 대담들 중 '선별한 것들', 즉 최고로 탁월한 부분들을 발췌해 책으로 엮은 것이다. 만약 인터뷰의 노벨상이 있다면 그 상을 그녀에게 수여해야 할 것이다. 앙투안 블롱댕은 『답변들』에서 「벌거벗은 내 마음」의 보들레르 같은 번득임과 몽테뉴를 연상시키는 울림을 보았다.

사강은 인터뷰할 때 자신만의 스타일이 있었다. 그녀는 우아했고, 빈정거렸고, 쾌활했다. 그녀의 솜씨 좋은 활약은 사람을 꿈꾸게 했다. 그녀의 대꾸들은 시의적절했고, 명석했고, 기민했고, 솔직했다. 그 대꾸들은 생글거리는 신랄함과 서정성으로 반짝반짝 빛났다. 지적인 스포츠인 인터뷰는 바보스러움을 용서하지 않는다. 그녀는 잡지 같은 언론 산업의 비약적 발전과 함께 경력을 쌓았으므로 인터뷰도 많이 했다. 그녀는 결코 우둔한 말을 하지 않았다. 그것은 흔히 볼 수 있는 일이 아니다.

이러한 기술은 그녀의 지성과 능란함에서 나왔다. 그녀는 매우 복잡하거나 매우 단순한 것들을 단번에 이해했다. 미묘한 핑퐁 게임과도 같은 인터뷰에서 피해야 할 것은 바보스러운 질문이다. 바보스러운 질문은 바보스러운 답변을 이끌어내니까. 사강은 공격하지 않았고, 공격을 교묘하게 피했다. 그녀는 그것을 위한 조숙한 재능을 갖고 있었다. 그녀는 이미 스무 살에, 두 번째 소설을 출간한 후에 『파리 리뷰 오브 북스』의 미국인 평론가 블레어 풀러 및 로버트 B. 실버스와 대담을 가졌다.

— 그녀는 솔직하고 친절했습니다. 하지만 질문들은 엄숙하거나 복잡했어요. 아니면 그녀의 사생활과 관련이 있거나요. 그녀는 재미있어하는 혹은 당황해하는 웃음을 지은 뒤 간단하게 "네" 혹은 "아니요" 아니면 "잘 모르겠어요", "전혀 모르겠어요"라고 대답했습니다.

그들은 말한다.

바보 같은 질문을 받았을 때 그녀는 가장 건강하고 자연스러운 대응책을 찾아냈다. 미소를 지으며 입술 끝으로 "네", "아니요", "아마도요", "오, 저런"이라고 대답하는 것 말이다. 흥분하지 않고 공을 예의 바르게 돌려보내 상대의 힘이 다시 그 자신을 향하게 하는 것이다. 사강은 쓸데없는 질문들을 무력화했고, 대화는 원활하게 흘러갔다. 그녀는 경제적이고 탁월한 방법으로 대화 상대를 무장 해제시켰다. 그리하여 우리가 상상할 수 있듯이 성가신 질문들은 미국인들이 옮겨 적은 기록에서 사라져버렸다. 그녀는 '수줍어하되 무심하고 다정한' 방식으로 그렇게 했다. 간단히 말해 그녀는 관계의 거품들을 줄였고, 그것에 날개를 달았다.

그녀가 앞의 두 까다로운 평론가와 나눈 영리한 대담에는 스무 살 아가씨로서는 놀라운 장점이 있었다. 그녀는 젠체하지 않았고, 현학적인 허세를 부리지도 않았다. 저급하거나 꾸며낸 것도 없었다. 그녀는 오늘날의 어떤 소설가들처럼 제품을 만들어내는 장인이 아니었다. 유식한 체하는 여류 문인도 아니었다. 그녀는 자신의 한계를 잘 알고 받아들였다. 쓸데없는 질문들 앞에서 복잡하고 더 헛된 대답을 하는 것은 위험하다. 그녀는 도박사의 침착함과 너그러운 정중함으로 대화를 이끌었다. 공이 짧으면 멍청한 기자를 그대로 내버려둔 채 공이 다시 튀어 오르게 했다. 그녀는 절대 도덕론을 펼치지 않았고 절대 판단하지 않았다. 또한 결코 심술궂은 모습을 보여주지 않았다. 신경질 나게 하는 사람들 앞에서도.

가장 웃겼던 인터뷰는 무명의 젊은 기자 피에르 데프로주가 강권한 인터뷰였다. 그는 소규모 일간지 「로로르」의 기자이자 소설가였고, 사강은 그 일간지에 글을 기고한 적이 있었다. 그녀는 자신이 쓴 글을 읽어야 할 때만 그 신문을 샀다. 1975년 데프로주는 풍자적인 텔레비전 방송 〈프티 라포르퇴르〉에서 일하게 되었고, 문학평론가를 자처하며 사강과의 대담을 방송으로 만들었다.

"그래, 건강은 어떠신가요?"

"고맙습니다, 아주 좋아요. 잘 지내고 있어요."

"잘 지내신다고요?"

"네, 아주 좋아요……."

"아무 문제 없어요?"

"없어요. 파리 사람들이 모두 그렇듯 가벼운 감기 말고는요."

"허어, 내가 무슨 말을 한 건지 모르겠네요. 입고 나오신 원피스 괜찮네요. 옷감도 괜찮은 것 같아요. 이 옷감은 뭔가요?"

"플란넬 혼방 같아요. 잘 모르겠네요."

"보풀이 일지는 않나요?"

데프로주는 사강에게 몸을 숙이고는 그녀의 치마를 만져보았다.

"아, 아뇨. 보풀이 일지 않아요. 이 옷감은 꽤 거칠거든요."

"세탁은 어떻게 해야 하나요. 미지근한 물에 해야 되나요?"

"아뇨, 그건 세탁…… 세탁소 하시는 분이 알 것 같네요."

"바캉스는 어떠셨어요? 즐거우셨나요?"

"저는 바캉스를 가지 않았어요. 일을 했죠."

"그래도 그 전에, 일하기 전에 바캉스를 가셨잖아요."

"그래요, 일하기 전에 바캉스를 갔죠. 어쩔 수 없었어요. 날씨가 아주 좋았거든요."

"저도 바캉스를 갔죠…… 처남이 리모주 근처에 살아요."

데프로주는 자신의 바캉스에 대해 그녀에게 이야기한 뒤 바캉스 때 찍은 사진들을 꺼냈다.

그녀가 물었다.

"아, 그런데 정말 모르겠는데, 제가 당신을 위해 무엇을 할 수 있을까요? 뭘 좀 마시고 싶으세요?"

이 인터뷰가 진행되는 동안 사강은 어안이 벙벙했음에도 불구하고 매력적이고 상냥한 태도를 잃지 않았다.

1977년에 그녀는 베르나르 피보가 진행을 맡은 문학 프로그램 〈아포스트로프〉에 초대받았다. 주제는 '나에게 사랑을 말해주세요'였다. 그녀는 롤랑 바르트 그리고 남편 세르주 골롱과 함께 『천사들의 후작부인 앙젤리크』를 쓴 여성 소설가 안 골롱과 함께 방송에 출연했다. 사강과 바르트 사이를 오간 대화에 불꽃이 탁탁 튀었다. 이 두 지성인은 막상막하였고, 그들의 대화는 프랑스적 지성의 향연이었다. 사강의 커다란 눈이 기쁨으로 커졌다. 그녀는 페기가 골라준 이브 생 로랑의 분홍색 실크 블라우스를 입고 있었다. 그녀는 프루스트를 인용했고, 바르트는 지드를 인용했다. 마흔세 살의 그녀에게는 역설적이고 재미있는 문장들을 풀어내는 소녀 같은 면모가 있었다.

"여자들은 자기들이 사랑하는 남자들을 그들을 사랑하는 것보다 더 쉽게 속이죠. 행복의 자본, 어마어마한 액수의 수표가 수중에 있을 때는 그것을 여기저기에 조금씩 뿌리기가 쉬워요. 속임을 당하는 것보다 더 쉽죠. 그러나 자신이 가엾다고, 비참하다고, 망가졌다고 느끼는 것은 불행해요. 아무도 당신에게서 뭔가를 빼앗아갈 수 없어요……."

안 골롱 역시 자기가 영리하다는 것을 보여주고 싶어 했다. 그녀는 사강의 생활 방식과 방탕함을 찬양하는 사강의 태도에 야유를 퍼부었다. 사강은 21분 동안 쿨 담배 세 개비의 연기 뒤에 숨어 상냥한 눈으로 인내심 있게 그녀를 바라보았다. 그녀는 기침을 하고, 손톱을 물어뜯고, 칼리메로(이탈리아와 일본이 공동 제작한 애니메이션 〈칼리메로〉의 주인공. 하얀 달걀 껍질을 뒤집어쓴 눈이 큰 까만 병아리다 — 옮긴이) 같은 커다란 다갈색 눈으로 카메라를 바라보았다. 안 골롱의 어리석은 행동이 사강의 의자 밑으로 굴러들었고, 그녀의 구두가 박자를 맞추었다. 놀라운 것은 그때 사강의 태도에서 짜증이나 피로함을 느낄 수 없었다는 것이다. 그녀는 『앙젤리크』 저자의 거친 비판을 자기 외투를 밟은 가난한 어린이의 말을 듣는 피에르 신부처럼 경청했다. 태연하고 초연한 사강은 상냥하게 대답했다. 그녀는 너그러움과 무심함의 화신이었다.

기자들은 사회문제나 처세술에 대해 그녀에게 자주 질문했다. 그녀는 그녀 세대의 전범이었던 것이다. 하지만 그녀는 자신을 자기 세대의 길잡이로 여기지 않았다. 그러기에는 타인을 지나치게 존중했고 지나치게 예의 발랐다.

그녀는 술, 도박, 자동차, 우정, 사랑, 소설, 돈에 대한 경시, 노화, 자유, 명성에 대한 금언들을 마구잡이로 쏟아냈다. 이를테면 행복에 대해 이렇게 썼다. "행복은 조약돌처럼 둥글다. 그것은 당신의 머리 위로 떨어져내려 두세 시간 동안 지속된다."

자살에 대해서는 이렇게 말했다. "사람이 자살을 하는 것은 타인들에게 자신의 죽음을 부과하기 위한 것이라고 생각한다. 우아한 자살은 매우 보기 드물다."

하지만 그녀는 보편적인 것에 대해 말하는 것은 피했다. 그녀는 그것들을 알고 있었지만 그것들로부터 등을 돌렸다. 예를 들어 1994년 9월 잡지 『리르』에서 행한 대담에서 이렇게 말했다. "젊은이들은 합리적인 유일한 세대입니다." 그러고는 즉시 고쳐서 말했다. "결국 젊은이들은 합리적이어야 합니다. 젊은이들은 그렇게 될 거예요. 그들이 살도록 우리가 내버려둔다면요. 그렇다는 말이에요. 내가 알 게 뭐예요. 젊게 태어나는 사람들이 있어요. 그렇지 않은 사람들은 늦게 태어나죠. 아, 취소할게요! 삭제해주세요!"

작품 속에서 그녀는 말이 많지 않다. 그녀는 자신의 책에 관해서도, 문학에 관해서도 이야기하기를 좋아하지 않았다.

"예술은 놀라움을 통해 현실을 포착해야 해요." 그녀는 말했다.

"예술은 겨우 한순간인, 한순간 이상인, 다른 순간들 이상인 순간을 포착한다. 그리고 그것을 특별한 감정과 연관된 일련의 특별한 순간들로 변모시킨다. 예술은 '사실'의 문제를 관심사로 제기하지 말아야 한다. 소위 '사실적인' 소설보다 더 비사실적인 것은 없다. 그런 소설은 악몽이다."(『어깨 뒤에서』)

왜 자기가 쓴 책에 대해 이야기해야 하는가? 더 나쁘게는 왜 그것에 관해 논평하고 길게 설명을 늘어놓아야 하는가? 한 편의 소설은 출간되자마자 독자들의 것이 된다. 독자들은 자기들이 원하는 것을 읽는다. 그런데 이런 오해들이 있다니 얼마나 낭패인가.

사강과 미테랑

　마지막에 그들은 만나지 못했다. 프랑수아 미테랑은 위니베르시테 거리에 있는 프랑수아즈 사강의 집 문을 두드렸다. 그러나 아무도 문을 열어주지 않았다. "대통령께서 왔다 가버리셨을 때, 나는 오후 2시까지 자고 싶은 마음뿐이었어요." 사강은 비서인 마리 테레즈 바르톨리에게 자신이 보관해둔 증명서들에 관해 지시를 내렸다. 그녀의 짤막한 메모 몇 줄은 그녀의 측근들에게는 큰 두통거리였다. 그녀의 손은 머리보다 느렸다. 미친 벌레 떼처럼 글자들이 흔들리고 겹쳐졌다. 그래서 사강의 필체는 읽는다기보다는 해독해야 했다.

　그녀는 프랑수아 미테랑을 바람맞혔다. 그녀는 공화국 대통령 미테랑을 무척 좋아했다. 하지만 그를 집에 맞아들이는 것을 매우 불편하게 여겼다. 개 푸이스가 문 뒤에서 킁킁거리며 냄새를 맡았고, 프랑수아 미테랑은 쉽사리 속아 넘어갈 사람이 아니었다. 그들은 다시는 만나지 못했다. 미테랑은 화학요법을 받았다. 사망하기 몇 달 전의 일이었다. 1996년 1월 8일, 사강은 미테랑의 시신이 안치되어 있는 프레데릭 르플레 대로로 마지막으로 미테랑을 방문했다. 하지만 시신이 안치된 방 안에 들어가지는 않았다.

　그들은 프랑수아 미테랑의 대통령 선거가 있기 1년 전 지방 도시와 파리 사이를 나는 비행기 안에서 서로 알게 되었다. 그들은 타르브 혹은 바욘 공항에서 마주쳤고 비행기 안에서 옆자리에 나란히 앉았다. 미테랑이 그녀에게 창가 쪽 자리를 권했다. '매우 명랑한' 그는 풍경과 여행객들에 관해 이야기를 늘어놓았다. 오를리에 도착했을 때 그들은 친구가 되어 있었다. "나는 지적이고 유머 감각 넘치는 남자와 함께 멋진 여행을 했어요. 여행하면서 그 남자에게 시간 있으면 우리 집에 차 마시러 오라고 초대했죠." 사강은 미테랑이 마음에 들었다. 교양 있고, 재미있고, 초연하고, 명석했기 때문이다. 무엇보다도 그가 구사하는 지성이 그녀를 매혹했다. 미테랑 또한 사강의 매력에 감명받았다.

비행기 안에서의 그 만남은 로와 샤랑트 출신의 그 두 시골 사람에게 잘 맞았다. 사실 그들은 이미 1950년대에 생 클루의 라자레프 집 안에서 마주친 적이 있었다. 그때 미테랑은 이 젊은 여성 소설가에게 좋지 않은 인상을 받았다. 사강 역시 미테랑이 지나치게 반짝이는 눈을 갖고 있어서 출세 지향적이고 오만하다고 판단했다. 1965년 그가 대통령 선거에 출마했을 때, 사강은 그의 경쟁자인 드골 장군에게 투표했다. 1974년에는 미테랑에게 투표했다. 혹은 발레리 지스카르 데스탱에 반대했다.

그녀는 알레지아 거리 25번지의 자기 집에 차를 마시러 오라고 그를 초대했다. 그 시절 사강은 정원이 방치된 그 음산한 작업실 겸 집을 빌렸고, 베르나르 프랑크, 아들 드니가 함께 거기에 살았다. 당시 상황은 사회당에 그리 유리하지 않았고, 미테랑은 시간이 있었다. 미테랑은 사강의 초대를 받아들였다. 프랑수아 미테랑은 유혹하고 싶으면 유혹하는 사람이었다. 게다가 그는 풍채가 좋고 안심되는 부르주아 남자, 이를테면 삼촌이나 아빠 같은 남자였다. 사강의 아버지는 1978년에 세상을 떠났고,

장 폴 사르트르는 1980년 4월에 사망했다. 프랑수아 미테랑은 사강을 소녀처럼, 그리고 작가로서 대했다. 그리고 사강은 그것을 좋아했다. 두 사람은 모두 프랑스 시골 부르주아 집안 출신이었고, 같은 언어와 규범을 알고 있었다. 그들은 서로를 이해하기 위해 태어난 사람들 같았다.

"그는 차를 마셨고, 두 시간 동안 머물다 떠났어요. 그리고 우리는 단짝 친구가 되었죠! 우리는 서로에게 무척 끌렸어요! 함께 여러 가지에 대해 이야기를 나누었는데, 그는 밤 내내 자신이 독일인들의 총에 맞을 거라고 생각했죠. '나는 내일 아침이면 죽을 겁니다'라고 중얼거렸어요. 나 역시 미친 듯한 밤을 보냈죠……. 당시 나는 수술을 받을 예정이었고, 모두들 암이 내 몸 전체에 퍼졌을 거라고 생각했어요. 그래서 우리는 강렬한 하룻밤을 보냈고, 나중에 그것에 대해 이야기를 나누었어요."

프랑수아 미테랑은 손쉽게 그녀의 마음을 사로잡았다. 열광한 그녀는 선거 전날 그의 집회에 참석해 사회당 당보 「뤼니테」에 실린 '5월에 우리가 원하는 일을 합시다'라는 글에 사인을 하기까지 했다.

1981년 5월 10일 사강은 자동차를 타고 카자르크에 가서 베르나르 프랑크와 함께 투표한 뒤 립에서 저녁 식사를 하며 선거 결과를 기다렸다. 그런 다음 매우 기분 좋게 거리를 산책했다. 5월 21일, 그녀는 대통령 취임식이 열리는 팡테옹의 앞쪽 좌석에 앉아 있었다. 이후 사강은 1년에 여러 차례 대통령을 자신의 집에 초대했다.

미테랑은 사강에게 물었다. "언제 점심 먹으러 갈까요?"

그즈음 알레지아 거리의 사강 집에서, 아니면 좀 더 나중인 1991년 세르슈 미디 거리의 집에서 대통령을 초대한 연회가 열렸다. 사강은 일찍 일어나 미용실에 가서 머리에 세트를 말았다. 그녀는 엘리제 궁이 그녀의 친구에게서 빼앗은 포토프(고기와 야채를 삶아 만든 스튜 — 옮긴이), 고기찜 등 부르주아 가정 요리를 페피타에 주문했다. 그리고 좋은 가정의 아가씨처럼 옷을 입었다. 검은 원피스에 진주 목걸이를 걸었다. 샤넬 넘버 5도 조금 뿌리고, 얼굴에 랑콤 파운데이션을 바르고, 입술에는 립스틱을 칠했다.

사강은 자신을 조금 겁먹게 하는 대통령과 단둘이 있지 않으려고 플로랑스도 초대했다. 전날 플로랑스는 봉 마르셰 백화점에 급히 달려가 유리잔 몇 개를 샀다. 짝이 맞지 않는 식기를 대통령 앞에 내놓을 수는 없었기 때문이다. 프랑수아 미테랑은 교양 있고 명석한 두 여성과 함께 시간을 보내는 것을 흡족해했고, 두 여성은 아무것도 청원하지 않았다. 미테랑 자신도 사심이 없었고, 사강을 정치적 도구로 여기지 않았다. 그들의 만남에는 사진사가 배석하지 않았다. 플로랑스는 몇 시간 동안 예의 바른 아가씨로 변모한 사강을 깜짝 놀라서 쳐다보았다. 디저트를 먹을 때 사강이 잼을 내오게 했다. 그것은 달콤한 여담, 잃어버린 시골의 귀환이었다. 그때 갑자기 프랑수아 미테랑이 완곡한 어조로 개인적인 질문을 했다.

"그런데 플로랑스, 당신은 지금 사랑을 하고 있습니까?"

플로랑스가 비밀을 털어놓기를 기대했다면, 그는 만족하지 못했을 것이다. 당시 플로랑스는 남편 알랭 레네(Alain Resnais, 1922~ , 프랑스의 영화감독. 우수한 기록영화와 몽타주 수법으로 현대와 인간존재의 의미를 예리하게 통찰한 극영화를 만들었다 — 옮긴이)와 별거 중이었고, 독립적인 생활을 즐기고 있었다. 자신을 아껴주는 남자 친구들과 함께 여행도 하고 사강과도 더 가까워졌다. 미테랑 대통령은 그녀의 아버지 앙드레 말로를 싫어했다. 남자로서도, 작가로서도 높이 평가하지 않았고, 그의 명성이 과장되어 있다고 생각했다. 사실 말로는 연설 중 미테랑을 심하게 공격한 적이 있었다.

미테랑이 플로랑스에게 말했다. "나는 당신 어머니가 더 좋습니다."

미테랑은 소설가들을 좋아했다. 그래서 소설가가 되고 싶어 했고 소설가들과 어울렸다. 그는 젊은 시절 앙굴렘에서 프랑수아 모리악을 만났다. 엘리제 궁에서 취임 연회를 할 때 윌리엄 스타이런, 가브리엘 가르시아 마르케스, 카를로스 푸엔테스를 자신의 탁자에 초대했다. 그가 7년의 임기를 두 번 지내는 동안, 작가와 지식인들이 엘리제 궁 내 프랑수아 미테랑 연구소의 문서 보관소를 2백 번 이상 찾았다. 사적인 만남들은 포함하지 않은 횟수다. 프랑수아즈 사강과 미테랑 대통령에게는 윌리엄 스타이런 같은 공통의 친구들이 있었다. 윌리엄 스타이런은 프랑스 대통령의 인품에 매료되어 콩코드 여객기를 타고 그를 만나러 왔다. 스타이런은 파리를 사랑했고, 미테랑은 나보코프에 대해 깊이 있게 이야기했다. 그것은 어느 나라에서도 보기 힘든 일이었다.

문학과 역사를 좋아했던 프랑수아 미테랑은 즉석에서 화젯거리를 만들어냈다. 그는 늘 두세 가지의 흥미로운 이야깃거리를 갖고 있었다. 그가 했던 대담들을 다시 읽어보면 오늘날에도 즐거움을 느낄 수 있다.

프랑수아 미테랑은 사강을 매료시켰고, 사강은 훌륭한 비평 감각을 발휘했다. 로칠드 은행이 국유화될 예정이었으므로 사강은 은행원 마릴렌 드체리에게 자신에게 새로운 후원자가 생길 거라고, 그 후원자는 좌파의 승리 덕분에 이해심이 많아졌다고 말했다. 그리고 어느 날 자신의 비서 마리 테레즈 바르톨리에게 이렇게 물었다. "거리의 사람들이 더 행복해

보이는 것 같지 않아요?" 미테랑 대통령의 또 다른 측근이자 사강의 친구인 장 폴 스카르피타가 그들과 함께 점심을 먹은 일이 있었는데, 그는 그때 목격한 사강의 순진함을 재미있어하며 이렇게 말했다. "그녀는, 그 가여운 여자는 우리가 모두 부자가 될 거라고 믿었어요."

사강은 자신의 문제와 관련해 대통령에게 아무것도 청원하지 않았다. 친구들을 위해 감히 청원했을 뿐이다. 그녀는 샤를로트 아요의 남편인 건축가 에밀 아요에게 레지옹 도뇌르 훈장을 추서해줄 것을 대통령에게 청원했다. 1970년대에 발레리 지스카르 데스탱이 건축술상의 몇 가지 실수를 그의 탓으로 돌린 바람에 에밀 아요가 충격받고 낙담해 있었던 것이다. 사강을 기쁘게 해주고 싶었던 미테랑은 에밀 아요에게 훈장을 추서했다.

1985년 가을 콜롬비아를 공식 방문할 때 미테랑 대통령은 사강에게 함께 가자고 청했다. 콜롬비아는 전 세계에서 가장 많이 소비되는 마약 중 하나인 코카인의 세계 최대 생산국이다. 사강도 코카인을 복용했다. 물론 그녀가 코카인 제조 공장을 방문할 기회는 없을 터였다. 콜롬비아에 도착한 다음 날, 그녀는 인터내셔널 호텔 스위트룸에서 정신을 잃은 채 메이드에게 발견되었다. 그때 프랑스 대표단의 다른 사람들은 콜롬비아 대통령과 함께 만찬을 들고 있었다.

연약하고 야윈 그녀는 양탄자 위에 누운 채 혼수상태에 빠져 있었다. 코카인 과다 복용이었다. 멘델슨 증후군이 발생했고, 구토 후 복용한 흡입약이 폐를 손상시켰다. 대개 마취에서 깨어날 때 발생하는 이 증후군은 매우 위험하다. 이 증후군이 확인되면 일단 환자를 옆으로 눕혀야 하는데, 사강은 놀라운 생존 본능을 발휘하여 스스로 옆으로 누웠고 그 덕분에 기적적으로 목숨을 건졌다. 그녀는 한 번 더 운 좋게 살아났다. 대통령 전용기가 보고타에 도착한 순간, 미테랑 대통령은 서둘러 그녀에게 자신의 주치의 클로드 귀블레를 보내주었다. 그녀는 즉시 육군병원으로 후송되었다.

문화부 장관 잭 랑은 보고타에서 생방송으로 앙텐 2 방송국 저녁 8시 뉴스에 출연해 프랑수아즈 사강이 '고산병'으로 발작을 일으켰다고 발표했다. 미테랑 대통령이 자신의 친구 사강을 방문했다. 그는 이 사건을 어떻게 무마해야 할지 알고 있었다. 미테랑 자신은 약물을 가까이하지 않았다. 의존성이 생길까 두려워 담배도 피우지 않았고 술도 많이 안 마셨다. 미테랑이 초대한 방문객이 병이 난 것이 처음 있는 일도 아니었다. 그의 캐나다 방문 때 동행했던 이브 나바르(Yves Navarre, 1940~1994, 프랑스의 작가. 동성애자의 소외와 고독을 예리하게 파헤친 『적응의 정원』으로 1980년 공쿠르 상을 수상했다 — 옮긴이)도 도중에 몸이 편치 않았다. 하지만 그때 미테랑은 사강에게 한 것만큼 주의를 기울이지 않았다. 미테랑은 이브 나바르에게 우정을 갖고 있었다. 하지만 사강에게는 애정을 갖고 있었다. 심지어 그는 사강을 무척이나 사랑했다. 다음 날 저녁, 그녀를 프랑스로 응급 송환하기 위해 프랑스 공군이 동원되었다.*

그녀는 보고타 인터콘티넨탈 호텔에서 의식을 잃었고, 파리의 발 드 그라스 병원에서 깨어났다. 페기 로슈가 그녀의 병실에서 자고 있었다.

---

* 미테랑의 주치의였던 클로드 귀블레에 따르면, 대통령의 초대 손님인 사강의 본국 송환을 위해 의료 기기들을 사용해야 했다고 한다. 프랑스 공군이 동원되었으니, 국제 여행자 보험 회사 몽디알 아시스탕스 사를 통해 기계를 임차하는 것보다 비용이 덜 들었을 것이다. 클로드 귀블레는 이 문제와 관련해 사강의 오빠 자크 쿠아레에게 전화를 걸었지만, 자크 쿠아레는 동생이 국제 여행자 보험을 들었는지 들지 않았는지 모르고 있었다. 대통령의 측근들은 이후 일어날 일들을 예상해 결정을 망설였다. 미테랑이 이때 쓴 비용이 정치적 스캔들로 비화한다 해도 할 말이 없었기 때문이다.

사강이 그렇게 해달라고 요청했기 때문이다. 입원했을 때 그녀는 자기가 버림받지 않았다는 것을 확인하기 위해 끊임없이 간호사를 불렀다. 얼마 뒤 콜롬비아에서 돌아온 미테랑 대통령이 그녀를 방문했다.

"당신은 실제보다 야위어 보이는군요." 미테랑이 사강에게 말했다.

사강은 이 말에 무척 기분 좋아했고, 여자 친구들에게 이 말을 몇 번이고 되풀이해 들려주었다.

셰르슈 미디 거리의 집에는 그녀가 자동차 사고를 당했을 때처럼 꽃과 위로의 표시가 답지했다. 그녀의 인기는 여전히 대단했다.

나쁜 남자들

— 프랑수아즈 사강이 당신에게 반했다는 것을 당신은 알았나요?

마르크 프랑슬레(Marc Francelet, 1947~ , 프랑스의 기자 · 파파라치. 주간지 『르 푸앵』, 『쇼크』 등에서 일했다 ― 옮긴이)가 아직 물기가 남아 있는 자신의 잿빛 머리칼을 손으로 매만졌다. 새하얀 타월로 된 목욕 가운을 입은 그는 얼룩말 무늬 양탄자를 맨발로 디디며 앞장서서 나를 안내했다. "뭐, 그랬겠죠. 잘 모르겠네요." 하지만 사강은 그를 마음에 들어 했다. 확실하다. 그가 신발을 신지 않은 채 돌아왔다. 하지만 청바지와 모양새가 좋지 않고 색이 바랜 홍보용 티셔츠로 갈아입은 모습이다.

— 관념적으로는 반했겠죠. 하지만 나라는 사람에게 육체적으로 반한 것은 아니었어요.

그가 마음을 편안히 하기 위해 옆구리를 만졌다.

— 그래요, 우리 사이에는 '그런 일'이 결코 없었어요……. 그런데 이 말은 글로 써서는 안 됩니다만, 그녀는 별로 예쁘지 않았어요. 물론 그녀와 함께 있으면 무척 즐거웠습니다. 조니나 벨몽도와 함께 있는 것보다 더 즐거웠죠. 그녀가 구사하는 말들, 그녀가 하는 재치 있는 말들은 그야말로 근사했어요.

동양의 상인처럼 생기발랄한 마르크 프랑슬레는 사람을 무척 좋아한다. 과거에 파파라치이자 기자였던 그는 가수 조니 할리데이(Johnny Hallyday, 1943~ , 프랑스의 인기 가수. '프랑스의 엘비스 프레슬리'라고 불리며, 지금까지도 왕성한 활동을 이어오고 있다 — 옮긴이), 배우 장 폴 벨몽도(Jean-Paul Belmondo, 1933~ , 프랑스의 인기 영화배우. 알랭 들롱과 더불어 한 시대를 풍미한 명배우이다. 〈네 멋대로 해라〉, 〈파리는 불타고 있는가〉 등 수많은 영화에 출연했다 — 옮긴이), 작가 프랑수아즈 사강이라는 1960년대의 빅 스타 세 명의 친구였다.

— 한때 당신은 그녀의 이상적인 남성상이었지요.

플로랑스 말로는 기억한다. 남자들에 대해 회의적이었음에도 불구하고 사강이 프랑슬레를 '이상적인 남성'으로 여겼던 것을. 그녀 자신이 그렇게 말했다.

— 프랑수아즈는 그녀들 공통의 친구였던 장 마르비에가 찍은 내 사진에 매혹되었죠. 그 사진 속의 나는 건달, 온갖 일에 손대는 사람, 주변인의 모습이었습니다. 조금 불량스러워 보였어요. 하기야 그때 나는 온갖 종류의 범죄 행위를 접하고 있었습니다. 모모 비달(Momo Vidal, 리옹 갱단의 두목 — 옮긴이), 가에탕 장파(Gaëtan Zampa, 1933~1984, 1970년대 마르세유 갱단의 두목 — 옮긴이), 제무르 형제들(알제리 유대인 집안의 5형제. 1970년대에 범죄로 악명을 떨쳤다 — 옮긴이)……

그리하여 마르크 프랑슬레는 '리옹 뒷골목의 언론 담당자'라는 별명을 얻었다.

그림 두 점이 내 시야를 가로막았다. 장 미셸 바스키아의 그림이었다. 세계에서 최고로 인기 있는 열 명의 화가 안에 꼽히는 화가다. 그의 작품 중 다수의 가격이 백만 달러가 넘는다. 엑스라지 사이즈의 플라스마 TV

화면에는 〈위기의 주부들〉이 무음 상태로 방영되고 있었다. 방에 활기를 부여하는, 무척이나 마음을 사로잡는 화면이다.

— 장 마르비에는 헤로인 중독이었고 마약 때문에 자살했습니다. 나처럼 그도 『마치』의 기자였죠. 나는 그의 장례식 후 프랑수아즈와 만나기 시작했고, 내 모험들이 그녀를 사로잡았습니다. 우리는 함께 점심을 먹었고, 나는 그녀에게 내 이야기들을 들려주어 그녀를 깔깔 웃게 만들었어요…….

프랑슬레는 건방진 젊은이의 태도로 야유하고 불량한 웃음을 폭발시키며 장황스럽게 말을 했다. 미용사와 건축가의 아들이었던 그는 열여섯, 열일곱 살 즈음에 사진사가 되었다. 배짱 좋게. 그는 병사로 변장하고 조니 할리데이가 징병검사를 받던 날 뱅센 성채에서 사진을 찍었다. 프랑슬레는 파파라치를 그만둔 뒤에도 불법 사진 찍기를 포기하지 않았다. 조니가 강간 혐의로 고소당했을 때, 그는 자기 친구의 결백을 옹호하기 위해 파리 신문사들의 편집국에서 구명 운동을 벌였다.

홍보의 일인자였던 프랑슬레는 많은 신문사에 친한 친구들이 있었다. 그는 프란츠 올리비에 지스베르나 기욤 뒤랑은 물론 세르주 쥘리와 저녁 식사를 했고, 『르 누벨 옵세르바퇴르』의 기자 프랑수아 카빌리올리와 함께 세 권의 소설을 집필했다. 그의 전화번호부에는 파리의 쇼 비즈니스계, 재계, 정치계 인사들의 이름이 두루 적혀 있었다. 그는 모든 사람들에게 격의 없는 말투를 썼다. 나는 그와 대화할 때 2인칭의 호칭을 교묘히 피했지만, 그는 나에게도 격의 없이 말을 놓았다. 그의 직업이 궁금하나 그것을 정확히 아는 사람은 아무도 없다. 곤경에서 잘 벗어나는 능수능란한 사람, 머리 회전이 빠른 책략가, 수상쩍은 일들의 중개인, 잘 웃는 중재자……. 그는 항상 이야깃거리, 퍼뜨릴 만한 재미있는 험담거리를 수두룩하게 갖고 있다. '정보에 밝은 마르코'가 그의 별명 중 하나이다.

— 아마 나는 조니가 팔에 자기 딸 자드의 이름을 중국어로 새겼다고 프랑수아즈에게 이야기했을 겁니다. 그가 글자를 착각했다는 것도요. 사실 그 표의문자는 의미가 있거든요. '초원의 작은 집'이라는…….

이 사람 좋은 남자는 활짝 벌린 두 팔을 소파의 등받이에 걸치고 있었다. 손목에는 문자반이 큰 손목시계가 채워져 있었다.

— 처음에 나는 사강과 만나면서 그녀의 스타성, 명성, 언론에 강한 면모에 몹시 매혹되었습니다. 당신도 그녀와 친해지면 기분이 좋을 거예요. 이후 나는 그녀 없이는 견딜 수가 없었죠. 나는 내 삶에 대해 그녀에게 이야기해줬어요.

그들은 립이나 다른 비스트로에서 점심을 먹고, 프랑슬레의 빨간 페라리를 타고 앙지앵의 카지노를 둘러보고, 카자르크에 머물렀다.

— 내가 어떻게 지루할 수 있었겠어요.

사강은 누군가에게 우정을 느끼면 나누기를 좋아했다. 사람들이 생각하는 것과 달리, 그녀는 젊은 시절에 친구를 많이 만든 것이 아니었다. 나중에, 나누려는 욕구가 기쁘게 해주려는 야망을 대체했을 때 친구를 많이 만들었다. 그녀의 친구들은 누구든 카자르크에서 지낼 권리가 있었다.

어느 여름날, 사강은 플로랑스와 언니 쉬잔과 함께 성에서 졸고 있었다. 그때 헬리콥터 한 대가 평원 위에 내려앉았다. 마르크 프랑슬레가 카메라를 들고 헬리콥터에서 나왔다. 그는 1950년대에 유행한, 비시 천에 무늬를 프린트한 반팔 셔츠와 바지를 입고 있었고 ("아니에요, 나는 비시 천으로 된 옷은 절대 입지 않았어요!"), 젊은 억만장자 크리스토프는 모자 밑에 얼굴을 반쯤 감추고 있었다. 크리스토프는 사강의 소설들을 원작으로 삼아 할리우드에서 영화를 만들고 싶어 했고, 헬리콥터를 타고 모나코를 한 바퀴 둘러보자고 사강에게 제안했다.

플로랑스와 쉬잔은 사강이 그러지 않도록 만류했고, 얼마 뒤『파리마치』에서 한 젊은 남자가 미국에서 사기 혐의로 체포되었다는 기사를 본다. 록펠러의 상속자, 디노 드 로랑티스(Dino de Laurentiis, 1919~2010, 이탈리아의 영화 제작자 — 옮긴이)의 아들, F1 선수를 사칭한 협잡꾼. 이것이 바로 크리스토프 로캉쿠르(Christophe Rocancourt, 1967~, 프랑스의 사기꾼. 열개가 넘는 가명을 쓰며 프랑스와 미국에서 활동했다 — 옮긴이)의 실체였다. 다스의 아이, 옹플뢰르 출신의 이웃.

— 프랑수아즈는 무법자를 좋아했어요.

플로랑스는 말한다.

사강은 책 속에서 프랑슬레와 고대했던 만남을 가졌다. 그의 소설들은 창조적이고 효율적인 시각화 기술을 보여주었다. 상상력이 의지보다 더 강렬했다. 사실 이 목가적이고 플라토닉한 만남 전에 그의 우렁찬 목소리가 그녀의 흥미를 끌었기 때문이었다. 그녀의 상상 속에는 그녀를 섬기는 기사의 이미지와 함께 불량배라는 새로운 이미지가 나타났다. 수입을 위한 것이라기보다는 흥분과 아드레날린의 분출을 위한 것이었다. 그의 소설들 속에서는 나쁜 남자(bad boy)가 위안을 주고, 신사의 가면을 쓴 도둑이 1960년대의 유혹적인 오십 대 남자를 대체한다. 불량배는 분별 있는 부르주아이고, 그의 배우자는 롤리타이다. 사강은 1980년에 출간된 자신의 소설『분 바른 여자』에 사기꾼 같은 인물 쥘리앵 페라를 등장시킨다. 여주인공은 쥘리앵 페라와 연애를 한다. 페라는 거의 오십 대가 된 작가가 이상화한 사기꾼이다. "남자답고, 든든하고, 동시에 어린애 같죠." 사강은 어느 인터뷰에서 말했다. 그리고는 즉시 덧붙였다. "하지만 나는 그런 남자들을 별로 알지 못해요." 사강이 위기를 건너왔기 때문이었다. 채권자들이 몰려들었다. 심지어 그들은 그녀를 사기죄로 고소하기까지 했다. 그녀는 영화를 만들기 위한 시나리오 한 편을 붙잡고 대충 해치웠다. 장 우그롱의 소설에서 영감을 얻은 시나리오였지만, 우그롱은 시나리오 작업을 허락하지 않았다. 이후 사강은 플라마리옹 출판사에 새 소설의 원고를 넘겼고, 그 원고는 『아첨꾼』이라는 책으로 출간되었다. 사강은 넉살 좋게도 본의 아닌 협조를 해준 것에 대해 우그롱에게 감사의 뜻을 표했다. 『아첨꾼』이 나오던 날, 우그롱은 사강과 출판업자를 소환했다. 우그롱은 사강에게서 등을 돌렸고 그녀를 표절 혐의로 고소했다. (사강은 1979년 장 우그롱에게 그의 단편소설 「모욕당한 사람들」의 시나리오 각색을 허락해달라고 요청했지만 거절당했다. 그러자 그녀는 이 작품을 더 발전시켜 새로운 작품을 쓰기로 결정하고 『아첨꾼』을 썼다. 사강은 『아첨꾼』의 서문에 우그롱의 「모욕당한 사람들」에서 소재를 따왔다고 밝혔지만, 장 우그롱과 스토크 출판사는 사강과 플라마리옹 출판사를 표절 혐의로 고소했다. 재판부는 『아첨꾼』이 사강의 창작물이기는 하지만 다른 작가의 작품을 번안했다는 이유로 판매 금지 처분 및 재고 부수 압류 명령을 내리고, 배상금으로 우그롱과 스토크 출판사에 각각 3만 프랑씩을 지불하라고 판결했다 — 옮긴이)

사강은 적들을 피해 이자벨 헬드와 함께 플로레알 주택단지의 작은 집으로 피신했다. "나는 모두에게 침울했을 하루가 끝난 것을 몹시 기뻐하며 자리에 누웠어요." 쥘리앵 페라 덕분이었다.

쥘리앵 페라는 천재적인 표절자 드랭, 블라맹크, 위트릴로, 모딜리

아니의 이름으로 수많은 위작을 그린 알랭 마르투레(Alin Marthouret, 1931~1983, 1970년대에 유명 화가들의 모작을 그려 미술계의 사기꾼으로 악명을 떨쳤다 — 옮긴이)에게서 일부 영감을 얻은 인물이었다. 이 사기꾼은 스무 살에 리옹 갱단 소유의 나이트클럽 사장 대행으로 경력을 시작했다. 리옹 갱단은 그를 휘둘렀고 미술 시장에 관여했다. 그는 화상(畵商) 페트리데스를 위해 위트릴로의 위작을 그렸다. 또 다른 사기꾼 페르낭 르그로는 그 위작들을 유통시켰다. 특히 마르케의 작품들을 많이 유통시켰다. 그 화가의 미망인에게 진품임을 인정받았던 것이다. 그녀가 파산해서 형편이 어려웠으므로 그는 아무 걱정 없이 그림에 서명했다. 일명 '르그로 사건'이라고 불린 이 사건은 당대를 떠들썩하게 만들었다.

"내가 하루에 대여섯 시간씩 작업한 그 책은 다른 열여덟 권의 책을 비현실적인 것으로 만들었다." 사강은 썼다. 그녀가 종이로 만들어진 자신의 극장에서 너무나 행복해했으므로, 그 책은 그녀가 쓴 작품들 중에서 가장 길다(그리고 가장 저급하다). 분량이 무려 560페이지에 달한다.

그녀의 세계는 리옹의 갱단을 잘 알았던 마르크 프랑슬레의 세계와 멀지 않았다. 마르크 프랑슬레는 1982년에 플뢰리 메로지스 교도소에 수감되었다. 교도소 운동장에서 그는 다른 수감자들에게 구박받는 한 수인을 발견했다. 그는 일명 '벽장 속에 갇힌 아이', 부모가 8년 동안 골방에 가둬둔 아이의 의붓아버지였다. 프랑슬레는 한 방에서 지내면서 그 남자를 보호해주겠다고 교도소장에게 제안했다. 정의의 수호자 프랑슬레는 자신의 피보호자의 이야기를 글로 기록했고, 교도소에서 나오자마자 40만 프랑(6만 유로)을 받고 그 글을 『파리마치』에 팔았다. 그는 어디를 가든 일을 꾸미는 사람이었다.

사강은 아직 훌륭한 노다지였다. 외로운 주변인들이 그녀를 유혹했다. 마르크 프랑슬레는 그녀의 꿈을 현실로 만들 터였고, 현실은 사강이 연루되는 '엘프 사건'으로 이어지면서 허구를 뛰어넘을 터였다. 『분 바른 여자』의 해피엔드는 예견되지 않았다.

마르크 프랑슬레는 자신의 새로운 피보호자 사강에 대한 애정의 표시로 그녀의 출판업자에게 주먹을 날리는 것부터 시작했다. 사강이 서로 다른 두 곳의 출판사와 책을 내기로 약속해 분란이 일어났던 것이다. 출판업자의 코가 부러졌고, 그녀는 근사한 일이라고 생각했다.

1983년 그녀는 라 디페랑스 출판사의 해리 장코비치와 미술에 대한 짧은 책을 한 권 쓰기로 계약했다. 그 책 속에서 그녀는 콜롬비엔 페르난도 보테로(Colombien Fernando Botero, 1932~ , 콜롬비아의 화가·조각가. 풍만한 인물 표현으로 특유의 유머 감각과 남미의 정서를 표현한 작품들을 만들었다 — 옮긴이)의 그림에 대해 논평해야 했다. 계약서에는 '장편소설', '단편소설' 혹은 '이야기'라는 용어를 표지에 넣지 않는다는 조항이 적혀 있었다. 갈리마르 출판사가 그녀의 다음 소설을 낼 예정이었기 때문이다.

2년 뒤, 그녀는 보테로의 작품 〈라켈 베가의 집〉에서 영감을 (잘못) 받아 날림으로 쓴 단편소설 한 편을 해리 장코비치에게 건네준다. 책을 낼 때 출판사는 전략적으로 책 표지에 '픽션'이라고 인쇄했다. 분량은 88페이지였다. 사강의 이름이 붉은 글씨로 큼지막하게 인쇄되었다.

갈리마르 출판사의 여성 편집자 프랑수아즈 베르니는 사강이 장코비치에게 단편소설의 원고를 건넨 것을 알고 화를 냈다. 그녀는 자신이 석 달 뒤 다음 소설 『마지못해』를 내게 될 이 작가에게 속았다고 느꼈다. 프랑수아즈 베르니는 그때까지 사강을 값비싼 물건처럼 취급했던 구식 편집자들과 달랐다.

명편집자였던 베르니는 책이나 문인을 소개하지 않고 '작가'를 소개했다. 상품으로서의 책의 가치는 명성에 기인한다. 그녀는 '새로운 철학자' 베르나르 앙리 레비의 성적 매력을 활용해 그를 텔레비전에 소개했고, 그라세 출판사의 언론 관련 입장을 공고히 했다. 그녀는 작품과 저자들의 정리 작업을 단행했다. 그녀의 지휘 아래 갈리마르 출판사는 알렉상드르 자르댕(Alexandre Jardin, 1965~ , 프랑스 소설가·영화인. 1980년대에 첫 소설『대담하게』로 혜성처럼 등장해『얼룩말』,『팡팡』,『꼬마 원시인』등 많은 인기 소설을 발표했다―옮긴이)을 통해 대중소설의 문을 열었다.

알코올중독에 불행하고 뚱뚱한 여자였던 프랑수아즈 베르니는 유별난 육체 때문에 정신이 몽롱했다. 목이 거의 없다시피 한 채, 검은 부대자루 같은 원피스를 입은 몸통 위에 얼굴이 놓여 있었다. 두 손은 순대처럼 통통했고, 눈에는 눈물이 그렁그렁했다. 쉰 목소리를 냈고 태도는 돈에 좌우되었다. 저녁 6시부터 술에 취해 있었던 그녀는 1970년대에 사강의 친구였던, 카르본의 아내 마누슈와 비슷했다. 그녀는 변호사 장 클로드 질베르스탱, 마르크 프랑슬레와 함께 세르슈 미디 거리 사강의 집에서 회의를 소집했다.

술을 많이 마시며 회의를 마친 뒤, 그녀는 사강과 프랑슬레에게 긴급한 임무를 맡겼다. 해리 장코비치로 하여금 보테로에 관한 책의 출판을 보류한다는 협정에 서명하게 하는 임무였다. 게으름뱅이 특공대는 변호사가 작성한 협정서를 지참하고 즉각 장코비치를 만나러 갔다.

― 내가 문 비밀번호를 어떻게 알아냈는지 모르겠어요. 우리는 계단을 올라갔죠. 아무도 없더군요. 잠시 후 여자 친구와 함께 영화관에서 돌아

온 그 친구는 자기 거실에 우리가, 프랑수아즈와 내가 있는 것을 알고는 무척 놀랐죠. 그 친구가 무례한 태도를 보였기 때문에 나는 그의 코를 부러뜨리고, 나에게 달려든 그의 여자 친구에게 손찌검을 할 수밖에 없었습니다. 프랑수아즈가 그 여자를 달랬죠. 결국 그 친구는 서류에 사인을 했고, 우리는 그 집을 나왔습니다. 하지만 다시 돌아가야 했어요. 프랑수아즈가 그 집에 가방을 두고 왔거든요…….

"갈리마르 출판사의 이익을 보호하려는 프랑슬레 씨의 매우 특별한 방식을 존중해줘야 하는가?"라 디페랑스 출판사는 「르 마탱 드 파리」에서 이런 질문을 했다. 세바스티앵 보탱 거리에 있는 멋진 출판사를 위해 보르헤스, 뷔토르 혹은 쥘리앵 그린의 편집자들 중 한 명의 행실을 바로잡는 마르크 프랑슬레를 상상하는 것은 퍽이나 흥미로운 일이다. 프랑슬레가 선금의 일부를 코카인으로 지불해달라며 즉각 반응을 보인 만큼 말이다.

프랑슬레를 클린트 이스트우드로 여겼던 사강은 말 그대로 넋을 잃었다. 1986년 프랑슬레가 교도소에 수감되었을 때(그의 말에 따르면 불법무기 소지 때문에) 그녀는 주저 없이 그를 변호했다. 그녀는 일간지 「리베라시옹」에 이렇게 썼다. "마르크 프랑슬레가 파리 한 마리에게 해를 끼쳤다면, 그 파리가 법정에 출두하겠지요."

전과자들의 보호자가 된 사강은 파리에서 그들의 사회 복귀를 위한 활동에 헌신했다.

— 마시모가 이탈리아에서 마침내 출감했을 때, 프랑수아즈는 그의 사회 복귀를 위해 오르세 강변로의 자기 집에서 파티를 열어줬습니다. 당시 조니는 매일 저녁 베르시에서 노래를 불렀죠. 나는 조니를 내 자동차

트렁크 안에 가둬두었다가 꺼내준 뒤 함께 저녁을 보냈습니다. 그날 저녁 나는 트렁크를 열고는 조니에게 말했죠. 좋은 생각이 하나 있다고, 빵에서 나온 녀석을 위해 어느 여자 친구 집에서 깜짝 파티를 할 거라고 말입니다. 조니는 함께 가자고 했죠. 프랑수아즈의 집에 도착하니 사람들이 그득하더군요. 장 다니엘, 사미르 트라불시, 지나 롤로브리지다 그리고 돈 많은 아주머니이자 은행가 에두아르의 어머니 마리 엘렌 드 로칠드까지. 긴 가죽 코트를 입고 체 게바라의 별을 단 베레모를 쓴 조니는 사람들에게 깊은 인상을 주었습니다. 그가 눈썹을 움직이기만 해도 사람들은 대화를 중단했지요. 마시모는 나에게 말했습니다. "나에게 조니를 데려오다니, 굉장해……."

몇 년 동안 프랑수아즈 사강은 자신을 보호해주는 가까운 지지자들을 잃었다. 1989년, 그녀의 오빠 자크 쿠아레가 뇌출혈로 사망했다. 그녀는 몸에 관을 잔뜩 꽂고 병원에 누워 있는 오빠를 보았다. 의식을 되찾지 못한 채 단말마의 고통이 보름간 계속되었다. 그녀보다 나이가 여덟 살 많은 오빠 자크는 어린 시절부터 그녀를 돌봐주었다. 그들은 사강이 부모 슬하를 떠난 뒤 자크가 무일푼이었을 때 함께 살았다. 사강에게 자크는 오빠 이상의 존재였다. 그녀의 단짝이자 보호자였다. 신중하지 못했던 사강은 자신을 보호할 줄을 몰랐고, 언제나 기대고 의지할 곳을 찾았다. 자크는 그런 그녀의 수호천사였고, 이따금은 타락한 천사였다. 자크는 사강보다 더 제정신이 아니었다. 꽤나 많이 그랬다. 끊임없이 여자를 갈아치웠던 그는 어느 영국 여자와, 그다음엔 스튜어디스와, 그다음엔 아시아 여자와 결혼했다. 하지만 여동생에게는 항상 지극 정성이었다. 생 트로페, 카스텔, 자동차 그리고 여자들. 1960년대에 사강과 자크는 똑같은 취미를 공유했다. 사강이 자크에게 이야기해서 그가 그녀를 사창가에 데려간 적도 있었다. 자크 쿠아레는 클로드 부인 휘하에 있는 콜걸들을 좋아했고, 『네 여보세요, 혹은 클로드 부인의 회고록』이라는 책을 써서 클로드 부인에게 헌정했다.

— 그 여자는 퍽 도움 되는 사업을 해서 돈을 톡톡히 벌었죠.

남매의 어린 시절 친구인 필리프 클랭은 말한다.

이 책은 〈엠마뉘엘 부인〉을 연출한 쥐스트 자캥 감독에 의해 영화로 만들어졌다.

온갖 일에 닥치는 대로 손대는 사람이었던 자크 쿠아레는 자기 아버지처럼 제네랄 엘렉트리크 사에서 일했고, 외삼촌 폴 로바르의 운송회사에서도 일했고, 알베르 드바르주 소유의 타로드 연구소에서도 일했다. 그다음에는 앙텐 2 방송국에서 마르셀 쥘리앙(Marcel Jullian, 1922~2004, 프랑스 방송인. 앙텐 2 방송국의 창립자 중 한 명이다 — 옮긴이)과 함께 일했다. 그 시절 자크는 아보리아스 축제에서 마티외 갈레를 만났다. 마티외 갈레는 1980년 1월 19일자 일기에 이렇게 썼다. "사강의 오빠 자크 쿠아레, 삶은 그에게 명랑한 물총새의 입을 선사했다. 그 탐미주의자는 거리를 두고 세상의 구경거리들을 즐겼다."

자크 쿠아레는 텔레비전영화 〈보르자 가문의 황금빛 피〉의 시나리오를 동생 사강과 함께 썼다. 이 영화는 훌륭한 영화 〈바틀비〉에 출연했고 자크와 절친한 사이였던 모리스 로네(Maurice Ronet, 1927~1983, 프랑스의 배우·감독. 〈태양은 가득히〉, 〈사형대의 엘리베이터〉 등의 영화에 출연했다—옮긴이)가 배우로 출연하고 연출도 했다.

현실에 제대로 발을 디디지는 못했지만 사강의 어리석은 행동들을 뒤처리해주었던 오빠가 사라지자, 그녀는 보호막 이상의 것을 잃은 것이나 다름없었다. 씨족의 대장이 사라져버렸고, 그것은 로의 시골 귀족 집안에서 별것 아닌 일이 아니었다.

한 달 뒤, 그녀는 알츠하이머병에 걸린 어머니 마리 쿠아레를 잃는다. 마리 쿠아레는 눈이 보이지 않아 오래전부터 아무도 알아보지 못했다. 사강은 친구 플로랑스와 함께 어머니를 방문했다. 플로랑스가 마리 쿠아레와 대화를 나누었고, 그러는 동안 사강은 복도에서 개와 공놀이를 하며 기다렸다.

노쇠와 죽음, 사강은 이것을 정면에서 바라보기를 거부했다. 이 두 번의 상(喪) 사이에 밥 웨스트호프가 사망했다. 그리고 그다음에는 페기 로슈가 죽었다.

끝이었다. 더 이상 그녀를 보호해줄 사람은 없었다. 페기의 장례식 때 그녀는 플로랑스, 샤를로트와 함께 프랑슬레가 마련해준 비행기를 타고 로로 내려갔다. 플로랑스는 말한다. "그런 준비를 해주다니, 우리는 그 사람이 참 다정하다고 생각했어요. 나는 속으로 생각했죠. '정말 에너지 넘치고, 정말 너그럽고, 정말 재치 있네.'" 그랬다, 프랑슬레는 다정했다. 판매원처럼, 매춘부처럼, 기둥서방처럼. 외상으로 물건을 사서 현금을 받고 팔아치우는 사기꾼은 타인의 욕망을 빨아먹기 위해 자신의 사욕을 억제한다. 그것이 그의 재능이었고, 그의 수완이었고, 그의 술책이었다. 실은 제네랄 데 조(Compagnie Générale des eaux, 지금의 베올리아 환경회사의 전신으로, 150년 역사를 가진 프랑스의 상수도 기업 —옮긴이)에서 그 비행기 비용을 지불했다는 것을 플로랑스는 알지 못했다.

나는 프랑슬레와 내가 앉은 각을 이룬 두 개의 소파를, 술병, 초콜릿 상자, 옹이진 커다란 사이즈의 시가 상자, 사진첩 등이 잔뜩 놓인 나지막한 탁자를 눈으로 훑었다. 라늘라 거리에서 가까운 그 아파트의 실내장식은 선하고 멋진 부르주아와는 어울리지 않는 분위기였다. 벽난로 옆에는 장작이 바구니에 담겨 있고, 아이들의 사진이 액자에 끼워져 있고, 소파에는 캐시미어 담요가 덮여 있었다. 놀이방은 그의 항문기 고착 성향을 보여주었다. 이 방에는 핀볼 게임기, 석류색 가죽 소파, DVD장, 그림들이 있었다. 마치 베르사유 여자와 결혼한 엘비스의 그루지야 마피아 팬이 사는 임시 거처 같았다.

— 기 드주아니가 이 아파트를 나에게 마련해줬습니다. 그는 건너편에 살죠.

마르크 프랑슬레가 거리 건너편에 있는 건물을 가리켰다. 기 드주아니는 비방디 이후 임명된 제네랄 데 조 사의 사장이다. 친구인 프랑수아 카빌리올리에 따르면, 프랑슬레는 제네랄 엘렉트리크 사의 계열사인 페닉스 주택들을 팔라샤인(유대교를 믿는 에티오피아인 — 옮긴이)들에게 세놓기 위해 아리엘 샤롱에게 팔면서 드주아니를 만났을 거라고 한다. 마르크 프랑슬레는 비방디의 계열사인 CID(Compagnie Internationale de Développement, 국제개발회사 — 옮긴이) 홍보부장 직책을 그만두었다. 그는 허위 계산서를 작성하는 한량이었다.

—드주아니가 실내장식 비용을 지불했지요.

바스키아의 그림들도 제공했다는 말일까?

'정보에 밝은 마르코'는 한 손에 아주 납작한 전화기를 들고 있었다. 그가 전화기 덮개를 끊임없이 위로 올렸다. 기벽, 강박증.

그가 마지막으로 사강을 만난 것은 그랑빌의 병원에서였다. 그는 헬리콥터를 타고 그곳으로 그녀를 방문했다. 그들이 점심을 먹으려고 하는데 전화벨이 울렸다. 프랑슬레는 전화를 받았다. 사강은 화가 났지만 참았다. 전화벨이 또 울렸다. 그는 또 전화를 받았다. 사강이 식탁에서 일어났다. 그가 그녀에게 물었다. "어딜 가려는 거예요?" 그러자 사강은 웃으며 대답했다. "이 막돼먹은 깡패야, 해도 너무하잖아!" 그날 프랑슬레는 전화를 꺼두었다. 그리고 많이, 아주 많이 용서를 구했다. 하지만 사강과 함께하는 것이 힘들지는 않았다. 그녀는 꽁한 성격이 아니어서 마음에 담아두지 않았다. 하지만 그녀의 측근들은 그녀가 프랑슬레를 다시 만나는 것을 만류했다. 그러자 프랑슬레는 전화로 짧고 괴상한 대화를 시도했다.

— 아니, 아니에요. 나는 이제 석유 사업을 하지 않아요. 유정들을 다시 팔았어요.

아주 틀린 소리는 아니었다. 마르크 프랑슬레는 정말로 유정들을 소유했었다. 그의 회사 탱커 오일 가스는 모술 지역 두 군데에서 석유를 개발했다. 그것은 사담 후세인의 사적인 선물이었다. 과거로 거슬러 올라가 이라크에 복잡한 과정을 거쳐 어떤 이권을 중개해준 대가였다.

그의 운전기사가 커피를 가져왔고, 프랑슬레는 부드러운 남자들이 모두 그러듯 합성 감미료와 설탕을 함께 준비했다.

— 프랑수아즈가 나 때문에 괴로움을 당했죠.

그는 이미 나에게 전화로 이 말을 했었다.

— 첫째, 나는 그녀에게 앙드레 구엘피를 소개했습니다. 둘째, 나는 일 생각을 했습니다. 하지만 결과는 끔찍했죠.

표정은 후회하는 것 같지만 눈에는 웃음을 머금은 채 그는 민감한 질문들을 알아서 해결해주었다. 프랑수아즈 사강을 파산하게 한 그 사건은 1991년에 시작되었다. 결과는 비극이었다.

엘프 사의 중개인 앙드레 구엘피, 일명 데데 라 사르딘은 중동의 공화국인 우즈베키스탄에서 석유를 탐사하자고 주장했다. 외교통상부 장관 롤랑 뒤마는 반대했다. 우즈베키스탄의 대통령 이슬람 카리모프가 독재를 했기 때문이다. 비정부기구들은 그 나라에서 자행되는 고문 행위를, 민주주의의 결핍을, 정치적·종교적 적들에 대한 탄압을, 언론 자유의 부재를 규탄했다. 앙드레 구엘피는 외교통상부 장관의 의견을 무시하고, 사강을 시켜 우즈베키스탄의 독재자를 만나라고 미테랑 대통령을 설득하게 했다. 데데 라 사르딘(앙드레 구엘피)은 지난 20년 동안 자주 만나온 마르크 프랑슬레에게도 자신을 도와달라고 호소했다.

— 앙드레 구엘피는 벨몽도와 그 파트너의 가장 친한 친구였습니다. 나중엔 사이가 틀어졌지만요.

앙드레 구엘피는 일만 잘 성사되면 프랑슬레도 사강도 더 이상 일할 필요가 없을 것이라고 장담했다. 예정된 중개료의 총액은 1억 2천만 프랑(1,700만 유로)이었고, 사강이 그중 절반을 받을 예정이었다. 발레리 르카블과 에리 루티에가 그들의 책 『깊은 물밑작업』에서 이야기한 것처럼, 마르크 프랑슬레는 그녀에게 그 돈을 지급하기로 약속했다.

— 나는 프랑수아즈 앞에서 구엘피를 추켜세우고, 상상을 초월하는 그의 생활수준에 대해 이야기해주었습니다. 그리고 그녀는 그를 만나보겠다고 수락했죠.

앙드레 구엘피는 그들과 함께 계약서에 서명함으로써 그 협정을 보증

272

했고, 그 계약서는 오늘날 법무부 문서보관소에 보관되어 있다.

사강은 자신을 찾아온 행운에 대해 즉시 플로랑스에게 이야기했다.

"곧 우리에게 엄청나게 많은 비행기 표가 생길 거야. 우리는 세계 일주를 하게 될 거야." '몰디브 여행' 쿠폰이 든 트루아 쉬스(프랑스의 통신판매 회사—옮긴이)의 카탈로그라도 받은 것처럼. 부와 명성 중에서 그녀는 부를 선택했다. 쉬는 시간에 부활절 달걀을 나눠주는 소녀로서 친구들을 망치게 될 돈이었다.

페기 로슈의 의상실에 출자하려면 자본금도 필요했다. 마르크 프랑슬레는 그레스 주택을 사들인 베르나르 타피(Bernard Tapie, 1943~ , 프랑스의 카레이서 · 기업가 · 정치인—옮긴이)가 페기의 사업 계획에 흥미를 보이기를 바라며 그와의 점심 식사 자리까지 마련했다.

— 타피는 보트로 우리를 데려갔습니다. 그는 프랑수아즈가 대통령과 친하다는 것을 알았기 때문에 립에서 그녀와 함께 있는 모습을 사람들에게 보여주길 원했죠…….

마음이 여렸던 사강은 미테랑 집권 말기에 우각호(牛角湖)에서 거칠게 사냥하는 약탈자들의 먹잇감이 되었다. 앙드레 구엘피는 1950년대에 F1 조종사였다. 그는 고르디니 레이싱카 팀에서 파란색 24S 블뢰를 타고 여러 번 달렸고, 사강이 그 차를 샀다. 사강을 처음 만났을 때, 그는 자신이 운전하는 법을 스스로 깨쳤다고 주장했다. 그 말이 구엘피를 전혀 모르는 사강을 화나게 했다. 하지만 얼마 지나지 않아 구엘피가 특별한 장난감을 마련해줬다는 것을 알게 된 그녀는 그에 대한 첫인상을 바꿨다.

— 행복하기 그지없던 시절도 있었습니다. 우리는 RER(수도권 고속 전

철 — 옮긴이)을 타듯 구엘피의 비행기를 타곤 했어요. 그는 우리가 베네치아, 아니면 어디든 다른 곳으로 저녁을 먹으러 가도록 비행기를 빌려 줬어요. 팔콩 10을 타고 도빌에 다녀올 때, 우리는 노르망디에 도착하기 위해서보다 르 부르제에 들어오기 위해 시간을 더 많이 소요했죠. 구엘피는 언제나 세상에서 가장 아름다운 제트 비행기들을 갖고 있었습니다. 현재 그는 비즈니스용의 멋진 비행기 팔콩 2000을 갖고 있어요.

프랑슬레가 발가락을 양탄자 속에 파묻은 채 이야기했다.

우선 프랑슬레는 국가 이미지를 개선하려는 목적하에 우즈베키스탄으로 가는 홍보 여행을 준비하는 임무를 맡았다. 열 명가량의 기자들이 타슈켄트와 사마르칸트에 기항하고 중앙아시아에서 닷새를 보내기 위해 얼큰히 취한 채 팔콩을 타고 출발했다. 그들이 여행에서 돌아오자, 프랑스 언론에 기사들이 쏟아졌다. 그러자 카리모프는 깜짝 놀랐다. 이 로비 활동의 대가로 마르크 프랑슬레는 구엘피에게 1,500만 프랑을 청구했다.

프랑수아즈 사강은 약속을 지켰다. 그녀는 미테랑 대통령에게 그 이야기를 했고, 앙드레 구엘피가 엘리제 궁에 들어가게 되었다. 그는 엘프 사가 우즈베키스탄에서 석유 탐사를 하도록 허락해달라고 대통령에게 요청했다. 엘프 사 입장에서는 기쁘기 짝이 없는 일이었고, 제네랄 데 조 사도 마찬가지였다. 구엘피는 타슈켄트에서 올림픽이 열리도록 국제 올림픽 조직위원회에 힘을 쓰겠다고 장담했다. 그는 후안 안토니오 사마란치 국제 올림픽 조직위원회 위원장과 가까운 사이였다(그는 사마란치의 비행기 조종사였고 그의 개인적 용무를 맡아보기도 했다). 우선 그 나라의 탄화수소층을 탐사해야 했고, 그다음에는 필요한 시설들을 확충해야 했다.

마르크 프랑슬레는 제네랄 데 조 사에 브뢰유 성을 보수하는 비용을 대달라고 넌지시 부탁했다. 황폐해진 브뢰유 성의 공사가 시작되었다. 2년 뒤, 엘프 사의 우즈베키스탄 투자에 관한 내용이 프랑스 언론에 발표되었고, 에크모빌에서는 브뢰유 성의 공사가 끝났다. 사치스럽게 개조한 것은 아니었다. 조롱하는 의미로 후에 '구엘피 타일'이라는 별명을 얻은 산업용 타일이 1층에 깔렸다. 욕실들은 페닉스 주택에 쓰인 것과 비슷한 재료로 개조되었다. 지붕은 새것이었다. 사강은 프랑슬레가 기적을 이루어내는 근사한 남자라고 생각했다.

파리에서 로비 활동의 2차 단계가 시작되어야 할 시점이었다. 카리모프를 만나도록 미테랑 대통령을 설득하는 일이었다. 이번에 사강은 그다지 적극적인 태도를 보이지 않았다.

1993년 9월, 프랑수아즈 사강은 프랑수아 미테랑에게 이렇게 편지를 썼다. "당신을 태운 헬리콥터가 노르망디의 내 아름다운 거처를 방문하기를 여름 내내 목 빼고 기다렸지만 헛일이었어요." 이 어린애 같고 영악한 어조는 청원자의 어조였다. 그러나 사강으로서는 다음번 카자흐스탄 공식 방문 때 우즈베키스탄 대통령을 만나달라고 친구에게 부탁한 것뿐이었다. "내가 집에 돌아와 발견한 것은 내 친구 마르크 프랑슬레가 끼어 있는, 눈물이 그렁그렁한 사업가들 패거리였어요……."

— 그래요, 어느 날 그녀는 내가 세르슈 미디 거리의 그녀 집에서 대통령과 함께 점심 식사를 하도록 자리를 마련해주었습니다.

프랑슬레는 말했다.

프랑수아 미테랑은 RG(Renseignements généraux, 통합 정보국 — 옮긴이)에

프랑슬레에 관한 자료를 요청했다. 프랑슬레가 두 번이나 교도소에 다녀온 적이 있다는 것을 알았기 때문이다. 미테랑은 이제 마타 하리 노릇을 그만두라고 사강에게 부탁하기까지 했다.

이 편지의 사본은 백금 액자에 끼워져 프랑슬레의 사무실에 걸렸다. 그의 골든 레코드, 군대 메달, 학교 상장과 함께. 사실 이 모험가는 히말라야를 정복한 것이나 다름없었다. 프랑수아 미테랑이 1994년 4월 카자흐스탄 공식 방문 때 백 명쯤 되는 국회의원과 기자들을 거느리고 우즈베키스탄에 들렀기 때문이다. 카리모프는 1년 뒤 프랑스에 초대받았다.

4년 뒤, 앙드레 구엘피는 이 공식 방문과 관련이 없는 명목으로 4천만 프랑이 넘는 사례금을 받은 혐의로 상테 교도소에 수감되었다. 그는 완고한 금융 전문 판사 에바 졸리 앞에서 이야기보따리를 풀어놓았다. 그돈으로 에크모빌 브뢰유 성의 공사비를 지불했고 4백만 프랑을 프랑수아즈 사강에게 커미션으로 건네줬다고. 그의 스위스 엔지니어링 회사 노블박은 브뢰유 성의 공사를 담당한 CID에 수표로 공사비를 지불했고, 판사는 그 서류를 국세청에 전달했다.

— 나는 세금에 대해 생각하지 못했습니다.

마르크 프랑슬레가 어쩔 줄 몰라 하며 인정했다.

— 그건 엄청난 바보짓이었어요. 내가 CID에 세금 관련 사항을 잘 처리해달라고 요청했더라면 프랑수아즈에게 적들이 생기지 않았을 거예요.

CID는 브뢰유 성의 공사비로 4,315,569프랑 84상팀을 받았다고 보고했다. 말도 안 되는 액수였다. 지붕 수리비를 포함한다 해도 그런 액수는 터무니없었다. 전문가들의 의견에 따르면 그 공사에 들어간 비용은 최대한 많게 잡아도 그 절반밖에 되지 않았다. 두 회사는 왜 실제보다 부풀려 계산서를 발행했을까? 측근들은 CID의 누군가가 자기 별장을 개조하기 위해 공사비의 일부를 착복했을 거라고 추측한다. 그럴듯한 가설이다.

— 그녀도 나도 세상 물정에 밝지 못했습니다. 우리는 뒷거래에 대해 아무것도 몰랐어요.

마르크 프랑슬레는 말했다.

한 가지는 확실하다. 조직 폭력배들은 보눅스(Bonux, 프랑스의 가정용 세제 브랜드 — 옮긴이)가 사강에게 보낸 증정품을 가로채면서 사강을 마음대로 다루었다.

더 놀라운 국면이 아직 남아 있었다. 사강은 결코 4,315,569프랑 84상팀을 받지 않았다. 그러나 앙드레 구엘피는 CID에 그 금액을 실제로 지불했고, CID는 그 돈을 사강의 변호사의 계좌에 다시 입금했다. 수표는 어디론가 사라졌다. 게다가 AGF 보험회사가 엄청난 보험금을 지불했다. 작업이 시작된 다음 날 집이 불타버렸던 것이다. 아마도 사고로 추정된다. 4백만 프랑은 어디로 갔을까?

사강의 절친한 친구 두 명이 스위스 은행에 계좌를 갖고 있었다. 그중 한 명은 플로랑스였고, 또 한 명은 이 사건의 주동자 중 한 명이자 이름을 밝힐 수 없는 아무개였다. 사강이 비서를 데리고 스위스 은행에 갔을 때 계좌는 이미 비어 있었다.

플로랑스는 말한다.

— 그런데도 프랑수아즈는 조금만 당황할 뿐이었어요. 나는 이름을 밝힐 수 없는 아무개를 그만 만나라고 프랑수아즈에게 말했지요. 그 사람이 프랑수아즈를 완전히 등쳐 먹었으니까요. 그러자 프랑수아즈는 참으로 그녀다운 대답을 했어요. "그래도 나는 돈 때문에 그 친구와 절교하지

는 않을 거야."

사강은 국세청과 혼자 대면했다. 국세청은 사취 혐의로 그녀를 기소했다. 누군가가 사강의 돈을 훔쳐갔다 해도 사강은 죽을 때까지 국세청의 추적을 받게 될 터였다.

— 나 자신이 별로 자랑스럽지 않아요…… 내가 그 일에 프랑수아즈를 끌어들였으니까요. 사실 프랑수아즈는 단 1상팀도 받지 않았죠.

그렇다면 누가 4백만 프랑을 취했단 말인가?

— 아, 죄송합니다. 요즘 내가 내 책을 홍보 중이라서요.

마르크 프랑슬레의 빛바랜 티셔츠에는 짐 모리슨의 얼굴이 프린트되어 있다.

— 책이요?

— 그렇습니다. 샤론Sharon의 회고록이죠. 내가 한 권 꺼내올게요. 당신도 그 책이 뭔지 알 겁니다. 천만 권도 넘게 찍었죠. 이 책은 꿈을 꾸게 합니다, 안 그래요? 하하하! 격정이 넘치기도 하고요……. 1967년 내가 6일 전쟁(1967년 6월 5~10일에 벌어진 아랍 국가들과 이스라엘 사이의 전쟁. 보통 '제3차 중동전쟁'이라고 부른다 — 옮긴이)에 참전했을 때, 나는 모세 다얀(Moshe Dayan, 1915~1981, 이스라엘의 정치인. 이스라엘 국방부 장관, 외무부 장관 등을 지냈다 — 옮긴이)의 딸 야겔 다얀과 약혼했어요.

그가 파란 타월 천으로 된 본 더치 트레이닝복을 나에게 건넸다.

— 자, 선물입니다. 내가 이 상표의 유럽 라이선스를 샀거든요. 내 아들 디미트리가 이 상표 관련 업무를 맡아보지요.

앙드레 구엘피가 에바 졸리 판사 앞에서 프랑수아즈 사강이라는 거창

한 이름을 댔을 때, 사강에게는 살날이 11년 남아 있었다. 이 11년은 그녀 인생에서 최악의 시기였다.

사강은 모든 것을 잃었다. 그녀에게 소중했던 존재들을, 성(城)을, 어린 시절의 추억들을, 과거에 받은 그리고 앞으로 받을 저자 인세를. 그녀는 담배 한 갑 살 돈조차 없었다. 그녀는 점점 더 약물에 의존했다. 최악의 사실은 글을 쓸 수 없다는 것이었다. 그녀는 말 그대로 돈에 쪼들렸다.

2002년 2월 26일, 그녀는 브뢰유 성 공사비 4백만 프랑에 대한 탈세 혐의로 12개월 징역형에 집행유예를 선고받았다. 그녀는 변호사에게 말했다. "진저리나네요." 그리고 항소했다.

"진실은 없다. 이야기들만 있을 뿐이다." 『깊은 물밑작업』의 첫머리에 인용된 짐 해리슨의 이 문장은 소송 사건의 복합성을 잘 말해준다.

나는 마르크 프랑슬레가 어떤 점에 대해서는 진실을 말했다고 생각한다. 사강이 앙드레 구엘피가 준 커미션에 크게 손대지 않았다는 것 말이다.

카사 잉그리드

— 나 마시모예요. 당신에게 알려줄 놀라운 소식이 있어요.

마시모 가르지아는 포슈 대로를 지나다가 친구 잉그리드의 아파트에 불이 켜져 있는 것을 보았고, 그녀에게 전화를 걸었다.

깜짝 놀랄 소식이란 바로 프랑수아즈 사강에 관한 이야기였다.

— 사실 나는 그녀의 마지막 사랑이었죠. 그녀가 아팠을 때도 나는 그녀와 함께 저녁을 먹었습니다. 우리 사이에는 그런 사랑이 있었죠. 때로는 육체관계도 있었고요. 그녀는 사랑하는 사람과의 관계를 절대 끊지 않았어요. 남편들과의 관계만 빼고요.

1960년대에 사강이 마시모의 친구가 되었을 때 마시모는 중년의 이탈리아 여자들에게 치근거리는 나폴리 출신의 젊은 플레이보이였다.

사강 덕분에 마시모는 부유한 친구들을 사귀었다. 그러나 1973년 그들의 결혼 계획은 양립 가능한 계획들의 부재로 지지부진했다. 홍보 활동에 힘을 썼던 마시모와 달리, 사강은 술을 끊은 이후 나이트클럽에 가는 것과도 담을 쌓았다. 그녀는 사교 생활을 좋아하지 않았다. 그러나 좋은 중개자로 남았다. 그녀는 뉴욕에서 재키 케네디에게 전화를 걸 수 있었고, 마시모와 함께 점심 식사에 초대받을 수 있었고, 재키 케네디가 문학에 대해, 사강이 싫어하는 주제에 대해 이야기하기를 원하는 바람에 죽을 만큼 지루해할 수도 있었다. 대부분의 시간에 그녀는 호텔에 머무르며 침대에서 책을 읽었고, 그동안 마시모는 자기의 용무들을 보았다.

마시모가 만났던 혹은 만나려고 애썼던 다른 여자들과 달리 사강은 명성으로 그를 사로잡았다. 그녀는 대단한 성공을 거머쥔 여자였다. 그녀는 지성으로 재산을 모았다. 그것도 소녀의 지성으로. 마시모는 그녀를 재미있게 해주었다. 자신이 경험한 실패담들을, 혹은 자기 희생자의 실패담들을 무척이나 생생하게 들려주었다. 플레이보이는 위험을 감수하는 직업이었다. 때때로 여자들은 그를 죽이려고 했고 그에게 준 '선물'을 되찾으려고 했다.

나중에 마시모는 그 이야기들을 소재로 재미있는 책들을 만들었다. 사강은 그 이야기 속의 인물들을 자신의 소설에 슬쩍 끼워 넣었다. 그녀와 함께 있는 것이 마시모를 매혹했고, 마시모는 너그러웠다. 프랑수아즈는 자신이 마시모의 삶에 한 자리를 차지한다고, 그가 자신을 좋아한다고, 그가 자신에게 알랑거린다고 느꼈다. 게다가 마시모는 유쾌하고 다정한 남자였다.

마시모는 1979년 사강이 칸 영화제 집행위원장을 맡아 추문을 일으켰을 때 그녀와 동행했다. 그들은 칼튼 호텔에 스위트룸 하나를 잡았다. 프랜시스 포드 코폴라가 자신의 영화 〈지옥의 묵시록〉을 변호하기 위해 그 스위트룸에 찾아와 그녀를 만났다. 그녀 자신도 매력적인 10분짜리 단편영화 〈또 한 번의 겨울〉을 출품했다. 뉴욕 국제 단편영화제에서 상을 받은 작품이었다. 1979년 칸 영화제 공식 경쟁 부문에 작품을 출품한 영화감독들은 면모가 쟁쟁했다. 프랜시스 포드 코폴라, 안제이 바이다, 페데리코 펠리니, 디노 리시, 폴커 슐렌도르프, 테렌스 맬릭, 베르너 헤어조크, 리들리 스콧, 라이너 베르너 파스빈더, 폴 그리모…… . 폐막식 때 대상인 황금종려상은 프랜시스 포드 코폴라의 〈지옥의 묵시록〉과 폴커 슐렌도르프의 〈양철북〉에 공동 수여되었다. 다음 날 프랑수아즈 사강은 「르 마탱 드 파리」에 자신이 조직위원회로부터 압력을 받았다고 발표했다. 슐렌도르프가 코폴라와 상을 나눠 가져야 했던 것은 야비한 경제 전략적 이유들 때문이라고 주장했다. 칸 영화제 조직위원회는 이에 대한 보복으로 그녀의 룸서비스 비용을 지불해주지 않았다. 이런 소동이 벌어지는 동안 마시모는 라 크루아제트 해변에서 선탠을 하고 있었다.

멀리 있을 때 그는 그녀에게 (오늘날 그 변종이 전 세계 모든 수도에서 발견되는) 바카라 장미를 한 아름 보냈다. 때로는 꽃다발 안에 리본을 묶은 작은 상자를 감추기도 했다. 그러나 사강은 게을러서 뚜껑을 열어보지도 않았다. 조금 인공적인 느낌을 풍기는 빨간 장미를 보고 그녀는 마시모가 보낸 것임을 알아차렸다. 그녀 또한 마시모가 그 매력을 이해하지 못하는, 그녀가 벼룩시장에서 수집한 인상파 화가들의 유화 같은 빗나간 선물을 보냈다. "그녀는 침울한 그림들을 좋아했습니다. 나는 그 그림들을 어디에 두어야 할지 알지 못했지요." 나중에 그들은 서로에게 금붙이를 선물했다. 금은 언제나 기쁨을 주기 때문에(그리고 되팔 수도 있기 때문에). 그녀는 그들의 이니셜을 새긴 금으로 된 열쇠고리를, 그는 브로치와 시계를. 하지만 반지는 선물하지 않았다. 그녀가 반지를 좋아하지 않았기 때문이다. 잉그리드 므슐람을 만나는 저녁이면 그녀는 마치 개 목걸이 같은 카르티에의 굵은 금사슬을 목에 걸었다.

마시모 가르지아는 잉그리드의 집으로 사강을 데려다줌으로써 사강에게 보답했다. 이번에는 그가 그녀를 억만장자들에게 소개했다. 그가 중개자, 소개자 역할을 했다. 잉그리드 콜레트 므슐람은 뉴욕, 포르멘테라 섬(지중해 에스파냐 령 발레아레스 제도의 작은 섬 — 옮긴이), 파리의 저택들 그리고 아카풀코(멕시코 게레로 주州의 항구도시 — 옮긴이)의 카사 잉그리드를 오가며 사는 호화 부유층 여성이었다. 좋은 가문에서 태어난 이 젊은 파리 여성은 열여덟 살 때 자신보다 마흔여덟 살 연상의 펠릭스 므슐람과 결혼했다. 이스라엘 사람인 펠릭스 므슐람은 스타브로스 니아르코스(Stavros Niarchos, 1909~1996, 그리스의 선박왕 — 옮긴이)의 요트 '크레올'의 라이벌인 '블랙 스완'과 카프리에 있는 무척 호화로운 건물 키지자나 호텔을 소유한 억만장자였다. 펠릭스는 백마 탄 왕자의 요건을 모두 갖추지는 않았지만 호박을 멋진 사륜마차로 변모시킬 수 있었다.

벽이 에메랄드빛이고 콜럼버스 발견 이전의 작은 조각상들이 가득한 넓은 아파트는 수족관이 발하는 빛 속에 잠겨 있었다. 잉그리드는 밤의 두 방문객에게 문을 열어줬다. 하인들은 퇴근해서 없고 남편은 자고 있었다. 조그만 원탁 위에는 부부의 공식 사진이 은빛 테를 두른 액자에 담겨 있다. 뺨을 서로 맞댄, 알리 맥그로(Ali MacGraw, 1939~ , 미국의 영화배우. 영화 〈러브 스토리〉에서 여주인공 역을 맡았다 — 옮긴이)를 닮은 여고생과 강렬한 눈빛을 가진 파블로 피카소 스타일의 노인.

"그래요, 내 남편은 좀 옛날 사람이에요." 그녀가 말했다.

대리석과 금도금으로 벽을 장식한 아파트 안에서 사강은 은행 본점 안의 꼬마 장난꾸러기 같았다. 그녀는 상냥한 말들을 완전히 혀 짧은 소리는 아니지만 단속적이고 불규칙한 어조로 알아듣기 힘들게 중얼거렸다. 음절들을 어물어물 발음하면서 사강은 귀로는 자신이 듣는 것 이상을 감지했다.

돈 많은 늙은이들의 모임 속에서 퇴색해가던, 자신에 대해 확신이 별로 없었던 젊은 여자 잉그리드에게 사강과의 만남은 뜻밖이었다. 잉그리드는 영리하면서도 마음이 여리고 자신감이 부족했다. 그녀는 자신이 어리석고, 무식하고, 사랑이나 욕망을 불러일으킬 만한 존재가 못 된다고 생각했다. 마시모가 그랬던 것처럼 잉그리드 역시 정신적 우수함에 기반한 사강의 비물질적 성공에, 그녀의 교양에 매혹되었다. 잉그리드는 소르본 대학에서 하던 철학 공부를 너무나 일찍 그만두었는데, 그것이 그녀에게 고통으로, 결핍으로 남았다. 그녀는 사강의 책들을 읽지는 않았지만 그녀에 대해 알고 있었다. 그녀의 작품만큼이나 윌리 리조, 미셸 시몽, 필리프 르 텔리에, 프랑수아 파제스, 자키 가로팔로, 클로드 아줄레가 찍은 그녀의 사진들을 보고 말이다. 『파리마치』의 이 사진가 무리가 사강의 전설에 독특한 색채를 부여했던 것이다.

잉그리드는 즉시 사강에게 '문학의 금자탑'이라는 별명을 붙였고, 그녀에게 매료되어 자신의 근심거리를 털어놓았다. 남편의 건강이 좋지 않고, 자신은 외롭게 환자를 보살펴야 한다는……. 다음 날, 그녀는 초면에 너무 많은 이야기를 한 것을 후회하면서 세르슈 미디 거리의 프랑수아즈 사강 집으로 꽃을 보냈다. 사강이 차를 마시러 오라고 잉그리드를 초대했을 때, 잉그리드는 늦게 도착해 어설픈 변명을 늘어놓았다. 사강은 그녀가 거짓말을 한다는 것을 알아챘고, 자기처럼 배짱 좋게 이야기를 꾸며대는 이 제멋대로인 젊은 여자에게 매료되었다. 게다가 잉그리드는 발랄하고 재미있었다. 두 여자는 이후 고락을 함께하며 괴상한 언동들을 배가시킨다. 작지 않은 새로운 불행이 사강에게 충격을 주었던 만큼 더욱더. 다름 아니라 사강의 개 방코가 죽었던 것이다.

사강은 펠릭스 므슐람이 잠들고 나면 잉그리드와 만났고, 그녀들은 콜럼버스 발견 이전의 작은 조각상들 한가운데에서 진라미 게임을 했다.

사강은 아무렇지도 않게 쿨 담배의 재를 양탄자 위에 떨었다.

잉그리드가 핀잔을 주었다.

"프랑수아즈, 여기가 선술집인 줄 알아요?"

"아니, 하지만 재는 페르시아 양탄자에 좋아."

그녀들은 말썽꾸러기 아이들처럼 웃음을 터뜨렸다.

페기가 세상을 떠난 뒤, 사강은 각자 이혼을 한 플로랑스, 베르나르와 가깝게 지냈다.

"각자 서로에게 이야기하지 않은 다양한 우여곡절을 겪은 뒤였지요. 우리는 그 전날에도 만난 것처럼 다시 모였어요. 우리는 같은 사고방식을 갖고 있었고, 셋 다 이혼했고, 문학이라는 같은 반석에 늘 매달려 있는 이상한 갑각류였으니까요."

알랭 레네와 결혼 생활을 하는 동안 플로랑스는 사강을 자주 만나지 못했다. 게다가 활동 시간대가 그들의 신진대사처럼 정반대였다. 한 사람은 주로 낮에 활동하고, 다른 한 사람은 주로 밤에 활동했다. 플로랑스는 절도가 있었고, 사강은 과도했다.

플로랑스는 아침 일찍 일어났다. 그녀는 나이트클럽에 열광하지 않았고 밤에 나다니며 잡거 생활을 하는 것을 좋아하지도 않았다. 그녀는 크리스 마커, 알랭 카바리에, 프랑수아 트뤼포, 알랭 레네, 오손 웰스, 조지 프 로지의 조감독으로 항상 정상적인 시간대에 일했다. 조감독. 진부한 타이틀이지만 명료하다. 플로랑스는 머리가 돈 이 영화인들을 착실히 보좌했다. 이들은 그녀의 친절한 도움 속에서 영화를 완성하고 실현했다.

그녀는 신비롭고 섬세한 직관으로 그들을 감싸주었고, 그런 분위기 속에서 그들의 작품이 구체화되었다. 나무가 열매를 맺도록 수분(受粉)을 매개하는 바람처럼, 그녀는 그들의 작품 탄생에 한몫을 담당했다. 그녀의 조력 속에서 〈줄과 짐〉, 〈에바〉, 〈프로비당스〉 등 보석 같은 영화들이 세상에 선을 보였다.

— 그녀 자신은 크게 주목할 만한 경력을 쌓지 않았습니다. 그녀는 영화감독이 될 수도 있었을 거예요. 하지만 자기 아버지 때문에 신중하게 행동했고, 자신의 이름이 가져다주는 특권을 활용하길 거부했죠.

클로드 페르드리엘은 말한다.

어쨌든 그녀는 자신의 자리를 찾았다. 사람들은 예술가의 '영감'에 대해 흔히 이야기한다. 예술가들은 숨을 쉬어야 한다. 어린아이처럼 독창적이고, 외롭고, 매우 불안해하는 머릿속에 신선한 공기가 통해야 한다. 히말라야처럼 높은 곳을 산소 없이 기어올라야 한다. 영화 조감독 플로랑스는 그런 높은 곳을 두려워하지 않았다. 그녀는 자신보다 더 무거운 짐을 짊어질 수 있는 세르파였다. 쾌활하고, 잘 웃고, 성실하고, 참을성 있는 그녀는 맨주먹으로 가파른 산을 올랐다. 일찍이 그녀는 자신의 부모 클라라와 앙드레 사이에서 특공대 역할을 했다. 그리고 그녀는 살아남았다, 우정 덕분에.

전쟁이 끝나고 그녀가 매우 활기차게, 하지만 학업에 상당히 뒤떨어진 채 학교에 돌아왔을 때, 인기가 그녀를 구원했다. 음울하고 실망스러운 파리에서 학교 아이들 전체가 그녀와 친하게 지내려고 애썼다. 플로랑스는 여자아이들에 대해 나름의 이론을 갖고 있었다. 그녀는 말한다. "여자아이들은 보호 본능을 불러일으키죠." 일리가 있는 이야기다. 반면 성인 여자들은 거만하고 강압적인 경우가 많다. 사교적이고 자부심 강한 아이들이 앞 다투어 플로랑스와 친하게 지내려고 했다. 그리고 프랑수아즈 쿠아레가 운 좋게 승리했다.

— 플로랑스는 프랑수아즈에게 아주 중요한 존재였습니다.

베르나르는 말한다.

그녀들은 베르나르와 함께 만나거나 단둘이 만났다. 두 여자의 우정은 지속 기간 면에서도 놀라웠다. 고등학교 시절 이후 반세기가 넘게 우정이 이어졌으니 말이다. 물론 그녀들의 관계는 새로운 관심사들 덕분에 종종 뜸해졌지만, 우정에 놀라울 정도로 재능이 있었던 그녀들은 자기들의 관계를 포기하지도, 약화하지도 않은 채 다른 사람들을 만났다.

— 그녀들을 알았을 때, 나는 둘 중 누가 더 지적인지, 더 재미있는지 궁금했습니다. 그리고 그녀들도 같은 것을 궁금해한다는 걸 알게 됐죠. 특히 사강이 그랬어요. 플로랑스는 별로 신경 쓰지 않는 편이었죠.

클로드 페르드리엘은 말한다.

플로랑스는 주변 처리가 미숙한 사강을 자연스러운 판단력으로 지원해주었다. 안 그러는 척 시치미를 떼면서, 본능적으로. 심지어 사강이 자신을 부르지 않을 때도 용케 알아채고 시기적절하게 모습을 드러냈다. 그녀는 아무 말 하지 않고, 공연한 동정심으로 그녀를 짓누르지 않고, 가벼운 애정으로 그녀를 감싸고 돌봐주었다. 짐짓 다른 이야기를 하면서 그녀의 상처를 덜어주었다. 말은 없지만 주의 깊은 플로랑스가 옆에 있는 것만으로도 상처 치유 효과가 있었다. 플로랑스는 우정에 천재였다. 나 역시 혼란스러운 상황에 맞닥뜨렸을 때, 내 세계가 흔들렸을 때 그것을 경험했다. 그녀는 내 상황을 본능적으로 알아채고는 직접적으로 질문하지 않고 생략법으로 넌지시 질문했다. 그러면 나는 도가 넘지 않는 한도 내에서, 내 속마음을 지나치게 털어놓지 않고 그녀에게 대답할 수 있었다. 분쟁 전날, 그녀가 나에게 전화를 걸어왔다. "내일 내가 법원 출구로 당신을 데리러 갈게요. 우리 뫼리스에서 점심을 먹어요." 그녀 덕분에 나는 평온한 밤을 보낼 수 있었다. 그녀는 뫼리스에 가서 내가 경험한 일에 대해서는 한 마디도 하지 않고 샴페인을 주문했다. 그러자 슬펐던 마음이 가벼워지고 즐거움이 돌아왔다. 그날 나는 몹시 비열한 일을 당한 참이었는데 마치 삶이 곧장 치유책을 마련해준 것처럼 플로랑스가 큰 친절을 베풀어주었다. 그때가 내가 내 수호천사와 처음으로 함께한 점심 식사 자리였다. 혹은 수호천사의 여동생과.

그해에 플로랑스는 사강이 10년 전에 쓴 책 『사라 베르나르, 끊어지지 않는 웃음』을 희곡으로 개작하기 위해 사강과 함께 베네치아에 갔다. 사강이 자신의 은행 계좌를 살리기 위해 긴급하게 감행한 일이었다. 곤돌라를 타고 베네치아를 한 바퀴 둘러본 뒤, 두 사람은 『세계 호텔 가이드』의 리스트에 나와 있지 않은 수수한 민박집 하나를 골랐다. 그때 사강은 완전히 빈털터리여서 숙박비를 치를 돈 정도만 있었다.

다음 날 아침 일찍 플로랑스는 마시모가 사강에게 선물한 화려한 밍크코트를 걸치고 베네치아를 산책했다. 그동안 사강은 잠을 잤다. 플로랑스는 폴 모랑의 표현에 따르면 "걸어서 하는 산책이 마치 물 흐르듯 흘러

가는" 그 도시를 걷는 것이 좋았다. 그녀는 세상을 온전히 마주하게 해주고 감각들을 날카롭게 벼려주는 고독을 무척 사랑했다. 자기 자신과 친밀해지는 기쁨, 우리는 거기서 자신 고유의 흔적과 자유에 대한 애착을 발견한다. 사강과 달리 플로랑스는 혼자 있는 것을 아주 잘 견뎠다. 둘 중 더 자유로운 사람은 그녀였다. 사강은 자유를 구현했는지는 몰라도 자유를 감당하지는 못했다.

플로랑스의 온화함은 강한 기개를 감추고 있다. "나는 결코 권태로워하지 않아요." 언젠가 그녀가 나에게 말했다. 그녀는 타인에게 빼앗긴 순간들을 기념할 줄 안다. 그녀는 내면의 극장의, 자신만의 방의 열쇠를 갖고 있다. 그녀는 마음대로 그곳에 들고 난다. 그녀는 고독을 행복하게 즐긴다.

베네치아는 날씨가 춥고 안개가 끼어서, 조지프 로지의 영화 〈에바〉를 촬영하던 때를 연상시켰다. 플로랑스는 1962년에 이 영화를 작업했다. 이 영화는 잔 모로가 연기한 모피를 걸친 무자비한 콜걸에 의해 파멸하는 한 작가(스탠리 베이커가 연기했다)의 베네치아 체류 이야기이다. 〈줄과 짐〉을 촬영한 후, 플로랑스는 잔 모로와 친구가 되었다. 플로랑스가 〈에바〉를, 그리고 더 나중에 마르그리트 뒤라스의 〈나탈리 그랑제〉를 연이어 작업한 것은 잔에 대한 우정, 그녀와 함께 영화를 찍는 즐거움 때문이었다. 그녀는 아무것도 미리 숙고하지 않았고, 상황이 그녀를 이끌었다. 플로랑스는 스스로 운이 좋았다고 생각한다. 평생 자신이 좋아하는 사람들과 함께 일했으니 말이다.

그런데 이번에는 작업이 진척되지 않았다. 전혀. 사강의 방은 엉망진창이었다. 비싼 비용을 치르고 찍은 사진들이 어수선하게 흩어져 있었고, 코카콜라 캔과 책들이 아무렇게나 널브러져 있었다. 방 안에는 슈만의 카세트테이프를 들어야만 진정되는 흥분 잘하는 개도 있었다. 슈만의 음악이 사람들과 다소 차단된 그 섬에서 그들과 함께했다. 그들의 조합은 기묘하면서도 가슴을 엤다. 서로 말은 별로 나누지 않고 음악과 책을 공유했다. 슈만의 음악은 기가 막혀. 플로랑스는 생각했다. 반려동물들의 아픈 마음까지 진정시켜주니 말이야.

떠나기 전날, 잉그리드 므슐람이 그녀들을 만나러 왔고, 사강은 그 상황을 이용해 카지노를 한 바퀴 돌았다. 사강의 베네치아 체류는 〈에바〉 속 그것과 비슷해졌다. 코카인이 조니 워커를 대체한 〈에바〉 말이다. 플로랑스는 책 한 권을 들고 잠자리에 들었다.

다음 날 아침 산보 전, 플로랑스는 사강의 모피 코트를 집어 들었다. 실크 안감 밑에서 지폐 다발이 튀어나왔다. 숙박비와 그 이상의 요금을 지불할 수 있는 그 돈은 사강이 룰렛을 해서 딴 것이었다. 〈에바〉에서 스탠리 베이커가 잔 모로의 몸을 돈다발로 덮어버리는 장면의 모방처럼 보이는, 창의성 넘치면서도 재미있는 사강 스타일의 에피소드다. 행운은 다시 찾아왔다. 플로랑스는 가벼운 마음으로 산책을 나섰다. 그날 아침, 그녀는 곤돌라 사공들이 신는, 밧줄로 밑창을 댄 검은 벨벳 운동화 한 켤레를 베르나르에게 줄 선물로 샀다.

잉그리드와 사강은 점점 함께 있는 시간이 많아졌다. 골절로 입원했을 때 사강은 한밤중에 잉그리드에게 전화를 걸었고, 잉그리드는 몰래 병실로 그녀를 보러 왔다. 그녀들은 유리창에 박엽지를 붙여 간호사들의 감시를 피한 뒤 밤새 카드놀이를 했다. 그런 다음 잉그리드는 포슈 대로의 잠든 남편에게로 돌아갔다.

젊은 여성 억만장자 잉그리드는 다양한 게임을 즐기기 위해 여성 소설가 사강에게 백가몬의 규칙을 가르쳐주었다. 그러나 결국 지쳐버렸다. 그 규칙들이 사강의 머릿속에 도무지 들어가지 않았던 것이다. 사강은 뭔가를 차근히 배우는 것이 적성에 맞지 않았고, 잉그리드가 실망했을 거라고 생각했다. 사실 사강은 자기 성미에 맞지 않는 것을 잘 배우지 못했다. 전자제품 사용 설명서 앞에서 그녀는 말했다. "진저리가 나." 그녀의 신경세포는 중간 단계의 개념들을 건너뛰었다. 그녀는 전속력으로 생각했다.

— 엄마는 사람들이 설명을 마치기도 전에 이해했어요.

그녀의 아들은 말한다. 그런 가운데 그녀의 주의력이 동요하기도 했다. 그녀는 끈기가 다소 부족했다. 전자공학이 낳은 장난감들에 열광했던 그녀는 휴대전화나 디지털카메라 등 신기한 제품들이 나오면 곧장 샹젤리제의 '드러그스토어 퍼블리시스'에 가서 구입했다. 하지만 배터리를 충전해야 할 때가 되면 던져버렸다. 복잡하고 귀찮다는 이유로 말이다.

"나는 매킨토시를 한 대 갖고 있어요. 그걸 아주 좋아하죠. 그야말로 멋진 물건이에요. 하지만 나는 화면 구석의 아이콘들을 절대 찾아내지 못해요. 늘 글씨만 보죠."

그녀가 매킨토시 컴퓨터를 구입한 것은 글을 쓰기 위해서였다. 그러나 사실은 매킨토시를 이용해 포커를 치고, 룰렛이나 바카라를 할 때가 더 많았다. 매킨토시로 글 쓰는 것은 사흘 이상 지속되지 못했다. 사용법을 익히려면 인내심 있게 매달려야 하니까. 그녀는 이렇게 변명했다. "나는 내 문단들을 움직일 필요가 없어요. 그것들은 그 상태로 아주 좋아요."

"프랑수아즈 사강, 그녀는 즉각적인 삶 그 자체다." 엘뤼아르는 말했다. 즉각적인 결과. 과거도 아니고 미래도 아닌, 오로지 현재의 순간. 기다림, 끈기, 노력, 예견, 그녀는 이런 것에 무능했다. 결과를 기대하며 몇 분, 몇 시간을 기다리는 것은 그녀에게 영 맞지 않았다. 아들 드니가 어렸을 때 그녀는 드니와 함께 피아노 교습을 받았는데, 솔페지오(시창력, 독보력, 청음 능력 등 음악교육의 기초 과정 — 옮긴이)가 너무도 따분했던 나머지 피아노 선생님을 해고했다.

사강은 시간과 기묘한 관계를 맺었다. 그녀는 시간이 시퀀스들의 연속인 것처럼 살았다. 마치 소설 속에서처럼. 한 순간, 또 한 순간, 그리고 또 한 순간. 그녀에게 시간은 단기적으로 자신을 기분 좋게 해주는 것이었다. 일종의 쾌락주의, 즉석의 열정이었다. 인생에 대한 플레이스테이션 같은 개념이었다. 모든 것이 즉시즉시 일어나야 했다. 연말이 되면 그녀는 수첩을 쓰레기통에 던져버렸다. 과거는 그녀의 흥미를 끌지 않았던 것이다.

사강은 잉그리드와 함께 재미있게 지냈다. 잉그리드는 유머 감각이 있었고 이야기에 대한 감각도 있었다. 그녀는 이야기를 잘했다. 시간도 많았다. 역시 사강과 알고 지냈던 남편을 돌봐야 할 때만 빼고. 두 여자는 속도, 술, 약물 등에 대한 갈망을 갖고 있었다. 60년을 살아온 사강은 자신의 위험한 행동들을 과장해서 말하곤 했다. 젊은 친구 잉그리드를 깜짝 놀라게 해주려고 자신의 특성을 더 과장해서 행동하기도 했다.

문제는 코카인이었다. 혹은 사강이 점점 더 많이 소비하는 코카인 구입에 들어가는 돈이었다. 페기가 죽은 뒤부터 그녀는 글을 쓰지 못했다.

그녀는 마약을 통해 글솜씨를 되찾으려고 했다. 그녀가 말년에 낸 책들은 기사와 인터뷰들을 묶은 모음집이었다. 그중 『응수들』은 이삼십 년 전 앙투안 블롱댕이 『답변들』에 대해 칭찬한 것과 같은 가치가 있다. 그때 앙투안 블롱댕은 이렇게 말했다. "오늘날 많은 사람들이 때때로 그녀를 미친 여자로 여기지만, 또 다른 사람들은 그녀에게서 「벌거벗은 내 마음」의 보들레르 같은 번득임을 발견한다. '가정 일기'의 악센트도 이따금씩 존재한다. 그리고 왜 아니겠는가. 몽테뉴를 연상시키는 울림도 있다."

랭보, 보들레르, 몽테뉴. 이들은 별것 아니었다. 이들의 책은 잘 팔리지 않았다. 대중은 사강의 소설들을 더 좋아했다. 베스트셀러를 내지 않으면 돈을 벌지 못하고, 돈을 벌지 못하면 코카인을 사지 못하고, 코카인이 없으면 책을 쓰지 못했다.

잉그리드 역시 억만장자 남편 펠릭스에게 어린 소녀 취급을 받고 용돈을 받아 생활했으며 돈을 마음대로 펑펑 쓰지 못했다. 잉그리드는 사강을 망가뜨리지 않기 위해 포슈 대로의 집에서 몰래 은제품들을 가지고 나와 팔았다.

"당신도 알겠지만 마시모, 파리 생활이 끔찍해졌어요. 은제품이 사라진다는 이유로 매달 하인들을 내보내고 새로 고용해야 하죠. 그리고 은제품을 다시 사느라 시간을 허비해요." 마시모 가르지아는 『어느 플레이보이의 회상록』에서 당시 잉그리드가 한 말을 이렇게 소개했다.

프랑수아즈 사강은 『지나가는 슬픔』을 므슐람에게 헌정하고 그 은제품들을 현금으로 상환했다.

그러나 굴 먹을 때 쓰는 은제 포크 값 정도는 여성 소설가의 생활수준에 충분하지 않았다. 그녀는 아파트 임대료, 하인들 급료, 비서 급료 그리고 강장제 등등에 돈을 지출해야 했다.

1994년 1월 1일, 사강의 은행 계좌에는 1,002,687프랑이 잔고로 남아 있었다. 1월 7일에는 1,289,193프랑 87상팀의 수표가 입금되었다. 잉그리드의 선물이었다. 남편 몰래 다이아몬드 하나를 팔고 모조품으로 대체해놓았던 것이다.

사강이 위니베르시테 거리 170번지로 이사하도록 도운 사람도 잉그리드였다. 사강은 평생 동안 온갖 곳으로 자주 이사했다. 그러나 사실 그녀는 자신 안에 거주했다. 그녀는 센 강 좌안 지역을 선호했다. 그녀가 살았던 집들은 카자르크에 있는 그녀의 생가를 떠올리게 했다. 그녀는 멍하게 그 집들에 살고, 허물을 벗듯 그 집들을 떠났다.

잉그리드는 포르멘테라에 있는 자기 남편의 별장으로 사강을 초대했다. 프랑수아즈 사강은 지중해에서 보내는 유복한 생활의 안락함을 다시 누리게 된 것을 기뻐하며 그 초대를 받아들였다. 과거의 강력한 후원자 마리 엘렌 드 로칠드 혹은 프랑수아 미테랑은 더 이상 그녀 곁에 없었다. 사강은 예전에 자신이 거느렸던 사람들처럼 식객 신세가 되었다. 그녀는 그 사실을 깨달았을까? 아마도 그랬을 것이다. 그녀는 자신이 버는 돈만큼이나 자신이 쓰는 돈에도 신경을 쓰지 않았다. 그런 습성이 그녀에게 압박을 가했다. 그녀의 비서 마리 테레즈 바르톨리가 남편과 함께 포르멘테라로 그녀를 찾아왔는데, 그녀는 포르멘테라를 떠나기 위해 공항으로 가면서 잉그리드의 운전기사 대신 자동차를 운전하겠다고 나섰다. 아마도 그녀는 출발 전에 '강장제'를 흡입했을 것이다. 공항에 도착했을 때 자동차에 탄 다른 사람들이 진땀을 흘리고 있었으니 말이다. 잉그리드의 운전기사는 그동안 자신이 '마담 사강'에게 품고 있던 존경심도 잊어버리고 스페인어로 욕설을 퍼부었다. 비행기 안에서도 그녀가 너무 흥분해 있어서 승객들이 두려움에 떨 정도였다. 그녀는 비행기 문을 열려고까지 했다. 마리 테레즈 바르톨리와 그녀의 남편은 비행기가 착륙할 때까지 사강을 그들 사이에 앉히고 꼼짝 못하게 했다.

1996년에 펠릭스 므슐람이 세상을 떠났다. 잉그리드와 사강은 더욱 떨어질 수 없게 되었다. 사강은 오르세 강변로에서 이사해 더 작은 아파트로 옮겼고, 그 뒤에는 릴 거리에 있는 다른 아파트로 옮겼다. 생활수준을 낮춰야 했기 때문이다. 2년 동안 사강은 코카인 대신 메타돈(모르핀의 합성 대용약―옮긴이)을 복용했다. 골다공증에 걸린 그녀는 몸을 움직이기가 점점 더 힘들어졌다. 나중에 그녀는 기자 기욤 뒤랑에게 이야기했다. "뼈가 부러지는 병, 그것은 무척 고통스럽죠! 뼈가 굉장히 아파요. 그리고 잘은 모르지만 아주 길게 지속된답니다."

그녀의 다리가 부러졌을 때, 회복되는 데 석 달이 걸렸다. 그녀는 다른 것을 생각할 수 없을 만큼 고통받았다. 낮에는 그럭저럭 참아볼 만했지만 밤이 되면 얘기가 달라졌다. 고통이 그녀를 다시 낚아챘다.

"사람이 육체의 고통을 극심하게 경험하면 삶이나 죽음에 큰 매력을 느끼지 못하게 된답니다! 죽음도 그렇지요. 쿵, 잠이 든 뒤 깨어나지 않는 것뿐이에요. 하지만 그 전조(前兆)는 참 괴롭지요."

사강은 자기중심적인 몰인정한 태도로 주변을 조금씩 비워갔다. 그녀에게는 냉혹한 면이 있었다. 부자들, 유명 인사들은 모두 자신의 권력을 남용하는 경향이 있다. 페기의 죽음 이후 사강을 재정적으로 지원해주었던 헌신적이고 온화한 친구 자크 들라예가 그녀의 가차 없는 몰인정함의 희생자가 되었다. 그는 사강을 위해 마약을 구입한 혐의로 체포되었다. 자크 들라예는 사강이 마약 값을 지불했다고, 자신은 우정으로 도와주었을 뿐이라고 진술했다. 그 또한 마약을 복용했음에도 불구하고 그것은 사실이었다. 그는 투옥되었다.

재범인 사강은 징역 1년에 집행유예 그리고 벌금형을 선고받았다. 자크는 교도소에 2개월 동안 수감되었다. 출감한 뒤 그는 사강에게 완전히 버림을 받았다. 그가 자신을 고발했다고 생각한 사강이 다시는 그를 만나지 않겠다고 선언한 것이다. 낙심한 자크는 파리에서 멀리 떨어진 곳으로 은둔했다.

3년 뒤, 똑같은 몰인정함이 충실한 비서 마리 테레즈 바르톨리를 덮쳤다. 사강이 그녀와 가정부를 함께 내쫓은 것이다. 무척이나 가혹하게. 바르톨리는 자신의 기억들을 담은 책에 이렇게 썼다. "나는 일단 내 물건들을 싼 뒤 프랑수아즈의 방으로 작별 인사를 하러 갔다. '우리 문 앞에 있어요. 릴라(가정부)하고 나요. 작별 인사 하러 왔어요.' 나는 간단히 말했다. 프랑수아즈는 흐리멍덩한 눈으로 계속 나를 보았다. 나를 보지 않는 것 같기도 했다. 나는 기다렸지만 그녀는 아무 말도 하지 않았다. 나에게 남은 일은 나가는 것뿐이었다. 그녀는 나를 붙잡지 않을 터였다." 이렇듯 사강은 측근들에게 참기 힘들고 모욕적인 기분을 안겨주었다.

친밀하게 지내던 바르톨리가 매달릴수록 그녀는 더 냉정해졌다. 바르톨리는 수년 동안 사강을 헌신적으로 보호하고, 돌보고, 어머니처럼 보살폈음에도 불구하고, 그동안의 수고에 대한 보답조차 제대로 받지 못하고 무거운 마음으로 집에 돌아가야 했다. 사강을 직접적으로 괴롭힐 수 없었던 바르톨리는 자신에게 무리한 일을 요구하고 증거들을 없애게 했다며 사강의 부자 친구들을 고소했다. 나중에 그녀는 사강에게 소송을 걸었고, 소송에서 이겼다. 하지만 부당한 해고에 대한 배상금은 받지 못했다. 마지막 남은 신용카드조차 플로랑스에게 쥐버렸던 사강에게는 지불 능력이 없었다. 바르톨리에게는 사강이 그녀에게 쓴 육필 편지들, 다른 편지들, 사강이 연말에 던져버린 에르메스 수첩 리필 용지들이 남아 있었다. 여세를 몰아 급여도 받지 못하고 사강의 시중을 들었던 친절한 운전기사가 냉정하게 쫓겨났다. 페기의 세련된 지원 체제는 완전히 와해되었다. 더 이상 측근들도 없었고, 버팀목도 없었고, 유모들도 없었다.

마지막 크리스마스에 사강은 급히 파티를 열었다. 그녀의 마음의 파수꾼 플로랑스와 베르나르, 예쁜 아가씨들, 부모님, 로칠드 집안사람들, 사교계 사람들, 프레데릭 베그베데(Frédéric Beigbeder, 1965~ , 프랑스의 작가·문학평론가. 앵테랄리에 상, 르노도 상을 수상했으며 잡지 『보르델』을 창간했다 — 옮긴이), 베르나르 앙리 레비, 그리고 나중에 자신들의 보잘것없는 약력에 이날의 파티를 언급하게 될 기회주의자들이 참석했다. "2000년 크리스마스? 물론 그때 나는 사강의 집에 있었지. 사강이 내 친구였거든." '인증표'로서의 사강……

그녀는 파리에서 재능 있는 사람이 경험하게 되는 두 가지 화(禍)인 코카인과 사교계 생활로 인해 쇠락했고, 그녀의 이름은 명성의 표지로 남았다. 사강은 유행을 타지 않는 켈리백과 같았다. 반짝이는 드레스 — 오바드(프랑스의 명품 속옷 브랜드 — 옮긴이)의 슬립을 입은 크리스틴 오르방(Christine Orban, 1954~ , 프랑스의 여성 소설가. 『기다림』, 『세상의 근원』, 『삶이 나에게 말했다』

등의 작품을 썼다 — 옮긴이)을 제외하고 — 를 입은 사람들은 사랑의 슬픔을 호소하는 음악에 맞춰 슬로우댄스를 추었다. 프레데릭 미테랑(Frederic Mitterrand, 1947~ , 프랑스의 애니메이션 제작자·다큐멘터리 감독·칼럼니스트·작가·정치인 — 옮긴이)은 그날 밤에 대해 다음과 같은 기사를 썼다.

"그때 흘러나왔던 음악은 에두아르 발라뒤르 시절의 프랑스에 감돌았던 1960년대 분위기의 아트 블래키나 플래터스의 음악이었을 것이다. 지인 한 명이 내뱉었다. '신기해요. 베르나르 프랑크가 슬로댄스 추는 걸 보는 건 30년 만이에요.'"

그날 밤 그 지인은 사강을 바라보면서 에드먼드 굴딩의 영화 〈면도날〉(영국 작가 윌리엄 서머싯 몸의 동명소설을 원작으로 한 영화로, 에드먼드 굴딩 감독이 1946년에 발표했다 — 옮긴이)을 언급했다. 그 영화에서는 서머싯 몸이 자신의 등장인물들 한가운데에서 그들의 말을 듣고 그들을 바라보며 발전한다. 그리고 커튼이 내려올 때 우리는 진정한 신화는 몸 자신이라는 것을 깨닫는다. 그날 밤 진정한 신화는 사강이었다."

도망치는 신화. 사강은 한 시간 이상 같은 자리에 머물지 않았다. 파티가 시작되자, 그녀는 자기 방으로 물러났다. 그녀는 한 번 더 땡땡이를 쳤다. 그리고 책을 읽었다.

몸이 매우 아팠으므로, 그녀는 점점 더 많은 약물을 복용했다. 그녀는 기진맥진했고, 포슈 대로의 잉그리드 므슐람의 아파트에 가서 살고 싶은 유혹에 저항할 수 없었다. 사강은 더 이상 글을 쓰지 않았다. 더 이상 혼자 사적인 공간에 고립되지 않았다. 더는 '자기 집'에 살지 않았다. 성대하고 화려하기만 하고 매력 없는 사교 모임들은 그녀의 내면세계에서 멀어졌다. 그녀의 아파트에는 방이 두 개뿐이었고, 그중 하나는 아주 작았다.

그녀는 자신의 유일한 피난처인 침대를 거의 떠나지 않았다.

잉그리드와 사강은 만남의 신비로운 연금술로 인해 앙팡 테리블 2인조를 결성했으며, 어리석은 짓들을 저지르려고 혈안이 되었다. 그녀들은 탱크 메르세데스 450 SL을 타고 고속도로를 달리며 속도에 도취했다. 술과 코카인으로 파괴적인 밤들을 보냈다. 소녀들처럼 피를 나누었다. 잉그리드는 펠릭스와 결혼할 당시의 소녀 상태에 머물러 있었고, 사강은 스스로를 도야하지 못했다. 그녀는 자신의 등장인물에 의해 창조되었던 것이다. 그녀는 잉그리드를 매혹하기 위해 그것을 더욱 과장해서 표현했다. 우정에서 그랬듯이 사랑에서도 그녀는 미친 DNA를 갖고 있었다. 수수께끼 같은 그녀의 DNA에 대체 무슨 일이 일어난 걸까? 아무것도 두 여자를 멈출 수 없었다. 한번은 손님이 와서 늦게까지 자리를 뜨지 않자 그녀들은 그 손님이 떠나지 않을 수 없게끔 손님의 잔에 수면제를 넣었다. 다른 사람들은 점점 더 불청객으로 취급되었다.

1999년 드니 웨스트호프가 그의 부모가 30년 전 그랬듯이 바른빌의 작은 시청에서 결혼식을 올렸다. 플로랑스와 쉬잔 쿠아레는 결혼식에 꼭 참석해야 했다. 그러나 결혼식 전날 사강이 결혼 피로연에서 찍힐 사진들이 신문 「부아시」에 팔릴 거라는 사실을 알게 되었다. 몹시 화가 나고 실망한 사강은 결혼식에 참석하지 않겠다고 선언했다. 지팡이를 짚고 다니는 모습이 사진에 찍히는 것이 싫었던 것이다. 그녀는 그해에 여섯 번 허리 수술을 받았고, 총 스무 시간을 마취 상태에 있었다. 그녀의 뼈는 비스킷처럼 부서졌다. 몹시 난처해진 플로랑스와 쉬잔은 그녀를 설득해보려 했지만 결국 그녀들 둘만 시청에 가야 했다. 그래도 결혼식 후 젊은 커플이 브뢰유 성에서 피로연을 하는 것은 허락했다. 사강은 그마저도 내

키지 않아 하며 허락했고, 피로연은 씁쓸한 분위기를 풍겼다.

사강의 예쁜 흑백사진이 한 장 있다. 브뢰유 성에서 몸에 꼭 맞는 셔츠와 슬림한 흰색 진바지를 입고 햇빛이 투과하는 잎 무성한 나뭇가지 밑의 산책로를 걸어가는 육십 대 남자 같은 여자. 그녀는 아들의 손을 잡고 있다. 그 사진에서는 부드러우면서도 침울한 매력이 배어나온다. 사강은 모범적인 어머니는 아니었다. 그녀는 자기 자신조차 돌보지 못했고, 아들 드니를 외할아버지와 외할머니에게 자주 맡겼다. 혹은 은행원 마릴렌에게도 맡겼다. 그녀의 형편이 넉넉했기 때문에 가능했던 일이다. 괴짜 부모에게서 태어난 드니는 신뢰할 만한 어른이 없고 자신의 자리를 공고히 하기 쉽지 않은 분위기에서 자랐다. 어머니를 닮아 몸이 마르고 야위었던 드니는 마치 둥둥 떠다니는 것처럼 보였다. 드니가 성인이 된 뒤 사강은 드니를 원망했다. 어머니와 아들 사이의 무언가가 깨졌던 것이다. 브뢰유 성은 아름다운 잔디밭이 파헤쳐져서 두꺼비와 지렁이들이 우글거렸다.

사강의 친구이자 미테랑 대통령의 측근이었던 연출가 장 폴 스카르피타가 그녀들과 함께 잠시 살았다. 그는 사강의 계산 없는 친절함을 좋아했다. 그는 그녀 옆에서 진실함과 정의로움을 느꼈다. 사강은 그에게 애정으로 보답했다. 스카르피타는 친구들의 좋은 측면을 밝혀주는 존재였고, 헬륨 가스를 발산하는 기질로 그녀들을 즐겁게 해주었다.

스카르피타는 극장에서 연극 연습을 하면서 두 디바가 즐기는 모습을 바라보았다. 그는 그녀들을 제라르 드파르디외와 함께 돌로미트에 있는 코르티나 담페조에 데려갔다. 그녀들은 자기들끼리도 충분히 즐거웠다. 포슈 대로에 살던 그녀들은 콩코드 여객기를 타고 대서양을 횡단하는 것을 즐겼다. 잉그리드는 호화로운 식판을 만들어 사강의 침대에 갖다놓았다. 음악은 구불구불하게, 향수를 자극하며, 침울하게 흘러갔다. 슈만의 사중주곡과 브람스였다. 프레데릭 보통, 바르바라, 살바토레 아다모의 노래들도 있었다.

눈이 내리네요,

오늘 밤 당신은 돌아오지 않겠죠.

눈이 내리네요,

모든 것이 절망으로 하얘요. (프랑스 샹송 가수 살바토레 아다모의 노래 〈눈이 내리네〉의 가사 — 옮긴이)

그러나 착륙은 거칠었다. 마하 2 속도로 날아가는 초음속기에 기장이 없었던 만큼.

사강은 조금씩 쇠락의 길을 걸었다. 국세청은 앙드레 구엘피가 그녀에게 줬다는 커미션에 대해 벌금을 포함해 6백만 프랑의 세금을 내라고 명했다. "그 이야기는 이제 정말 지겨워요." 검찰에서 사전 조사를 시작했을 때 그녀는 말했다.

"우리는 왜 어떤 순간에 우리의 이웃이 아니라 튜브에, 플라스크에, 술병에 손을 내미는 걸까요?"

1999년 12월, 사강은 잉그리드와 싸운 뒤 장 폴 스카르피타가 머물고 있던 뤼테시아 호텔로 피신했다. 그녀는 스카르피타에게 비통한 마음을 털어놓았다. "내 잘못이에요. 나에게 일어난 모든 일은 내게 책임이 있어요. 내 인생은 거덜 났어요." 그녀는 눈을 크게 뜬 채 사막에 표류해 있었다. 그녀는 마약에 의존했던 것을 후회했고, 다시 메타돈으로 돌아갔다. 아침, 정오, 저녁에 그것을 대용품으로 삼켰다. 친구인 샤를로트, 플로랑스, 피에르 베르제는 그녀에게 아파트를 빌려주어 베르나르 프랑크와 함께 쓰게 하려고 했다. 그러나 그녀는 뤼테시아 호텔에서 잠을 자고, 책을 읽고, 글을 쓰기 위해 자신을 재정비했다. 이윽고 잉그리드가 그녀를 찾아왔고 그녀는 포슈 대로로 돌아갔다. 그녀는 3년 전부터 소설을 내지 않고 있었다. 작가로서 그녀의 경력은 사실상 끝났다. 40년 남짓 소설가로서 경력을 쌓았고, 전후 가장 위대한 프랑스 작가가 될 수도 있었건만 말이다. 무엇이 그것을 방해했을까? 사실 전후 가장 위대한 프랑스 작가는 없는지도 모른다.

잉그리드와 함께 에크모빌에서

"당신은 무엇이 부끄럽나요?"
"부끄러워한다는 것이 가장 부끄러워요."
_1993년 5월 30일자 「르 주르날 뒤 디망슈」

"보세요, 프랑수아즈의 수집품들이에요." 잉그리드 므슐람이 일회용 라이터들, 차이나타운이나 노천시장에서 산 미니어처 장난감들, 미니 우산들, 미니 사진기들이 가득 들어 있는 상자를 열었다. 잉그리드는 옷 방에 사강의 카디건들도 여러 벌 보관하고 있다. 그중 대부분은 담뱃재 때문에 구멍이 났다. "내 포트홀 침대 시트들도 모두 구멍이 났어요. 진품 브뤼헤 레이스도…… 프랑수아즈는 심지어 병원에서도 요구르트 병에 재를 숨겨가며 담배를 피웠어요." 그녀가 양탄자 위의 불에 그을린 자국 하나를 가리켰다. 집 안의 리넨 제품들, 옷들, 가구들, 모든 것이 사강의 무사태평한 기질의 흔적을 지니고 있었다.

바깥의 생기 있는 초록빛 풀밭에는 거의 검은색에 가까운 키 큰 나무들이 줄지어 서 있었다. 프랑수아즈 사강은 잔디밭의 백 년 이상 된 참나무 발치에 자신의 개들을 묻었다. 털빛이 두 가지인 폭스테리어 방코와 스카치테리어 푸이를. 멀리서 사강의 마지막 가정부였던 마리 테레즈 르 브르통이 잔디밭을 건너왔다. 그녀의 다갈색 머리카락이 잔디밭의 초록빛을 환하게 비추었다.

어느 여름, 잉그리드는 멕시코에서 등록한 롤스로이스를 운전해 이 성에 도착했다.

— 그때는 산책로가 지금보다 훨씬 더 아름다웠어요. 폭풍우 전이었죠. 나무들이 두 줄로 늘어서 있었어요.

잉그리드는 뉴욕에서 저급한 취향의 자질구레한 실내장식 용품들을 가져왔다. 조화와 새(鳥) 조각상들, 시멘트로 만든 바게트 빵 등이었다. 그녀는 그것들을 주방 창가에 놓아두었다. 그 망가진 성을 시골집처럼 꾸몄다.

"하필이면 왜 시멘트로 만든 빵이죠?" 베르나르 프랑크가 놀라며 물었다.

잉그리드는 집을 보수하겠다고 암시했다.

"이 집은 항상 이랬어, 자기. 그러니 이대로 놔둬야 해." 사강이 대꾸했다.

잉그리드는 아름답고 넓은 잔디밭의 정원수들을 없애버렸다.

"디즈니 스튜디오 같네." 사강이 말했다.

잉그리드는 집 입구에 하얗게 버린 쇠로 된 등 한 쌍을 설치했다.

"호텔이나 궁전 같아." 사강이 말했다.

이런 추억들을 떠올리는 것이 잉그리드를 즐겁게 했다. 마리 테레즈르 브르통이 개들이 다리를 갉아놓은 탁자 위에 기름기가 잘잘 흐르는 닭고기 구이와 감자를 내려놓았다. 부르주아의 교양이 다시 솟아올랐다. 안정되고 예측 가능한 세상 속에서 음식을 천천히 소화시키는 것. 『파리 마치』의 사진 한 장은 정원 의자를 놓고 탁자 주위에 모여 진라미 게임을 하는 사강과 자크 샤조, 밥 웨스트호프, 베르나르 프랑크를 보여준다. 방

안에는 유리창 가까이에 놓인 냉장고 한 대 말고는 아무것도 없다. 냉장고 위에는 샴페인 한 병이 놓여 있다. 샴페인 병은 빈 것 같다.

프랑수아즈 사강은 1958년에 산 이 집의 소유권을 도박 한 번으로 잃었다. 그녀는 세금을 내기 위해 이 집을 담보로 잡히고 은행에서 2백만 프랑(30만 유로)을 대출받았다. 그러나 그녀는 세금을 내지 않았고 대출금을 상환하지도 않았다. 1999년 이 집은 덱시아 은행에 압류되었다. 누구든 이런 상황에 몰리면 지옥에서 사는 기분일 것이다. 하지만 사강은 그렇지 않았다. 그녀에게는 바카라의 운수와 단절하는 것이 지옥이었다. 그즈음 사강은 도박을 할 때 자신의 능력을 훨씬 넘어서는 돈을 걸었다. 하지만 그것이 게임의 규칙이었다.

"내 친구들이 항상 진실했던 것과 마찬가지로, 운명은 항상 나에게 좋은 친구였어요. 물론 변덕스럽기도 했어요. 하지만 피차일반이었죠."

잉그리드는 사강에게 집을 한 채 사주기로 마음먹고 카자르크로 내려갔다. 사강은 그곳에 더 이상 거처가 없었다. 부동산 중개인은 팔려고 내놓은 집을 딱 한 채 소개해주었다. 도로 보수 인부의 집이었다. 그녀는 그 집을 샀다. 그러나 사강은 그 집을 좋아하지 않아 거기에 별로 머물지 않았다. 부동산 중개인이 몽토방에서 트럭 한 대를 빌려다주었고 두 여자는 에크모빌의 세간들이 압류되기 전에 트럭으로 옮겼다. 거기에는 피아노와 성의 종(鐘)도 포함되었다. 19톤짜리 트럭이 지하실에 보관된 물건들을 실어가기 위해 잉그리드의 집 앞에 주차되었다. 사강은 포슈 대로로 내려가겠다고 고집을 부렸다. 그녀는 트럭 운전석에 올라가기를 몹시도 원했다. 사람들이 그녀의 목발로 그녀를 끌어올려주었다. 즐거운 과부들은 전기로 작동하는 화물용 승강기로 보도에서 놀이를 하며 시간을 보냈다. 부동산 중개인은 베르나르 브롱카르였다.

말 사육업자이자 기수였던 베르나르 브롱카르는 치과의사이자 대학교수인 여자 친구와 함께 로에 살았다. 실존적 위기가 절정인 가운데, 그는 점점 더 고통을 느꼈다. 승마 챔피언인 그는 열다섯 살 때부터 일을 했고, 아내의 친구인 남서부의 의사들과 저녁 식사를 할 때면 자신이 무식하다고, 교양 없고 가치 없는 존재라고 느꼈다. 반면 잉그리드 및 사강과의 만남은 그에게 새로운 생기를 선사해주었다. 사강, 고급 브랜드, 파리, 명성, 부, 문학과 그 매력들. 두 여자는 어른을, 실질적인 문제들을 조정하고 해결해줄 남자를 필요로 했다. 부지런하고 왕성하게 활동하는, 코요테처럼 야윈 이 아베롱 남자는 그 일에 적임자였다. 그는 말들을 팔고 포슈 대로에 정착했다.

— 그후부터 나는 존재한다는 느낌이 들었습니다.

그는 잉그리드 므슐람의 대리인이 되어 공적이거나 사적인 모든 일을 도맡아 했다. 어느 날 저녁, 그는 조이 스타(Joey Starr, 1967~ , 프랑스의 랩 가수 — 옮긴이)와 그의 졸개 한 명이 초록색 거실 잉카 족의 작은 조각상들 한가운데에 있는 소파에 편안하게 자리 잡고 앉아 코카인으로 기묘한 혼합물을 제조하는 것을 보고 질겁했다. 그는 그들을 쫓아냈다.

브롱카르는 문학 애호가가 아니었다. 문학에 대해 말하기는 했지만 읽지는 않았다. 결코 읽지 않았다. 쥘 베른은 제외하고.

— 나는 경험하는 것, 사람들을 만나는 것을 좋아합니다.

그는 말한다. 지성인들, 작가들, 시인들은 그가 보기에는 삶에 부적격하고 거만하기만 할 뿐이었다. 그는 사람들이 왜 그런 장애가 있는 사람들에게 찬미를 바치는지 이해하지 못한 채 프랑수아즈 사강, 베르나르 프랑크와 가깝게 지냈다. 그들은 빈털터리였고 그가 확인한 바에 따르면 그리 영리하지도 못했다.

브롱카르는 소설은 읽지 않았지만 계약서는 읽을 줄 알았다. 2000년 말 그는 친구인 지역 공증인들과 함께 사강의 서류들을 훑어보다가, 덱시아 은행이 에크모빌 브뢰유 성의 허유권은 갖고 있는지 몰라도 용익권(用益權)은 갖고 있지 않다는 사실을 알았다. 그는 사강에 전화를 걸어 말했다. "당신은 집을 잃어버리지 않았어요." 그러나 전혀 아니었다. 사강이 자기 친구의 다이아몬드를 받은 공증인 앞에서 노르망디 지방의 그 성을 담보로 잡혔고 잉그리드에게 용익권을 넘긴 것을 인정했기 때문이다. 사강은 자기만의 권리를 잃어버렸던 것이다. 그녀는 손님으로 그곳에 돌아갔다. 이제 자동차도 없었다. 탱크 메르세데스 450 SL은 경매에 내놓아 팔았다. 브롱카르가 그 자동차를 샀다.

2001년 봄, 어쨌든 사강은 브뢰유 성으로 돌아왔다. 그녀는 측근들의 집이나 이삿짐 보관 창고에 숨겨놓았던 자신의 그림들을 1층의 방에 걸었다. 그녀는 빨간 페리 선, 언니의 파스텔화들, 책상을 첫 저자 인세로 구입했었다. 청동으로 된 개 조각상들은 오빠가 준 것이었다. 그녀는 그런 상투적인 물건들에 집착했다. 마리 테레즈 르 브르통이 옆에 있으면서 집 관리를, 쇼핑을, 부엌일을 해주었다. 이 노르망디 여인은 그녀를 키워주었던 착한 쥘리아처럼 그녀에게 애착을 가졌다. 보잘것없는 가정에서 태어난 마리 테리즈는 학교는 다니지 못했지만 『슬픔이여 안녕』을 한 권 샀다. 그녀는 말했다. "훌륭하네요. 당신은 프랑스어를 잘 다뤄요. 이 책이 아주 마음에 들어요." 그녀는 사강에게 퓌레와 호박 수프를 만들어 주었다.

잔디밭과 가까운 사강의 방은 그 집에서 가장 즐거운 방이었다. 그녀가 시간을 보내는 구리로 된 침대에 누우면 한쪽으로 해가 뜨는 것을, 다른 쪽으로는 해가 지는 것을 볼 수 있었다. 그녀처럼 아픈 개 푸이가 기어오를 수 있도록 침대 다리를 잘라냈다. 코카인 판매상은 물건을 배달하러 올 때면 사강을 즐겁게 해주려고 문 바로 앞에 와서야 브레이크를 밟았다. 그의 도착은 무언극의 시동을 걸었다. 그램당 80유로인 원재료를 마약 20그램으로 만들려면 다이아몬드 세공사의 저울과 위스키 병이 필요했다. 그는 자신의 또 다른 직업인 곡예 이야기를 해 단골손님의 무료함을 달래주면서 두 배 용량의 캡슐에 마약을 가득 채웠다.

코카인 판매상이 말했다.

"내 주소록에 당신 이름을 적을게요. 뭐라고 적을까요?"

"멍청이(Truffe)라고 적어요. 't'가 하나 있으니 밀매상(trafiquant)하고 비슷하지요." 사강이 대답했다.

이자벨 헬드는 수첩 속에 마약 판매상들의 전화번호를 모두 갖고 있었다. 이자벨 헬드는 말한다.

— 나는 그것들을 지웠어요. 더 이상 견딜 수가 없었거든요. 그들 중엔 한밤중에 들이닥치는 별난 사람이 있었어요. 그는 브뢰유 성에서 잠까지 잤죠. 마지막 순간에 프랑수아즈는 약물로만 살았어요. 코카인이 떨어지면 판매상이 왔고, 그러면 프랑수아즈는 아주 기분 좋아했답니다.

이자벨은 예술가란 강장제를 필요로 한다고 생각했다. 사강의 측근들처럼 이자벨은 사강이 지나치게 약물을 많이 복용하는 일을 피하기 위해

선을 긋는 법을 배웠다.

— 그건 어렵지 않았어요. 약간 거짓말을 하고, 신용카드에 한도 설정을 했죠. 물론 프랑수아즈는 불평했어요. 내가 약을 충분히 주지 않았으니까요. 하지만 나는 그녀를 제한하려고 애썼어요.

때때로 사강은 빨대로 약을 들이마시며 재채기를 했다. 가루가 날렸다. 그녀는 자신이 코카인을 얼마나 흡입했는지 깨닫지 못한 채 공기를 들이마셨다.

— 개 방코가 약물 과용으로 죽었어요.

어느 날 사강은 욕실로 약을 복용하러 갔다. 그녀의 폭스테리어 방코가 티슈가 가득 찬 휴지통을 엎었다. 잠시 후, 사람들은 양탄자 위에 뻗어 있는 방코를 발견했다.

— 방코는 그 티슈들을 코로 흡입했던 거예요.

잉그리드가 증언한다.

이것은 야설인가? 확실한 것은 그 개가 티슈를 흡입했다는 것이다.

사강은 늘 신중하게 처신하지는 못했다. 법원과의 공방이 한없이 계속되었다. 도로 보수 인부의 집을 사러 카자르크로 가는 비행기 화장실에서 잉그리드는 자기 것과 혼동해 사강의 루이 뷔통 수트케이스를 잃어버렸다. 그 안에는 약이 가득 찬 옵사 튜브 두 개와 포슈 대로의 집 열쇠 꾸러미가 들어 있었다. 몇 달 뒤, 경찰관들이 잉그리드의 집으로 찾아왔고 브롱카르가 이 난국에서 사강을 꺼내주었다. 그는 로 출신의 수사관 한 명을 알고 있었다. 그는 곧 비극이 닥치겠구나 생각하고 경찰서로 가 두 여자를 만났다. 사강은 긴 의자에 누워 경찰 한 명이 그녀의 요청에 따라

근처의 비스트로에 가서 사다 준 햄 버터 샌드위치를 먹고 있었다. 경찰이 샌드위치 값까지 지불했다.

— 그래도 난처한 일이 닥칠 때마다 기적적으로 해결되곤 했습니다. 경찰들은 물었죠. "그러니까 당신들은 프랑수아즈 사강을 코카인 소지 혐의로 교도소에 보낼 수 없다는 건가요?" 그리고 잘되었어요……. 어느 날 오르세 강변로로 경찰들이 그녀를 찾아왔습니다. 나는 얼이 빠져 경찰서에 전화를 걸었죠. 내가 경위 한 사람을 알고 있었거든요. 상황이 잘 맞아떨어져 그 경위가 모든 것을 해결해주었어요.

사강은 모르핀으로 잠들고 코카인으로 깨어났다. 놀랍고 비용이 많이 드는 식이요법이었다. 어떤 사람들 말에 따르면, 말년에 그녀는 하루에 3~4그램의 약을 복용했다고 한다. 한 달에 1만 5천 유로가 든 셈이다. 물건 보급은 대체로 잘 이루어졌다. 모르핀은 처방전에 따라 배달되었고, 코카인 조달은 좀 복잡했다. 이따금 재고가 떨어지는 일이 있었다. 극도로 긴급한 상황이 아니면 아스피린도 먹지 않는 플로랑스 말로는 상냥함과 우정을 발휘해 장 폴 스카르피타와 함께 하루 종일 파리 곳곳으로 판매상을 찾아다녔고, 물건을 구한 뒤에는 고속도로를 타고 브뢰유 성으로 돌아왔다. 사강이 그녀에게 도움을 청했던 것이다. 어느 날 플로랑스는 기분이 무척 좋았고 "그것이 어떤 효력을 발휘하는지 경험하기 위해" 자기도 코카인을 해보겠다고 했다. 그러자 사강은 그녀를 만류했다. "아, 안 돼! 너는 안 돼. 절대!" 정말로 화를 내면서.

스웨터와 책들

잉그리드 므슐람은 잠자리에 들러 갔다. 그녀는 거의 변하지 않은 사강의 방에 있는 다리를 잘라낸 구리 침대에서 잠을 잔다. 책상, 서랍장, 그림들, 쉬잔의 파스텔화 두 점, 청동으로 된 올빼미와 개 조각상들, 상처 자국들, 담뱃불에 그을린 자국, 얼룩들이 남아 있는 작업용 탁자. 나이트 테이블의 서랍 안에는 사강이 글을 쓰던 페이퍼 메이트 수성펜들이 들어 있다. 하트 두 개의 로고가 입체적으로 새겨진 펜이었다. 사강이 코카인 을 흡입할 때 쓰던 빨대도 보였다.

에크모빌은 조금 추웠다. 잉그리드가 나에게 사강의 스웨터를 빌려주 었다. 에릭 봉파르 브랜드의 카멜색 스웨터로, 미디엄 사이즈인데 매우 넉넉했다. 상태도 완벽한 것을 보니 사강이 많이 입지 않은 모양이었다. 그 스웨터는 옷을 넘어 하나의 문학적 대상이라 할 수 있었다. 스웨터라 는 단어의 따뜻하고 낡아빠진 음조는 나에게 늘 다른 세상, 영영 잃어버 린 안심되고 안정감 있는 세상의 느낌을 준다.

스웨터를 입으면서 나는 부정직한 행동을 저지른 느낌이 들었다. 박 물관의 소중한 유물에 손을 댄 것만 같은……. 나는 2층의 서재로 올라 가 사전에서 '스웨터'라는 단어를 찾아보았다. 그냥 사전도 아니고 그녀 의 사전. 빛바랜 아마(亞麻) 표지의 로베르 사전. '스웨터(chandail)'라는 단어는 '상인(marchand)'에서 유래했다. 처음엔 19세기에 레 알(파리 1구에 있던 중앙시장. 오늘날에는 현대적인 쇼핑센터들이 들어서 있다 — 옮긴이)에서 채소 장수들이 입던 편물 옷을 뜻했다. 플로랑스 역시 이 단어를 사용했다. 기분 좋게 지나가버린 부드러운 어떤 특징처럼.

다음 날 떠나야 하는 나는 중요한 세부 정보를 놓칠까 봐 겁이 났다. 내가 다시 여기에 올 수 있을까? 성 안에서 나는 상징물들, 말없는 메시지들, 신호들을 찾았다. 나는 모든 것을 읽었다. 모두 사강이 쓴 것들이었다. 잉그리드 므슐람은 자서전의 도입 부분이 적힌 자그마한 클레르퐁텐 스프링 노트를 나에게 맡겼다. 노트의 페이지를 한 장 한 장 넘겼다. 글씨를 알아볼 수가 없었다. 단 하나의 단어도 식별할 수 없었다. 그녀는 페이지들에 파란색 수성펜으로 그래픽 아트 이상의 것을 그려놓았다. 말년에 사강의 필체는 해독할 수 없게 변했다. 커다란 안경을 쓴 비서 이자벨 헬드조차 해독이 불가능했다.

마리 테레즈 르 브르통이 사는 작은 관리소로부터 안심되는 빛이 흘러나왔다. 커다란 스웨터의 마치 애무와도 같은 부드러운 감촉에 감싸인 채 나는 서재 조사에 착수했다. 그 스웨터는 아마도 플로랑스의 선물인 듯했다. 잉그리드는 두 가지 색의 스웨터를 보여주며 내게 선택하게 했다. 카멜색과 나무딸기색이었다. 나는 카멜색을 선택했다. 내 눈에는 그 색이 더 따뜻해 보였다.

서재에는 여름 별장에서 흔히 발견할 수 있는 책들이 꽂혀 있었다. 문고판 책들, 세리 누아르의 추리소설들, 구색이 맞지 않는 플레이아드 총서의 책들, 『르 누벨 옵세르바퇴르』에 실릴 기사를 위해 베르나르 프랑크에게 건네진 증정용 책들. 나는 책들의 잡다한 목록 작성에 착수했다. P. D. 제임스, 패트리샤 콘웰, 나보코프, 스콧 피츠제럴드, 헨리 제임스, 디드로, 파스칼, 낸시 미트포드, 로맹 가리, 아날로그 식의 라루스 사전……. 가엽버터 색의 그라세 출판사 책 표지들이 2미터에 걸쳐 있고, 클로드 달라 토레가 부쳐온 증정용 책들도 보였다.

나는 사강의 취향을 이해해보려고 애썼다. 그녀는 어떤 부류의 독서가였을까? 그 서재에는 사람들이 기대하듯 50년 동안 그녀가 읽은 책들이 모두 보관되어 있지는 않았다. 대부분의 책들이 최근의 것이었다. 사강은 책들을 쌓아놓지 않았다. 어떤 책을 읽고 마음에 들면 그 책을 선물했다. 게다가 집과 가구를 여러 차례 압류당했다. 물건들, 가구들, 책들이 모두 흩어졌다.

사강은 괴상한 독서가였다. 그녀가 인생에서 중독된 것이 있다면 바로 책이었다. 특히 소설, 추리소설, 시를 좋아했다. 역사서, 철학서, 에세이는 좋아하지 않았다. 그것들은 그녀의 것이 아니었다.

"스무 살 때 나는 『존재와 무』의 111페이지를 신속하고도 충실하게 읽어냈어요. 그것은 공력이 많이 들고 보람도 없는 일이었죠. 그 엄청난 노력 이후 나는 철학서를 많이 읽지 않았답니다."

그녀는 혼란 속에서 동기 없이, 외롭고 굶주린 청소년으로서 책을 읽었다. 연필처럼 야위었던 그녀는 오직 책만을 게걸스럽게 삼켰다. 즐거움을 지속시키기 위해 되도록 방대한 양의 책을 읽었다. 그녀는 답답함을 피해 픽션이라는 우주 캡슐 안으로 흡수되었다. 이 책에서 저 책으로 옮겨 다니면서 무한한 다양성들을 탐욕스럽게 발견했다. 단번에 읽거나 아니면 한 번 더 읽고 재발견하기도 했다. 책에 파묻혀 온종일을 보냈다. 그녀 존재의 추문은 바로 그것이었다. 모든 시간을 독서에 바친 것. 절대적인 사치. 자기 인생 안에서 좀 더 심오하고 좀 더 충만한 다른 삶을 꿈꾼 것. 그녀가 좋아한 작가들이 내밀하고 비밀스러운 또 다른 무리를 이루었다. 피로 맺어진 가족보다 더 영양가 있고, 더 따뜻하고, 덜 주의 산만한, 위안이 되는 가족. 드니 웨스트호프는 나에게 말했다.

— 엄마는 자기보다 더 민첩한 사람들을 찾았어요. 엄마는 찬미하기를, 깜짝 놀라기를 원했죠. 하지만 사르트르를 제외하고는 그런 사람을 많이 찾아내지 못했어요. 엄마는 독서에서 위안와 안심을 퍼 올렸죠.

그녀는 정해진 방향 없이 닥치는 대로 읽었다. 하지만 매우 개인적인 혜안을 갖고 읽었다. 『응수들』에서 그녀는 자신의 책 구입에 대해 이야기했다. 그녀는 플로랑스와 함께 자주 라스파유 대로에 가서 보도에 자동차를 서둘러 주차한 뒤 갈리마르 서점에 들어갔다.

"나는 매번 세리 누아르의 추리소설 두세 권, 외국 소설, 대개 미국이나 영국 소설의 번역본들을 많이 사죠. 나는 아이리스 머독, 솔 벨로, 윌리엄 스타이런, 제롬 샐린저, 카슨 매컬러스, 존 가드너…… 그리고 캐서린 맨스필드를 아주 좋아해요."

그녀는 아이리스 머독(Iris Murdoch, 1919~1999, 아일랜드 출신의 영국의 소설가·철학자. 현대적인 드라마를 멋지게 묘사한 희극적인 장편 『그물 속에서』를 시작으로 『종鐘』, 『적赤과 녹綠』, 『천사들의 시대』 등 다양한 작품들을 발표했다 — 옮긴이)의 여성 등장인물들을 좋아했다. 아무런 보호도 받지 못하고 무엇으로도 멈출 수 없는 그 여자들 말이다. 그녀는 웃음을 터뜨리게 하는 그 별난 작가에 대한 감사의 마음을 강조했다. "나는 앤서니 버제스(Anthony Burgess, 1917~1993, 영국의 소설가. 『시계태엽 오렌지』, 『나사렛 사람』, 『사악한 자의 왕국』 등의 작품을 썼다 — 옮긴이) — 그의 책은 대체로 나를 지루하게 했지만 ─ 가 서머싯 몸에게 바친 책 『심연의 지옥』이 무척 좋았어요. 그 책을 읽으며 많이 웃었죠. 그 책은 허리가 끊어지도록 웃게 하는 훌륭한 장면들이 가득한 마르셀 에메의 『초록색 암말』, 디킨스의 『픽윅 클럽의 사후 보고서』 혹은 에블린 와프(Evelyne Waugh, 1903~1966, 영국의 풍자소설가 ─ 옮긴이)의 책들처럼 익살스러워요."

사강은 『파르마의 수도원』이나 『여죄수』 같은 책들은 평생 동안 저자와 정서적인 관계를 유지하며 되풀이해 읽었고, 읽을 때마다 새로운 것들을 발견했다. 모스카는 평생 그녀의 이상적인 남성상이었고 산세베리나는 이상적인 여성상이었다. 그녀는 프랑스 문학 최초의 이중적이고 지적인 여성 인물이었다. 사강은 엠마 보바리(프랑스의 사실주의 소설가 귀스타브 플로베르의 소설 『보바리 부인』의 여주인공 ─ 옮긴이)에 대해 "여자들을 별로 좋아하지 않는 남자가 바라보는 골치 아픈 여자의 전형"이라고 말했다. 그리고 보바리 부인을 제인 캠피온의 영화 〈피아노〉의 여주인공인 성가신 여자 아다와 비교했다.

사랑을 할 때 우리는 판단하지 않는다. 사강은 하나일 수밖에 없는 인간이자 작가에게 감탄하면서 작가들을 하나의 총체로서 사랑했다. 다시 말해 그녀는 자신의 취향인 책들만 읽었다. 대학교수들을 위한 작가인 조이스처럼 순수한 문장가의 책이 그녀 손에 들어오기도 했다. 그러나 그녀는 『율리시즈』를 결코 읽어내지 못했다.

"어떤 책을 읽어내지 못할 때, 나는 비교적 긍정적인 반응을 보여요. 나는 속으로 생각하죠. '아마도 이 책은 아주 훌륭한 책일 거야. 하지만 나와는 맞지 않아. 나는 아무런 부끄러움도 느끼지 않아.'"

그녀는 대단한 문장가이자 순진한 사람이었던 셀린에 대해서도 그다
지 큰 열정을 느끼지 못했다. 그녀가 그를 과소평가한 것은 아니었다. 그
의 작품은 그녀에게 어필하는 바가 전혀 없었다. 그녀는 파트릭 모디아
노도 별로 즐기지 않았다. 그의 소설 속에 등장인물이 부재했기 때문이
다. 그녀의 친구 샤를로트는 그녀에게 모디아노가 파리의 모습을 훌륭하
게 그려냈다는 점을 받아들이게 했다. 그녀는 파트릭 베송, 필리프 솔레
르스 같은 동시대 작가들의 활기참, 민첩함, 재치를 사랑했다. 그녀는 미
셸 우엘벡의 지성과 자유로움을 높이 평가했지만 자신의 취향에는 너무
무겁다고 생각했다. 그의 작품은 결코 날아오르지 않았다. 그녀는 문학
보다는 독서 자체를 훨씬 더 좋아했다. 이야기에 몰두하는 것, 존재감을
느끼는 것, 그리고 세상으로부터 잠시 떠나는 것.

폴 엘뤼아르의 플레이아드 판 책 『즉각적인 인생』도 있다. 엘뤼아르는
『슬픔이여 안녕』 이후 그녀의 책 제목들을 공급해주었다. 나는 그 책에
메모가 적혀 있는지 살폈다. 메모는 없었다. 노란색 실크 서표(書標)가
「호랑가시나무 꽃 열두 송이」 부분에 꽂혀 있었다.

그녀는 창백하고 상처 났고 과묵하다.
그녀는 인위적인 소박함을 가졌다.

즉각적인 인생, 이것은 사강의 전기 제목이 될 수도 있었으리라.

오디오 카세트 선반에서 나는 케이스에 적힌 가수들의 이름을 훑어본
다. 배리 화이트, 프랭크 시나트라, 딘 마틴, 세자리아 에보라, 낮은 목소
리로 감상적인 노래를 하는 가수들, 서정적인 노래를 부르는 가수들, 쉰

목소리의 디바……. 내가 찾는 게 무엇인지 더 이상 모르겠다. 이건 조금 터무니없다. 자러 가는 게 나을 것이다.

이제 나는 사강이 수첩처럼 사용한 종이들을 조사하면서 선반 위의 책들을 아무렇게나 뒤적인다. 많은 것이 뽑혀 나왔다. 방문객들은 그녀가 육필로 쓴 메모들을 기념으로 간직했을 것이다. 작가들은 그런 페티시적 숭배를 불러일으킨다. 사람들은 그들의 펜을 몰래 가로채고, 그들의 편지, 메모, 수첩, 심지어 그들의 쇼핑 목록까지 간직한다. 백지에 적힌 진라미 게임의 스코어들만이 사람들의 관심을 끌지 않았다. 게임 스코어들은 아직도 여기저기에 남아 있다.

『새로운 암흑』이라는 단편집에 그녀의 글씨가 한 줄 적혀 있다. 파란 수성펜으로 쓴 것으로, 문장이 거칠기는 하지만 필체가 아주 선명하다. 자서전에 담긴 판독이 어려운 글씨들과 달리 아주 잘 해독된다.

"만일 나에게 사고가 더 일어나면 부탁이니 나를 죽여." 장서표가 시한폭탄처럼 폭발한다.

제롬 차린(Jerome Charyn, 1937~ , 미국 소설가 ― 옮긴이)은 이 우울한 단편집 속에 제임스 엘로이, 호르헤 루이스 보르헤스, 미시마, 플래너리 오코너의 텍스트들을 수집했다. 사강이 손으로 쓴 헌사가 가장 어둡다.

다갈색 머리 아가씨는 귀부인이다

플로랑스는 예쁘고 신선한 모습으로 시애틀에서 돌아왔다. 거기서 그녀는 친구와 함께 미국의 길들을 거닐었다고 했다. 풍경들이 펼쳐지는 것을 바라보았던 3주. 우리는 그녀의 작업용 탁자 앞에 나란히 앉아 내가 에크모빌에서 찾아낸 자료들을 들여다보았다. 사강이 어머니에게 보낸 짧은 메모를 보고 플로랑스는 몹시 기뻐했다.

— '엄마에게 말할 껀 많치 않아. 내가 머리쏙에 내 사랑하는 엄마를 많이 생가카지 않았거든.' 다섯 살에 이미 작가였네요!

나는 그녀를 동요하게 할 밤의 공포에 대한 언급은 보여주지 않았다. 나에게 그것은 가슴 아픈 연구 자료이고 그녀 역시 그것을 보면 몹시 괴로워할 것이 분명했다.

나는 그녀와 사강이 주고받은 서신을 보여달라고 감히 부탁하지 못했다. 무례한 부탁일까 봐, 그녀가 기분 상해할까 봐, 그녀의 신뢰감이 사라질까 봐 두려웠다.

그녀가 나에게 말했다.

— 프랑수아즈가 나에게 쓴 편지의 한 구절을 당신에게 읽어주고 싶어요.

부탁하지 않고 가만히 있기를 잘했다. 플로랑스는 접힌 곳이 조금 찢어져 있는 아마빛 종이 한 장을 펼치고 높은 목소리로 한 구절을 읽었다.

당시 사강은 미셸 마뉴, 미셸 데옹과 함께 피신해 생 트로페에서 여섯 달을 보낸 참이었다. 어조에 실망감이 조금 묻어 있었다. "네가 없으면 난 말수가 적어져. 그건 좋지 않아."

— 잘도 쓰지 않았어요?

그렇다, 사강은 숨 쉬듯 글을 썼다. 나는 플로랑스의 어깨 너머로 편지를 넘겨다보려고 몸을 뒤틀었다.

— 우아하고 꾸밈없는 문체죠……. 부자연스러운 데가 전혀 없어요, 안 그래요? 그녀는 잘 쓰려고 기교를 부리지 않았어요.

나는 앞뒤 재지 않고 대담하게 물었다.

— 내가 읽어봐도 돼요?

플로랑스가 마지못해 나에게 편지를 건네주었다. 손가락 하나로 타자를 친 그 편지에는 날짜가 없었다. 마뉴, 데옹. 아마도 1955년에 쓴 편지인 듯했다. 사강은 자신이 막 두 번째 소설을 시작했다고 솔직하게 털어놓고 있었다. 동시에 그 소설이 어떤 가치가 있는지 의심스러워했다. "네가 없으면 나는 틀림없이 글 쓰는 걸 그만둘 거야." 이것은 친구 플로랑스에 대한 고마운 마음을 분명하게 증명하는 말이다.

그녀들의 교류는 우아하고 세심했다. 그녀들은 서로를 잘 알았고, 서로를 즉각적으로 이해했다. 그녀들은 함께 음악을 들었다. 그러나 속마음을 털어놓으며 시간을 보내지는 않았다. 속마음을 토로하기에는 서로를 너무나 사랑하고 존경했다. 플로랑스는 자매가 없었고, 자기보다 약간 어린 사강을 자매로 받아들였다. 이 두 쌍둥이 중 플로랑스가 언니였고, 더 사려 깊었고, 더 이성적이었다.

— 이걸 복사해도 될까요?

그 편지에서는 특이한 향기가 났다. 부드럽고 명확한, 단편적으로 재현해내기 어려운 향기.

— 모르겠어요……. 생각해볼게요.

3년쯤 전부터 나는 플로랑스가 파리에 있을 때면 거의 매주 만나서 이야기를 나누었다. 그녀는 자기 자랑을 하는 법이 결코 없었다.

그녀가 없을 때는 그녀와 친한 클로드 페르드리엘을 만났다. 플로랑스는 그를 이상적인 오빠로 여겼다. 시간은 사랑을 약화하지만 우정은 강화한다. 클로드 페르드리엘은 삶에서 두 번 절망적인 시련을 겪을 때 우정 넘치는 플로랑스에게 기댈 수 있었다. 그녀의 견고하고 온화한 힘은 어둠 속의 작은 불꽃처럼 그녀의 친구들로 하여금 음울한 시기에 자신감을 유지하게 해주었다.

"플로랑스는 부유하거나 가난한 친구들, 유력하거나 이름이 알려지지 않은 친구들을 자기 주위에 불러 모았습니다. 그녀는 그 친구들에게 영향력을 행사했지요. 우리는 그녀에게 감탄했고, 그녀를 사랑했습니다. 하지만 그녀는 자신이 그 무리의 중추라는 사실을 깨닫지 못했어요. 그녀를 사랑했던 사람들은 그녀가 자기에 대해 좋지 않은 의견을 갖고 있다고는 생각하기도 싫었을 겁니다……." 찬란한 우정을 베푼 플로랑스는 자기도 모르게 그들을 높은 곳으로 끌어당겼다. 그러나 초자아처럼 군림하지는 않았다. 그녀는 절대 그들에게 빈정대지 않았다. 영감을 주는 상냥한 친구로서는 가끔 그랬지만.

— 그 다갈색 머리 아가씨는 사실 귀부인이었어요.

클로드 페르드리엘은 말했다.

귀부인이라. 오만한 여자, 조금 거만한 인물의 이미지가 떠오른다. 아니다. 귀부인은 스스로를 존중하는 여자, 다른 사람들을 존중하는 여자, 그리고 주변에 존중을 부과하는 여자다. 그런 여자는 드물다. 진실을 말하자면 나는 그런 여자를 많이 만나보지 못했다. 고매한 영혼을 가진 사람도 많이 만나보지 못했다.

나는 플로랑스가 자기 친구 사강의 작품 세계에 얼마나 독특한 부분을 차지하는지를 깨달은 참이었다. 나는 작가가 평가해달라고 맡긴 원고를 무심하게 대하는 사람들을 파리에서 스무 명은 넘게 보았다. 그런 경우 진정 겸손하게 반응하는 사람이 너무나 드물어서 처음에는 플로랑스가 한 역할을 과소평가했다. 나는 그것에 대해 그녀를 나무랐다.

— 글쎄요, 나 자신을 변호할 수가 없네요. 나는 프랑수아즈의 편지들 중 가장 열광적인 것을 골랐어요. 사실 나는 작가의 글에 대해 아첨하는 것은 조금 몰상식한 행동이라고 생각해요. 그건 프랑수아즈 자신을 봐서도 경거망동한 일이죠.

친구는 사라졌어도 우정은 살아남았다. 사강의 편지를 책으로 출간하는 것은 플로랑스에게는 파렴치한 일이었다. 그녀는 무척이나 공정한 사람이다.

— 나는 내 생전에는 우리 사이에 오간 편지를 다른 사람들에게 보여주지 않기로 나 자신과 약속했어요. 난 그 편지들을 분류해 국립도서관에 기증할 거예요.

사강과 잘 알고 지냈다고 자랑하는 뻐꾸기들의 수는 굉장히 많다. 이런 사람들은 그녀가 나이트클럽의 마스코트라고 주장했다. '난잡한 마스코트 사강!' 어떤 사람들은 이야기한다. 언젠가 마티스에서 그녀와 함께 보드카 토닉 빨리 마시기 시합을 벌였다고. 그녀는 1975년 이후 술을 마시지 않았는데도. 또 다른 사람들, 그러니까 그녀가 엘프 사건에 끌어들인 사람들도 있다. 이를테면 그녀의 내밀한 친구 플로랑스. 하지만 그녀는 신중한 태도를 취했다. 끝까지 공정함을 유지하는 태도. 그것은 절대적 우정의 표시였다.

— 나는 그런 것이 필요하지 않아요. 우리는 조금 점잖게 행동해야 해요, 안 그래요?

플로랑스는 말했다.

스무 살 때 사강은 매력적이지만 여렸다. 부르주아 가정의 딸이었던 그녀는 히피족 젊은이들에게 끌리면서도 자기 가족을 깊이 사랑했다. 아마도 몽소 평원은 그녀의 재능을 죽였을지도 모른다. 한계상황이 그녀로 하여금 재능을 꽃피우게 했다. 그리고 그녀를 죽였다. 분열된 그녀는 이중적 태도를 취했다. 그녀 주변에 있던 매춘부의 기둥서방이나 불량배들처럼. 자신의 갈등을 평온히 해결할 줄 알았던 플로랑스는 평생 동안 사강을 묵묵히 지지해주었다.

위스키, 파티, 자동차, 낭비

"나는 장편소설 스물다섯 편과 프랑스라는 나라의 몇몇 억만장자들에 대한 희곡 여러 편을 썼다. 스위스에서 그 희곡들을 상연한다는 생각은 해보지 않았다. 바하마 제도에서도, 룩셈부르크에서도 그리고 그 밖의 모든 나라에서도. 나는 내가 받은 것 이상을 주었다. 내가 얻은 이득들이 세금을 제외하고도 다른 곳에 많이 넘겨졌기 때문이다. 나는 노르망디에 있는 오래된 집 한 채 말고는 아무것도 소유하지 않았다. 오늘날 그 집은 경매를 통해 175만 프랑에 팔렸다. 오래된 자동차 두 대, 가구 세 점, 그림들, 옷들도 더 이상 없다. 사치가 다 무엇인가! 1998년 이후 나는 옷도, 안식처도, 탁자도, 의자도 없다. 친구들의 자비만으로 살아간다."

2001년 3월 초, 당뇨병으로 혼수상태에 빠진 며칠 후에 사강이 쓴 글이다. 그녀가 쓴 것은 모두 사실이다. 그녀는 측근들의 자비에 전적으로 의존했다.

"열여덟 살에 글을 쓰기 시작하면 자신의 독서 경험들을 재활용할 수만 있을 뿐이다. 재능을 타고났다 하더라도, 충분한 경험을 하지 못한다. 혹은 라디게나 사강처럼 그 나이 전에 많은 것을 경험한 사람들은 모험 속에서 창조력을 파괴해버린다." 위대한 SF 작가 로버트 실버버그는 말했다. 실버버그 자신은 전자, 풋내기 모방자의 범주에 속한다. 사강과 같은 해에 태어난 실버버그는 『슬픔이여 안녕』이 출간된 해에 자신의 첫 소설을 발표했다. 그리고 자신의 책이 처음으로 베스트셀러가 되고 46년 뒤에야 SF소설계의 슈퍼스타가 되었다. 그때 사강은 절필 상태였다.

프랑스 2 방송에서 문학 프로그램을 진행한 기자 기욤 뒤랑이 포슈 대로를 방문했다. 랑그도크 지방 악센트를 가진 베르나르 브룅카르가 이 저널리스트를 웃게 하고, 사강이 도착하기를 기다리며 그와 함께 있어주었다. 어느 변호사가 사강의 궁핍함을 뒤랑에게 이야기해주었다. 사강은 무일푼이었다. 가진 것이 아무것도 없었다. 그리고 글을 쓰지 못했다. 기욤 뒤랑은 그녀에게 대담집을 한 권 내자고 제안했다. 그는 그녀를 위해 계약서 한 장을 가져왔다. 출판업자는 옹플뢰르 저축금고를 통해 사강에게 선금을 주었다. 이 저축금고는 사강의 수입을 압류하는 프랑스 은행과 국세청의 감시를 피했다.

무게 있고 호사스러운 에메랄드 빛 거실에 앉아 기욤 뒤랑은 뭔지 모를 멍한 기분을 느꼈다. 사강은 병들고 초라하고 생기 없는 모습으로 그와 함께 있었다. 그는 신흥부자들이 모여 사는 구역인, 그녀의 무게중심과는 거리가 먼 포슈 대로 아파트 안 특정한 시대 양식의 모조 가구들 한가운데에 있는 이 몰락한 조그만 여자를 보고 놀랐다. 순간적으로 롤링스톤스의 기타리스트 키스 리처드를 떠올렸다. "사실 나는 어디에도 살지 않아요." 사강이 그에게 말했다. 체크무늬 벌링턴 양말에 납작한 모카신을 신은 그녀는 역설적이게도 시골 여자의 튼튼함과 연약함이 혼합된 분위기를 풍겼다. 기욤 뒤랑이 녹음기 버튼을 눌렀다. "내 재정 상황은 처참하고 끔찍해요. 그것에 대해서는 따로 말하기로 해요. 너무 길고 복잡한 이야기니까요. 또한 그럼에도 불구하고 꽤 재미있는 이야기이기도 하죠."

마지막으로 그녀는 어렸을 때 생 마르슬랭에서 봤던 영화 이야기를 했다.

"어느 날 저녁 나는 나를 키워준 여자와 함께 영화관에서 영화를 보았 죠. 영화 제목은 〈샌프란시스코의 화재〉였어요. 영화의 배경은 1945년 에서 1946년이었는데, 다카우의 시체 안치소에서 트랙터들이 시체들을 갈아엎는 장면이 나왔어요. 공포 그 자체였죠." 평생 동안 똑같은 강박관 념이 그녀를 따라다녔던 것이다.

잠시 쉴 때, 그녀는 뒤랑에게 어린아이 같은 표정을 보였다. 그는 그녀 의 머리카락에 입을 맞추었다. 이후로도 그는 여러 번 그 집의 초인종을 눌렀지만 그녀는 문을 열어주지 않았다.

카자르크에서의 행복

친애하는 당신, 이 책을 읽지 마요.
당신은 이 책을 이럭저럭 견뎠어요. 잠에서 깨어나요.
어쨌든 이 책은 괴로운 이야기를 해요.
사람들이 최고(이를테면 『중앙의 조언자』에
대한 문학평론)를 기대했던, 그리고 일생 동안
그를 속박한 18년의 페스트를 경험한 젊은 남자의 이야기를.
1996년 12월 9일 베르나르.
_베르나르 프랑크가 『예순 살에』에서 사강에게 바친 헌사

— 베르나르, 당신 『예순 살에』라는 책에 썼던 이 헌사를 기억해요?

— 『예순 살에』라니, 그게 뭐요?

— 당신 책들 중 한 권의 제목이에요. 1960년대에 당신이 쓴 글들을 모은 책이요.

— 아, 그래요.

— 그런데 그녀는 당신에게 선물을 했나요?

— 오, 했어요! 손목시계, 커프스 버튼……. 그런데 전부 잃어버렸지. 이것만 빼고.

베르나르 프랑크가 책상 위를 가리켰다. 책상 위에는 그들의 우정처

럼 색이 연하고 촉감이 부드러워 보이는 조약돌 하나가 놓여 있었다. 조약돌 한쪽에는 물감으로 '친애하는 베르니'라고 쓰여 있고, 다른 쪽에는 '키키'라는 글자가 작게 쓰여 있다. 사강의 선물이다. 돌의 고장인 로 지방의 기념품일까? 아마도 그런 것 같다.

— 내가 그녀와 함께 경험한 것들 중 가장 좋았던 것은 카자르크에서 산 것이라오. 조금 시골풍의 삶이었지. 우리는 거기에 한두 달 정도 머물렀고, 프랑수아즈는 글을 썼어요. 그녀는 일을 많이 했다오. 그것을 잊으면 안 돼요. 그녀는 1년에 한 권씩 책을 출간했어요. 그녀의 작은 수첩들이 책이 되었지. 그녀는 애인이 아닌 다른 사람이 옆에 있어주기를 바랐고, 그래서 내가 그녀와 함께했지. 우리는 외딴 집에서 살았고, 맹렬한 추위 때문에 '신뢰감'이 생겼다오. 겨울에는 난방도 하지 않았어요. 하더라도 아주 조금이었지. 나는 책을 읽었고, 광장에 있는 여인숙 물리노에서 식사를 기다렸어요. 요컨대 시골풍의 투박한 생활이었지. 그녀는 일을 했고, 성과도 만족스러웠다오. 그녀에게 실패란 없었어요. 그녀는 빈손으로는 절대 돌아오지 않았소. 매번 성공이었지. 당신도 알겠지만, 나는 그녀가 거기서 충분히 행복했다고 생각한다오.

나는 카자르크로 가는 기차표를 끊었다.

로로 내려가는 것은 그 시간과 공간 속으로 미끄러져 들어가는 것이다. 공기 조절 장치를 갖춘 레일 카가 브리브 라 가야르드에서 출발해 초록색과 회색 자갈밭 속의 과거를 향해 달렸다. 광물성의 풍경 속에 터널을 뚫으면서, 노출된 암벽이나 건조한 돌벽을 스치면서. 그리고 나는 1940년대에 있게 되었다. 산업혁명이 없었다면 우리는 이 불확실한 지역을 알지 못했을 것이다. 게다가 철도는 카자르크에 도착하기 바로 직전에 무성하게 자란 잡초 속으로 자취를 감춘다. 프랑수아즈 사강이라는 심장은 벼랑들 밑바닥에 둥지를 틀었다. 거기서부터 주동맥과도 같은 간선도로 세 개, 조르주 퐁피두 대로, 프랑수아 미테랑 대로, 콜뤼슈(Coluche, 본명은 Michel Gérard Joseph Colucci, 1944~1986, 프랑스의 코미디언·배우—옮긴이) 대로가 길게 뻗어나간다. 처음의 두 길은 들판에서 사라지고, 마지막 길은 완만한 경사를 이루며 기울어진다. 채소밭이 길게 둘린 어두운 빛깔의 장식 끈 같다. 카자르크에서는 즈크 신발을 신고 조는 가운데 시간이 정지 상태 속을 흐른다. '당신의 발을 쉬게 하세요.' 색색의 즈크 신발을 파는 상인은 공기 주입식 수영장과 그림엽서 상인 사이에서 장사한다. 〈라콩브 뤼시앵〉(2차 세계대전을 배경으로 한 루이 말 감독의 1974년작 영화—옮긴이) 스타일의 실내장식 속에서 모든 것이 아주 오래전부터 거기에 있었던 것 같다. 꽃장수가 파는 거의 검은색에 가까운 화초들, 푸줏간의 유리창에 드리워진 먼지투성이의 차양, 수예점에서 파는 래글런 식 어깨심, 볼펜으로 적은 미용실 요금표, 클로딘과 마릴렌이라는 미용사들의 이름까지.

"이 고장은 변하지 않았어요. 나는 여기서 훼손된 어린 시절을 발견하지 않아요. 일종의 저속(低速)의 시간을, 내 인생에 도입된 모범적인 어린 시절을 발견하죠. 내가 과거에 여기서 보낸 것과 똑같은 시간, 균열 없고 깨진 부분 없는 고즈넉한 시간을요."

사강이 세상에서 겪은 여러 가지 풍상은 카자르크를 그녀의 이상적인 고향으로 만들었다. 베르나르를 비롯한 그녀의 친구들에 따르면, 그곳은 그녀가 진정으로 행복했던 장소다. 그녀의 외할머니 마들렌 로바르의 집은 그 도시를 빙 두른 플라타너스 녹음에 덮인 작은 변두리 지역인 투르 드 빌 대로 45번지에 있다. 사강은 그 집 정면을 경쾌하게 장식한 쇠를 벼려 만든 작은 발코니 오른쪽에 있는 방에서 태어났다. 그 집은 돌의 고장답게 매우 멋진 청석돌로 지붕을 만든 프랑스 스타일의 소박한 집이다. 집 앞에는 개머루가 자라고, 집의 자재들은 녹청색을 띠고 있다. 모서리들은 완만하다. 플라타너스의 반투명한 가지들이 고요한 느낌과 안정감을 풍긴다. 천장에는 세 개의 지붕창이 있다. 사강은 책을 읽기 위해 그 지붕창 아래의 다락방으로 피신했다. 집 뒤쪽, 울창한 등나무가 있는 정원은 헝클어진 장미나무 한 그루를 사이에 두고 테니스 코트 및 시립 수영장과 분리되어 있다. 사강의 생가는 마티스가 칠한 반쯤 닫힌 겉창들 뒤에서 휴식을, 마지막 페이지까지 취하게 하는 책들을 꿈꾸게 한다.

사강의 외가는 로의 매우 오래된 귀족 집안으로, 십자군 전쟁에 참가했고 양 몇 마리로 인해 코스 지방과 싸웠던 바라스크와 알레라크 집안에 속했다. 작은 성을 여러 개 소유했던 그들은 도주 드 코르드 쉬르 시엘 소(小)궁전을 지었다. 20세기 초, 이 가난한 소귀족 집안은 소작인들이 경작하는 농장과 영국인들에게 양도된 쇠자크의 인광석 광산으로 먹고살았다. 가족 중 단 한 사람도 일을 하지 않았다. 투박했던 이 소귀족들은 일하는 것을 창피한 일로 여겼다. 사강의 외할아버지는 이 농장에서 저 농장으로 돌아다니며 자신의 소작인과 과실수들을 열정적으로 감독했고, 시간을 내 카드놀이를 했다. 1914년에서 1918년 사이의 전쟁 동안에는 그의 아내이자 사강의 외할머니인 마들렌이 알아서 가족들을 먹여 살려야 했다. 분별력 있는 여자였던 마들렌은 풍차 하나와 작은 방적 공장을 사들였다. 맏아들 모리스가 전쟁에서 죽자, 마들렌 로바르는 계속 검은 옷을 입었다. 사강의 외삼촌 모리스 로바르의 이름은 카자르크의 전

사자 기념탑에 새겨져 있다. 나는 사강이 세례를 받았고 그녀의 고향집에서 그 종소리가 들리는 교회 앞을 지나고 성인(聖人)들이 가득한 동굴을 지나, 돌이 깔린 골목길들을 통해 그 기념탑에 다다랐다.

사강의 고향집은 내밀한 공간을 좋아하는 시간의 흐름에 따라 장벽이 없어졌다. 하지만 그녀가 마개를 몰래 닫아놓은 포르투갈 산 포도주 병이 들어 있던 작은 벽장은 여전히 벽난로 왼쪽의 벽에 박혀 있다. 지금은 사강의 조카 세실 드포레, 일명 미모사가 차지한 그 집은 임시 숙소 같은 분위기를 풍긴다. 가구들은 짝이 맞지 않고, 양탄자는 변색했고, 그림들은 표면이 비늘처럼 일어났으며, 들보는 노출되어 있다. 요즘의 물건은 하나도 없고, 그 집이 늘 지니고 있던 부르주아 아닌 부르주아의 분위기가 풍긴다. 집 안 실내장식은 사강의 외할머니 마들렌 로바르 시절부터 이미 이 상태였다. 번지르르한 겉치레가 없었다. 브뢰유 성에서 풍기는 시적인 정취도 이 집과 똑같은 황폐한 매력에 기인한다. 실내장식 잡지의 제안들을 전혀 참고하지 않은, 무심한 댄디즘, 방심, 게으름에 기인하는 매력.

금발에 키가 크고 날씬하며 우아하고 허식 없는 여성인 세실 드포레는 『슬픔이여 안녕』의 여주인공과 같은 이름을 갖고 있다. 내가 그 점을 지적하자, 그녀는 그 사실을 처음 알게 된 척했다.

— 아, 그러네요. 재미있는데요.

그녀는 이모처럼 발음이 조금 짧고 단속적이며, 말이 빠르고, 짧게 뚝뚝 끊어 말하는 습관이 있었다.

— 내가 알기로 프랑수아즈 이모가 아들 이름을 드니라고 지은 것은 내 삼촌 드니의 이름을 딴 거예요. 내 아버지의 동생요. 이모는 드니 삼촌

을 아주 좋아했거든요.

세실 드포레의 아버지 자크 드포레와 삼촌 드니 드포레는 대형 할인점 카르푸 체인을 설립했다. 자크 드포레는 세실의 어머니 쉬잔 쿠아레와 결혼했다.

— 프랑수아즈 이모는 눈부셨고, 아이 같았고, 현재에 충실한 삶을 살았어요. 내 아버지는 이모를 무척 좋아했죠. 이모는 내 아버지의 마음을 감동시켰어요.

하나가 더 있다. 플로랑스에 따르면, 자크 드포레는 처제인 사강을 싸고돌았다. 플로랑스가 기억하고 있는 어느 자동차 여행 때 자크는 자기 옆자리에서 잠든 사강의 매력에 녹아버렸다.

— 내 생각에 이모는 드니 삼촌에 대해서라면 무조건 우호적이었던 것 같아요.

세실은 어머니 쉬잔처럼 몸매가 호리호리해서 그림을 그리기 전에는 모델 일을 했다.

— 외할아버지와 외할머니 사이에는 연극적인 느낌이 있었어요. 외할머니는 톡톡 튀고 유쾌했고, 외할아버지는 익살스럽고 냉소적이었죠. 그분들은 블랙코미디처럼 신랄한 말을 주고받으며 서로를 비꼬았어요.

사강은 언니 쉬잔보다 열한 살 어렸고 조카 세실보다 열한 살 많았다. 세실은 스무 살 때 이모인 사강과 무척 가까운 사이였다.

— 우리는 카스텔에 갔어요. 그런 다음엔 샹젤리제에 있는 리도 뮈지크에 음반을 사러 갔죠. 나는 기느메 거리의 이모 집에서 잠을 잤어요. 이모는 항상 침대에 있었죠.

— 카자르크에서 당신 이모는 무엇을 했나요?

— 이모는 누워 있는 시간이 아주 많았어요. 우리 가족들이 대개 그런 것처럼요. 외할아버지는 은퇴한 후에 그랬고, 어머니도 누워 있는 걸 좋아했어요. 나는 이모가 걷는 것을 본 적이 없어요. 이모는 말을 빠르게 탔어요. 나중에는 자동차를 타고 다녔죠. 걷는 일은 전혀 없었어요. 당신도 알겠지만, 이모는 땅에 발을 딛지 않았죠.

막대기 같은 두 다리에 수영 선수 같은 상체. 해부학적으로 불균형한 사강의 몸이 그녀의 이런 성향을 뒷받침해준다.

— 이모에게 육체는 없었어요. 오직 정신만을 붙잡았죠.

요컨대 그녀는 여성 문인이었다. 그녀는 큼직한 티셔츠 차림으로 며칠씩을 침대에서 지냈다. 몸을 움직여야 할 때는 실내복으로 갈아입었다. 그녀는 침대에 지겹게 들러붙어 있었다. 그녀의 주치의 필리프 아바스타도에 따르면 그녀는 등, 허리, 무릎에 특유의 통증이 있었다. 다리를 구부린 채 무릎 위에 종이를 올려놓고 글을 썼기 때문이다. 그녀는 훌륭한 복근을 갖고 있었다.

1957년에 당한 자동차 사고가 자리에 누워 있기를 좋아하는 그녀의 성향을 설명해줄 것이다. 유전적 특성이 아니다. 세실의 이웃 남자가 팔에 붕대를 감은 모습으로 집 안에 들어왔다. 그는 어제 2층 창가에서 양탄자를 털다가 몸이 딸려가 밑으로 떨어졌다고 한다. 그는 창에서 떨어진 자기를 도우러 온 사람에게 이렇게 말했다고 한다. "오늘의 청소는 이제 끝났어요." 카자르크에서는 먼지조차 움직이기를 싫어한다.

— 이리 와봐요. 이모의 방을 보여줄게요.

미모사가 나를 이끌고 2층으로 올라갔다. 복도 주변에 방 네 개가 흩어져 있었다. 색이 바랜 복도 바닥이 발밑에서 삐걱거렸다. 프랑스에서 햇볕이 가장 가차 없이 내리쬐는 이 지방에서, 미모사는 하지 날이 되면 사 강이 태어난 방에서 잔다. 브뢰유 성에는 다람쥐들이 조각된 어린이용 침대가 있다. 그 위에는 사강이 문학을 발견한 천국 같은 다락방이 작업 실로 개조돼 정돈되어 있는데, 그 한가운데에 커다란 욕조가 하나 있다. 욕조에서 책을 읽었던 사강을 기리기 위한 것일까? 퇴색한 책들이 가득 꽂힌 붙박이장 안에서, 사강은 사랑에 관한 정보를 찾아 되는대로 책들 을 빼어 들었다. 그녀는 뒤죽박죽 잡다하게 꽂혀 있는 책들 속에서 감상 적이거나 이국적인 혹은 외설스러운 작가들을 골라내면서 기분 전환을 했다. 피에르 로티, 클로드 파레르, 델리 그리고 뤼시 들라뤼 마르드뤼스, 제라르 두르빌, 마르셀 티네르, 지프 같은, 1900년대에 일시적인 영광을 누린 작가들이었다.

"나는 닳아빠진 오래된 벨벳 안락의자에 앉아, 낮잠 시간에 투르 드 빌 을 걷는 위험을 무릅쓸 정도로 정신이 이상한 산책자의 발걸음 소리에 이따금 놀라가며 눈썹 하나 움직이지 않은 채 굵은 땀방울을 흘렸죠."

누렇게 변한 오래된 책들 외에도, 붙박이장에는 콜레트와 라 퐁텐의 책들, 짝이 맞지 않는 도스토옙스키의 연작소설 세 권(사강은 이 소설을 읽 지 않았다) 그리고 몽테뉴의 책 한 권이 숨겨져 있다.

사강이 깜짝 놀랄 만한 발견을 한 곳은 그 하얗게 달궈진 청석돌 지붕 밑의 다락방이었다. 붙박이장 안에서 그녀는 자신에게 몇 시간 동안의 도피를 보장해줄 두꺼운 책 한 권을 골라 들었다. 그 서고에 있는 유일한 프루스트의 책 『사라진 알베르틴』이었다. 그 책을 읽는 것은 쉽지 않았 지만 사강은 도전했다. 그녀는 아주 빠르게 그 책에 빠져들었다. 그 책의 저자는 엄청난 정묘함으로 인간 마음의 가장 파악하기 힘든 측면들을 밝히고 드러냈다. 그것과 똑같은 마음이 사강의 가슴속에 고동치고 있었다. 그 서술 방식이 놀랄 만큼 선명하게 그녀에게 와 닿았다. 용한 점쟁이가 타로카드를 뽑아내듯, 프루스트는 그녀로 하여금 그녀 자신을 이해하게 해주었다. 그는 그녀의 느낌들을 표현하고 구체화했다. 사랑에 관한 서술들만 해도 1900년대 작가들과 달랐다. "우당탕! 하는, 정확하고 결정적인 벼락과 같았다"라고 사강은 썼다. 단어들은 사강처럼 별로 꾸밈이 없는 사람이 볼 때는 과장되게 여겨졌다. 하지만 바로 그것이 중요했다. 프루스트는 사강의 데이터뱅크였다. 그는 사랑, 죽음, 질투, 고통, 노쇠, 질병에 대해 모든 것을 말했다. 사강은 자신의 글이 탄생하게 된 배경에 관한 아주 아름다운 글에서 자신의 발견을 이렇게 이야기했다.

"한계라는 것은 없음을, 바닥이라는 것은 없음을, 진실은 도처에 있음을, 인간의 진실은 확장되어 도처에서 존재함을, 그리고 그 진실은 도달할 수 없는 유일한 것인 동시에 바람직한 유일한 것임을 발견했다. 모든 작품의 재료가 인간 존재를 대상으로 하자마자 무한해진다는 것을 깨달았다. 나는 무엇이든 좋으니 어떤 감정의 탄생과 죽음을 묘사하기를 원했다(묘사할 수 있다면). 나는 거기에 내 인생을 대입시킨 뒤 결코 끝에 도달하지 못한 채, 결코 바닥에 닿지 못한 채, 결코 속으로 '나는 거기에 도달했어'라고 생각하지 못한 채 수백만 페이지를 집필할 수도 있었을 것이다." (『고통과 환희의 순간들』)

무늬말벌처럼 보이는 헬멧을 쓴 사이클 선수 두 명이 한마디 말도 없이 대로를 가로질러 카오르 도로로 접어들었다. 도시는 방심한 듯 과거의 허식들에서, 오래된 돌들의 신호체계에서, 박물관화에서 벗어났다.

맞은편 보도에는 폐쇄된 자동차 정비공장이 유령 도시의 가벼운 비현실성을 강조하면서 끈질긴 폐유 냄새, 휘발유 냄새, 벤젠 냄새를 풍기고 있다. 그 정비 공장은 사강의 어린 시절 친구인 장 로크의 것이다. 그는 자동차 정비공장 사장이자 자동차광이다. 어릴 적 사강은 예닐곱 명의 개구쟁이들로 이루어진 패거리 중 유일한 여자아이였고 가장 어렸다. 하지만 그녀는 패거리의 대장처럼 나무칼을 다루었다. 정말 사내아이 같은 여자애였다. 성인기에 사강과 장 로크는 3연승식 경마를 했다. 그들은 그녀가 번호를 고른 4연승식 경마 덕분에 돈을 땄고, 딴 돈 10만 프랑을 공기돌 나누듯 나누어 가졌다.

사강은 외할머니 집에서 살기를 꿈꾸었다. 하지만 그녀의 낭비벽을 경계한 가족들이 그녀가 그 집을 사는 것을 반대했다. 그녀는 좀 더 멀리에 있는 몇몇 집들을 빌렸다. 메종 드 라 프레스 옆에 있는 65번지 집과 '라 콩피앙스'라고 불리던 오래된 수예점 집이었다. 그 집의 2층에는 그녀의 외할머니 집처럼 초췌한 정원을 향해 난 방 네 개가 있었다. 각각의 방들에는 침대 하나, 작업용 탁자 하나, 독서용 스탠드, 훌륭한 작은 그림들이 있었다. 창문들에는 늦잠을 자기에 좋은 두꺼운 커튼이 드리워 있었다. 사강은 폐기 로슈, 플로랑스 혹은 베르나르와 함께 거기에 일하러 왔다. 프랑수아 미테랑은 축구장에 자신의 헬리콥터를 놓아둔 뒤, '라 콩피앙스'에서 잠을 잤다. 경호원들은 1층에서 야영을 했다.

카자르크에서는 하루하루가 빠르게 지나갔다. 아침 식사는 아페리티프와 혼동되었고, 곧 점심 식사가 이어졌다. 그들은 진라미 게임을 하고, 아페리티프를 마시고, 〈챔피언을 위한 퀴즈〉, 〈숫자와 글자〉, 〈스타 트렉〉 같은 텔레비전 프로그램을 보았다. 페기는 보호자인 척하는 태도를 유지했다. 이를테면 정해진 시간에 식사를 하게 하는 것 말이다. 그것은 시침 뚝 떼고 하는 행동이었다. 어느 가을날, 마리 테레즈 바르톨리가 이 집에서 사강과 단둘이 며칠을 보냈다. 그녀는 비틀거리며 다시 떠났다. 생체 시계가 고장나버린 것이다. 그녀들은 낮에 자고 밤에 먹었다. 그녀들은 복도를 사이에 두고 마주 보는 방을 썼다. 소등 시간을 늦추기 위해, 그리고 혼자 있게 되는 순간을 늦추기 위해 사강은 침대에 누운 채 자기 비서 바르톨리에게 공을 던졌고, 바르톨리는 그 공을 받아 사강에게 되던졌다.

페기가 그 집에 있을 때, 플로랑스는 페기와 함께 카자르크나 피자크의 시장에 갔다. 거기서 페기는 샤넬 바지에 멋진 시골풍의 블라우스를 받쳐 입는 패션 감각을 뽐냈다. 페기는 트루아 쉬스나 라 르두트의 상품 카탈로그를 보며 많은 시간을 보냈다. 페기는 쇼핑에 재능이 있었다.

— 프랑수아즈의 친구들은 한 가지 규칙에 집착했어요. 언제나 옷을 잘 입어야 했죠. 프랑수아즈처럼 우아한 남자 같은 스타일로요…….

미모사 역시 그 규칙을 채택했다.

— 한 가지 규칙으로 끝까지 나아갔어요. 아, 명랑한 기분을 가지는 것도 요구되었죠. 말년에 프랑수아즈 이모는 낮 동안 재치 있는 말들을 했어요. 하지만 밤이면 고통에 울부짖었죠…….

카자르크에서 사강은 개들을 돌보았다. 운동은 무엇도 하지 않았다. 어느 괴짜 친구가 코스 지방을 구경시켜달라고 부탁하면 자동차로 드라이브를 했다. 플로랑스는 카자르크에서 사강과 함께 들판을 드라이브하던 일을 즐겨 회상한다. 그 드라이브는 진정한 삶의 기술이었다. 그녀들은 차창을 열고 슈베르트의 음악을 끝까지 들으며 말없이 차를 몰았다.

머릿속을 텅 비운 채 꿈속처럼 연이어 지나가는 풍경들을 응시하는 데 몰두했다. 어느 커브길 출구에서 사강이 자동차를 세우고 엔진은 켜놓은 채 감탄스러운 풍경을 가리켰다. 그녀들은 같은 감정을 나누며 말없이 앉아 있었다.

사강은 한 가지 일을 뚝 떼어내 다루는 재능, 감탄을 자아내는 재능, 그리고 존재의 진부함을 찾아내는 재능을 갖고 있었다. 그녀는 횔덜린이 말한 것처럼 세상을 시적으로 살았다. 존재 자체가 삶에 마법을 거는 사람들이 있다. 그들은 순간의 직조 속에서 빛의 필라멘트를 일깨운다. 그러면 색들은 좀 더 생기 있어지고, 윤곽들은 좀 더 뚜렷해지며, 경이로움이 전율하기 시작한다.

플로랑스는 그것에 대해 사강에게 고마워한다. 플로랑스는 어린 시절부터 반항적인 아이 사강을 예의 주시했고, 걸작 그림엽서 모음은 그녀의 학교였다. 그녀는 볼 줄을 알았다. 사강은 무척 비밀스러워서 자신의 상냥한 친구들에 관해 글을 별로 쓰지 않았다. 사강은 『어깨 뒤에서』에서 그들의 산책을 다음과 같이 향수에 잠겨 묘사했다.

"플로랑스, 베르나르 그리고 나는 내 훌륭한 자동차를 타고 파리와 미디 등 사방을 누비고 다녔다. 눈이 왔을 때도 똑같은 행복을 느꼈고, 기쁨이 작지 않았다."

쇠자크의 묘지 발치에 다다랐을 때, 자동차 한 대가 나와 가까운 곳에 멈춰 섰다.

— 나는 묘지에 가요.

— 프랑수아즈 사강의 무덤에요?

여자 운전자가 물었다.

— 네, 그녀에 관한 책을 쓰거든요.

— 나는 그녀와 알고 지냈어요. '라 콩피앙스'에서 그녀를 위해 일했거든요. 차에 타세요.

그 여자는 사강의 고용인 브리지트였다.

코스의 들판 한가운데에 거의 내밀하게 자리한 묘지에는 사강과 그녀의 친구들만 소리 내어 우는 고요한 분위기에서 안식을 취하고 있다. 밥(간암으로 사망), 이베트, 페기(췌장암으로 사망), 사강, 그녀의 오빠 자크(뇌출혈로 사망). 마치 클럽하우스 같다. 그들 모두가, 혹은 거의 모두가 거기에, 돌들 한가운데에 묻혀 있다. 1993년 64세의 나이에 후두암으로 사망한 자크 샤조만 빼고. 생전의 어느 날, 사강은 언젠가 쇠자크에서 다시 만나자고 친구들에게 말했다. 플로랑스 말로, 베르나르 프랑크, 샤를로트 아요 모두 카자르크에 왔다. 프랑수아 지보는 어느 날 밤 옆에서 휴식을 취하도록 초대받았다. 사강은 땅 위에 가족들이 있다고 생각했다. "피와 어린 시절을 나눠 가진 사람들 외에도, 친척, 동료, 친구, 연인처럼 우연에 의해 인정하게 되는, 부당하게 헤어지게 되는 가족들이 있다." 그녀가 『어깨 뒤에서』에 쓴 말이다.

쇠자크 무리에 속한 사람들은 젊어서 죽었다. 그들의 삶은 고되었다. 프레데릭 보통은 액셀러레이터를 최대한으로 밟으려 했던, 사강과 함께한 파리에서 카자르크까지의 여정을 결코 잊지 못했다. 사강은 진피즈나 알렉상드라를 마시기 위해서만 차를 세웠고 대부분의 시간에는 차 안에서 벌벌 떨었다.

1970년경에는 아침에 투르 드 빌에서 블러디메리를 마시는 것이 드문 일이 아니었다. 이베트 바랑이 인접한 집을 사강의 가족에게서 사들였다. 그 집은 카자르크의 돌체 비타^{dolce vita}의 집결지소였다. 오전 끝 무렵, 코스 사람들은 쇼핑을 하러 도시로 내려왔다. 그런 다음 한잔하기 위해 혹은 점심을 먹기 위해 이베트의 집으로 모였다. 생 브누아 거리의 생 제르맹 클럽과 비스탱고의 창립자 장 클로드 메를과 결혼한 그녀는 파티에 감각이 있었다. 자크 쿠아레는 클로드 부인에게 집 한 채를 구입하게 했다. 그럼으로써 그녀들을 보호하려 했다.

이들의 무덤은 그들의 스타일을 반영한다. 한가운데에 있는 사강의 무덤은 백지처럼 하얗고 말끔하고 단순하다. 이베트 바랑의 무덤은 젠 스타일 정원의 미니멀리즘을 보여준다. 로바르 집안과 쿠아레 집안 어른들은 달팽이들이 점령한 검소한 지하 묘소 두 곳에 줄지어 잠들어 있다. 자크, 그리고 아기 때 죽은 사강의 남동생 모리스가 거기서, 누이의 무덤 맞은편에서 안식을 취하고 있다.

묘지의 울타리 위에는 아주 좋은 냄새를 풍기는 장미나무와 굵고 격렬한 나무딸기가 자라고, 그 밑에는 얽히고설킨 가시덤불이 파묻혀 있다. 그 주위에 보이는, 골짜기들에 의해 움푹 파인 돌투성이의 원곡(圓谷)은 욕조처럼 텅 비어 있다. 이 묘지에 오면 기분이 좋아진다. 나는 의자에 앉듯 프랑수아즈 사강의 미지근한 묘석 위에 앉아 가방 안에서 문고판 4192번 『그리고 내 모든 연민』을 꺼내 들었다.

"코스는 경이롭고 안심이 되는 분위기예요. 프랑스가 비었는데도요."

그 여름날 오후, 장거리 화물 비행기들은 텅 빈 넓은 하늘에 증기 자국을 남기며 피서객들을 멀리 실어갔다. 세기는 멀리, 낭떠러지 위로 아주 높이 지나간다. 묘석 위에 이름 두 개가 금빛으로 새겨져 있다. '프랑수아즈 쿠아레 사강 1935~2004', '로버트 제임스 웨스트호프 1930~1990'. 옛날에 배에서 내린 GI(미군 병사 — 옮긴이)였던 밥이 여기에 묻히다니, 운명이란 얼마나 기이한가. 사람들은 사강의 여자 친구 페기 로슈의 이름을 새기는 것을 잊었다. 플로랑스도 그렇게 말하겠지만 그건 조금 기묘하다. 회양목 수풀이 씁쓸하고 격렬한 향기를 내뿜었다.

2004년 9월 29일, 사강의 장례식 날은 날씨가 좋았다. 쇠로 된 방책 뒤에서 카자르크 주민들이 멀리서 온 스무 명 남짓한 파리 사람들을 관찰하고 있다. 사강의 언니와 여자 조카들, 사강의 오빠 자크의 아이들, 사강의 아들 드니, 문화부장관 르노 돈디외 드 바브르. 그는 섬세하게도 말을 아낀다. 니콜 아멜린과 함께 온 옹플뢰르 시장은 플로랑스 말로에게 자기 개인 비행기로 함께 가자고 제안했다. 하지만 플로랑스 말로는 사강의 주치의 필리프 아바스타도의 재규어를 타고 가는 편을 더 좋아했다. 그들은 슬픔과 웃음이 섞인 기묘한 분위기 속에서 잉그리드 그리고 스카르피타와 함께 넷이서 내려갔다. 피에르 베르제는 샤를로트 아요와 그녀의 여동생 쥘리에트 그레코를 작은 비행기에 태워갔다. 바지를 잃어버린 베르나르 프랑크는 전(前) 아내와 함께 갔다. 마시모 가르지아는 그 자리에 없었다. 그는 생 트로페에서 새 여자 친구 브리지트 바르도의 생일을 축하했다. 브리지트 바르도는 딱 일흔 살로, 사강보다 한 살 더 많다. 기자들은 별로 없었다. 기자 주느비에브 몰은 이렇게 썼다. "익명의 사람들이 고요한 구원의 느린 춤을, 갓 윤곽이 잡힌 축복을 유심히 지켜보았다." 출판업자는 한 사람도 오지 않았다. 당연했다. 문학 시즌이 막 시작되는 철이었으니까. 498권의 책이 출시되는.

사강의 가정부 르 브르통 부인도 왔다. 입관식 전에 도착한 그녀는 몇 시간 전 에크모빌에서 관을 닫았다. 그 지역에서 7남매 중 하나로 태어난 마리 테레즈 르 브르통은 토속적으로 자랐다. 일곱 살에야 처음 전기를 썼고, 열 살 때 수돗물을 썼다. 그녀는 학교를 오래 다니지 않았지만, 죽음도 삶도 두려워하지 않았다. 그녀는 진정한 노르망디의 딸, 무일푼의 여성 문인을 두 팔로 감싸안아준 부드러우면서도 굳건한 육체를 가진 여성이었다. 마리 테레즈는 사강의 마지막 조커였다. 그녀가 사강을 시골 여자의 본능적이고 햇살처럼 따사로운 온기로 감싸주었기 때문이다. 그녀는 염려와 존중심이 가득한 이상적인 엄마처럼 사강에게 아낌없이 사랑을 주었다.

무엇보다도 그녀는 사강에게 음식을 먹였다. 1990년 그녀들이 처음 알았을 때, 사강은 흰 치즈와 팝콘만 먹었다. 마리 테레즈는 그녀의 생활 습관에 맞췄을 뿐 아니라, 그녀 친구들의 생활 습관에도 맞췄다. 그녀는 그들의 변덕을 재미있어했다. 브리유 성에서만 그녀는 열다섯 명이 넘는 손님들을 웃고 환대하며 맞아들였고 일요일이면 바비큐를 했다. 그녀는 어려운 일을 많이 겪어봤고, 판단하지 않았다. 그녀는 코키예트(작은 앵글 모양의 국수 — 옮긴이)로, 라비올리로, 속을 채운 감자 요리로, 과일 설탕 절임으로 사강의 기운을 북돋워주려고 애썼다. 어머니 같고 정이 넘치는 음식들이었다.

사강 역시 마리 테레즈 르 브르통에게 애정과 절대적인 신뢰를 가졌다. 어렸을 때 자기를 키워준 쥘리아의 가족 같은 염려를 그녀에게서 다시 발견했다. 사강은 그녀의 품 안에서 다시 아이가 되면서 인내의 가면을 벗어버렸다. 마리 테레즈는 그녀를 목욕시켜주고, 머리를 감겨주고,

얼러주었다. 그녀는 사강이 찾던 좋은 엄마였다. 마리 테레즈가 눈앞에 안 보인다 싶으면 사강은 곧장 그녀를 불러 말했다.

"나 아파요."

"어디가 아파요, 사강 부인?"

"모르겠어요."

"다리가 아파요?"

마리 테레즈는 짐짓 확인하려는 시늉을 했다.

"아니요, 다리는 괜찮아요."

"그럼 등이 아파요?"

"아니요, 등도 괜찮아요."

마리 테레즈는 둥지에서 떨어진 우디 우드페커(TV용 애니메이션 〈딱따구리〉의 주인공 이름 — 옮긴이) 같은 사강을 세심하게 살폈다.

"당신은 마음이 아픈 거예요. 당신은 불안한 거예요."

"그래요, 그런데 당신은 즐거운가 보네요. 웃고 있어요."

때는 여름이었다. 마리 테레즈는 다갈색 머리에 피부가 햇볕에 그을렸고, 유도(자두의 일종 — 옮긴이)처럼 탐스러웠다. 그녀들은 FR3 방송에서 하는 〈챔피언을 위한 퀴즈〉를 함께 보았다. 밤이면 마리 테레즈는 사강의 방 옆에 있는 작은 방이나 사강의 침대에서 잠을 잤다. 2004년 9월 24일 프랑수아즈 사강이 옹플뢰르 병원의 병실에서 영면에 들었을 때, 마리 테레즈가 그녀의 손을 잡고 있었다.

관이 도착한다. 관은 어린아이의 관처럼 작다. 맑고 파란 하늘이 장 폴 스카르피타를 짓누른다. 그는 흐느껴 울고 있다. 플로랑스는 전혀 울지 않는다. 누가 '내 쌍둥이에게' 꽃다발을 보냈는가? 브리지트 바르도. 얼마나 우스운 생각인가. 그녀들은 서로 잘 알지도 못했는데! 플로랑스는 방금 자기 누이를 잃었다. 사강은 오래전에 자신의 묘비명을 다음과 같이 손수 적어놓았다. "여기에 잠들다. 그리고 그것으로 마음을 달래지 못하다. 프랑수아즈 사강."

오늘날 이곳을 찾아온 방문객들은 사강의 묘석 위에 작고 둥근 조약돌을 올려놓는다. 그 조약돌들은 하얗고, 파리 베르나르 프랑크의 집 책상 위에 놓인 돌과 비슷하다. 말린 빨간 장미 한 송이도 있다.

"나에게 코스는 뜨거운 열기, 사막, 갈증이 비워버린 작은 마을들만 보이는 수 킬로미터에 이르는 언덕들이다." 사강은 『고통과 환희의 순간들』에 이렇게 썼다.

나는 카자르크로 돌아가 미모사에게 물었다.

— 페기 로슈가 프랑수아즈와 함께 잠든 무덤에 페기 로슈의 이름이 새겨지지 않았다는 것을 당신은 아나요?

— 아뇨…….

— 당신 이모가 양성애자라는 것을 당신은 언제 알았나요?

— 한참 후에야 알았어요. 나는 어떤 시기에 이모와 함께 생활했죠. 하지만 그때 나는 이모가 친한 여자 친구들과 함께 잠을 자는 것이 정상적인 일이라고 생각했어요. 1970년대에 이모가 엘케에 관해 나에게 속내를 털어놓았던 것이 기억나요. 이모는 너그러운 사람이었지만 이따금 무자비할 때가 있었죠…….

— 프랑수아즈와 당신 어머니의 동생인 모리스 쿠아레는 어떻게 죽었나요?

— 어릴 때, 열기가 무척 심했던 어느 날 탈수증으로요. 투르 드 빌의 그 집에서요.

혹서의 어느 날 탈수증으로 죽은 아기.

탈수증에 걸린 그 아기의 죽음은 그녀의 가족에게 어떤 흔적을 남겼을까? 그 아기는 어른들의 부주의에 희생되었던 걸까? 이 질문에 대해서는 블랙아웃이다. 쉬잔 쿠아레는 그때의 일을 잘 기억하지 못한다. 사강의 다른 전기들도 그 사건을 은폐하고 있다.

— 우리 집안에서는 자신에 대해 혹은 자신의 불행에 대해 반드시 웃으면서 이야기해야 했어요. 모든 말을 재치 있게 해야 했죠. 그래서인지 우리 가족들은 그 비극에 대해 절대 이야기하지 않았어요.

미모사는 말한다.

자라기를 거부한, 그리고 양성애라는 이중적인 태도를 취한 '사내아이 같은 여자아이' 사강에게 그 죽음은 어떤 영향을 미쳤을까?

에필로그

　프랑수아즈 사강이 국세청에 진 빚은 늘 사람들의 입에 오르내린다. 그녀가 사망하고 1년 뒤인 2005년 6월 30일, 낭트 행정법원 02NT00469호 판결에 의해 그녀의 상소는 각하되었다. 낭트 행정법원은 그녀가 데데 라 사르딘에게 돈을 받지 않았다는 것을 인정하지 않았다. 그녀의 권리는 이 세금 부채의 채무자가 소유하게 되었다. 상속인이 없는 유산은 국유재산 관리국이 회수한다.

　베르나르 프랑크는 2006년 11월 3일 금요일 파리의 어느 레스토랑에서 식사 중에 사망했다. 심장 발작이었다. 사강처럼 그도 지적인 감성을 갖고 있었다. 죽기 전 그는 잉그리드 므슐람에게 청혼했다.

　베르나르 프랑크는 마지막 여름을 플로랑스와 함께 포르투갈에서 보냈다. 그곳에서 모시옷 차림으로 마치 지팡이를 짚듯 한 손에 위스키나 포도주 병을 들고 해변에 내려가곤 했다. 프랑수아즈 사강 이후 피츠제럴드의 마지막 인물은 사라졌다. 『르 누벨 옵세르바퇴르』에 실은 자신의 마지막 기사에서 베르나르 프랑크는 이 미국인이 수첩에 적은 묘비명을 인용했다. "그런 다음 나는 여러 해 동안 취한 채 지냈다. 그리고 나는 죽는다." 그도 바뇌 묘지의 자기 무덤에 이 묘비명을 새길 수 있었으리라.

— 당신도 알겠지만, 나는 사강의 시대에 아주 적게 일했다오. 그 전후에는 많이 일했지. 모든 사람들이 필요로 했고 그녀가 창조해낸 개념이 노력하려는 의욕을 꺾어버렸어요.

마지막으로 나를 만났을 때 베르나르 프랑크는 이렇게 말했다. 그는 사강이 자기 인생의 여자였다고 했다. 나는 그 말을 믿었다. 우리는 보에티 거리의 중국 식당 리에서 저녁 식사를 했는데, 거기서 그는 식당 사장의 아내 리 부인이 없는 것을 아쉬워했다. 그녀가 그의 마음에 들었던 것이다. 그는 그들이 서로 호감을 가진 것을 알고 식당 사장이 아내를 식당에 나오지 못하게 한다고 주장했다. 사실 그녀는 그 구역에 다른 식당을 열어서 바쁜 것인데 말이다. 나는 파리를 가로질러 가 그와 함께 저녁 식사 하는 것을 좋아했다. 그가 있으면 아주 평범한 장소도 재미있는 극장으로 변했다.

베르나르 프랑크는 사강처럼 끝까지 권태를 피했다. 얼마 전 어느 평론가가 그를 브리스톨에 초대했다. 테른의 미식가가 거부할 수 없는 식사 자리였다. 그런데 초대한 사람이 너무나 지루해서 그는 점심 식사 중 전화를 걸어야 한다는 핑계를 대고 사라졌다. 그는 길을 건너 그 평론가의 집으로 돌아가 책을 읽었고, 그런 다음 평론가가 기다리는 식탁으로 다시 돌아갔다. 베르나르 프랑크는 『비시에서의 죽음』을 쓰지 않았다. 나는 그의 작업용 탁자에 놓인 어느 돌 위에 수수께끼처럼 적힌 세네갈 격언을 보았다. "투쟁하지 않은 자는 투쟁에 강하다."

책을 마치면서 나는 내가 갖고 있는 베르나르 프랑크의 책 『바겐세일』을 펼친다. 그는 서두의 명구에 샤토브리앙의 글을 인용했다.

"우리의 가치 없음에 관해 이야기하면서, 나는 내 양심을 맹렬히 추격

했다. 내가 타인들을 단죄할 권리를 획득하기 위해 이 시대의 무가치함에 타산적으로 동조하지는 않았는지 자문했다. 지워진 그 모든 흔적들 한가운데에서 내 이름이 읽힐 거라는 사실에 내심 설득되었던 것이다. 아니다. 나는 우리가 모두 사라질 거라는 사실을 납득했다. 첫째, 우리가 먹고살 만한 수단을 우리 안에 갖고 있지 않기 때문에. 둘째, 우리의 날들이 시작되거나 끝나는 세기 자체가 우리를 살게 하는 수단을 갖고 있지 않기 때문에. 팔다리가 절단된, 고갈된, 거만한, 믿음 없는, 무(無)에 바쳐진 세대. 이 세대는 불멸을 사랑하지만 불멸을 선사할 줄 모른다. 그들의 입에 귀를 갖다 대도, 여러분은 아무것도 듣지 못할 것이다. 죽은 자들의 심장에서는 아무런 소리도 나오지 않는다."

마르크 프랑슬레는 교도소에서 몇 주를 보냈고, 데데 라 사르딘은 법원과 골치 아픈 문제가 생겼다.

마리 테레즈 르 브르통은 여름 동안 쇠자크의 묘지에 묵상을 하러 갔다. 그녀는 사강의 무덤 위에 앉아 있다가 클로버를 발견했다. 물론 네 잎 클로버였다.

참고 문헌

프랑수아즈 사강의 작품들

『슬픔이여 안녕』, 소설, 쥘리아르, 1954.

『어떤 미소』, 소설, 쥘리아르, 1956.

『뉴욕』, 프랑수아즈 사강의 글이 실린 아름다운 책, 텔, 1956.

『한 달 후, 일 년 후』, 소설, 쥘리아르, 1957.

『브람스를 좋아하세요』, 소설, 쥘리아르, 1959.

『스웨덴의 성』, 희곡, 쥘리아르, 1960.

『신기한 구름』, 소설, 쥘리아르, 1961.

『바이올린은 때때로』, 희곡, 쥘리아르, 1962.

『발랑틴의 연보랏빛 옷』, 희곡, 쥘리아르, 1963.

『랑드뤼』, 시나리오, 쥘리아르, 1963.

『독』, 이야기, 쥘리아르, 1964.

『행복, 홀수와 파스』, 희곡, 쥘리아르, 1964.

『항복의 나팔 소리』, 소설, 쥘리아르, 1965.

『사라진 말(馬)·가시』, 희곡, 쥘리아르, 1966.

『마음의 파수꾼』, 소설, 쥘리아르, 1968.

『찬물 속의 햇살 조금』, 소설, 플라마리옹, 1969.

『풀밭 속의 피아노』, 희곡, 플라마리옹, 1970.

『마음의 멍자국』, 소설, 플라마리옹, 1972.

『그는 향기들이다』, G. 아노토와의 공저, 장 뒬리스, 1973.

『잃어버린 얼굴』, 소설, 플라마리옹, 1974.

『답변들』, 대담집, 장 자크 포베르, 1974.

『비단 같은 눈』, 단편집, 플라마리옹, 1975.

『브리지트 바르도』, 사진가 G. 뒤사르와의 공저, 플라마리옹, 1975.

『흐트러진 침대』, 소설, 플라마리옹, 1977.

『보르자 가문의 황금빛 피』, 시나리오, 자크 쿠아레와의 공저, 플라마리옹, 1977.

『밤낮으로 날씨가 좋다』, 희곡, 플라마리옹, 1978.

『사냥개』, 소설, 플라마리옹, 1981.

『분 바른 여자』, 소설, 람세이-포베르, 1980.

『무대음악』, 단편집, 플라마리옹, 1981.

『부동의 폭풍우』, 소설, 쥘리아르-포베르, 1983.

『고통과 환희의 순간들』, 수필집, 갈리마르, 1984.

『마지못해』, 소설, 갈리마르, 1985.

『상드와 뮈세, 연애편지』, 프랑수아즈 사강 추천, 에르망, 1985.

『라켈 베가의 집』, 페르난도 보테로의 그림에 따른 픽션, 라 디페랑스, 1985.

『수채화의 피』, 소설, 갈리마르, 1987.

『사라 베르나르, 끊어지지 않는 웃음』, 전기, 로베르 라퐁, 1987.

『줄』, 소설, 쥘리아르, 1989.

『핑계들』, 소설, 쥘리아르, 1991.

『응수들』, 대담집, 케 볼테르, 1992.

『그리고 내 모든 연민』, 회고록, 쥘리아르, 1993.

『지나가는 슬픔』, 소설, 플롱-쥘리아르, 1994.

『방황하는 거울』, 소설, 플롱, 1996.

『어깨 뒤에서』, 회고록, 플롱, 1998.

프랑수아즈 사강의 전기들

소피 들라생, 『사강을 좋아하세요』, 파야르, 2002.

장 클로드 라미, 『사강, 하나의 전설』, 메르퀴르 드 프랑스, 2004.

고이에 마르비에, 『프랑수아즈여 안녕』, 그랑 다미에, 1957.
주느비에브 돌, 『사강 부인』, 람세이, 2005.
제라르 무르귀, 『프랑수아즈 사강』, 에디시옹 위니베르시테르, 1959.
베르트랑 푸아로 델페크, 『사강이여 안녕』, 에르세, 1985.
『옛날에 사강이 있었다』, 기욤 뒤랑의 헌정본, 자크 마리 라퐁, 2005.

회고록

피에르 베르제, 『나날들은 스러지고 나는 머문다』, 갈리마르, 2003.
자크 브르네, 『분별없는 한량』, 쥘리아르, 1995.
장 클로드 브리알리, 『나는 당신에게 말하는 것을 잊었다』, XO, 2004.
쉬잔 샹탈, 『고동치는 가슴』, 그라세, 1976.
장 콕토, 『규정된 과거』, T. Ⅳ, 갈리마르, 2005.
마티외 갈레, 『일기』, 그라세, 1987, 1989.
마시모 가르지아, 『우리의 친구들, 스타들』, 플라마리옹, 2005.
클라라 말로, 『하지만 나는 자유로웠다』, 그라세, 1979.
바바라 스켈턴, 『이제는 울지 마세요』, 해미시 해밀턴, 1989.
고어 비달, 『옛 기억의 말소』, 갈라드 에디시옹, 2006.

에세이

앙리 아무루, 『독일 점령기 프랑스인들의 삶』, 파야르, 1961.
롤랑 바르트, 『신화』, 르 쇠유, 1957.
프레데릭 브랭, 『애스턴 마틴』, 티메 에디시옹, 2006.
세실 길베르, 『가장 자유로운 작가』, 갈리마르, 2004.
크리스 로제크, 『명성에 대한 이 갈망』, 오트르망, 2003.
폴 요네, 『죽음의 후퇴』, 갈리마르, 2006.

기타

장 피에르 바루, 『사르트르, 저항의 시대』, 스톡, 2006.

파트릭 베송, 『바겐세일』, 밀 에 윈 뉘, 2004.

앙투안 블롱댕, 『수료증』, 라 타블 롱드, 1977.

피에르 드리외 라 로셸, 『여자들에게 눌린 남자』, 1994.

폴 엘뤼아르, 『전집』, 갈리마르, 라 플레이아드.

베르나르 프랑크, 『소설들』, 플라마리옹, 1999.

프랜시스 스콧 피츠제럴드, 『균열』, 갈리마르, 1963.

제롬 가르생, 『독주』, 갈리마르, 2006.

장 폴 카우프만, 『다무르 산책로 31번지』, 베르그 앵테르나시오날 · 라 타블 롱드, 2004.

장 클로드 라미, 『르네 쥘리아르』, 쥘리아르, 1992.

발레리 르카블, 에리 루티에, 『깊은 물밑작업(엘프 사건의 비밀들)』, 그라세, 1998.

앙리 위그 르죈, 『오랜 친구 베르나르 프랑크』, 로베르 라퐁, 2006.

앙드레 르 보, 『스콧 피츠제럴드』, 쥘리아르, 1979.

장 자크 포베르, 『책 횡단』, 비비안 아미, 2004.

프랑수아즈 사강 · 베르나르 뷔페, 『독(毒)』, 쥘리아르, 1964.

프랑수아즈 사강 · 기 뒤프레 · 프랑수아 누리시에, 『대리석에서, 되찾은 기사들』, 라 데쟁볼튀르, 1988.

장 폴 사르트르, 『말』, 갈리마르, 1964.

장 스타로뱅스키, 『생기 있는 시선』, 갈리마르, 1961.

켄들 테일러, 『젤다와 스콧 피츠제럴드, 광기로 치달았던 1920년대』, 오트르 망, 2007.